Ancienne élève de l'École normale supérieure, Camille de Villeneuve est née en 1981. Avec *Les Insomniaques*, elle signe son premier roman.

DU MÊME AUTEUR

Vierges ou mères
Quelles femmes veut l'Église ?
Éditions Philippe Rey, 2007

Camille de Villeneuve

LES
INSOMNIAQUES

ROMAN

Éditions Philippe Rey

TEXTE INTÉGRAL

ISBN 978-2-7578-1821-3
(ISBN 978-2-84876-144-2, 1re édition)

© Éditions Philippe Rey, 2009

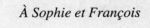

À Sophie et François

« Il y a un degré d'insomnie, de rumination, de sens historique, au-delà duquel l'être vivant se trouve ébranlé et finalement détruit. »

Nietzsche

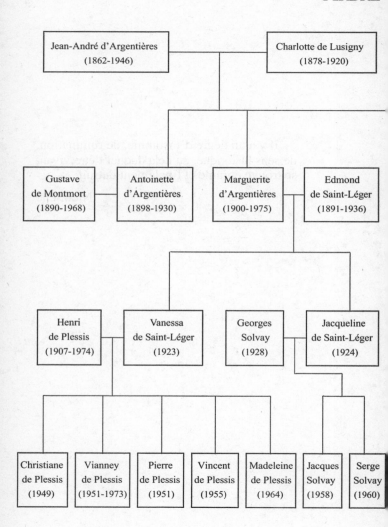

GÉNÉALOGIQUE

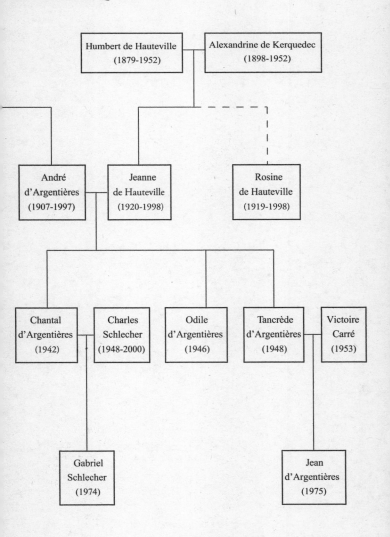

Première partie

1

Maurice était piqué au milieu du vestibule. Un rayon de lumière pâle traversait une fenêtre et dessinait des flaques tachetées sur les carreaux de marbre. Seul le battement monotone du bras de Félicité qui frappait les tapis sur la terrasse troublait le silence de l'hiver.

Comme chaque matin, Maurice avait inspecté toutes les pièces de la maison. Du bout de son plumeau, il avait traqué la poussière, caressé les marqueteries, passé un doigt délicat sur les vernis. Il avait observé à la lumière du matin le brillant des métaux et des porcelaines, ausculté leur résonance. Ces derniers jours, il avait fait la tournée des lieux avec un soin particulier sans rien laisser au hasard. Il avait fallu qu'il vérifie le travail de Félicité, la nouvelle femme de chambre. Le maître d'hôtel n'était pas heureux de cette recrue d'à peine seize ans. « Une gamine de la campagne, tout juste bonne à vider les cochons. Ignorante avec ça…, s'était-il dit en détaillant la silhouette maladive et le regard opaque de Félicité. Encore une lubie de Madame. » Il en avait conclu que Madame Jeanne préférait faire la charité plutôt que tenir sa maison : « La guerre s'est achevée il n'y a pas même un an, il reste encore beaucoup de misère à consoler », ne cessait-elle de répéter. Elle avait eu pitié de la jeune fille en visitant la ferme de ses parents, isolée au fond de la forêt, aux confins des terres d'Argentières et de La Vrillière. Et ce n'était pas le duc de La Vrillière qui aurait pris Félicité chez lui. De cela, Maurice voulait bien convenir.

Il traversa le vestibule distraitement avant de s'immobiliser, le corps légèrement penché. Pendant quelques secondes, il chercha autour de lui ce qui avait arrêté net son mouvement. « La cire. Elle n'a pas passé la cire. » D'un seul coup, l'odeur alcoolisée et grasse, persistante malgré les courants d'air qui passaient dans la pièce, s'était rappelée à lui, d'autant mieux qu'il avait pour ses effluves un goût dont il n'aurait pu faire l'aveu sans en ressentir une gêne.

« Cette Félicité », se dit-il aussitôt en empoignant fermement son plumeau. Il fit le tour de la pièce, observa les bahuts sur lesquels deux loups empaillés semblaient figés dans l'élan de la marche, le franc regard de verre tourné vers les visiteurs. Il examina le mobilier en bois, le lustre aux cabochons transparents, les bougeoirs que tenaient des mains de bronze de chaque côté des portes. Puis il alla aux fenêtres, écarta les volets faits d'une seule planche, regarda un instant à travers la vitre la cour noyée de brume.

Il distingua une masse sombre qui semblait accourir de la grille. De loin, elle avait l'allure d'un pantin défait. Maurice se baissa pour enlever une toile d'araignée du carrelage froid, se releva et regarda de nouveau par les vitres irrégulières, les bras posés sur le coffre encastré sous la fenêtre.

La forme s'était approchée. Maurice reconnut Victor, le palefrenier. Il atteignait les douves dont il s'apprêtait à franchir le pont. Maurice était intrigué par la claudication de Victor. Il voyait sa bouche tordue, dont il ne savait si elle était hilare ou tragique. Ses lèvres s'ouvraient à un rythme régulier et dessinaient une forme qui ressemblait à un *o* légèrement tassé.

Maurice posa son plumeau et se pencha vers la vitre, jusqu'à s'allonger presque. Son cœur s'était mis à battre plus vite, à coups presque brutaux. Il alla à la porte, tourna la clé rétive dans la lourde serrure, laissant entrer un froid vif. Il tendit l'oreille, mais les cris se perdaient, captés par l'eau des douves. À mesure que Victor passait le pont, se rapprochait du perron où Maurice attendait aux aguets, les sons se rassemblaient et formaient des syllabes hachées. « Euh… Euh… », entendit-il, puis : « Euh… Sieuh… »

Il descendit quelques marches, comme si une force le poussait à sortir de sa raideur immobile, et s'arrêta. « Monsieur », articula-t-il. Puis d'un bond, il se précipita à la rencontre de Victor, le saisit par les bras.

« Monsieur », jeta-t-il au jeune palefrenier haletant qui le regardait, les yeux grands ouverts. « Qu'est-il arrivé à Monsieur ?

– Monsieur… Monsieur…, gémit Victor, en trépignant pour se libérer de la poigne qui le serrait.

– Quoi, Monsieur ? Dis-moi ! Quoi ? »

« Monsieur…, haletait Victor, les yeux remplis de larmes, Monsieur… Tombé sur une pierre… En sang… Il bouge plus ! » s'exclama-t-il d'une voix qui protestait, comme si Maurice eût pu ne pas le croire. Maurice lâcha les biceps endoloris du jeune homme.

Victor secoua les épaules, l'œil mauvais, sans cesser de renifler. Puis soudain il ne regarda plus Maurice mais derrière lui, vers le château, et son visage prit l'expression d'une timidité craintive et désolée. Maurice se retourna.

André d'Argentières se tenait sur le perron, la tête nue malgré le froid, sans manteau. Il portait un costume clair, une cravate de laine et ses chaussures de ville beiges à lacets. C'était sa tenue habituelle quand il n'avait pas l'intention de courir la campagne. Il avait encore en main le stylo avec lequel il avait travaillé dans la bibliothèque. Il avait entendu les cris, se dit Maurice, parce qu'il avait l'habitude d'ouvrir les fenêtres, même en plein hiver. André ne semblait pas voir les deux hommes. Son regard portait au-delà des douves et des grilles, au-delà du parc, près du fleuve où son père allait chaque matin se promener à cheval.

« Victor, selle Gala, vite. Tu m'emmèneras, dit-il seulement. Maurice, retournez préparer la maison. »

Maurice baissa la tête. Il tenta de dissimuler la tristesse qui l'envahissait d'être ainsi contraint aux fonctions domestiques, lui qui travaillait pour Monsieur « depuis bien plus longtemps que ce gamin de Victor. Moi, je suis dans la famille depuis mes seize ans. J'ai connu le père et le grand-père de Monsieur... », marmonnait-il tout en marchant vers le perron. Mais André et Victor étaient déjà loin.

2

Ils galopèrent jusqu'au Moulin, longèrent le canal, traversèrent la lisière broussailleuse du parc. Des exclamations et des pleurs semblaient venir de la forêt autour d'eux. Par un étroit chemin de terre, ils suivirent les plaintes qui pénétraient le parc. André vit des femmes en fichu et des hommes, bûcherons et ouvriers, sous leurs manteaux rugueux, passer avec précipitation. Le chemin débouchait sur les rives sablonneuses et dénudées de la Loire ; un vent tonique traversa le mince tissu de la veste d'André et le glaça.

Un groupe de gens rassemblés en cercle, à quelques mètres de l'eau, formait une masse sonore, que gonflaient à vue d'œil les nouveaux venus des fermes et des maisons avoisinantes. André descendit de cheval, laissa les rênes à Victor et accourut vers le cercle où certains tentaient déjà de rétablir le calme. « Monsieur André… Monsieur André… », murmura la foule en l'observant par en dessous. On se poussa pour laisser passer les deux hommes.

André vit son père couché sur le côté, la tête baignant dans le sang qui tachait le sable. Ses yeux fixes étaient ouverts, ses membres raidis dans la tenue de cavalier. « Il n'est pas mort, il a du pouls », osa prononcer une paysanne corpulente qui lâcha le poignet du vieil homme en apercevant André. Celui-ci tomba à genoux près de son père, resta quelques secondes dans cette

19

pose dérisoire d'orant aux pieds des gisants princiers, puis se releva d'un seul élan, sans prendre appui sur le sol. « Le médecin, allez chercher le médecin, à Turquant. » Il avait parlé d'une voix basse et pressée. Un murmure agita aussitôt le cercle et se mut comme un long serpent à travers les spectateurs. « Victor ! » s'exclama André en fouillant le ciel au-dessus des têtes qui l'entouraient, comme si Victor avait dû tomber des nuages. Le jeune palefrenier, rouge de sueur, retenait avec difficulté les deux chevaux excités par leur cavalcade matinale. Il donna les rênes de la jument d'André au vieux Frèrelouis, le fermier de Thoiry, enfourcha son cheval et repartit vers le parc en donnant à la bête de larges coups de talon dont elle n'avait nul besoin pour détaler.

Maurice était rentré dans la maison. Il fallait avertir Madame Jeanne, s'était-il dit, et fier de cette mission d'importance, il s'était précipité vers les escaliers. Il aperçut dans l'ombre de la cage, blottie contre le panneau de faux marbre, les mains sur la bouche, le visage terrifié de Félicité dont les grands yeux noirs mangeaient le vide.

« Va donc préparer la chambre de Monsieur », lui ordonna-t-il d'une voix rude.

Puis il grimpa les escaliers quatre à quatre. Il se rappela, une fois en haut, que Madame était déjà partie le matin même pour l'orphelinat Sainte-Marie d'Angers. Il faisait encore nuit noire quand la directrice était venue la chercher. Il y avait quelques mois, Jeanne, la jeune épouse d'André, avait été nommée dame d'honneur de l'orphelinat. Elle prenait sa tâche à cœur et ne manquait aucune des festivités de Sainte-Marie : les ventes de charité, les expositions des œuvres des élèves, les jours des saints protecteurs de la maison, Joseph, Zacharie et

Joachim, figures de la paternité discrète, et, bien sûr, le 15 août. Il fallait y ajouter les réceptions exclusives accordées à la dame d'honneur qu'accueillaient, serrées les unes contre les autres, les dix élèves les mieux notées de l'établissement, en robe bleue et couronnées de fleurs, qui lui interprétaient, sur le seuil de l'imposant et austère bâtiment fait d'un seul bloc de béton, un chant marial polyphonique.

« Madame Marguerite, alors », se dit Maurice en hésitant sur la dernière marche de pierre. Il ne savait pas où pouvait être la sœur d'André. D'habitude, à cette heure-ci, elle faisait sa correspondance dans sa chambre, ou bien elle se promenait dans le parc, appuyée sur une frêle canne de charme. Elle pouvait aussi vagabonder à travers la campagne dans sa décapotable que conduisait le chauffeur.

« Commençons par la chambre », décida Maurice.

Mais il entendit le bruit particulier du moteur de la voiture qui venait de la cour en s'amplifiant, jusqu'à laisser entendre cette sorte de pétarade qui rappelait les artifices du 14 juillet et faisait chaque fois jubiler Marguerite. « La voilà », se dit Maurice, et son cœur se mit de nouveau à battre violemment comme lorsqu'il avait vu la bouche déformée de Victor.

Marguerite était dans le vestibule et retirait sa vaste fourrure noire. Elle sifflotait une rengaine de cabaret et, d'une main, rajusta sur ses bras les manches de sa veste de laine. Elle portait encore son petit chapeau cloche, enfoncé sur ses yeux bleus opalescents, qu'elle leva à peine quand elle entendit entrer Maurice.

« Dites-moi, Maurice, où est donc Félicité ? Je m'égosille en vain, je dois me déshabiller seule et c'est bien incommode, lança-t-elle de sa voix habituelle, à la fois gaie et autoritaire, qui formulait les reproches sans gravité, tout en lui évitant de les répéter.

« – Madame, j'ai demandé à Félicité de monter… faire la chambre de Monsieur, répondit Maurice lentement, en inclinant une tête soumise.

– Qu'y a-t-il donc de si urgent ? répondit machinalement Marguerite en posant avec soin le manteau sur un fauteuil.

– Madame, j'ai une bien fâcheuse nouvelle… Je veux dire, une bien triste nouvelle, une nouvelle… terrible. »

Maurice, sans perdre sa solennité, cherchait la juste expression, embarrassait sa phrase de ses hésitations, comme si rien à l'instant n'était plus important que de trouver les mots appropriés au drame. Marguerite s'était retournée d'un seul coup.

« Oui, Maurice, qu'y a-t-il ? Que s'est-il passé ?

– Eh bien, Monsieur… Monsieur est tombé lors de sa promenade à cheval, tombé sur une pierre…, répondit Maurice d'une voix vacillante, soudain ému, et il baissa les yeux.

– Où est-il ? demanda Marguerite, sans bouger de sa posture hiératique.

– Là-bas », indiqua Maurice d'un geste vague en direction de la fenêtre d'où il avait vu venir Victor. « Avec Monsieur André. »

Au même moment, ils entendirent une clameur sourde monter de la cour.

Quatre gaillards, obéissant aux consignes du médecin, avaient installé avec soin le corps à peine vivant de Jean-André à l'arrière de la voiture. Le docteur avait pris le volant et André s'était assis à côté de lui. Ils avaient commencé d'avancer à marche lente, pour ne pas risquer de secouer l'accidenté.

Derrière la voiture, Victor et Alfred, le fils de Frère-louis, montés sur leurs chevaux, suivaient d'un pas de corbillard, dignes et droits dans leurs vêtements tachés de boue, le visage fermé. Par moments, ils balayaient de la main l'espace au large des flancs des bêtes, en crispant les mâchoires, sans dire un mot, pour tenir à l'arrière les femmes qui tentaient d'approcher la voiture en sanglotant. Tous les habitants d'Argentières et ceux des villages alentour qui avaient été alertés, les ouvriers, les garçons, les filles de ferme et leurs patrons, suivaient le convoi dans sa lente avancée à travers le parc.

Quelques cavaliers empressés avaient répandu la nouvelle de l'accident des bords du fleuve jusqu'aux pentes des coteaux. Elle avait franchi monts et collines pour glisser dans les plaines gelées du val de Loire, de clocher en clocher, jusqu'à tendre entre Angers et Tours une ligne vibrante de drame et de pleurs. « Monsieur le marquis, monsieur le marquis se meurt ! » criait-on de cour de ferme en cuisine, et la nouvelle passait à son tour sur un plateau de thé ou de café dans les chambres et les bureaux des châteaux voisins. « Jean-André, Jean-André se meurt ! » reprenaient les châtelains d'un ton pointu en regardant vers le nord, comme si à travers le brouillard neigeux tombé sur le pays trois jours auparavant sans une fois céder aux percées du soleil, ils avaient pu apercevoir la silhouette sévère d'Argentières.

La foule s'arrêta aux grilles en même temps que les cavaliers qui, d'un geste des poignets, stoppèrent la marche de leurs montures. Victor descendit de selle. D'un bras autoritaire, il fit reculer les femmes qui se poussaient pour avancer, ferma les grilles sur leur nez, en bouscula quelques-unes qui se mirent à vociférer en le traitant de mille noms. Les visages curieux se collèrent contre les grilles pour voir la voiture du médecin rouler vers le château, seule. Elle s'enfonça dans la brume.

3

On vit à peine le corps de Jean-André sortir de la voiture sur la civière portée par les quatre silhouettes trapues que Victor avait laissé passer. Puis on se dispersa sur les pelouses et dans l'allée en bavardant, en s'exclamant, en évoquant les souvenirs que l'on avait du marquis, le jour où on l'avait vu pour la dernière fois, la bonté dont il avait toujours fait preuve envers ses gens, c'est-à-dire la moitié du village. « Monsieur le marquis… Quelle tristesse… Il était si fort ! Mais imprudent… On n'a pas idée, monter un cheval à son âge, et presque sauvage, avec ça ! » On raconta comment la stature gigantesque du vieil homme de quatre-vingt-quatre ans avait bondi de la forêt. Il était agrippé à l'encolure de Gengis Khan, sa nouvelle tocade, un pur-sang superbe qui avait pris peur, sans doute à la vue d'un animal, et s'était emballé. On avait cru voir une sorte d'équipage diabolique, comme dans les livres de sorcellerie qui n'étaient jamais loin des missels sur les étagères des maisons. Deux kilomètres plus loin, il avait lâché prise et s'était fendu le crâne sur une pierre à demi ensevelie dans le sable. « C'est qu'il va nous manquer… Monsieur André, il est bien gentil aussi, mais disons… c'est un autre caractère… », ajoutaient à mi-voix les plus hardis, qui n'en disaient pas davantage.

Félicité ferma les rideaux de la chambre de Jean-André, si bien que seuls deux rayons de lumière et deux bougies qu'elle avait posées sur la table de nuit animaient la pièce d'ombres contrastées. Elle avait attendu dans le cabinet de toilette silencieux et totalement obscur accolé à la chambre, une main sur le lavabo, l'autre dans la poche de son tablier, les jambes tremblantes.

Elle n'avait jamais vu de cadavre de sa vie. Elle était petite quand ses grands-parents étaient morts, et ses frères, tués à la guerre, avaient été enterrés en Alsace. « Monsieur le marquis », bourdonnait sa tête. « Monsieur le marquis ». Elle ne savait pas, en fait, s'il était vraiment mort, mais il devait être au moins mourant, puisqu'il était en sang, pensait-elle confusément. Et, comble de terreur, il était l'homme qu'elle admirait et craignait le plus au monde. Tous les matins, quand elle lui portait son café au lait, elle pensait que son cœur allait s'envoler rien qu'en frappant à la porte, et qu'elle pourrait s'évanouir. Elle ne doutait pas, d'ailleurs, qu'il allait mourir. Un homme pareil ne pouvait pas faire les choses à moitié.

Elle entendit du bruit, agrippa le bord du lavabo. « C'est bien, Félicité. Vous pouvez partir », intima le médecin en entrant. Elle fila dans le couloir, en frôlant la civière, sans oser lever les yeux.

Les quatre gaillards, suivis d'André, de Marguerite et de Maurice, portèrent Jean-André jusqu'à son lit. Le malade gémit dans son inconscience quand les garçons, d'un geste concerté, le lâchèrent. Son corps s'enfonça dans l'épaisse courtepointe et fit grincer le sommier sur les pattes d'acajou sculpté. « De l'eau, et des linges », ordonna le médecin à mi-voix. Alors il s'approcha de Jean-André, se redressa dans la lueur de la bougie, remonta sur ses coudes les manches de sa chemise et, les poings contre les hanches, il murmura, à l'intention du malade aux yeux mi-clos, à la mâchoire lâche : « Eh bien, à nous deux, monsieur le marquis. »

Personne n'avait quitté les pelouses derrière la grille. De temps en temps, quelques curieux passaient de nouveau la tête à travers les barreaux, mais il n'y avait rien à voir que, de temps en temps, le passage furtif d'un domestique dont on devinait l'ombre.

Bientôt, sortant des bois de chênes, les premières voitures de visiteurs apparurent et s'arrêtèrent devant les grilles closes. C'étaient des amis, de lointains parents des Argentières au passé moins brillant, des voisins, des notables, des courtisans qui n'avaient jamais osé venir du temps de la bonne santé de Jean-André et qui profitaient de l'occasion pour se rappeler à la générosité de la famille, les « gentils petits nobliaux », comme les avait toujours appelés Jean-André avec un mépris non dissimulé pour leurs mines obséquieuses lorsque, par hasard, il les rencontrait dans un village du pays.

Les moteurs ronflaient devant les grilles sans que les chauffeurs sortent pour demander qu'on leur ouvre, tous intimidés par les yeux qui les dardaient en silence. Derrière les vitres, à l'arrière, on apercevait les profils impassibles des visiteurs. Certains avaient refermé le rideau de velours dès que la voiture s'était immobilisée, d'autres s'étaient offerts aux regards, par orgueil ou du fait d'un embarras paralysant, ou simplement parce que leur voiture n'était pas équipée pour cacher leur intimité. « Le comte des Ursines et sa fille », « Basile Tellier », « Le marquis d'Aumont », répétait-on en se donnant des coups de coude, même quand on ne pouvait pas soi-même distinguer les traits de celui ou celle que l'on avait entendu nommer.

« Victor ! La grille ! » hurla une voix grave. C'était Frèrelouis, le fermier, qui avait lancé l'appel. Il avait résonné comme la première canonnade d'une bataille. Enhardis par son audace, d'autres voix clamèrent à leur tour : « Victor ! Les grilles ! », puis encore d'autres, moins timides, jusqu'à ce qu'un ensemble de vociférations parvînt en échos successifs aux écuries d'où l'on vit Victor galoper à toutes jambes. « Taisez-vous donc ! Vous n'avez pas honte ? Et monsieur le marquis qui se meurt ! » haleta le jeune garçon aux joues rosies de froid, en ouvrant les grilles. Les gémissements reprirent leur mouvement sinueux à travers le groupe : « Et monsieur le marquis qui se meurt ! »

Les visages s'étaient de nouveau calés entre les barreaux. Les voitures des visiteurs crissèrent sur les graviers et avancèrent au ralenti jusqu'au perron. Quand elles passèrent le pont, on aurait cru qu'elles flottaient sur l'eau tant la brume avait englouti la terre. Les silhouettes en sortirent, courbées, et montèrent les marches de pierre d'un pas hésitant.

Maurice attendait les visiteurs dans le vestibule, devant la porte entrouverte. Dès qu'ils entrèrent dans la pièce chaleureusement éclairée par les quatre flambeaux, comme l'avait ordonné Marguerite, ils délaissèrent le masque rigoureux qui convenait auprès des villageois, et devant Maurice, que ses quarante-cinq années de service auprès des Argentières auréolaient du numineux dynastique, ils s'abandonnèrent aux jérémiades et cantilènes funèbres, en posant, aux pieds des loups empaillés, les victuailles, friandises et autres denrées périssables dont on ne savait pas si elles étaient destinées à soutenir les vivants ou, selon quelque réminiscence païenne, à accompagner le mort. Puis ils s'assirent sur les bancs en bois que Jules, le chauffeur, avait sortis des cuisines du sous-sol, et que Félicité avait époussetés avec la même expression d'effroi qu'elle avait eue dans la cage d'escalier, imaginant Monsieur en cadavre. Ils entamaient de vives discussions, s'interpellaient, ouvraient un paquet de biscuits ou un sachet de viande salée et s'empiffraient, assurés qu'il y en aurait suffisamment à laisser en preuve de leur visite.

« Il pourrait passer la nuit, peut-être même quelques jours », dit le médecin en se lavant les mains au lavabo du cabinet de toilette, sans quitter des yeux son reflet dans le miroir. « La tête, ma foi, allez savoir ce qui se fabrique là-dedans », ajouta-t-il en se retournant vers Marguerite. Il avait frappé sa tempe du bout de son index.

Marguerite était adossée contre le mur, les bras croisés. Sans dire un mot, elle sortit du cabinet et rentra dans la chambre de Jean-André.

4

Le médecin avait fait à Jean-André un pansement qui enserrait son crâne. Son visage était méconnaissable, creusé de rides qui semblaient des crevasses. Ses yeux clos s'enfonçaient dans deux poches sombres. L'hémorragie avait cessé, pourtant Jean-André n'avait pas repris connaissance. Il dodelinait sur l'oreiller humide de transpiration. On l'avait glissé sous les draps, mais dans son agitation soudaine il les avait repoussés sur les côtés du lit, si bien qu'ils pendaient à moitié contre le matelas, le laissant grelottant dans sa simple chemise de nuit.

Marguerite entendit des sons confus monter du corps recroquevillé de son père. Elle s'approcha du lit, s'assit sur la chaise que l'on avait laissée à l'intention des visiteurs. Elle mit son oreille près des lèvres de Jean-André et l'entendit émettre distinctement des sons. « Oui, papa ? » interrogea-t-elle d'une voix hésitante.

« Toinette… Toinette… », répétait-il dans son délire. Une larme, de sueur ou de fatigue, se dit Marguerite, brilla au coin de sa paupière.

Elle prit maladroitement la main de son père, à la peau aussi fine que du papier à cigarette. « Papa, calmez-vous.

– Toinette », insistait la voix spectrale de Jean-André, en tournant vers Marguerite des yeux soudain révulsés.

Elle sentit avec horreur les doigts mourants qui tentaient de serrer plus fort les siens et lâcha la main. « C'est moi, père, c'est Marguerite », répondit-elle en essuyant le front du malade avec un linge.

« Antoinette est morte il y a quinze ans », eut-elle envie de hurler avec la violence d'un crachat. La main de son père, comme une feuille, tomba sur le drap, elle n'osa pas laisser aller sa colère.

En sortant, elle manqua cogner André qui attendait près de Maurice dans le couloir. Ce dernier avait quitté le vestibule et ses bruyants occupants, s'était posté à côté de la porte du malade. Il avait trouvé le moment favorable pour prendre la place qui lui revenait auprès de son maître et, à son air, on voyait que rien ni personne n'aurait su l'en déloger, quoique sa présence à cet endroit semblât incongrue.

« Il va enfin retrouver Madame Antoinette », dit Maurice d'une voix étranglée à André et Marguerite.

Le visage d'André, d'abord surpris de la familiarité que Maurice s'était autorisée, se figea dans une expression lointaine.

« Et notre mère », ajouta-t-il, les dents serrées.

Il perçut aussitôt l'artifice de sa voix, imbue du sens du devoir qu'il avait été dressé à convoquer en certaines circonstances, presque malgré lui.

Pourtant, André ne pensait pas que son père se serait réjoui à la possibilité de retrouver en sa dernière demeure sa femme, avec laquelle il n'avait été en bons termes qu'au début de leur vie conjugale, jusqu'à la naissance de leur fille aînée, Antoinette. André et Marguerite avaient toujours connu leur mère aigrie par un mal étrange qui lui faisait garder la chambre toute la journée, une femme aux yeux vides, à la démarche de somnambule quand elle n'était pas prise de crises brutales que rien n'annonçait et dans lesquelles elle faisait preuve d'une violence inouïe. Elle lançait alors vases et lampes sur qui passait à sa portée, versait injures et calomnies sur les invités de son mari car, en ces occasions, elle quittait sa chambre et errait dans la maison, d'étage en étage.

Elle connaissait aussi des moments euphoriques. Ses joues étaient alors anormalement roses, elle affectait une gaieté inquiétante et réclamait ses enfants. Elle caressait les boucles blondes et brillantes d'Antoinette, admirait leur tenue soignée bleue et blanche, leur donnait des bonbons dont ils se resservaient pour ne pas lui faire de peine. Parfois, elle les faisait asseoir tout près d'elle, ils sentaient son parfum mêlé à la poudre et au rouge à lèvres dont l'odeur de poisson les dégoûtait. Elle leur racontait alors, en posant sa petite main osseuse sur leurs genoux, d'invraisemblables histoires d'espionnage, de séduction ou d'adultère dont elle était toujours l'héroïne. Ils acquiesçaient en baissant la tête, comme si elle les prenait en faute.

« Oui, votre père me trompe, affirmait-elle en ouvrant sur eux de larges prunelles. Un jour vous saurez tout. »

Parfois, ils rapportaient à leur nurse ce que leur mère leur avait raconté. La nurse haussait les épaules et les accusait d'inventer n'importe quoi pour se faire valoir. Quant à leur père, il écoutait, mains dans les poches, en tentant de dissimuler l'assombrissement progressif de son visage. Puis, au bout de quelques minutes, excédé, il les renvoyait à leurs jeux en soupirant : « Oui, oui. » Souvent leur mère, en colère, reprochait à Jean-André de l'empêcher de voir ses enfants. On l'entendait hurler dans les escaliers, elle s'agrippait à la rampe dans sa robe de chambre en satin, les cheveux lâchés sur les épaules, les pieds nus.

Antoinette avait été la préférée de Jean-André. Elle était tout ce qui lui restait de la passion qu'il avait éprouvée pour sa femme. André et Marguerite avaient été les enfants du devoir, puis de la catastrophe. Très tôt, Antoinette avait manifesté des dons exceptionnels et Jean-André l'avait appelée avec satisfaction l'« artiste de la famille ». Le rôle étant attribué, personne d'autre n'avait pu y prétendre. Enfant, Antoinette passait ses journées à jouer du piano dans le grand salon dont Maurice fermait alors toutes les portes, jusqu'à ce que le silence se fasse et qu'il se sente autorisé à glisser une tête en demandant à mi-voix, avec respect : « Mademoiselle a-t-elle terminé sa répétition ? »

Jeune fille, elle s'était mise à la peinture. Dans son entourage, personne n'avait reconnu son talent, on estimait que ses paysages étaient fades et ses sujets – une blanchisseuse, un maçon, une bonne d'enfant – négligés. Elle avait d'ailleurs toujours refusé de faire les portraits des gens qu'elle connaissait, d'enfants ou de poupons ronds de bonne famille. On y avait vu une pointe d'orgueil qui déplaisait. Seul Jean-André était convaincu qu'elle était une grande artiste.

Puis elle avait rencontré Salomon Stein, le galeriste le plus en vue de l'époque. Elle eut un succès immédiat auprès d'une clientèle de mécènes, d'amateurs d'art, de critiques et de noceurs. Elle devint l'amie d'artistes que la bonne société considérait comme « décadents », des gens « sans foi ni loi » qui se moquaient de l'aristocratie dont Antoinette était issue. André et Marguerite parlèrent de la « clique d'Antoinette », André avec réprobation, Marguerite par jalousie. Jean-André, lui, se consumait de fierté, sans en rien dire. Pourtant, au premier abord, il n'avait pas aimé Salomon Stein. Leurs pères, du fait de leur commune manie des livres, avaient été les meilleurs amis du monde avant l'Affaire Dreyfus qui les avait brouillés sans retour. « Il s'est

comporté comme un voyou, le vieux Jacob Stein »,
tonnait Jean-André, en répétant, vingt-cinq ans après,
ce qu'il avait entendu de la bouche de son père. « Il
nous aurait craché dessus avec bonheur, ce moins que
rien, ce sans morale. » Puis il s'était apaisé. Jean-
André et Salomon avaient même goûté la compagnie
l'un de l'autre, quoique leur conversation fût toujours
laconique. Jean-André invita une fois Salomon chez lui
et, en retour, Salomon le convia boulevard Malesherbes. L'un fit admirer ses Pierre de Cortone, l'autre
acquit l'enthousiasme de son hôte pour les masques
africains, les ivoires indiens et un œuf d'ibis à crête.
Mais jamais ils n'avaient évoqué la brouille entre leurs
pères, autrefois si proches qu'on les appelait les « Boé-
tiens » en moquant à l'occasion leur culture, indigeste
au moindre honnête homme. La reconnaissance dont
bénéficia Antoinette, comme l'exprimait le dogme de
la réversibilité des mérites, en irradia encore davantage
la personne de Salomon aux yeux de Jean-André.

Il avait encouragé sa fille à épouser Gustave de
Montmort, bien qu'il eût deviné leurs arrangements
intimes, car il avait vu en lui le seul homme capable de
lui donner la passion, proche de l'abnégation, qu'il lui
fallait. Après la mort d'Antoinette, il n'avait plus
jamais ri ni même souri. Mais il n'avait accusé personne.

Marguerite avait dit un jour à André, quand ils
étaient adolescents, avec son rire ironique et désenchanté, avec ce mouvement si caractéristique de la tête
qu'elle rejetait en arrière : « Nous, nous n'avons pas été
voulus, mon pauvre ami. » André n'avait pas répondu. Il
avait bien compris, sans en venir aux conclusions de sa
sœur dont la perspicacité le heurtait, qu'il n'avait pas
été ce que l'on appelait un enfant aimé. Son père avait
manifesté envers lui peu d'intérêt. Il avait pour ses
deux cadets, qu'il appelait du terme générique de

33

« smala », une sorte de considération vague, polie et ennuyée. Une fois seulement, il avait fait montre envers son fils d'un respect et d'une tendresse qui avaient mis André dans un état de bonheur sans mesure. C'était lors d'une promenade dans le parc d'Argentières, alors que tous deux avaient laissé leur monture à l'écurie et achevaient leur sortie matinale par une marche dans les allées qui contournaient la maison. Ce souvenir était pour André comme la réminiscence d'un paradis perdu.

Malgré le sort commun auquel les avait tenus le désamour de leurs parents, Marguerite et André ne s'étaient jamais entendus. Marguerite s'était toujours moquée du dandysme qu'affectait son frère, modéré par son respect des convenances sociales et son attachement aux vertus familiales. André n'avait jamais apprécié la langue acérée et précise de sa sœur, ses infractions aux bonnes manières et sa désinvolture. De même n'avaient-ils pas vécu de la même manière l'indifférence de leur père. André l'avait subie avec une politesse déférente et même une certaine bonne humeur soumise, quand Marguerite avait réagi avec une verve et un désespoir qu'aiguisait son mauvais esprit.

Aussi quand elle répliqua devant la porte de leur père, en regardant Maurice et son frère : « Eh bien ! Vous avez tous deux des vues bien assurées sur l'au-delà ! », André se sentit envahi d'une colère inexprimable, comme si sa sœur avait commis pire qu'un blasphème, une insulte au passé familial ; tandis que Maurice, planté devant la porte de la chambre où agonisait Jean-André, avait de nouveau l'œil fixé au mur qui lui faisait face, parfaitement abstrait de ce qui se passait autour de lui.

À sept heures, sur l'ordre d'André, Maurice quitta son poste pour renvoyer les visiteurs. Certains s'étaient endormis sur les bancs et ronflaient légèrement, la tête renversée ou posée sur l'épaule dodue d'une voisine. Des femmes avaient sorti leur tricot, d'autres leur tapisserie. Elles travaillaient sans cesser de bavarder. Les paquets étaient ouverts sur le sol, en désordre, et laissaient apparaître des restes de gâteaux et de poulet. Tout le monde se leva dans un brouhaha et ramassa ses affaires. Les hommes étaient heureux de n'avoir pas à veiller dans le froid. Ils dîneraient confortablement chez eux, un bon cigare en bouche, en imaginant les derniers instants du marquis.

5

Jeanne rentra vers huit heures. Quand elle apprit le drame, une expression de douloureuse obligation saisit son visage. Elle ordonna aussitôt que l'on ferme toutes les portes et les fenêtres, et que l'on ne reçoive personne. Elle envoya Victor chercher le curé d'Argentières, le père Calas, en reprochant à André, par son silence et ses regards fuyants, que personne ne l'eût encore fait.

Elle entra dans la chambre du blessé, sur la pointe des pieds, poussant la porte en chêne avec mille précautions. Marguerite se leva de son siège. Jean-André, couché sur le côté, semblait dormir. La pâleur de son visage, ses lèvres flétries légèrement entrouvertes et ses fines paupières baissées auraient pu laisser penser qu'il était déjà mort.

Sans un regard à sa belle-sœur, Jeanne s'approcha du lit et contempla son beau-père. Marguerite sortit par la porte entrebâillée comme à dessein. Jeanne s'agenouilla aussitôt contre le lit, les mains jointes, resta ainsi quelques minutes qui lui semblèrent suffisantes, puis se releva et sortit en fermant la porte derrière elle. « Monsieur le curé est-il arrivé ? » demanda-t-elle à Maurice qui marchait de long en large dans le vestibule. Mais le père Calas n'était pas là, et Victor n'était pas revenu.

Personne n'eut le cœur de toucher au repas que Félicité avait préparé. André et Marguerite grignotèrent quelques fruits, et Jeanne, « parce que c'était reconstituant après la journée qu'elle avait eue », but deux verres de vin. André et Marguerite, que leur vif échange devant la porte de leur père avait agacés, regardaient devant eux comme s'ils étaient dans un wagon de train, manifestant ainsi à leurs voisins qu'ils ne souhaitaient pas être dérangés. Jeanne tourna plusieurs fois la tête vers la porte dans un inutile mouvement d'interrogation et répéta : « Je me demande si le curé est arrivé. » Ni André ni Marguerite ne lui répondirent.

« Félicité, allez donc porter un peu d'eau à Monsieur. Il aura peut-être soif », ordonna Marguerite à Félicité.

Le visage de la jeune fille s'empourpra, ses yeux exprimèrent un effroi et une intense supplication, mais Marguerite lui tourna le dos, sans paraître le remarquer.

Jeanne et Marguerite s'installèrent au salon. Félicité avait fermé les volets, une lumière tamisée qui provenait d'une lampe à l'abat-jour poussiéreux auréolait un guéridon. André s'assit à la table de jeu et poussa machinalement les pièces d'un jeu d'échecs.

« Je me demande ce que le père Calas peut bien faire, insistait Jeanne en pressant ses doigts contre la pulpe de son pouce.

– Fichez-nous donc la paix avec ce curé. Ce n'est pas lui qui le sauvera », répliqua Marguerite.

Indignée, Jeanne regarda longuement André. « Vous ne dites rien ? lui reprocha-t-elle enfin d'un ton piquant.

– Cessez donc vos querelles. Papa se meurt… », marmonna André.

Jeanne lança un regard enflammé à son mari. « Justement... » Sa voix courroucée, en montant, s'éraïlla. « Voudriez-vous qu'il nous quitte sans l'extrême-onction ? »

Ils entendirent d'abord une respiration précipitée comme celle d'un animal, de longs reniflements, puis des coups de poing violents contre la porte qui geignait. André se leva, ouvrit la porte. Félicité manqua tomber dans ses bras. « Monsieur... Monsieur... » André la regardait, la main sur la poignée. « Monsieur est mort... », lâcha-t-elle enfin d'une voix étranglée avant de fondre en larmes, la tête dans les mains, son tablier entre les doigts, son bonnet blanc sur les yeux, tremblante de peur.

Vers minuit, certains villageois au sommeil léger se réveillèrent brusquement en entendant le coup de feu que tira Victor dans la cour de l'écurie, tuant Gengis Khan sur le coup. « C'est Monsieur qui a dû mourir », chuchotèrent-ils à leurs femmes, le cœur battant, « écoute son esprit qui frappe à la porte. »

6

Elle attendait sur le quai de la gare. Elle ne s'assit pas, resta près d'un poteau électrique, à l'écart de la bâtisse, le dos au vent qui soufflait de la plaine, toute droite, les mains croisées sur le sac qu'elle portait en bandoulière. Elle avait une robe noire à boutons qui descendait sur ses genoux et d'où sortaient, comme deux branches de peuplier, ses mollets maigres gainés de bas transparents. De temps en temps elle mettait sa main en visière, cherchait à se donner une contenance, plissait un peu les yeux, mais sa bouche fine ne bougeait pas. Elle demeurait ainsi quelques secondes, scrutant la perspective dans laquelle fuyaient les rails du chemin de fer. Il lui avait semblé entendre le sifflement familier de la locomotive, mais la gare et la campagne autour étaient inertes dans la brume matinale. Elle abaissait sa main, dissipait le sifflement comme on chasse un rêve.

Garé derrière les barbelés qui bordaient le quai, Jules n'avait pas osé sortir de la voiture. Après tout, il n'était que le chauffeur. Sachant qu'il n'était pas observé, il posa sa casquette devant le volant et s'ébouriffa les cheveux pour mieux se réveiller, s'étira de tout son long, les mains contre le plafond molletonné, avant de s'enfoncer dans le coussin du siège, les fesses tout au bord, pour reposer son dos. Ces exercices terminés, il se redressa et alluma une cigarette, une Gitane sans filtre.

Il baissa la vitre malgré le froid qui s'engouffra instantanément.

Il regardait Madame. Toute frêle, la nuque si fine que c'était de la magie qu'elle supporte un si grand chapeau, se disait-il. Un chapeau de deuil, noir presque violet, avec un nœud sur le côté. Un chapeau vraiment bizarre, laid, même, il osait le penser. Ce n'était pas la mère de Monsieur, ou Madame Antoinette – paix à leur âme ! – qui auraient porté une chose pareille. Ni Madame Marguerite, ça…

Les images de la matinée se formaient dans son esprit, émergées d'une épaisse pâte de fatigue. Elle avait voulu partir aux aurores, se souvenait-il, beaucoup trop tôt, à sept heures alors que le train n'était qu'à huit heures et demie. Monsieur André avait bien tenté de la dissuader, lui avait répété qu'ils attendraient longtemps dans le froid, qu'il n'y avait personne à cette heure-ci sur les routes. Mais elle n'avait rien voulu entendre. Elle était têtue, Madame.

À sept heures, elle avait attendu Jules sur le perron, d'un air sévère. Les cernes bleutés autour de ses yeux s'étaient encore assombris. André auprès d'elle avait joyeusement salué Jules et engagé une conversation insignifiante, comme s'il avait voulu retarder le départ. Le brouillard flottait sur les herbes du parc rompues par le givre. Du perron on pouvait voir les vasques de pierre scintiller de chaque côté de l'allée.

« Quel temps ! Mais ça va se lever », s'était exclamé André, les yeux mi-clos, éblouis, la bouche ouverte. Jeanne avait tiré elle-même la portière, s'était hissée dans la voiture avant que Jules, qui écoutait respectueusement André, eût le temps de se précipiter. Le chauffeur avait claqué la porte derrière elle en s'excusant avec un signe de tête qu'il avait répété à l'intention d'André, puis il s'était assis devant le large volant.

Jules n'avait pas essayé d'entendre, par la vitre juste assez entrouverte pour que les sons lui parviennent, ce qu'André avait dit à sa femme, mais il avait bien perçu la voix de Jeanne qui montait, restait quelques secondes à la pointe de l'octave le temps de variations infimes, presque criardes. André avait reculé. Les gravillons de la cour avaient grincé sous les pneus et le château s'était enfoncé derrière eux, puis les douves, la terre gelée des parterres, la grille bleue fraîchement repeinte, le chemin bordé d'arbres.

La route était l'une des seules dans la région à n'avoir pas souffert de la guerre. « Ah ! Monsieur, les routes sont pires que les allées du parc ! » Jules aimait se plaindre en rentrant de ses expéditions. « La voiture finira par y passer », ajoutait-il, parce qu'il savait qu'André tenait beaucoup à sa Bentley qu'il avait achetée quelques mois auparavant, « pour fêter la fin de la guerre », avait-il déclaré en pensant excuser cette folie auprès de son entourage.

Mais la Bentley était solide, toute neuve, elle n'avait aucunement l'intention d'y passer. Ce jour-là, elle glissa sur le goudron comme une bille. Jules avait enfin pu expérimenter ses capacités dans la vitesse, sa suspension, son souple et élégant dynamisme, si bien qu'ils étaient arrivés encore plus tôt que prévu. Et maintenant, en regardant Jeanne, Jules se disait qu'il ne comprenait pas comment Monsieur André, qui était si gai, avait pu épouser une femme aussi triste.

Maurice, qui avait connu André enfant, lui avait raconté ses facéties de petit dernier. Ses cache-cache, ses farces et attrapes, la fausse encre qu'il avait jetée sur la table lors du déjeuner avec la reine du Portugal, et qui avait mis plus de temps à disparaître que lui à se faire battre comme plâtre par son précepteur. Il y avait aussi le jour où il avait mis une araignée en plastique dans le linge de la gouvernante et qu'elle en avait eu une crise de nerfs. Ou quand il avait versé en douce une pleine salière dans la soupe de son ami Antoine qu'il avait invité pour l'après-midi, et qui avait été si intimidé par l'assemblée qu'il avait fini son assiette sans faire une grimace, avant de s'embrouiller dans des excuses et de se précipiter aux toilettes pour y vomir. Là encore, André n'avait pas manqué de se faire battre, mais aucune punition ne parvenait à le dissuader de recommencer.

Quand Jules voyait Jeanne raide et maigre malgré les quatre mois de grossesse, il se demandait ce qui en elle attirait André. Il avait même l'impression qu'elle souffrait de quelque mal mystérieux. « Oui, elle a l'air malade. »

Il en était là de ses réflexions lorsque l'horloge de la gare sonna d'un coup la demie de huit heures. Jeanne aperçut au loin un minuscule reflet rose, puis une grosse tache plus rouge, et la silhouette de la locomotive apparut, grandissant, rugissant en déroulant ses mécaniques. Jeanne se rapprocha des personnes qui attendaient au milieu du quai : un homme âgé, qui s'aidait d'une canne, et une femme beaucoup plus jeune avec deux enfants excités qui couraient en tous sens et criaient. Le train freina devant eux en sifflant, et après quelques secousses s'immobilisa. Jeanne scruta les hautes vitres closes, mais elle ne savait pas dans quel wagon Rosine s'était installée.

« Et si elle n'était pas venue ? se demanda-t-elle soudain. Si finalement elle avait raté le train à Cherbourg, ou la correspondance à Paris, si elle avait eu un empêchement, à la dernière minute… Un problème avec maman ? Mais elle aurait appelé… » Puis elle vit, à l'autre bout du train, la forme ployée de sa cousine qui descendait les hautes marches du wagon, embarrassée par des valises qu'elle tirait d'un bras décidé. Jeanne courut vers elle.

Le chef du train avait sifflé le départ. Rosine était au milieu de ses paquets : trois grosses valises et quatre boîtes en carton. Elle était habillée d'une longue robe d'un violet sombre que Madame de Hauteville avait portée, Jeanne s'en souvenait, quand elles étaient encore enfants. Malgré ses vingt-sept ans, Rosine ressemblait déjà à une femme entre deux âges. Avant la guerre, elle avait pourtant la réputation d'être une des plus belles filles du pays. On admirait son visage anguleux, ses yeux en amande et son épaisse chevelure blonde qui contrastait avec des yeux presque noirs. On craignait autant son regard intransigeant qui ne laissait rien passer de ce qui lui déplaisait. Elle était aussi vive et grande que Jeanne était petite et chétive. Elle parcourait le pays quand Jeanne restait à lire dans sa chambre, visitait les domaines voisins, les fermes, les élevages, invitait des amis avec lesquels elle passait des journées à jouer au tennis ou à nager dans la mer. Elle nageait loin, sans peur, même par mauvais temps. Rien ne semblait suffire à son énergie. Tout le monde savait que Monsieur et Madame de Hauteville préféraient leur nièce à leur fille. « Ah ça, il faut dire qu'elle a du caractère, disait d'elle le curé. Le feu et la glace en même temps. » Mais il semblait que seule la glace, après ces années, lui fût restée.

Jeanne se tenait devant elle, essoufflée, les bras ballants. Elle n'osait pas s'avancer, comme si le cercle magique des paquets, des cartons pleins des papiers dont Rosine ne se séparait jamais, et dont le centre était la robe sombre, la tenait en respect.

« Peux-tu m'aider, s'il te plaît ? » Le ton de Rosine n'avait pas changé. Il était sec et tranchant comme les arêtes rocheuses du cap de la Hague.

« Bonjour, Rosine. Je vais chercher Jules. »

Mais le chauffeur était déjà là. Rosine lui serra la main en lui souriant. « Bonjour, Jules, Madame Jeanne m'a beaucoup parlé de vous. Comment se porte votre mère ? »

Elle se souvenait que Jeanne lui avait raconté, dans l'une de ses lettres, que la mère de Jules avait été hospitalisée pour des calculs. Jules n'eut pas l'air surpris. Il raconta en une seule longue phrase soupirante les douleurs de sa mère, « à préférer mourir », l'hospitalisation, l'opération, son heureuse issue, et son récit sembla combler Rosine de bonheur.

Jules prit deux boîtes sous un bras et attrapa deux valises. « Madame ne doit rien porter », dit-il à Jeanne. Jeanne fit semblant de n'avoir pas entendu et se cacha derrière le masque froid qu'elle affectait toujours quand un domestique se permettait une remarque à son propos. Devant les femmes, elle exprimait mieux son agacement, elle savait prononcer avec le ton adéquat les mots qui les remettaient à leur place. Mais avec les hommes, quelque chose en elle se trouvait aussitôt dominé.

Rosine s'empara vigoureusement du reste des bagages et se dirigea avec Jules vers la voiture, sans cesser de parler. Jeanne les suivait. Ses pieds heurtèrent une pierre sur le chemin qui menait à la voiture, ses yeux se remplirent de larmes.

« La dernière acquisition d'André ? » interrogea Rosine en se glissant sur la souple banquette de cuir chocolat avec une moue réprobatrice. Jeanne rougit.

« Elle n'a pas coûté cher. C'est un cadeau, ou presque, mentit-elle.

– Tout de même. C'est bien "tape-à-l'œil", comme on dit. »

Jeanne ne répondit pas. Chacune de leur côté, elles regardèrent le paysage défiler par les fenêtres de la voiture. Rosine inspectait les champs, les villages, les maisons que la brume commençait à dévoiler.

« On dirait que la guerre n'est pas passée par ici. Tout est en bon état. Si tu voyais Saint-Thomas, tu ne reconnaîtrais rien. Tout a été bombardé. Quant à la maison, Dieu merci, elle n'a pas brûlé, mais l'intérieur… Une bauge à Allemands. »

Jeanne se redressa contre le siège.

« Ici aussi ils ont bombardé. Le pont, tiens, il n'en reste rien. Regarde. »

La voiture longeait la Loire, passait devant les blocs effondrés sur les bords du fleuve qui glissait en larges cercles inquiétants.

Rosine détourna la tête et se mit à bavarder avec Jules d'un ton affable. Elle continua à l'interroger sur sa famille, sur son neveu mort la veille de l'armistice – « Quelle épreuve, n'est-ce pas », répétait-elle sèchement, avec ce ton propre aux Hauteville qui leur venait d'une tante anglaise –, sur ses sœurs réfugiées dans le Sud-Ouest. Elle évoqua en même temps les jeunes de Saint-Thomas, le village voisin du château familial, qui n'étaient pas rentrés, tissant sa guerre dans les motifs des autres, comme si seule la sienne pouvait avoir quelque relief.

« Mon pauv' Jules », ponctuait Rosine de sa voix grave en tentant d'imiter l'accent du chauffeur.

Jules s'en donna à cœur joie. Il aimait exagérer ses malheurs, susciter la compassion, et riait en lui-même de ses hypocrisies. Il faisait croire qu'il le connaissait bien, ce neveu, quand il ne l'avait vu qu'une ou deux fois dans sa vie. Il habitait d'ailleurs loin de sa propre famille. Il gémissait que sa mère était bien seule, alors qu'elle vivait avec sa sœur et son beau-frère près de Clermont-Ferrand. Il affectait un ton plaintif, c'était l'un de ses péchés préférés qu'on ne lui laissait pas assez le loisir d'exercer.

La voiture prit le chemin qui partait de la route à gauche, peu après le village d'Argentières. À travers les arbres on apercevait un coin du parc, et l'œil averti devinait, derrière la ligne des marronniers, au carrefour des sentiers, la statue de Diane chasseresse, les seins nus.

7

André attendait sur le perron comme s'il n'en avait pas bougé depuis l'aube, fumant une cigarette, portant ses habituels pantalons d'équitation qui formaient d'étranges protubérances sur ses cuisses minces. Il descendit ouvrir la portière aux deux cousines pendant que Jules déchargeait les sacs.

« Bienvenue, Rosine. J'espère que le voyage fut bon. »

André l'embrassa sur la joue. Elle se laissa faire, raidie, sans le regarder.

« Bonjour, André. Toutes mes condoléances pour votre père. À ce que Jeanne m'a écrit, c'était un homme… extraordinaire. »

Sa voix soupirait. André la remercia par quelques mots aimables, l'invita à entrer, à prendre une tasse de café. Rosine eut l'air soulagé. Elle observait André et lui sourit.

« Merci, Andy. » Les mots étaient sortis de la bouche de Rosine comme une bulle sucrée. Elle avait utilisé le surnom anglais que l'on donnait à André quand il était enfant. Plus personne à présent n'en faisait usage sauf Jeanne, dans l'intimité.

« Comment se permet-elle ? » L'indignation martelait le crâne de Jeanne. Elle les suivit en laissant derrière elle la porte en bois ouverte sur la cour qui se réveillait par touches de lumière iridescentes, comme au dernier jour d'un très long sommeil.

Rosine demanda à se recueillir près du corps de Jean-André. Jeanne accompagna sa cousine jusqu'à une petite pièce qui avait longtemps servi de débarras à meubles, dans l'aile gauche de la maison, et que l'on avait arrangée en chambre d'enfants. On l'appelait la « chambre russe » car elle était tapissée d'un papier peint jaune et rouge qui représentait des matriochkas dans des scènes élégiaques louant la vie d'une femme de l'Empire, aux champs, à la cuisine, ou racontant des histoires à des enfants aussi ronds et colorés qu'elle, assis à ses pieds. Toutes les scènes avaient pour point commun de combler de bonheur la femme russe, qui ne se départait jamais d'un large sourire de cheval de manège.

L'espèce de meurtrière qui servait de fenêtre à la pièce en faisait un lieu triste et sans âme, mais Jeanne avait voulu qu'on y installe le mort. Elle avait trouvé « compliqué » de le laisser dans sa chambre, une grande pièce lumineuse au mobilier Louis XV qui donnait sur des coteaux où, au printemps, paissaient les troupeaux, une chambre où Jean-André n'avait jamais permis à Jeanne d'entrer. André avait émis des objections au choix du cagibi, sans succès.

« C'est plus simple, pour les nonnes, monsieur le curé, le personnel des pompes funèbres, et pour ranger la pièce après l'enterrement. » André comprit, comme nombre de théologiens trinitaires avant lui, qu'il n'y avait rien à redire à l'argument de la simplicité.

Il savait surtout que jamais sa femme ne lui donnerait la vraie raison de cette obstination. Au fond d'elle-même, Jeanne trouvait inconvenant de se recueillir devant le mort dans une chambre couverte de gravures légères, œuvres des émules de Fragonard et de Boucher dont il avait eu la passion, et surtout sous le grand tableau anonyme qui surplombait le lit et représentait

47

une forêt luxuriante sans ciel, à la végétation exotique, dans laquelle il fallait à l'œil quelques minutes pour découvrir, à l'arrière-plan, un couple rose et bleu enveloppé dans de vaporeux jupons, « en joie » comme disait Jean-André en présentant son tableau à ses amis les plus proches qui avaient l'honneur de cette contemplation très privée.

Rosine s'agenouilla près du lit en acier, si petit que l'on se demandait comment le colosse pouvait y tenir. On l'y avait déposé sans le couvrir, dans son costume noir qu'il ne portait que pour les enterrements, et ses mains étaient jointes en un geste de prière dérisoire. Les volets étaient fermés et deux bougies éclairaient la pièce, créant des ombres sur les traits paisibles du vieil homme que sa blessure à la tête avait peu changé. Rosine s'était absorbée dans ses prières et marmonnait sans regarder le mort. Jeanne se tenait à côté d'elle, agenouillée aussi.

Elle ne pouvait croire que sa cousine fût intimidée par le cadavre, et pourtant, quand Rosine se releva, elle ne le regarda pas davantage, passa devant Jeanne et eût trébuché dans le coin du tapis qui couvrait le plancher si elle n'avait attrapé le bord de la porte. Jeanne se signa, changea la bougie dont la flamme faiblissait contre la lamelle, et sortit.

Rosine l'attendait. « Tu aurais pu lui mettre un chapelet entre les doigts, c'est plus digne », dit-elle, et elle s'engagea dans le couloir qui menait à la salle à manger. Jeanne regarda ses chaussures.

« C'est André, il n'a pas voulu. C'est lui qui a donné les ordres… »

Elle savait que Rosine ne pouvait l'entendre, d'ailleurs elle avait parlé bas. Mais elle se sentait soulagée.

8

On se mit à table à sept heures et demie, au rez-de-
chaussée du pavillon. La pièce était aussi éclairée et
gaie que la chambre funèbre. C'était une salle à manger que l'on n'utilisait pas, elle servait plutôt d'annexe
à l'office, on y stockait la vaisselle et parfois les provi-
sions destinées à être vite consommées.

Jeanne n'avait pas non plus trouvé qu'il était de circonstance de dîner dans la salle habituelle, une immense
pièce qui donnait de plain-pied sur la terrasse derrière
la maison, et dont la magnificence insolente plaidait
mieux le plaisir des vivants que le salut des morts. Elle
avait ordonné que la pièce fût fermée le temps du deuil,
tout comme le grand salon où trônait une immense tapisserie représentant Napoléon, ami intime de Jacques
d'Argentières, le plus fidèle de ses conseillers d'État. À
chacune de ses courtes visites, l'Empereur avait laissé
un objet en souvenir, coupe-papier à son chiffre, portrait, miniature signée, et même un petit nécessaire de
toilette portatif rempli de fioles qui contenaient des
poudres et des crèmes que personne depuis n'avait osé
ouvrir. Tout cela était maintenant rassemblé sous des
vitrines peu éclairées dans le couloir étroit qui menait
au salon.

On s'assit donc autour de la table couverte d'une
nappe rustique à rayures bleues, la seule que Maurice
avait pu trouver qui fût à peu près propre et de la bonne

taille. Il avait dû l'emprunter aux Frèrelouis, les fermiers de la ferme de Thoiry, parce qu'il n'y en avait pas de si modeste dans les placards à lingerie de la maison. Près d'elle, Jeanne plaça Paul, arrivé la veille, et Rosine.

Paul était le meilleur ami d'André. Ils avaient été ensemble à l'école jusqu'au baccalauréat, avant de partir en Angleterre et en Allemagne poursuivre leurs études. Ils s'étaient retrouvés au service militaire, avaient fait la fête dans les mêmes casinos et les mêmes boîtes, eu parfois les mêmes maîtresses. Mais Paul était un paresseux. Il avait échoué à tous ses examens. André, tout en cultivant le même goût pour les cafés, les bals, les spectacles et les femmes, avait mené à bien ses études. Il avait même eu un temps des velléités de trouver un travail, bien qu'il en eût moins besoin que son ami, étant de loin plus fortuné.

Marguerite méprisait Paul, mais elle l'aimait bien. Elle regarda Rosine qui dépliait sa serviette sur ses genoux et sourit d'un air narquois en s'adressant à elle : « Alors, comment va votre chère Normandie ? – Fort mal, malheureusement », répondit Rosine en plongeant sa cuillère dans le bouillon brûlant que Maurice venait de servir. « Dieu, est-ce donc si tragique ? La guerre est finie maintenant, nous avons tous souffert, donnez-nous quelque raison de nous réjouir, lança Marguerite d'un ton sarcastique.

– Madame, je n'en trouve aucune. Notre maison a été occupée, dévastée par l'ennemi. Saint-Thomas, notre village, a été détruit par les bombes. Notre région est sinistrée. Je comprends la légèreté de votre ton, madame. Ici, on dirait qu'il ne s'est rien passé. »

Marguerite rejeta en arrière sa tête coiffée de vagues grises étincelantes.

« N'avez-vous donc pas vu d'Américains ? Ils sont si sympathiques », dit-elle.

Rosine posa sa cuillère et s'essuya les lèvres. Maintenant elle regardait Marguerite, ses brillants aux oreilles, son insolente chevelure, son fin visage d'aristocrate.

« Moi, madame, j'ai rassemblé les restes d'un parachutiste anglais qui avait sauté sur une mine dans le parc de notre maison. Il y en avait jusque dans les branches de l'arbre qui, l'été, fait de l'ombre à ma chambre. En pleine nuit. Je les ai enterrés au pied de l'arbre, il manquait un bras que j'ai cherché pendant des semaines, j'en ai retrouvé l'os dans la gamelle du berger allemand qui gardait la maison quand ses maîtres étaient en promenade, si je puis m'exprimer ainsi, dit-elle avec un bruit nerveux du thorax, et je l'ai enterré aussi. Je me suis occupée de ma tante qui subissait pneumonie sur pneumonie et ne disposait plus d'une seule de ses serviettes de toilette. J'ai caché des Anglais dans nos fermes, je les ai soignés moi-même avec des torchons et du whisky, madame, et il ne fallait pas avoir peur de la puanteur ni de la vision atroce de leurs plaies. J'ai fait passer des messages pour le maquis dans le panier de ma bicyclette, j'ai même été voir les résistants une fois, au prix de mille risques, sans jamais me faire prendre. Alors voyez-vous, je me fiche pas mal des Américains, madame. »

Jeanne pinçait les lèvres pendant le discours de sa cousine, écrasait compulsivement entre ses doigts des boulettes de mie qui roulèrent contre son assiette. Maurice entra pour servir le bœuf aux carottes. Personne ne dit un mot. La gêne était travestie en politesse ; chacun savait que l'on ne pouvait s'exprimer sur des sujets graves devant les domestiques.

Lorsque Maurice fut reparti, Paul se lança dans une biographie imaginaire de chacun des personnages dont les portraits se succédaient dans une lugubre frise qui servait de linteaux aux portes, double fantomatique de celle que forment dans certains palais italiens les visages débonnaires des papes et des souverains, tous ressemblants, dont la médiocre qualité ne permet pas que l'on détaille la réalité des traits. « Il y a l'intellectuel », déclara-t-il en pointant du doigt le portrait de Jacques d'Argentières, l'ami de Napoléon. « Austère, précis, efficace. Ennuyeux. Et puis », poursuivait-il en pointant en face le frère de Jacques, « l'enthousiaste, le libéral, le sentimental rousseauiste. Ici », et il montrait une face de rat surgie d'une fraise immense, au teint cadavérique, avec une perruque de longs cheveux de vieille femme, « c'est le parlementaire. Fourbe, sans plus d'esprit que son fond de culotte usé par les bancs de la Chambre. À côté, l'ecclésiastique, un hibou asexué dans sa soutane trop large. Puis la femme honnête et perverse », et il désigna une personne maigre au collet blanc remonté jusqu'au menton, unique touche de lumière dans sa tenue noire. « Enfin, et non des moindres, clama-t-il, la femme, la parfaite, celle qui ressemble tant à son père ! »

André n'aimait pas cette allusion à la liaison d'une de ses aïeules avec Louis XIV, que Paul appelait quand ils étaient entre hommes le Souverain Baiseur. Il ne croyait pas à cette liaison, non par puritanisme, mais simplement parce que, au vu des archives qu'il avait lui-même consultées, il n'en existait aucun indice à part quelque ressemblance hâtivement conclue. Mais il ne dit rien. Malgré les circonstances, et bien qu'il la trouvât peu convenable, la bonne humeur de son ami lui plaisait.

Marguerite fit remarquer à Paul que la dentelle vert d'eau de la demoiselle, si l'on observait les lois de la pesanteur, ne pouvait en toute logique retenir sa poitrine gigantesque. Paul se récria, feignit la surprise, observa, estima, calcula à haute voix en s'aidant de ses doigts les proportions du tableau, et il serait allé chercher un mètre et un escabeau si André, recouvrant une certaine gravité, ne lui avait d'un geste impérieux intimé l'ordre de rester assis.

Rosine, dont le regard n'avait pas quitté l'assiette, s'éclaircit la gorge et, se tournant vers Paul, lui demanda ce qu'il avait fait pendant la guerre. Avec un geste plein de panache, il répondit : « Je chantais, ne vous déplaise. » Le repas était terminé. Jeanne s'appuya sur la table de ses deux mains et se leva.

On passa dans le boudoir où Maurice avait posé un plateau avec deux tasses à café fumantes pour les hommes. On s'assit sur des chaises raides que Jeanne avait achetées dans une brocante et qu'elle avait retapissées dans un tissu aux motifs floraux pâlichons, qu'elle préférait aux luxueux tissus du mobilier ancien de la maison. Félicité amena la petite Chantal. Elle venait dire bonsoir avant de se coucher. À quatre ans, elle possédait un vocabulaire amusant. Paul l'attrapa par la taille et la fit sauter dans ses bras en chantant « Je suis un peu griiise », l'enfant riait, gigotait de plaisir. Mais il n'eut pas le temps d'arriver au premier couplet car Jeanne reprit la fillette au dernier « chut ! », l'embrassa sur le front et la rendit à Félicité. « Il est trop tard pour ces bêtises », dit-elle.

L'enfant quitta la pièce dans les bras de sa nourrice en agitant la main, le sourire béat. On parla du temps qui semblait tourner mal. André se leva pour tapoter le baromètre accroché à côté de la porte. Dès qu'il passait devant les vingt baromètres de la maison, il répétait chaque fois le même rituel : il pliait le médium, frappait trois coups sur la vitre épaisse et attendait que l'aiguille, tel un pendule, indiquât la direction du vent et la température à venir. Puis il appela Jules, lui ordonna de sortir une cinquantaine de bouteilles de la cave, un saint-julien de 1937, pour le verre qui serait servi le lendemain aux villageois après l'enterrement. « Une belle année », répétait Paul en se léchant les babines comme pour amuser Chantal qui pourtant n'était plus là et que l'on entendait pleurer dans la chambre au-dessus.

André semblait absent. Toute la journée du lendemain se déroulait devant ses yeux, dans ses détails les plus concrets : les hommes qui porteraient le cercueil, la voiture qui l'emmènerait jusqu'à l'église puis au cimetière, le père Calas qui lirait les textes, prononcerait son homélie en chaire, et lui, André, près du catafalque de son père, qui recueillerait sourires, pleurs et mots vains de deuil. Il était pétrifié à la seule idée de vivre cette journée, comme si rien ne lui apparaissait soudain plus clairement depuis ces trois jours que cela : marcher derrière la voiture, chanter, prier, consoler, remercier.

« Pourvu que Gustave n'ait pas l'idée saugrenue de venir, dit-il soudain, pour rompre le cours angoissant de ses pensées.

– C'est tout de même le mari d'Antoinette, il n'a jamais fait de mal à personne, intervint aussitôt Marguerite.

– À toi peut-être. Personne ne t'a d'ailleurs jamais fait grand mal, dit André, piqué. Il est tard, la journée sera longue. »

Marguerite s'était déjà levée, elle quitta la pièce.

André baisa la main de Rosine. Paul, à son tour, prit congé des deux cousines avec quelques mots aimables.

Rosine regarda André d'un air étonné. « Qui veillera votre… *daddy* cette nuit ? »

La figure d'André était imprégnée de lassitude. « Ma foi, il nous a eus toute la journée. Tout le monde a besoin de repos. »

Les deux hommes quittèrent le bureau et Jeanne se trouva seule avec sa cousine. À son tour, elle lui souhaita bonne nuit et hésita avant d'ajouter en murmurant : « Comme j'aurais aimé avoir été près de vous, toutes ces années. Ce fut si difficile…

– Ma pauvre, répondit Rosine à voix haute, tu n'aurais fait que nous gêner. »

Plus tard, Jeanne dit à André, déjà couché dans le grand lit à baldaquin, les yeux au plafond, qu'elle avait aperçu Rosine dans la chambre funèbre. Elle veillait. « Je vais y aller moi aussi. Rosine est… choquée que nous le laissions. Je vais veiller cette nuit avec elle. »

André se tourna d'un coup vers le mur. Jeanne hésita devant la masse recroquevillée de son mari sous les couvertures.

« De toute manière, je ne dormirai pas », se dit-elle.

Elle enfila sa robe de chambre, ses chaussons et commençait à descendre les premières marches glacées de l'escalier, quand elle entendit la voix caverneuse de son mari : « À quoi bon veiller les morts, quand on ne les a pas aimés vivants ? »

Elle dévala le reste des marches quatre à quatre, haletante, maladroite sur la pointe de ses pieds, comme si sa seule ombre sur les murs, immense, pouvait réveiller les esprits de la maison.

9

Rosine et Jeanne ne s'étaient pas revues depuis le 5 juin 1938, jour où Jeanne prit le train de Cherbourg pour Paris. Elle allait travailler dans un orphelinat tenu par des religieuses dans le XVIᵉ arrondissement. Le docteur Pirou, le médecin de famille, qui s'inquiétait depuis longtemps de sa maigreur et de sa pâleur, avait recommandé qu'elle quitte le foyer familial. Elle ne dormait pas la nuit, errait en chemise dans la maison, pieds nus, et lorsqu'un mauvais dormeur la surprenait, elle prétendait qu'elle avait des crampes aux pieds et aux mollets qui lui causaient, couchée, des douleurs insupportables. Le docteur Pirou finit par se persuader qu'elle souffrait d'une forme de neurasthénie féminine et, sans en dire précisément la raison, il conseilla à ses parents un changement d'air radical.

« Un changement d'air radical, docteur ? Mais enfin, la Normandie a le climat le plus sain que l'on puisse concevoir ! » tonna Monsieur de Hauteville en entendant le vieux médecin debout devant son bureau. « Ma fille n'est pas tuberculeuse, que je sache ! »

Le docteur Pirou ne se laissa pas impressionner par l'allure gigantesque du père de la malade. Il avança patiemment des arguments sur la nature féminine et son besoin cyclique de changements, sur les vertus tonifiantes de la ville, sur les nécessités nouvelles qu'exigeait l'éducation des jeunes filles qui ne pouvait être aussi indigente que celle de leurs mères, sur le rôle social des femmes dans le monde. Monsieur de Hauteville le traita de traître, de socialiste, de démocrate, de franc-maçon, et le mit à la porte. Quinze jours plus tard, il céda devant la mine spectrale de sa fille.

À dix-huit ans, Jeanne quitta donc le château familial, grande bâtisse dégingandée aux allures de maison de fantômes écossaise, dont les toits étaient régulièrement arrachés par les vents qui projetaient l'océan sur les rochers abrupts des Pierres Pouquelées.

Le baron et la baronne de Hauteville avaient toujours vécu dans la maison familiale, entourés des portraits et des bustes de leurs ancêtres, courageuse et brillante dynastie de marins fidèles à la France et à ses souverains. Les récits de leurs exploits couraient les rayons de la bibliothèque dans d'épais ouvrages reliés de rouge et d'or. Beaucoup avaient sombré avec leur équipage. D'autres avaient pu se retirer couverts de gloire et faire de nombreux enfants, assurant ainsi, après l'avenir de leur pays, celui de leur postérité. On comptait aussi dans la famille un bienheureux dont les images sulpiciennes étaient disséminées dans toutes les pièces de la maison, glissées dans les cadres qui représentaient l'image de la Vierge ou du Dieu en trois personnes, et pour lequel toutes les baronnes de Hauteville, depuis trois générations, avaient demandé dans des courriers à l'écriture soignée et à l'expression d'une irréprochable piété, adressés à Sa Sainteté le pape, que soit ouvert le procès en canonisation. Elles envoyaient à l'appui de leur requête un certain nombre de documents attestant des faits extraordinaires qui s'étaient produits sur la tombe du bienheureux Côme de Hauteville, au cimetière de Saint-Thomas. Il y avait notamment l'étonnante guérison de l'idiot du village, l'« être simple des Béatitudes » selon l'euphémisme dont elles le gratifiaient, Didi pour les villageois, à qui on accrochait une cloche autour du cou pour ne pas le perdre, et qui, du jour au lendemain, après une errance dans le cimetière, avait trouvé un emploi et une femme qui lui avait donné six enfants, beaux, intelligents et chrétiens.

Toutes ces lettres avaient reçu une réponse courtoise promettant que Sa Sainteté étudierait le dossier du bienheureux Côme à la vie exemplaire et empreinte de l'amour du Christ, quand le moment viendrait. Ce « quand le moment viendrait » laissait toujours perplexes les baronnes. Elles ne savaient comment l'interpréter, se demandaient s'il fallait attendre une vision du pape ou encore d'autres miracles, et elles payaient le double de messes commémoratives en pensant que cela ne ferait pas reculer leur cause.

Arrivée à Paris, Jeanne vécut chez une tante. Elle donnait des cours aux jeunes orphelines. Le week-end, elle emmenait les scouts camper dans les forêts proches de Paris ou dans les parcs de propriétés privées que quelque dame de paroisse mettait à leur disposition. Elle fut vite moins pâle et moins maigre, elle sortait avec ses amies parisiennes dans les bals de la bonne société du faubourg où, à défaut de s'amuser parce qu'elle ne savait pas danser et qu'elle n'aimait pas l'agitation mondaine ni le chic parisien des femmes qu'elle trouvait hautaines, tout en les enviant, elle rencontra beaucoup de monde.

En juin 1939, elle fit la connaissance d'André dans un bal chez une cousine, Sophie de Tilly, rue de Grenelle. André était un ami du frère de Sophie, Philippe. Comme lui, il avait une trentaine d'années. André releva le cousinage et s'entretint longuement avec Jeanne. Elle tomba amoureuse de lui, sans le formuler d'une manière aussi claire, parce que, contrairement aux autres hommes qui la regardaient à peine et faisaient mine de ne pas la reconnaître d'une soirée à l'autre, André lui parlait des beautés de la Normandie, l'interrogeait sur le château et sur l'histoire des Hauteville. Ils s'amusèrent de découvrir qu'ils avaient tous deux pour ancêtre le grand Tancrède de Hauteville, seigneur du Cotentin, fier vassal de Richard II, grand-père de Guillaume le Conquérant, qui s'était illustré en transperçant de son épée le sanglier qui avait chargé Richard l'Irascible.

« Nous sommes donc presque cousins, constata André.

– Mais nous, nous sommes restés normands », répliqua naïvement Jeanne, en observant les détails de l'élégant costume d'André.

Elle crut qu'il lui trouvait quelque chose de singulier car tout ce qu'elle lui disait se transformait, à voir la manière dont il l'écoutait en hochant la tête, en de somptueuses paroles qui faisaient évanouir autour d'elle la foule, les danses, les rires et les atours clinquants des femmes. Pour la première fois elle se sentait considérée, et peut-être même admirée, par un homme qui, pourtant, était bien plus âgé qu'elle. Mais André ne lui trouvait rien de particulier. Il était affable avec toutes les personnes qu'il rencontrait, et savait manifester une attention soutenue à tout ce qu'on pouvait lui raconter.

Pendant la guerre, elle ne cessa pas de penser à lui, s'empêchant même de dormir, ses draps roulés en boule sous son corps brûlant en plein hiver, tremblant d'apprendre qu'il avait été tué. Elle retournait rue de Grenelle voir Sophie et ses parents pour avoir des nouvelles, et quand, après deux heures de visite, on n'avait toujours pas évoqué le nom d'André et qu'elle devait partir, elle finissait toujours par murmurer, rougissante, les yeux baissés : « Et l'ami de Philippe, je ne me souviens plus de son nom, est-il toujours à Besançon ? »

Sa passion ne fut bientôt plus ignorée de personne. Elle ne devina pas qu'elle s'était trahie. Ce fut l'armistice. André rentra à Paris en même temps que Philippe. Les Tilly, qui aimaient beaucoup la discrète et menue Jeanne et pensaient à un éventuel mariage, les rassemblèrent lors d'un dîner. Amaigri et assombri par la guerre, André n'en était que plus beau et plus admirable aux yeux de la jeune femme. Il fut aussi courtois et aimable que lors du bal, mais peut-être moins curieux d'elle. Elle se dit que la cause en était les événements tragiques qui absorbaient son attention, et son affection ne fit que redoubler. Elle gardait en mémoire l'intensité de ses yeux bleus, son écoute souriante, sa beauté penchée sur elle comme si plus rien au monde n'existait.

Ils se revirent à diverses occasions, à des visites, des goûters, même au théâtre. Il l'emmena seule à Bagatelle se promener, il lui fit contempler les arbres, les fleurs, les lumières hivernales, et, un beau matin, il vint boulevard Saint-Germain pour la voir et lui demander avec une voix pleine de délicatesse si elle accepterait de l'épouser. Elle dit aussitôt oui, d'une voix menue. Ils se marièrent quatre mois après, en juin, à l'église de la Madeleine. Ses parents firent le voyage avec Rosine jusqu'à Paris mais Jeanne pleura de longues nuits à l'idée de se marier sans son frère, emprisonné en Allemagne, et dont on craignait que les colis qu'on lui envoyait chaque semaine n'arrivent à son cadavre.

Après le mariage, il y eut un déjeuner dans les salons de la Villa. C'était ainsi que l'on désignait l'hôtel des Argentières parce qu'il était situé au fond de la villa du Mont-Thabor, protégée de la rue du même nom par une grille qui ouvrait sur une cour arborée. Ils y passèrent la nuit avant de partir pour Bagnères-de-Luchon dont Madame de Hauteville dit que Jeanne bénéficierait du climat. Elle détesta le luxe de l'hôtel. Chaque matin, sur la terrasse où ils prenaient leur petit déjeuner, dès que l'air vivifiant lui montait à la tête, elle pensait à son frère, et elle pleurait, les pieds serrés sous la table, les yeux ouverts face aux cimes éblouissantes, pendant qu'André lisait le journal.

Ils rentrèrent deux semaines après et s'installèrent à Argentières sans que jamais le souvenir de Hauteville la quitte, ni la sourde culpabilité qu'entretenaient les lettres qu'elle recevait de ses parents et de Rosine, dans lesquelles ils détaillaient les conditions de vie difficiles auxquelles ils étaient condamnés, et l'occupation humiliante des Allemands.

Quand, le soir de son arrivée au château d'Argentières, Rosine répondit à Jeanne, sans la regarder, qu'elle n'aurait fait que les déranger si elle avait été avec eux, elle raviva le désir de Jeanne d'être marquée de la douleur originelle, douleur d'orgueil et d'incapacité à vivre, qui la rattacherait de nouveau à son clan dont elle s'était sentie si cruellement séparée. Les genoux sur le sol glacial de la petite chambre funéraire, toute la nuit, les mains jointes, inclinée devant les pieds immenses de Jean-André, Jeanne ne pensa qu'à cela. Rosine se releva vers quatre heures du matin pour aller se reposer, la laissant veiller seule.

10

La mère de Rosine était morte en la mettant au monde.
Quand son père, le frère de Monsieur de Hauteville, était
décédé à son tour, elle était trop petite pour se rappeler
comment elle l'avait appris ni les cérémonies qui avaient
suivi. Son oncle et sa tante avaient recueilli l'orpheline
à Hauteville, elle n'avait que cinq ans. Ils l'avaient aussitôt considérée comme leur propre fille et l'avaient
même adoptée devant notaire. En revanche, Rosine se
souvenait précisément qu'en allant se recueillir quelques
années plus tard près du cadavre de son grand-père, elle
avait fait tomber, dans son émoi, le cierge pascal, bizar-
rement inadéquat en la circonstance, que le curé s'était
empressé d'apporter à bicyclette de Saint-Thomas et
d'installer près du visage du mort. La flamme perchée
au bout de deux mètres d'un épais cylindre de cire avait
mis le feu à la passementerie du tapis. Elle en avait été
sévèrement grondée. « Dieu voit tout ce que tu fais, et, au
Jugement dernier, Il saura te rappeler tes négligences »,
avait menacé sa tante, les yeux rougis, suggérant que les
punitions terrestres n'étaient qu'un avant-goût des
célestes. Depuis, Rosine avait senti l'œil divin suivre en
permanence les plus menus gestes de son quotidien.
« Mon Dieu, mon Dieu, ne me permettez pas de fai-
blir », répétait-elle chaque soir à genoux sur le parquet
de sa chambre, les doigts liés à un chapelet de bois, les
coudes sur le bord de cuivre de son lit, quand elle ne dor-

mait pas à même le sol en punition d'une faute qui lui paraissait mortelle. Elle ne disait rien à personne de ces dispositions à la mortification, car elle se rendit compte qu'elle retirait de ces méditations nocturnes des délices inattendues semblables à celles que lui procurait la sensation de ses cuisses blotties l'une contre l'autre, les matins d'été. La religion était devenue pour Rosine à la fois une source de devoirs, d'obligations impossibles par principe à satisfaire, et cette impossibilité, en même temps qu'elle la rongeait, lui accordait une vie secrète, cruelle, qu'elle entretenait avec volupté.

Au matin des obsèques, elle fut la première dans l'église d'Argentières pour disposer les fleurs. L'église fut pleine une demi-heure avant le début de la cérémonie. Il y avait déjà sur le côté du chœur, au premier rang, l'Association des anciens combattants de l'Anjou, tous drapeaux dehors, vêtus de costumes noirs, inexpressifs, et celle des veuves de guerre, représentée par trois dames imposantes à voilette, d'une cinquantaine d'années, qui regardaient autour d'elles, dévisageaient, et partageaient leurs impressions en de sonores murmures. Au quatrième rang siégeait le conseil municipal. Il y avait là Frèrelouis et Matthieu, Ricard et Léon, tous fermiers à Argentières et membres du conseil depuis que Jean-André les y avait invités vingt ans auparavant. Lefranc, le régisseur d'Argentières, et sa femme étaient assis derrière eux. Sur une chaise légèrement en retrait, près du mur, Basile Tellier avait posé son chapeau de soie. Tellier était un enfant du pays, fils de cordonnier. Il s'était enrichi à Lyon dans le commerce du lin et avait acquis une grande demeure à l'entrée du village. C'était un joli château à tourelles, ceint de balcons ajourés et entouré d'une prairie bucolique dont Tellier avait voulu faire le symbole de sa réussite. Mais les travaux éternels qu'il avait continués pendant la guerre, sous la protection des Allemands, avait-on insinué dans le pays, et dont on ne voyait pas la fin, en avaient fait un temps la risée, puis la honte du village.

Au fond de l'église, sur trois rangs, se tenait tout le personnel d'Argentières : les bonnes, Maurice dans un manteau noir trop grand, Félicité qui soufflait dans un mouchoir en répétant : « Monsieur était si bon. » Tout en reniflant, elle louchait vers le pilier à gauche de la porte, auquel était appuyé le beau Jules, digne dans son costume du dimanche, la mèche tirée sur le côté et lissée avec de la gomina. Les pieds croisés, il ressemblait à Rudolph Valentino. Debout derrière les domestiques, les épouses des fermiers et les garçons de ferme contemplaient leurs chaussures, intimidés.

Vers dix heures et quart, le duc de La Vrillière et sa femme, voisins d'Argentières, firent leur entrée dans l'église. Tous les regards se tournèrent vers eux. Ils formaient un couple magnifique et bizarre, lui racé et légèrement mat de peau, nez et oreilles gigantesques, elle aussi froide que belle. On ne lui avait pas vu une expression de douleur ou de plaisir depuis la mort de son fils en 1940, dans une stupide expédition au sud de la Somme. Même son regard fier s'était éteint. Dans les cuisines et les écuries d'Argentières, on l'appelait la « triste duchesse ». Marie et Édith, les bonnes, imitaient sa démarche, ses pieds traînants et absents, qu'elles avaient tout le loisir d'observer lors de ses fréquentes visites. On imitait aussi son mari qu'on trouvait simplet parce que sa seule passion était la chasse même s'il était un exécrable tireur. Un jour, avant la guerre, il avait manqué tuer un rabatteur à Argentières. Le vieux Jean-André tonitruant l'avait accablé de paroles furieuses et l'avait ostracisé pendant six mois avant de lui accorder de nouveau ses bonnes grâces avec de larges claques dans le dos. « Mon ami ! Mon ami ! » Les cuisines résonnaient des imitations de Jean-André, accompagnées de ses claques familières qui pouvaient être douloureuses aux dos peu habitués, tant il avait de force.

Le duc et la duchesse s'assirent au deuxième rang. Derrière eux, un homme, dans une large cape de velours frappé, doublée de soie blanche, les cheveux noirs et les lèvres rougies, les sourcils dessinés, ressemblait à un vampire prématurément vieilli. Sa bouche semblait avoir été avalée par une ventouse. Il était assis à côté d'un très jeune homme aux cheveux exubérants qui ne savait visiblement pas comment se comporter dans un office catholique, et jetait sans cesse des coups d'œil vers le vampire qui lançait sa cape d'un geste ample du bout de ses doigts lorsqu'il fallait s'asseoir, puis la pinçait d'un geste sec pour se relever.

Rosine et Paul suivaient le couple ducal et s'installèrent au premier rang sur le côté. Ils étaient accompagnés d'une jeune femme en longue robe noire, coiffée d'un petit melon à voilette, au teint bleu de fausse brune, le visage parsemé d'une couperose disgracieuse. Elle portait l'insigne des infirmières de guerre sur la poitrine, comme une décoration. C'était Vanessa, la fille aînée de Marguerite. Elle fit une génuflexion dans l'allée centrale, se signa, se glissa ensuite dans le banc sans lever les yeux, s'agenouilla sur le prie-Dieu, sous la statue de saint Georges, se signa de nouveau avec une lenteur inspirée, les yeux clos, et se mit à marmonner sous sa voilette.

La forme maigre que tout le monde remarqua, debout avec les domestiques, adossée au pilier à côté de celui de Jules, près du baptistère, la seule à ne pas être vêtue de noir, la tête découverte, en pantalon brun de coutil et chemise ample, les cheveux courts, le visage concave et placide, mains dans les poches, était sa sœur cadette, Jacqueline, la seconde fille de Marguerite.

André, Jeanne et Marguerite entrèrent. Toute l'assemblée se retourna sur eux et se tut, scrutant les signes de la peine dans leur expression, leurs vêtements et leurs gestes. Mais rien ne paraissait sur ces trois silhouettes minces, ni sur leurs visages qui ne saluaient pas et regardaient loin devant eux tels des marins au mât, comme si, de l'immensité, une catastrophe s'annonçait qu'ils attendaient sans la laisser troubler leur quiétude. Ils s'assirent dans les bancs seigneuriaux, suivis des cousins et cousines de la région, tous vignerons, trapus et corpulents, les femmes enveloppées de voiles, de manches et de dentelles, qui ressemblaient à de sinistres oiseaux de proie.

André s'était assis le plus près de l'allée centrale, pour se tenir au côté du cercueil qui allait être déposé devant l'autel. En apercevant le couple de l'homme à la cape et de son jeune voisin, il n'avait pu retenir une expression de mécontentement. Il avait espéré que son beau-frère Gustave, le mari de sa sœur Antoinette, ne serait pas venu, mais il s'agissait bien de lui. André l'avait immédiatement reconnu malgré son état de décrépitude, grimaçant, tentant de voir, en dépit de sa myopie, les personnes qui s'asseyaient devant lui.

Au-dessus des grosses têtes burinées des porte-drapeaux, André regarda le portrait d'un saint André qui avait été offert à la paroisse par son arrière-grand-père. Son grand-père, Albin, alors âgé de huit ans, avait servi de modèle au peintre pour donner son expression enfantine et brouillonne à la figure du saint. Le personnage en était disproportionné : la petite tête ronde et malicieuse, auréolée d'une fine tonsure, qui regardait vers le ciel pour signifier la proche relation du saint à Dieu, était posée sur une immense soutane noire qui descendait jusqu'en bas du tableau. André n'admirait pas ce portrait. Jamais d'ailleurs il ne s'était demandé si les tableaux de famille étaient beaux. Les tableaux de famille étaient. Ils manifestaient la présence glorieuse de la famille, du portrait le plus officiel à la miniature la plus intime. Peu importait que le trait en fût grossier ou dissemblant puisque les visages ne comptaient pas dans leur individualité. À leur manière répétitive, ils donnaient à voir la longue trame de la descendance qui enfilait les générations, plus ténue, plus lâche à mesure qu'elle approchait des temps les plus récents parce qu'elle n'était plus tissée par les honneurs ni par les personnalités qui avaient fait la gloire passée. La famille ne se nourrissait plus que d'elle-même.

Le tableau de ce saint suscita chez André une émotion plus forte que celle qu'il éprouva à voir le cercueil de son père près de lui, couvert de son drap de dentelle blanche brodée aux armes des Argentières, qui figuraient un chevalier en armure et deux étoiles, dont personne n'avait jamais cherché le sens.

À côté de l'autel, une statue peinte abîmée d'environ un mètre représentant une femme dans une toge cinabrine retenue par une attache, les pieds nus aux doigts finement sculptés, semblait regarder le cercueil. Ses yeux allongés reflétaient une lumière trouble, à la fois cruelle et attendrie. Au flanc, elle portait une arme fine dont la pointe disparaissait dans les plis du tissu. On l'appelait la « Vierge rouge ». Elle avait été retrouvée lors de fouilles dans le sol de l'ancienne crypte de l'église, il y avait de cela une vingtaine d'années. La Vierge médiévale, que l'archéologue avait datée du XVe siècle, était devenue la bienfaitrice d'Argentières. Sa robe de guerrière, disait-on, apaisait les maux de tête, favorisait le sommeil, consolait les esprits troublés de ceux qui la touchaient. Pendant la guerre, il semblait même qu'elle eût fait des miracles. Un jeune maquisard s'était caché d'une patrouille allemande derrière l'estrade en bois qui la portait, il n'avait pas été découvert, même quand le chien des occupants était venu promener sa truffe jusqu'au pied de l'autel. La statue se dressait maintenant sur un cube recouvert d'un taffetas doré que Jeanne avait déniché dans une armoire d'Argentières et offert à la paroisse. « Il faut la restaurer », avait-elle dit plusieurs fois à son beau-père en apprenant les miracles que la Vierge multipliait. Jean-André haussait les épaules. Maintenant la Vierge rouge toisait le cercueil, de son regard ambigu qui fit craindre à André que l'âme de son père fît une arrivée difficile aux portes du Jugement divin.

Le père Calas officia avec bonhomie. C'était le jeune curé de la paroisse. Il avait remplacé le vieux père Lamy, mort pendant la guerre : on l'avait retrouvé à sa table de travail, effondré sur son Bailly, le dictionnaire de grec qu'il ne passait pas une journée sans consulter, les bras pendants, dans son bureau vétuste au dernier étage de la tour médiévale qui flanquait le presbytère. Un averti remarqua qu'il venait juste de terminer sa traduction de l'évangile de Jean à laquelle il travaillait depuis plusieurs années et dont il disait toujours : « Un jour, vous verrez, je la présenterai à l'Université. » Ce seul mot faisait voir à ses auditeurs dotés d'imagination un lieu immense en pierre taillée, aux couloirs polis, silencieux et vides, où n'étudiaient que des jeunes gens riches en costume, que l'on ne comprenait pas quand ils parlaient. Les autres, plus intéressés par la taille des vignes que par les proportions des bâtiments universitaires, se disaient seulement qu'ils auraient préféré un curé qui visitât davantage les malades que les vieux papiers.

Le père Calas donnait toute satisfaction. Il était dynamique et sympathique, jouait au football avec les enfants sur le terrain à côté de la salle des fêtes, passait de ferme en maison, consolait les femmes, veillait les mourants, confessait les pécheurs. Il célébrait même la messe à la fête des sorcières sans se faire prier et sans entrer dans les fulminations auxquelles le père Lamy avait habitué ses paroissiens, sa colère mélangeant dans un salmigondis déconcertant des citations de *La Cité de Dieu* contre les païens idolâtres et des injures angevines qui lui venaient de son antique fond paysan, comme s'il lui fallait prendre appui sur ce qu'il y avait de plus primitif en lui pour combattre les archaïsmes de ses ouailles. Le père Calas, au contraire, accueillait calmement les récits de fantômes et d'esprits. Il passait de longues heures à écouter les histoires de volets qui claquaient sans une once de brise, de promeneurs solitaires aux yeux phosphorescents qui goûtaient les cimetières la nuit, de pactes magiques, de rencontres diaboliques, de possessions, de charmes, de philtres, il apaisait, rassurait, prescrivait prières et chapelets et bénissait les lieux suspects plutôt deux fois qu'une.

Le père Calas s'entendait bien avec André et Jeanne qui aimaient son « bon sens ». « C'est un homme de la terre, lui », décréta André un mois après la mort du père Lamy, à l'issue de leur première conversation dans le grand salon d'Argentières qui bruissait de l'agitation du printemps. Après tout un curé était un curé, un pasteur d'âmes, un berger, pas un philosophe. André et Jeanne en conclurent même que c'était manifester une forme de prétention peu évangélique que de vouloir sortir de ce rôle pastoral pour planer aux sphères de l'intellect. Au diable saint Augustin et les nouvelles traductions de Jean. C'était sur cette solide conviction qu'André avait serré la main ferme du fringant père Calas, en se disant qu'il aurait toujours un appui solide en sa personne. La réciproque était vraie. Le nouveau curé aimait le maintien et la droiture d'André pour qui il avait l'admiration que vouaient les habitants de ces terres viticoles à toutes les formes de notabilité. La Révolution ici semblait n'avoir été qu'un lointain cauchemar, jamais l'autorité des aristocrates n'avait été remise en cause. Cent cinquante ans plus tard, on continuait à restaurer les bancs seigneuriaux de l'église aux frais de la mairie et l'on fêtait le 15 août au château, dans les feux de joie et les spectacles de compagnies ambulantes que les Argentières avaient toujours aimé convier.

Le père Calas rendit hommage à Jean-André. Il rappela sa fidélité à son ami le comte de Paris, sa carrière diplomatique interrompue par l'exil, ses incessants voyages à travers l'Europe, son mariage heureux couronné de trois beaux enfants dont l'une, Antoinette, à son grand malheur, l'avait précédé accidentellement dans la mort, un triste 20 juin 1930, et ses deux autres enfants, Marguerite et André, dont les vies exemplaires l'avaient comblé. Il rappela son action à la mairie pendant quarante années, la modernisation des cultures, l'assainissement des habitations du village, les réjouissances qu'il avait organisées à Argentières : les kermesses, les soirées de bienfaisance, les tombolas, les représentations artistiques, les fêtes déguisées. Calas n'avait pourtant rien vu de tout cela mais il avait fait son miel des récits de ses paroissiens et, comme il avait de l'imagination, il en avait ajouté de son cru, si bien que l'on vit passer dans cette baroque oraison funèbre des chameaux apprivoisés, des autruches, des orgues de Barbarie et des ballons multicolores qui jamais, même en rêve, n'avaient traversé le village ou le parc du château. L'assemblée écouta dévotement le père Calas et en vint même à se dire qu'il approchait peut-être davantage la vérité qu'on l'aurait d'abord cru, puisque, somme toute, la vérité résidait mieux dans les mots du présent que dans les faits du passé, et quelques larmes perlèrent à l'évocation de ces pittoresques journées.

Marguerite se tournait souvent vers son frère d'un air moqueur et scrutait ses traits, mais André était aussi impassible qu'un buste romain. Avec le profil grec de

Jeanne, ils formaient une sorte de bas-relief intimidant ou de camée de sardonyx. Marguerite finit par regarder devant elle, avec l'œil fixe d'une lionne.

L'abbé Calas termina son allocution dans un silence parfait, et toute l'assemblée vint bénir le cercueil, en jetant au passage des regards vers les bancs seigneuriaux. Puis André, Jeanne, Marguerite, Rosine et Paul sortirent sur le parvis et engagèrent la marche vers le cimetière.

Quelques personnes les suivirent. Il y avait les membres de familles lointainement apparentées, les hommes qui avaient connu Jean-André pour des affaires communes, les femmes sanglotantes et curieuses, plus émues par la mise en scène que par l'événement lui-même, et que leurs maris tiraient par la manche pour leur signifier que la décence exigeait qu'elles rentrassent chez elles préparer le repas. Mais elles faisaient semblant de ne pas le remarquer et grimpaient de leurs jambes costaudes, le mouchoir appuyé sur la bouche, vers le cimetière qui dominait le village. Certaines allèrent jusqu'au bout de leur course, passèrent les portes du cimetière, heureuses de paraître des marquises ou des comtesses amies du défunt, fières de se retrouver, dans la fréquentation de la mort, les égales de ces êtres d'éther et de naphtaline à qui elles n'auraient pas même osé adresser la parole si elles les avaient rencontrés en d'autres circonstances.

Après le cimetière, André et Jeanne se retirèrent dans leurs appartements et tout l'enterrement se retrouva dans le vestibule d'Argentières. On but les cinquante bouteilles de saint-julien. On parla d'abondance. Les moins à l'aise, quand ils ne campaient pas sur le seuil de la porte, leur verre à la main, regardaient d'un œil inquiet les yeux vitreux des loups empaillés qui trônaient au milieu du vestibule tels de sinistres Charons. Maurice sonna le déjeuner et ferma derrière le dernier invité les lourdes portes grinçantes.

11

Il fallut répondre aux lettres de condoléances qui affluèrent vers Argentières. À ceux qui regrettaient que l'enterrement n'eût pas eu lieu à Paris, André et Marguerite promettaient une messe du souvenir à la Madeleine. Ils ne précisèrent pas que leur père avait demandé dans son testament à ne pas être enterré à Paris car il ne souhaitait pas de rassemblement mondain. Il s'était ainsi dérobé, au moment de la mort, à ce qui l'avait toujours maintenu en vie.

Quand il ne répondait pas au courrier, André passait son temps avec le notaire. Il avait de nouveau investi le grand salon sans tenir compte des jours de deuil décrétés par Jeanne, et travaillait sous les jambes du Napoléon galbé dans un pantalon rouge fraise, la mèche en queue de chiot.

Le grand bureau Empire était couvert de papiers, de factures, de manuscrits et de livres de comptes. Les deux hommes s'y installaient chaque matin à neuf heures avec l'air le plus distingué du monde, comme si tout cela n'avait ni l'importance ni la valeur qu'on pouvait croire, et commençaient par partager les nouvelles du jour en buvant un café que Félicité leur apportait. Ils travaillaient quelques heures et le notaire ne partait pas sans qu'André lui montre un arbre juste planté ou une fleur éclose en serre.

Et pourtant, André constatait que les choses seraient plus difficiles encore qu'il l'avait imaginé. Il savait que son père avait dépensé sa fortune en voyages, en sorties, en maîtresses, et qu'il ne pourrait compter sur son héritage pour maintenir le train de vie qui avait été celui de sa famille depuis des siècles. Les dettes que son père avait faites nécessitaient même qu'il vendît la bibliothèque de la Villa et qu'il en partageât les bénéfices avec Marguerite, car son père avait stipulé qu'il aurait le devoir de subvenir aux besoins de sa sœur.

Il savait aussi qu'il ne pouvait rien attendre de Gustave. Après la mort de leur mère dans le sanatorium suisse où elle avait été confinée à la fin de sa vie, Gustave, le mari d'Antoinette, devant le cercueil de la morte installé dans la chapelle ardente de l'établissement, avait bien glissé à André qu'il lui laisserait sa fortune, « par vive amitié ». Plus tard, quand Antoinette était morte, il lui avait de nouveau fait cette promesse. La scène avait été étrange et André ne s'en était souvenu que bien plus tard. À l'époque, il n'y avait rien trouvé d'indécent. Gustave avait fait embaumer le corps de sa femme, avant de l'installer dans son salon, assise contre le bras du canapé, comme si elle recevait ses amis selon son habitude, chaque après-midi après quatre heures. Sa blessure au cou avait été habilement dissimulée par un col de dentelle que complétait un ruban ponctué d'un rubis. Maquillées d'une poudre rose vif, ses joues rendaient plus transparentes ses paupières closes. Il lui avait fait mettre une chemise à volants avec un tailleur gris qu'il aimait particulièrement parce qu'il soulignait sa taille étroite de danseuse. Ses genoux, pliés sur le côté, étaient élégamment joints. Ses mains reposaient, croisées sur ses genoux, dans une attitude d'écoute attentive. Gustave faisait asseoir les visiteurs à côté de la morte et se plaçait dans un fauteuil face au canapé. « Je te donnerai tout », avait dit Gustave en se penchant vers André, et il avait dissimulé ses larmes dans son mouchoir. Il l'avait encore assuré de son affection. André pensait qu'il était sincère. Il avait vu les femmes en noir sortir en courant de la pièce où elles avaient assisté à l'apparat morbide et s'enfuir vers la porte sans attendre que le maître d'hôtel les aide à mettre leur manteau. Les hommes, pâles, les suivaient, vacillant sur leur canne.

Puis, en 1941, André s'était fiancé avec Jeanne. Il était allé la présenter à Gustave, dans son hôtel de la rue de Lille hérité d'Antoinette. Gustave les avait presque mis dehors car Jeanne, avait-il dit par la suite à André, n'avait pas manifesté le moindre sens artistique devant les œuvres exceptionnelles dont il avait fait l'acquisition au cours de sa vie, et qu'il lui avait montrées. Elle n'avait pas semblé écouter l'enregistrement des *Pas sur la neige*, que jouait l'une de ses chères amies, et qu'il leur avait fait entendre dans la pénombre de sa chambre, sur son vieux gramophone. Elle avait même demandé qu'on lui articule le nom de Debussy, puis l'avait à son tour répété comme on mâche un aliment dont on ne reconnaît pas la nature.

Jeanne n'avait jamais reçu d'éducation artistique. Son jugement, quand elle en portait un, reflétait toujours l'état de son affectivité. Elle manifestait de l'enthousiasme devant une chose qu'on lui faisait admirer quand elle se sentait en confiance, en présence d'un être qui la chérissait ou quand elle se sentait délivrée, ce qui arrivait rarement, de l'inquiétude permanente dont elle était habituellement l'otage. Alors elle employait des épithètes comme « joli » ou « agréable ». Elle disait d'un tableau qu'il était bien dessiné, ou qu'il avait l'air difficile à copier.

Cela étonnait toujours André. Bien qu'il n'eût jamais été très curieux des formes artistiques, il avait reçu dans son enfance quelques principes esthétiques qui lui suffisaient en société à sauver les apparences. Lorsque Jeanne avait dit, devant les paysages de Ruysdael qu'il lui avait fait admirer à la Villa, qu'elle en trouvait les couleurs tristes, il avait été encore plus surpris. Il s'était rappelé la phrase de son père quand il lui avait annoncé ses fiançailles. « Fais comme tu voudras. Il y a de la fortune… Mais ces Hauteville, imbécile, ce sont des rustres. » Bien sûr, il n'était pas pensable de reprocher à Jeanne d'être une rustre. Elle était exactement l'inverse, la délicatesse même, mais elle était plus sensitive que sensible. Enfin, le mal était fait. Gustave déshérita André et lui jura qu'il n'aurait rien de son argent s'il épousait cette « sinistre femme, cette petite fouine provinciale ». André fut profondément blessé de l'insulte.

Depuis ce parjure, André se rappelait souvent le jour où Gustave avait répété sa promesse, devant le cadavre d'Antoinette. Dans son amertume, il avait conclu que Gustave ne les avait jamais aimés, eux les Argentières, ni lui, ni Marguerite, ni même Antoinette, sa propre femme. Il pensait que son amour pour elle n'avait été qu'une maladie perverse, indignement manifeste dans la vision obscène qu'il avait offerte de son cadavre. « C'est l'argent qui me voilait les yeux », se disait-il tristement.

Après la mort de son beau-père, Jeanne profita des longues absences d'André pour faire le tour des pièces du château. Elle n'en parlait à personne, car elle avait le sentiment confus de commettre un péché. « Pourtant je suis chez moi ! » s'exclamait-elle en son for intérieur quand affleurait la culpabilité. Ces soudains cris de révolte silencieux contre tout ce qu'on lui avait appris – le dédain des choses matérielles, le mépris du bien possédé au regard des biens à acquérir dans l'au-delà –

l'inquiétaient. Elle les étouffait aussitôt. Mais elle continuait ses promenades, poussant les portes inconnues, explorant les débarras, perçant l'obscurité des cabinets et des alcôves. Elle ne connaissait que ses propres appartements et n'avait jamais été dans ceux de son beau-père, encore moins de sa belle-mère ni d'Antoinette, la fille chérie.

Tous étaient situés au-dessus des salles du bâtiment central et dans l'aile droite de la maison. Elle en visita toutes les pièces, comme une enfant sage qui désobéit pour la première fois, sans toutefois pousser les volets. Elle fouillait les tiroirs et les placards, ouvrait les immenses penderies, passait sa main sur les vêtements en soulevant une odeur âcre d'antimites. Elle frissonnait en sentant sous ses doigts les étoffes qu'elle devinait tour à tour rugueuses, fines, légères et souples. Elle avait l'impression de caresser la peau d'un long et beau corps. Parfois la trace d'un parfum venait d'une couverture soulevée ou d'un vieux tissu de fauteuil, que Jeanne avait palpé. Elle imaginait que ce parfum avait appartenu aux femmes qui avaient vécu là, et se sentait plus forte, plus vivante que le vieux Guerlain fané.

Un jour, elle alla même dans la chambre verte. C'était la pièce la plus précieuse de la maison, décorée de boiseries dorées qui représentaient des allégories néoclassiques. Jacques d'Argentières les avait commandées à un artiste connu de son temps, ami de Canova, et tombé depuis dans l'oubli. Il y avait installé un lit richement sculpté, drapé de tentures de velours et surmonté de pointes en or qui lui donnaient l'air martial d'une tente de campagne. Le lit était recouvert d'un tissu de soie vert, deux coussins y reposaient. L'un était brodé en bleu et or aux armes des Argentières, l'autre était aux armes des Orléans, cadeau de la souveraine à son amie la marquise.

Personne n'entrait jamais dans cette pièce, sinon les invités à qui Jean-André avait montré la chambre, et la bonne, Marie, qui la nettoyait tous les ans de fond en comble, en s'exclamant devant la masse de poussière qui s'y accumulait. Elle soufflait et jurait en ramassant les mouches mortes. La perspective qu'eut un jour André de son derrière levé pendant qu'elle cirait le plancher, rouge sous son bonnet, sous les yeux vides du Remords et de la Patience, nus et enguirlandés de lierre et de fleurs dans leur pose de dieux grecs, lui rendit étrangement dérisoire la riche beauté du lieu.

Jeanne avait dû prendre la clé dans la garde-robe de Jean-André. C'était la seule qui ne se trouvait pas avec les autres dans le tiroir du bureau. Jean-André la conservait parmi ses affaires, ses ceintures, ses chemises, ses cachemires, que Jeanne avait fouillés, sursautant au moindre craquement du parquet. Elle la dénicha tout en haut de l'armoire, au fond d'une boîte allongée, en cuir, qui avait contenu une montre. C'était une clé au bout rond dentelé comme un mandala médiéval. Jeanne s'était aussitôt rendue à la chambre. La porte en bois s'était ouverte facilement. Tout sentait la cire et l'insecte mort. Il n'y avait ni lampe ni lustre. La pièce ne s'éclairait qu'aux bougeoirs massifs qui ornaient une commode.

Jeanne referma la porte derrière elle et, avec une allumette de la boîte qu'elle gardait toujours au fond de sa poche, elle alluma un bougeoir. Elle avait songé à ce qu'elle dirait si on la surprenait : elle était venue vérifier que Marie avait bien travaillé à son dernier passage, qu'un volet n'était pas resté ouvert. C'était la première fois qu'elle se trouvait seule dans cette pièce. Jeanne alla vers la commode et fit glisser les tiroirs vers elle. Ils résistèrent quelques secondes et finirent par céder sous sa poigne insistante. Ils étaient remplis de papiers en tous genres, d'enveloppes, de lettres dactylographiées, toutes adressées à Jean-André. Au fond du tiroir du bas, il y avait des lettres plus anciennes, d'invitations, de vœux, de remerciements, de réponses et de condoléances dans toutes les langues. Il y avait aussi des lettres de sa femme à Jean-André.

Jeanne en ouvrit une et la lut. Elle y racontait à son futur mari un séjour qu'elle faisait en Suisse. La date était proche de celle de leurs fiançailles. Sa sœur était en cure dans un sanatorium à Davos, elle lui rendait visite. « Ce doit être le sanatorium où elle est morte », se dit Jeanne, en essayant de se rappeler le nom de l'établissement dont lui avait parlé André. C'était un texte amusant, plein d'anecdotes comiques sur les personnes qu'elle rencontrait à l'hôtel ou sur les terrasses de l'établissement, et de considérations sentimentales sur un concert qu'elle avait entendu à Zurich. Le ton était tendre et émotif, il y avait des choses du genre « Mon Jean-André très aimé », ou « Je vous serre fort contre moi » ou encore « Pensez-vous bien à moi ? ». Jeanne s'imagina écrivant de semblables choses à son mari et se sentit rougir. Elle replaça la lettre et aperçut, en boule au fond du tiroir, une liasse de feuilles blanches qui semblaient avoir été fourrées là à la hâte. L'une d'elles était légèrement froissée. Jeanne la prit. C'était un poème daté du 3 juin 1898 qui commençait ainsi :

Que fîmes-nous, madame, qui ne mérite aveu,
En cette chambre, dame, rien qu'un enfant ou deux...
À la douce lumière de la flamme, endormie,
Je vous vis nue et pâle, déjà pleine, ma mie.

Il y avait encore cinq strophes, mais Jeanne fourra la feuille dans sa poche, souffla les bougies et claqua la porte en oubliant de la fermer. Le papier lui brûlait le flanc. « Il faut jeter, jeter ces inconvenances », se disait-elle, haletante, en courant à sa chambre. Elle mit le feu au papier dans la cheminée, il se consuma aussitôt.

Le soir même, André découvrit par hasard, en se baissant pour ramasser un bouton de manchette, la clé qui était tombée de la poche de Jeanne au fond du placard de leur chambre. Il ne dit rien. Le lendemain il la glissa parmi les autres clés de la maison dans le bureau du grand salon. « Au fond, je suis chez moi maintenant, c'est moi qui donne les règles », se dit-il à l'instant où la fine dentelle noire de la clé se mélangeait aux cuivres communs des autres. André annonça à Jeanne qu'il comptait vider les tiroirs de leur contenu et déposer aux archives ce qui méritait de l'être. Jeanne acquiesça et proposa son aide, comme si cela relevait de son devoir. Il déclina d'un ton définitif.

12

Maurice se tenait timidement sur le seuil du salon, depuis cinq minutes, les bras inertes le long du corps. La lumière tombante faisait des traînées ocre le long des fauteuils. Seule une lampe allumée sur le secrétaire éclairait à moitié le visage concentré d'André, assis au bureau. Il se leva d'un bond quand il vit Maurice, lui pressa la main et le fit entrer. « Je vous en prie, Maurice.

– Monsieur m'avait dit six heures… » Maurice balbutiait comme s'il s'excusait.

« Mais bien sûr, Maurice. C'est moi qui suis en retard. »

Maurice n'osait pas approcher du bureau. André poussa un fauteuil face au sien et lui ordonna de s'asseoir. Le vieux maître d'hôtel protesta, puis obéit. Droit sur son fauteuil, il tirait sur son pantalon et serrait ses pieds l'un contre l'autre en faisant un petit grincement qui agaça bientôt André.

« Mon cher Maurice, commença-t-il, vous êtes au service de notre famille depuis au moins… quarante-cinq ans. » André avait levé les yeux au plafond comme s'il vérifiait l'exactitude de son compte, mais en réalité il avait préparé son discours au chiffre près. Il avait même été vérifier dans les dossiers de son père que Maurice avait bien débuté comme garçon de ferme à l'âge de quinze ans, en 1901, à Thoiry.

« Vous avez servi mon grand-père et mon père, avec fidélité et compétence. Vous avez fait de notre maison un lieu accueillant où personne ne manquait de rien, où chaque invité pouvait compter sur votre impeccable service et votre discrétion. »

Maurice regardait ses semelles qui grinçaient l'une contre l'autre de plus en plus fort.

« Oui, Monsieur », marmonna Maurice. Il restait la bouche ouverte comme s'il voulait ajouter quelque chose, mais rien ne vint et André reprit :

« Maintenant, malheureusement… les temps ont changé. Nous avons traversé deux guerres. La première fut douloureuse et, en plus de nous arracher l'affection d'êtres chers, elle fut un revers pour notre fortune familiale. La deuxième, vous vous en doutez, n'a pas arrangé les choses. »

C'était la première fois qu'André parlait d'argent – et de son argent – avec un domestique, mais il n'avait pas vu par quelle autre voie que celle de la sincérité il pouvait s'adresser en cet instant à Maurice. Celui-ci redressa lentement la tête et regarda André de ses yeux limpides et résignés, droit comme un tuteur contre le tronc fragile d'un jeune arbre. André continua.

« Madame Jeanne et moi-même allons bientôt rentrer à Paris. Je vais y travailler. Lefranc et sa femme sauront s'occuper de la maison et de la propriété. Bien sûr, nous reviendrons chaque semaine à Argentières. Mais nous ne pouvons plus assumer la charge d'un trop nombreux personnel. Comprenez-le bien, cher Maurice, c'est avec une grande tristesse que nous devons nous séparer de vous. Mais il faut vivre avec son temps… Vous trouverez toujours auprès de moi et de n'importe quel membre de la famille le soutien et l'aide dont vous aurez besoin. Mon père, pensant à votre retraite, a demandé dans son testament qu'une rente vous soit versée. Elle vous permettra de vivre au mieux. Quand nous serons ici et que nous recevrons, nous ferons évidemment appel à vous pour le service. »

Les mains sur les genoux, Maurice hochait la tête, se balançant d'avant en arrière comme un vieillard. Il regardait devant lui à travers André, à travers le mur où étaient accrochés les portraits de cavaliers en veste rouge et pantalon blanc sur des chevaux stylisés, à l'exercice, sous lesquels étaient indiqués en lettres anglaises les noms des montures, le lieu et l'année de leur victoire au Derby d'Epsom. André ne parlait plus, il observait le maître d'hôtel du coin de l'œil, mais Maurice aurait pu rester des heures immobile, figé dans ses méditations inaccessibles, si André ne s'était levé et ne l'avait saisi par l'épaule en lui donnant une bourrade maladroite, qui n'avait pas osé aller jusqu'à la tape amicale. « Allez, mon vieux Maurice, nous reparlerons de tout cela. »

Comme un automate, Maurice se leva, courba la tête devant André et, de son ton habituel, révérencieux et précis, il demanda : « Où Monsieur désire-t-il que nous dressions le couvert pour le dîner ? »

André balbutia une réponse qu'il oublia à l'instant même, et le soir, quand il vit la grande salle à manger de nouveau ouverte, les fleurs fraîches du pépiniériste, roses et blanches, disposées au centre de la table dans de fines coupelles d'argent, le déploiement de l'argenterie, de la vaisselle de Saxe aux chiffres de Jean-André, des verres en cristal de Venise qu'avait offerts le prince de Galles lors d'un séjour, il se souvint d'avoir dit à Maurice : « Où vous voudrez. » Et quand Jeanne lui demanda de son air pincé, au salon où ils attendaient que Félicité les invite à passer à table, pourquoi il avait donné l'ordre absurde d'ouvrir une pièce aussi froide et peu commode, et de déballer toute cette vaisselle, la veille ou presque de leur départ, il répondit, en déployant le journal sur le guéridon, qu'il en avait eu envie. Marguerite défia son frère du regard et lança : « Ce fripon de Maurice doit ressusciter après ces temps austères, il n'était pas fait pour eux ! », et elle se mit à rire.

Félicité vint annoncer que le dîner était servi.

André n'aurait pas soupçonné que Maurice s'était attendu à leur entretien confus. Le vieil employé avait bien vu que rien ne serait comme avant, mais pour lui ce n'était pas tant les époques qui changeaient que les êtres. Quand il avait été chercher une nappe carrée chez les fermiers pour couvrir la petite table bancale du repas qui avait précédé les funérailles de Jean-André, il s'était dit que « Monsieur Jean, il aurait jamais voulu ». Sans regrets, car il était pessimiste de nature. Et à Marie qui réclamait en brûlant de curiosité le récit de son « rendez-vous » avec Monsieur, il dit, laconique, sans cesser de brosser l'argenterie : « Ah, Marie, c'est la fin. »

André donna aussi leur congé aux bonnes. Il leur avait trouvé à se placer dans la région et elles partirent, en larmes mais curieuses de découvrir un nouveau lieu. Jeanne avait décidé d'emmener Félicité et elle avait demandé à l'une de ses tantes lointaines, qui vivait depuis son mariage dans la région de Toulouse, de leur envoyer une jeune fille du pays. Elle manquait à Paris d'une cuisinière. La tante lui avait écrit une lettre emplie de citations de l'Évangile et de pieuses paroles pour expliquer la situation de sa protégée, une jeune fille de ferme qui avait été mère à seize ans et s'était remise dans le droit chemin en cousant des robes de baptême chez les bénédictines du Bon-Secours. Grâce à ses soins et avec l'aide de l'Esprit-Saint, l'enfant avait été confiée à une famille chrétienne de commerçants qui l'avait adopté. Maintenant âgée de vingt ans, la mère était devenue une femme digne de confiance, propre et ordonnée, consciente de la gravité de sa faute et ne demandant que la grâce de vivre une vie honorable. Elle s'appelait

Thérèse. « Si vous la prenez avec vous, le Seigneur vous sera reconnaissant de votre générosité. Je vous embrasse, chère nièce, portez-vous bien et soyez un soutien pour votre époux qui a tant à faire. » Ainsi se terminait l'épître. Jeanne soumit la proposition à André qui l'agréa, satisfait de voir sa femme pour une fois heureuse. Ils décidèrent qu'ils iraient, à leur retour, chercher Thérèse à la gare d'Austerlitz.

Chantal avait senti l'imminence du départ, les volets qui se fermaient et les pièces qui se vidaient de leur désordre quotidien, les meubles qui brillaient plus que d'habitude et les jouets que l'on avait déjà rangés dans une malle. Elle pleura toute la journée, refusa de dormir pour sa sieste et fut punie par Jeanne qui souffrait d'un lancinant mal au crâne.

Marguerite et Paul partirent les premiers dans la décapotable de Marguerite qu'elle conduisait avec gourmandise. André et Jeanne les suivirent le lendemain au petit matin. Jeanne, Félicité et Chantal endormie étaient déjà assises à l'arrière de la Bentley quand André dit au revoir à Lefranc et lui donna les ordres pour la semaine. Il salua Victor, lui rappela qu'il n'avait pas trouvé Gala, la jument, très gaillarde, et monta en voiture. On se fit des signes de la main, puis les mains disparurent quand on passa la grille. « On ne les voit plus, on ne voit plus rien », se mit à crier Chantal qui s'était réveillée au bruit du moteur et scrutait l'arrière de la voiture. Elle pleura.

André regardait les champs de blé, les prairies où paissaient les vaches, le petit pont qu'il fallait restaurer pour passer la rivière du Moulin, les fermes abîmées. Ils traversèrent le village, passèrent devant les maisons si anciennes qu'on se demandait comment elles tenaient encore debout. André aperçut le lavoir près de l'église et la petite place sur laquelle deux vieilles en fichu à carreaux et robe noire, voûtées, discutaient. Il éprouva un élan d'affection étrange pour ces lieux qu'il avait toujours considérés comme le territoire de son père. Il eut l'impression que d'un coup ils lui étaient échus, qu'il avait sur eux pouvoir et devoir de protection. « Oui, maintenant tout cela est à moi », se dit-il, et naissaient en lui la vanité de la terre et de l'héritage, puis le sentiment non moins violent d'une tâche à accomplir, dont il ignorait encore tout mais qui s'imprimait en lui jusqu'à lui donner un masque de dignité polie et autoritaire qu'on ne lui avait jamais vu. Aussitôt le souvenir de cette phrase chère à son père lui revint en une fulgurance : « Il faut prendre les gens comme ils sont, le temps comme il vient et les femmes par la taille. » Il se mit à fredonner en regardant la route couler sous la voiture.

13

La vente de la bibliothèque Argentières fut annoncée pour le mois d'avril 1946. La nouvelle avait fait grand bruit. On savait quels trésors recélait la collection de ces bibliophiles chevronnés, l'une des plus grandes de son temps. Les Argentières, de père en fils, avaient été présidents de la vénérable Association des bibliophiles de France et avaient acquis leurs trésors lors de joutes féroces dans les salles de vente européennes et dans les ventes privées. Leurs concurrents étaient parfois leurs meilleurs amis.

André avait connu son grand-père, Albin, le dernier Argentières collectionneur. Il en gardait le souvenir d'un homme rêveur qui goûtait peu la compagnie des enfants, sinon pour leur raconter des histoires qu'il fallait écouter en silence, assis à ses pieds, car Albin était aussi un grand lecteur. André n'aimait pas les histoires. Il trouvait que ces récits de princes, de géants, d'aventures rocambolesques, manquaient de vraisemblance. Il trouvait plus intéressant de construire un chemin de fer ou de reconstituer pièce par pièce la configuration des troupes avant la bataille d'Austerlitz. Il avait eu un jour l'audace d'expliquer cela au vieil homme qui lui avait offert pour ses dix ans une édition reliée des *Voyages de Gulliver,* dans leur langue originale, et s'apprêtait à lui en faire la lecture. À mesure qu'Albin entendait son petit-fils lui démontrer la nature mensongère et inutile, voire dangereuse, de la fiction littéraire, son visage s'empourprait et ses yeux semblaient, sous le coup de micro-secousses nerveuses, sortir de leurs orbites. On eût pu craindre l'étouffement, mais le vieillard finit par exploser de fureur et voua son petit-fils aux fureurs des Euménides ou à la main du Commandeur, avant de le priver plus raisonnablement de goûter au salon de thé où il avait coutume d'emmener ses petits-enfants chaque dimanche. On laissa donc André seul devant une tartine de beurre et un verre d'eau pendant que ses deux sœurs s'empiffraient de mont-blanc et de chocolat chaud chez Angelina. Cette injustice cuisante aggrava sa haine des lettres, cette imposture du langage à l'origine du despotisme des adultes et du malheur des enfants.

La vente eut lieu dans le salon de la Villa. Comme le temps était clément, André avait fait ouvrir les portes qui donnaient sur le jardin. Puis il était parti, laissant officier Maître Jacquet, le commissaire-priseur.

Une heure avant, on comptait déjà deux Américains en complet gris, coiffés d'élégants feutres, deux Italiens exubérants, Agnelli et Salvati, en cravates de couleur, et Sforzi, le jeune rejeton de l'illustre famille patricienne qu'on prenait pour un simple d'esprit parce qu'il passait sa vie à parcourir le monde et à acheter des livres, où qu'il se trouvât, en quantité ahurissante et apparemment sans valeur. En réalité il avait un goût très sûr, et il se révélait après coup qu'il avait emporté des pièces d'une grande rareté et mal estimées. Il se tenait debout près de la porte, presque dans le vestibule, appuyé contre le buste de Catherine, épouse d'Albin. Il tordait ses phalanges et rongeait ses ongles en lançant des flammes furibondes aux femmes venues entre amies, par curiosité, et qui s'asseyaient en caquetant, avec mille manières. Leurs rires stridents le faisaient sursauter et reprendre la découpe de ses cuticules.

Il y avait aussi quatre Anglais en trois-pièces beige, d'une soixantaine d'années, qui attendaient silencieusement au premier rang en tournant une tête haut perchée, comme des pélicans. Deux Allemands à l'air humble et sérieux, aux petites lunettes d'écailles rondes, étaient assis près d'eux. Ils étaient les émissaires du prince Hofburg, un misanthrope qui vivait seul dans son château bavarois aux cent pièces ornées de boiseries uniques et de trophées de chasse, de peaux et de crânes, magnifiquement conservés dans une salle morbide, sorte de charnier civilisé. On remarqua aussi le prince Wissenhaften, dont les descendants ne trouveraient pas mieux, quarante ans plus tard, pour dépenser leur fortune, que de dîner de cocaïne servie sur des plateaux en argent, mais qui à l'époque achetait tout ce qui se vendait d'incunables en ancien français.

Les deux Américains parlaient très fort et riaient de toutes leurs dents. Les dames faisaient semblant de les ignorer, sans cesser d'observer ces êtres originaux. « Mais, mon amie, ils sont aussi modernes que vous et moi ! Non, ce sont des sauvages, *rough* ! » caquetaient-elles à l'oreille des plus tolérantes qui s'avançaient à les défendre, avec l'accent d'Oxford qu'elles tenaient de leur nurse anglaise, Alison, Grace ou Tessa.

La salle fut bientôt pleine et beaucoup durent rester debout au fond du salon ou dans les allées aménagées le long des chaises. Le jeune aristocrate romain, toujours accoudé à la grand-mère, continuait son autodévoration avec une méticulosité singulière. Il enfournait maintenant ses pouces en entier dans sa bouche en les mordillant jusqu'au sang. Une jeune fille pâle à la silhouette de canne à pêche le regardait intensément de sous un chapeau de paille au large bord. C'était la fille du duc et de la duchesse de Watteville, Hermine, qui, à dix-neuf ans, avait l'air d'en avoir trente-cinq. Elle vivait dans un autre monde, fait de ses propres fantasmagories et des romans fantastiques qu'elle lisait dans sa chambre du lever au coucher quand elle ne partait pas pour de longues errances en forêt dont on se disait qu'elle ne reviendrait pas, et que peut-être ce serait mieux pour elle. Ses parents avaient été perplexes de voir un jour dans leur salon, pantois avec ses gants beurre frais, un prétendant bien né mais sans fortune, et l'avaient renvoyé chez lui en le persuadant qu'il avait fait erreur. Ils s'étaient ravisés et avaient courtoisement convié l'impétrant quelques semaines plus tard, furieux d'avoir manqué une occasion de se défaire de leur fille. Mais le jeune homme avait déjà trouvé femme à son goût, moins riche, belle et normale, et on ne lui revit plus le regard d'effroi qu'il avait eu dans le salon des Watteville, à la possibilité d'épouser Hermine.

Maître Jacquet monta sur l'estrade, s'assit derrière la longue table et déclara ouverte la vente. Les collections du XXe et du XIXe siècle, des premières éditions magnifiquement reliées, furent rapidement adjugées. La bataille fut rude entre un Américain et Salvati pour les éditions du XVIIIe, notamment les libertins, dont ils avaient tous deux la spécialité. Ils en emportèrent chacun une part égale, et l'on vit au signe de tête satisfait qu'ils se lancèrent qu'ils avaient négocié leur accord avant la vente. Les pièces Renaissance, essentiellement de l'histoire et de la poésie, furent emportées par Mr Wayne, l'autre Américain qui avait un commerce de livres anciens.

On en vint aux incunables. Les prix montèrent à une allure qui donna le vertige à l'assemblée, restée là pour assister au spectacle. Le prince Wissenhaften, assis dans l'ombre de l'escalier, sur la gauche, levait sa petite main rapide et précise. On ne voyait sur son visage aucun signe de réflexion ou d'hésitation. Au troisième rang, derrière ses lunettes rondes, l'émissaire allemand semblait éprouver au contraire les pires affres dès qu'il voyait se dresser les doigts pointus aux ongles courts du prince. Il essuyait les gouttes de sueur qui perlaient sur son front avec un mouchoir à carreaux, se tournait vers son voisin, le deuxième émissaire, qui acquiesçait, et à la dernière seconde, alors que Maître Jacquet, le marteau levé, parcourait la salle de son regard sévère en commençant le décompte d'une voix forte, les yeux écarquillés, il agitait ses doigts. Il soufflait alors bruyamment pendant que Maître Jacquet annonçait la somme. Aussitôt, le bras du prince sortait comme celui d'un polichinelle d'une boîte d'enfant.

La salle commença à s'inquiéter au sujet de la santé de l'homme aux lunettes d'écaille qui transpirait abondamment. Toutefois les habitués assurèrent vite qu'on l'avait toujours vu ainsi, qu'il était émotif mais solide, et avait supporté des ventes plus terribles, comme celle des trésors du prince de Hanovre où on avait cru le voir mourir au moment d'acquérir le *Livre des trois vertus* de Christine de Pisan. Le prince Wissenhaften laissa à son concurrent trois pièces magnifiques de poésie liturgique, car il n'aimait pas la poésie. Le voisin de l'émotif secoua la tête devant une charte de fondation d'un monastère à Bingen et devant un traité sur la vie parfaite datant de 1403, en haut allemand.

Maître Jacquet avait gardé pour la fin le clou de la vente, un manuscrit du XIVᵉ siècle, des chroniques des princes du Poitou, magnifiquement enluminées, que l'on conservait dans une pièce conçue à cet effet, à l'abri de la lumière. L'émissaire paraissait avoir repris des forces. Les mains posées sur les genoux, il regardait droit devant lui pendant que Maître Jacquet racontait l'histoire de la merveille, un des plus précieux manuscrits français retrouvé par Albin d'Argentières, lors d'un voyage en Angleterre en 1862, au fond d'une librairie à Shaftesbury qui allait faire faillite. Le prince

Wissenhaften eut un infime mouvement de bassin qui ne passa pas inaperçu, et l'on se dit à l'oreille que « le prince avait l'air intéressé ».

Le duel commença entre le prince, l'émissaire, Fratinelli et Agnelli qui abandonna vite. Fratinelli sourit en jetant un coup d'œil équivoque à la jeune duchesse de Noailles qui se redressa de toute sa taille en feignant de n'avoir rien vu, pendant que l'Italien renchérissait à cinq millions. Les doigts de Wissenhaften continuaient leur course dans l'air étouffant de la pièce, et l'émissaire, qui s'essuyait de nouveau le visage et le cou en gémissant, levait le bras sans même attendre le *satisfecit* de son discret voisin qui le regardait avec une calme inquiétude. Maître Jacquet annonça sept millions. Fratinelli lâcha la course, heureux des peurs qu'il s'était faites d'avoir à débourser une telle somme pour une chose qui l'excitait plus qu'elle ne l'intéressait, et il sortit retrouver une amie dans une brasserie de la rue de Rivoli.

À neuf millions, le prince Wissenhaften manifesta des signes d'hésitation. Ce n'était presque rien, un millième de seconde, mais cela suffit pour que l'émissaire, plus sérieux et agressif que jamais, prenne espoir en l'issue heureuse de l'affaire et se redresse sur sa chaise.

À dix millions, le prince abandonna. Ce fut comme une petite mort dans la salle. On voulut croire que la mécanique allait se remettre en place, que ce n'était qu'un problème d'huilage, mais le prince resta affalé sur sa chaise. Maître Jacquet soulevait son marteau et s'apprêtait à frapper la victoire du prince Hofburg quand une voix grave et belle figea la salle. « Treize millions ! » On se retourna sur le jeune prince Sforzi, ses mains l'une dans l'autre jointes comme en prière. Comble de la stupeur, il dardait des yeux noirs sur la jeune Hermine de Watteville qui, le regard dans le vide, planait en esprit sur un char à trois griffons entre la Lune et Saturne. Son corps semblait n'être plus qu'un fantasme, une illusion destinée aux misérables qui avaient encore besoin de perceptions sensibles.

L'émissaire devint rouge écarlate et se ratatina, on aurait dit qu'il allait bondir comme un tigre sur la table de vente, en labourer de ses griffes le velours vert et saisir le marteau pour en assommer l'imperturbable Maître Jacquet. Son ami l'attrapa par le bras et murmura à son oreille. Il s'apaisa. Maître Jacquet souleva le marteau, compta, frappa. Un brouhaha monta aussitôt, traversé de rires de soulagement et d'exclamations mondaines.

On apprit, quelques jours plus tard, les fiançailles du prince Valerio Sforzi avec Hermine de Watteville. Il avait offert en cadeau à sa promise les *Chroniques des princes du Poitou*, princes dont elle était, d'ailleurs, une descendante directe.

14

Marguerite, comme André, n'avait pas assisté à la vente. Ils s'étaient peu intéressés aux acquéreurs des œuvres, se contentant de savoir à quel prix elles avaient été vendues. Ils se partagèrent la somme chez leur notaire, Maître Deniau, huit jours après le mémorable après-midi.

Jeanne était plus occupée par son installation à la Villa qu'elle n'avait vue que deux fois dans sa vie : le jour où, à peine fiancée, elle avait rencontré son futur beau-père, et la nuit de ses noces, après la cérémonie et le déjeuner que l'on avait donné dans la salle à manger sous les Pierre de Cortone. Elle avait dormi seule, dans la chambre qui avait été celle de la mère d'André, car elle avait sollicité auprès de son mari la faveur de lui laisser le temps de s'habituer à la promiscuité conjugale.

Maintenant ils dormaient ensemble, à la requête d'André. Il avait souffert de la vie séparée qu'avaient menée ses parents en raison de l'excentricité de sa mère. Leur mésentente était traduite par les mètres de couloir qui séparaient leurs chambres. Ils ne se retrouvaient que le soir pour dîner. « Le divorce n'est qu'une question d'espace », disait Jean-André quand il abordait le sujet des mœurs matrimoniales. Ils pouvaient déjeuner à la même heure, chacun dans son salon, servis par leur maître d'hôtel respectif, sans en être informés. Leurs domestiques se manifestaient un mépris réciproque et vivaient mal la présence du camp adverse sur leur territoire, ce qui avait créé, entre les appartements de Monsieur et de Madame, un étrange poste-frontière que seuls les enfants pouvaient franchir sans arrière-pensée.

En repensant à sa première nuit conjugale, Jeanne se rendait compte qu'elle n'en gardait qu'un très vague souvenir, une sensation de fatigue et de douleur silencieuse. Cette impression lui revenait de temps en temps quand elle s'attardait le matin dans sa chambre à observer un détail, la forme d'un fruit dans une boiserie ou un œuf russe en nacre, ou quand par la fenêtre elle regardait le jardin où jouait Chantal, et où fleurissaient les roses et les dahlias dont Thérèse s'occupait chaque jour. Elle était soudain remplie de honte. Elle tentait de chasser son malaise en appelant Félicité, elle la tançait sur une négligence qu'elle avait relevée ou qu'elle inventait, elle s'agitait à la recherche d'un numéro de téléphone imaginaire ou d'un papier dont elle se convainquait d'avoir un urgent besoin.

La chambre d'André et Jeanne avait des couleurs sombres qui rappelaient l'atmosphère étouffante des chambres masculines au XIXᵉ siècle, avec des gravures d'animaux exotiques aux murs, des fauteuils sans grâce et un lit de chêne massif, protégé par un couvre-lit gris taupe. Malgré le malaise qu'elle ressentait à y deviner la présence de ceux qui l'avaient précédée, elle ne chercha pas à y changer quoi que ce soit. Elle était d'ailleurs incapable de déplacer un meuble, d'ajouter ou d'enlever un bibelot. Les lieux où elle vivait lui restaient étrangers. Elle y flottait, elle les souffrait parce que c'était son devoir d'épouse, celui d'hériter de la matière des autres. Elle se satisfaisait d'en être malheureuse parce que dans sa métaphysique confuse il fallait souffrir pour mériter de vivre, et elle ne *pouvait* pas penser qu'il en fût autrement.

Une chose était certaine : Jeanne préférait la vie parisienne à Argentières. Elle revoyait les gens qu'elle avait fréquentés à Paris avant la guerre. Il y avait ceux qui n'avaient pas quitté la capitale, ceux qui s'étaient réfugiés en province et étaient rentrés à la Libération. Il y avait ceux qui arboraient les honneurs de la Résistance, une quantité de croix et de médailles, et ceux sur qui pesait l'infâme soupçon de la collaboration. Il y avait ceux qui se rendaient aux réunions d'anciens résistants, racontaient des aventures dont ils étaient les héros, mais dont personne, dans les réseaux, ne se souvenait. Tous si différents aujourd'hui, et pourtant si semblables avant la guerre, qui partageaient les mêmes opinions, la même société et les mêmes femmes. Qui alors aurait pu distinguer le héros du traître, quand on voyait que Géraud de Foncignac, leur doux ami, voisin de banc à l'office dominical de la Madeleine, brillant diplomate, ami de Claudel, avait pu écrire des pamphlets antisémites ignobles et conserver son poste en Chine au service de Vichy, et qu'un Paul, ce parasite indolent, avait mis sa vie en danger, même par de douteux moyens ? Car Paul n'avait pas chanté pendant la guerre, comme il l'avait dit insolemment à Rosine la veille de l'enterrement de Jean-André. À Lille, où il vivait alors, il avait imprimé chaque semaine, dans la cave de son immeuble, une feuille de dessins satiriques et de poèmes érotiques antiallemands, sans doute de piètre qualité, mais qui l'aurait condamné au pire si sa logeuse n'avait eu de bonnes relations avec un officier nazi. Pris d'amour, ils avaient fermé les yeux sur les curieux va-et-vient de Paul. La logeuse avait fini la tête rasée, et Paul avait été récompensé par la Ville pour son courage. André avait eu du ressentiment envers Paul de lui avoir dissimulé ses activités, et du remords de ne pas avoir cherché à contacter un réseau pendant la guerre. Ne savait-il pas que des hommes risquaient leur vie pour la liberté ? Avait-il eu peur ?

Souvent pendant la guerre, quand elle parvenait à dormir, Jeanne avait rêvé de son frère. Elle le voyait marcher dans les bois de Hauteville en écartant les branchages, ou poser devant le château, protégeant du bras son visage exposé au soleil. Juste après la fin de la guerre, elle était venue à Paris. Chez son amie Sophie, elle avait attendu qu'il revienne de captivité, mais il n'était pas rentré. Elle avait renoncé à guetter chaque matin à la gare le retour des convois de prisonniers, dans l'espoir de l'accueillir la première. Quand il fut certain qu'il ne rentrerait pas, elle eut le sentiment de l'avoir tué.

Elle prit goût à la compagnie de deux cousines, des jumelles célibataires, qui lui présentèrent les religieuses du couvent de Saint-Roch. Les religieuses vivaient des générosités des âmes pieuses et riches, s'occupaient des orphelins et du catéchisme pour les enfants de bonne famille des paroisses avoisinantes. Les cousines étaient persuadées qu'une jeune religieuse, décédée à l'âge de vingt ans une année auparavant, avait eu des visions et des révélations du Christ et de la Vierge, plus saintes encore que celles de la petite Thérèse de Lisieux. Comme elle d'ailleurs, elle était morte du poumon. Elle avait laissé une histoire de sa vie que l'on avait confiée pour examen à l'évêque. À la Fête-Dieu, celui-ci avait assuré la mère supérieure de son étonnement devant ces pages dont il avait dit qu'« elles portaient la bonne odeur du Christ ». Des pèlerins informés par le bouche-à-oreille frappaient régulièrement à la porte du couvent et demandaient à voir la chambre d'Emma ainsi que son prie-Dieu. Puis ils allaient à la chapelle, et la sœur qui les avait accueillis leur montrait la place de la sainte. On admirait la modestie de la chaise et de son emplacement, au dernier rang près du pilier gauche du chœur. Puis, debout, à côté des bougies offertes à sainte Rita, la sœur qui faisait office de guide lisait à voix basse un texte de la jeune fille. Tous se recueillaient en goûtant ces mots d'une piété enfantine, avant de pénétrer par-derrière dans le petit cimetière du couvent réservé d'habitude aux mères supérieures, et où l'on avait exceptionnellement enterré Emma. Sa tombe était couverte de fleurs des champs apportées par les dames du quartier, blanches, mauves et roses, tout autour de son nom écrit en gros caractères, sœur Emma de la Très Douce Apparition. Séduite par les deux sœurs, Jeanne versa bientôt des sommes importantes au couvent. Les religieuses prirent l'habitude, c'était comme un échange tacite, de passer régulièrement à la Villa. Lorsque Jeanne tardait à verser son écot mensuel, elles venaient tous les jours jusqu'à ce qu'elles repartent avec une lettre de change, non sans promettre prières et cierges au tombeau de la prétendue sainte qui accomplissait, elles en avaient des preuves quotidiennes, affirmaient-elles en joignant les mains, des miracles.

Jeanne était beaucoup moins heureuse de sa cohabitation avec Marguerite, dont Jean-André avait spécifié dans son testament qu'elle pourrait rester à la Villa aussi longtemps qu'elle le désirerait, dans l'appartement qui avait été celui de sa mère et qu'elle avait habité, à la mort de son mari, avec ses deux filles, Vanessa et Jacqueline.

Jeanne voyait bien que Marguerite ne l'aimait pas. Mais comme sa belle-sœur recevait en fin d'après-midi, Jeanne s'était fait un devoir de lui faire une visite tous les jours. « Faire une visite » était sa principale occupation. Sa vie était tissée des visites qu'elle donnait et qu'elle recevait, qu'elle attendait, qu'elle ne souhaitait pas ou qu'elle n'avait pas eues. Elle tenait un compte très précis des gens qu'elle avait vus, elle savait exactement dater ces rencontres et en dire le lieu. Elle constituait ainsi une hiérarchie mouvante entre ses connaissances, selon qu'elles fréquentaient régulièrement ou non son salon. « Tiens, cela fait longtemps que ma cousine Angèle n'est pas venue me voir », disait-elle parfois à André sur un ton d'amertume offensée, sans penser un instant à inviter elle-même la cousine Angèle ou à lui téléphoner. Ce n'était pas ce que l'on se disait pendant ces visites qui importait. Jeanne n'avait d'ailleurs rien à dire. Elle aimait qu'on lui raconte des histoires sur les uns et les autres, des anecdotes du quotidien, des faits divers sur les hommes politiques, dont elle alimentait le bavardage de sa visite suivante. Mais de vraie conversation qui dépassât le cadre étroit de ses préoccupations quotidiennes, le costume que mettrait son cousin pour le bal de l'Interallié, le week-end où aurait lieu la prochaine chasse des Tilly, le temps qu'il fallait pour aller à Madère où André partait en mission, elle en était incapable.

Jeanne passait donc chaque jour chez Marguerite parce qu'elle pensait qu'il fallait manifester de la compassion pour les veuves. Elle voyait bien que sa belle-sœur était toujours entourée d'une bande d'amis qu'elle trouvait grossiers. Loin d'être reconnaissante à Jeanne de ses visites, Marguerite ne lui rendait que piques et sarcasmes. Mais Jeanne persévérait. Jusqu'au soir où, s'apprêtant à pousser la porte du salon de Marguerite, elle entendit que sa belle-sœur, au milieu des rires, trinquait à son nom. Elle l'entendit distinctement, ce nom, ou plutôt cette insulte, joint au titre moqueur de « reine

Jeanne ». « La reine Jeanne, qui vient me voir chaque jour comme si j'étais à l'article de la mort, dans l'espoir que je passerai vite dans l'au-delà. » Tout le monde s'esclaffait. Ils imitèrent le ton de Jeanne saluant quelqu'un, ce ton qui donnait l'impression qu'elle portait ses condoléances partout où elle allait. Jeanne avait rebroussé chemin, les joues en feu, et s'était promis de ne jamais retourner chez Marguerite, de ne plus côtoyer ces gens répugnants et sans morale.

Elle fut le soir d'une humeur exécrable et répondit aux questions d'André par oui ou par non. André en fut alerté, car d'habitude Jeanne était loquace et racontait sa journée sans se faire prier. À la troisième question de son mari, elle éclata en pleurs et, de rage, jeta sa serviette par terre, plongea la tête dans ses mains sans cesser de sangloter. André, embarrassé sur sa chaise, fit signe à Félicité, qui entrait avec le soufflé au fromage, de faire demi-tour. Félicité s'exécuta. On entendit dans l'office les exclamations de Thérèse, furieuse de ce qu'allait souffrir son soufflé, magnifiquement onctueux et doré, craquant aux bords, et qui au fil des secondes perdait sa généreuse croûte gonflée comme une lèvre pour s'effondrer dans une bouillie de fromage et d'œufs, « dont on n'aurait pas même voulu pendant la guerre », concluait-elle, la chevelure en désordre et les manches relevées jusqu'au-dessus des coudes. André était resté quelque secondes coi devant sa femme. C'était la première fois dans sa vie qu'il ne savait ni que dire, ni que faire, ni que penser. Il se leva et posa sa main sur l'épaule de Jeanne, secouée de colère. Il la retira aussitôt.

« Allons, Jeannette, que se passe-t-il ? Qu'avez-vous ? »

Alors, des profondeurs de ce corps qui paraissait pourtant sans relief, de ces profondeurs qu'il n'avait jusque-là devinées ni aperçues, jaillit un cri terrible.

C'était un cri de femelle blessée, un cri de ressentiment et de délivrance à la fois, proche de la jouissance dont André n'avait encore jamais entendu le premier spasme chez sa femme, un cri d'une violence telle qu'il déchira l'air pesant de la salle à manger. « Votre sœur me hait ! » De sa voix effondrée, Jeanne raconta l'incident de l'après-midi, les coupes entrechoquées, les voix des convives derrière la porte entrouverte, leurs imitations odieuses, et le sentiment qu'elle avait eu, comme la petite Emma dans ses visions les plus mélancoliques, d'apercevoir l'antichambre de l'enfer.

André l'écouta, debout près d'elle qui cachait son visage dans ses mains humides. Il lui parla doucement, elle essuyait ses larmes une à une en reniflant, elle l'écoutait. Elle se redressa en hochant la tête pour montrer qu'elle acquiesçait au portrait simple et affectueux qu'il faisait d'elle, de ses qualités, de sa bonté et de sa profondeur que sa sœur ne pouvait comprendre, prisonnière qu'elle était des apparences, et, sans le regarder, en essuyant une dernière larme, elle saisit le corps de sirène qui servait de manche à la clochette toujours posée à côté de son verre de vin. André se rassit à sa place et Félicité entra avec le soufflé : « Madame, gémit-elle, le soufflé…

– Ce n'est rien, Félicité. Monsieur et moi avions des choses importantes à nous dire. » Et satisfaite de cette position reconquise de femme à qui il arrive des choses importantes, elle se servit largement et dévora la crème jaune et les restes de la croûte tiède. Puis, en s'essuyant la bouche, elle demanda à son mari, sans le regarder : « J'ai entendu que Vanessa fréquentait. Êtes-vous au courant ? »

15

Quelques jours plus tard, Marguerite entra dans le salon sans se faire annoncer, à l'heure habituelle de ses propres visites, ce qui fit immédiatement soupçonner à André et Jeanne une nouvelle exceptionnelle. Marguerite serra André contre elle en balbutiant : « Mon frère, mon petit frère ! » Puis Marguerite se jeta sur sa belle-sœur et la prit à son tour dans ses bras. Jeanne se laissa faire en pensant au baiser de Judas, mais Marguerite la relâcha aussitôt.

« Vanessa... Vanessa se marie ! » dit-elle enfin. André et Jeanne la félicitèrent et s'enquirent de l'heureux élu. Le fiancé se nommait Henri de Plessis. Ses parents disposaient d'une fortune « très honorable ». Vanessa l'avait rencontré à l'hôpital de la Part-Dieu où elle avait été infirmière. Elle l'avait soigné à son retour de détention. C'était un homme d'une quarantaine d'années déjà, un militaire, il avait été prisonnier en Allemagne après avoir perdu trois doigts au front en 40, un obus qui avait fauché son général au moment où ensemble ils examinaient une carte, « vous rendez-vous compte, la même carte, et seulement trois doigts, c'est inimaginable ! » Et en effet André et Jeanne essayaient de s'imaginer, en vain. Ils restèrent une seconde dans la contemplation des deux hommes penchés sur une carte au sommet d'un mont des Ardennes entre deux canons, sous un ciel d'orage, et puis ensuite l'explosion, le feu, le vacarme, les chairs projetées, les trois doigts d'Henri de Plessis, qui maintenant allait épouser Vanessa.

« Quel soulagement, je dois dire, soupira Marguerite en concluant son récit. J'avais peur qu'elle ne trouve jamais de mari. Ma pauvre fille, elle n'a aucun *sex-appeal*... » Félicité avait déposé sur un guéridon un plateau sur lequel vacillaient une bouteille de vieux porto et trois petits verres de cristal à cinq faces, cadeau de noces d'André et Jeanne. La teinte sanguine du porto s'y diffractait en mille éclats. Ils trinquèrent aux jeunes fiancés.

Marguerite raconta la visite du prétendant. Il avait revêtu son uniforme tout neuf de colonel car il avait été promu à la Libération et arborait ses médailles. Sans s'asseoir, il avait demandé de but en blanc la main de Vanessa après avoir baisé celle de Marguerite, sur un ton bourru, « comme s'il donnait le signal de l'assaut ». Marguerite exultait, elle suçait le bord de son verre avec une nonchalance trompeuse car elle le vida avant que Jeanne eût commencé le sien. Elle se resservit elle-même et assura que le Plessis avait promis d'offrir à sa fille une vie confortable et chrétienne. « Je ne lui en demandais pas tant ! » Marguerite riait.

André fronça les sourcils en décroisant les jambes pour les croiser dans l'autre sens, d'un air las. Marguerite continua. Les fiancés allaient se marier chez les Plessis dans le Dauphiné, ce qui l'arrangeait bien car elle n'avait aucunement l'intention de s'en occuper. « Les fleurs, l'organza, la soie, les petits-fours... Ce n'est pas mon affaire », proclamait-elle en agitant la main au-dessus de la tête. Elle chassait bouquets, robes, canapés, les lançait par la fenêtre derrière son épaule. Jeanne se leva, annonça qu'elle allait faire dîner Chantal. Elle tendit une main molle à Marguerite en la félicitant de nouveau pour cette réjouissance familiale. « Et Jacqueline, cela fait si longtemps que nous ne l'avons pas vue, vous

102

comble-t-elle autant ? » ajouta-t-elle. Marguerite répondit froidement que Jacqueline se portait fort bien et lui donnait en effet toute satisfaction. Jeanne sortit, un sourire indéfinissable aux lèvres.

Marguerite bavarda encore une heure avec André. Elle partit vers sept heures et demie en annonçant qu'elle dînait chez les Voguë. En réalité elle sortait chez la comtesse du Breuil, une ancienne danseuse du Moulin-Rouge dont la causticité ainsi que la beauté rousse et charnue avaient trouvé grâce auprès d'un vieil aristocrate, veuf et père de trois grands enfants, qui savait n'avoir plus beaucoup d'années à vivre et à s'amuser. Il l'avait épousée sans tarder, elle avait été enceinte, il avait joué son rôle de père comme il aurait dû le faire cinquante ans auparavant, et il mourut alors que son dernier fils ne savait pas encore dire son nom. C'était la meilleure amie de Marguerite, elles se voyaient trois fois par semaine dans leur salon ou en ville, quand elles ne sortaient pas au théâtre ou à l'opéra, pour partager les histoires mordantes qui réglaient leur compte à ceux qu'elles avaient croisés et flattés la veille comme s'ils étaient leurs meilleurs amis, et qui avaient eu la faiblesse de les croire. André n'aimait pas la comtesse du Breuil, il la trouvait méchante. Il s'informait toujours auprès de Jules de sa présence éventuelle dans le salon de sa sœur avant de lui rendre visite.

Marguerite fut elle-même surprise par son mensonge. Elle ne l'avait pas prémédité. Elle se fichait bien de l'opinion de son frère sur ses sorties et n'avait jamais peur de le provoquer à ce sujet, bien au contraire. Elle s'avoua qu'elle avait eu envie de lui faire plaisir, comme si la nouvelle du mariage de sa fille lui imposait de renouer, ne serait-ce que ce soir-là, avec le respect des convenances sociales et des hommes qui les ordonnaient. « Je suis incorrigible », s'avoua-t-elle en rentrant chez elle.

16

En 1941, peu après son mariage, André avait proposé à Marguerite d'emmener Jacqueline et Vanessa à Argentières où il avait décidé de vivre. « Père aura certainement besoin de moi », avait-il pensé, bien qu'il sût pertinemment que le vieux marquis était un solitaire. Marguerite avait refusé de suivre son frère : elle préférait rester à Paris parce qu'elle se disait trop vieille pour déménager. Et puis, avait-elle ajouté joyeusement, elle préférait mourir en un lieu où elle se sentirait chez elle, si par malheur cela devait se produire.

Une vieille tante, cousine issue de germaine de son mari, qui vivait seule à Lyon depuis que son garçon de dix-neuf ans était mort, avait demandé qu'une de ses nièces vienne vivre avec elle. Marguerite dissuada ses filles d'accepter en traitant la vieille femme de « bigote ennuyeuse ». Vanessa en fut émue. Depuis qu'elle était enfant, disait d'elle Marguerite, elle aimait revêtir les armes de la charité. Elle avait une sorte de détermination martiale dès qu'il s'agissait de porter secours à un malheureux, et s'estimait seule apte à se charger des souffrances de l'humanité. Marguerite refusait d'admettre qu'elle y fût pour quelque chose. Pourtant, Vanessa avait développé cet altruisme excessif en réaction au comportement de sa mère. Marguerite n'aimait pas son propre mari. Elle n'avait d'ailleurs jamais pensé pouvoir éprouver de l'amour pour quiconque, elle se moquait des jeunes filles romantiques de son âge qui souhaitaient un époux, de leurs « inflammations » comme elle appelait les coups de foudre dont elles faisaient aisément étalage entre elles. Elle avait donc docilement obéi à son père, avec une parfaite indifférence, lorsque celui-ci l'avait enjointe de faire son choix sur une liste de dix noms, tous prestigieux, qu'il lui avait soumise le jour de ses dix-huit ans. Elle avait pris celui qui lui semblait le plus riche et le plus calme, le marquis de Saint-Léger, car elle tenait à se mettre à l'abri du besoin et des scandales conjugaux. Malgré le mépris dans lequel elle tint bientôt son époux, elle ne pensa pas à le tromper. L'adultère, disait-elle encore, était à laisser aux lectrices de romans. Elle avait eu ses deux filles coup sur coup. D'emblée, elle avait manifesté sa préférence pour la cadette, « Jacqueline, se répandait-elle, Jacqueline, c'est une artiste. »

Pour cela, Vanessa avait méprisé sa mère, ainsi que pour l'indifférence souvent méchante qu'elle avait manifestée envers son époux. Elle avait voué à son père, dont elle avait hérité la bonté naïve, aggravée par la rancœur et la mégalomanie de son âme, une adoration absolue. Quand elle était enfant, elle rêvait qu'elle prenait son père dans ses bras et qu'elle le serrait jusqu'à ce qu'elle se dissolve en lui, et lui en elle, simplement pour qu'il ne soit pas seul. Mais elle savait que des choses pareilles ne se faisaient pas, et n'en détestait que mieux sa mère.

Du haut de ses dix-sept ans, elle annonça à Marguerite, en ce mois de juillet 1941, que la vie de château n'était pas d'actualité en de si sombres temps, et partit pour Lyon où elle resta jusqu'à la fin de la guerre.

Quant à Jacqueline, on apprit qu'elle s'était enfuie, le jour même de l'armistice, du lycée de jeunes filles à

Genève où elle terminait ses études. Elle y était depuis ses dix ans et en avait alors seize. Marguerite n'avait été informée de la fugue que trois jours plus tard. Jacqueline était tombée amoureuse d'un jeune Alsacien sympathique, Hans, un peu fêlé, « un idéaliste, un poète », aux dires des sœurs, à peu près de son âge, un garçon qui étudiait chez les maristes. Elle l'avait rencontré à des conférences de musique qu'organisait le conservatoire. Il s'exprimait en mots compliqués, parfois en latin, et disait que c'était du Cicéron. Il parlait tout le temps d'« oppression du peuple », de « liberté jusqu'à la mort » et d'« infâme botte ennemie ». Marguerite ne fut pas étonnée que sa fille tombât amoureuse de cet énergumène. Jacqueline était une drôle de fille, distraite, constamment dans ses livres, sans grand sens des réalités, d'une sensibilité qui se blessait vite. Elle était aussi très sensuelle. Pas belle, mais on savait, à la voir marcher, respirer, courir, goûter le vent sur son visage, jouer avec volupté dans le sable des plages l'été, ou écouter les gens en les fixant de ses yeux immenses comme si elle les dévorait, que c'était une amoureuse. Elle pouvait aussi rester quelques secondes les yeux clos, comme ça, simplement « pour ressentir », et Marguerite l'avait toujours laissée faire parce qu'elle ne voulait pas que sa fille connaisse la culpabilité. Elle-même se sentait, à côté d'elle, anesthésiée, couverte d'une épaisse corne de pudeur. « Moi, il me faut l'alcool et les cigarettes », se disait-elle.

Marguerite ne parla pas à André de la fugue de Jacqueline, et lui dit simplement qu'elle resterait en Suisse. Elle savait qu'André n'aurait pas supporté la vérité, parce qu'il avait pour sa nièce une tendresse particulière. Elle avait bon espoir que Jacqueline, qui lui écrivait d'ordinaire chaque semaine, continuerait à la tenir informée de ce qu'elle faisait. Elle en était même sûre. Elle ne fut pas déçue car une lettre arriva une semaine après l'appel des sœurs. Jacqueline lui annonçait qu'elle avait choisi le combat, qu'elle avait quitté le foyer et cessé ses études. Elle ne pouvait supporter l'infâme armistice qui déshonorait son pays, voulait retrouver sa terre natale et œuvrer dans l'ombre à restaurer sa dignité. Sa mère ne devait pas s'inquiéter, elle était en sécurité et se rendait avec des amis dans une ville de France dont elle devait lui cacher le nom. Elle ne lui écrirait plus que des lettres banales sur sa santé et le temps, elle l'embrassait patriotiquement.

« Petite sotte », pensa d'abord Marguerite, froissée du ton grandiloquent de la lettre. Et puis elle fut emplie, en même temps que d'une inquiétude jamais relâchée, d'une indicible fierté. Elle partageait avec sa fille un idéal. Elle avait raison, il fallait lutter.

Le jour où Éva du Breuil lui demanda prudemment si elle pouvait cacher dans sa cave Salomon Stein et sa femme, elle n'hésita pas.

Bien sûr, tout le monde ignorait qu'elle avait eu une liaison avec Salomon. C'était après la mort de son mari, tombé brutalement d'une rupture d'anévrisme en traversant le boulevard Haussmann, peu avant la guerre. Salomon lui plaisait, certes, mais elle avait surtout eu l'impression, en couchant avec un homme qui avait eu l'admiration de son père, de gagner les bonnes grâces de celui-ci, sans qu'il en sache rien – elle en eût été mortifiée. Pour la première fois de sa vie, elle faisait une chose qui devait satisfaire son père, comme il avait plu à Jean-André qu'Antoinette exposât ses œuvres à la galerie de Salomon. Elle savait en même temps combien vainement elle assouvissait son fantasme. Sans doute si son père avait appris que Marguerite avait une liaison avec un Juif, il en eût été malade. Il l'aurait accablée, comme il l'avait fait un soir, alors qu'enfant, elle avait émis le souhait de réciter, après qu'Antoinette eut joué le morceau de piano auquel elle travaillait et qu'on l'eut écoutée avec vénération, la fable de La Fontaine qu'elle avait apprise à l'école. « Enfin, Marguerite, il est fort incorrect de vous mettre ainsi en avant. Vous êtes là pour vous taire », avait dit Jean-André d'une voix glaciale.

Marguerite avait vite appris qu'elle ne bénéficierait pas du régime de faveur dont sa sœur aînée avait toujours eu l'avantage.

« Qu'importe », se dit-elle des années plus tard en glissant son bras sous le cou fin de Salomon, intimidée par sa fragilité. Ce régime-là, pour quelques jours dans cet hôtel, elle l'avait usurpé, et sa vie en avait été profondément changée. Avec Salomon, elle avait eu ce dont elle avait un urgent besoin, la sensation d'une peau amie, des choses luxueuses et infimes, marcher en enfonçant ses pieds nus dans le tapis moelleux, ne pas ressentir la fatigue des nuits blanches, fumer le matin, le cendrier contre la hanche, sentir sur ses seins les effleurements de Salomon, qui la changeaient des impérieux assauts qu'elle avait tant haïs chez son mari, semblables à ceux d'un adolescent précoce.

Salomon l'aimait-il ? La question ne lui était pas même venue à l'esprit. Il avait pour elle de la tendresse, de la délicatesse, une bonté qui la comblaient. Elle retrouvait auprès de lui le bonheur qu'enfant, elle avait eu à dormir nue avec Antoinette, quand elles n'avaient pas encore dix ans et qu'elles jouaient aux orphelines. Jamais sa sœur ne lui avait semblé si proche que lorsqu'elle touchait le corps de cet homme qui la chérissait calmement, paisiblement. L'un et l'autre, sans remords, savaient qu'ils étreignaient un même fantôme.

Plus tard, dans la cave de la Villa, pendant le mois où Salomon et sa femme restèrent cachés sous le regard vigilant et maternel de Marguerite, ni l'un ni l'autre n'évoquèrent ce court épisode de leur vie. Après le départ des Stein pour l'Espagne, où ils arrivèrent au bout de deux semaines d'une longue traversée, Marguerite avait fait du renseignement. Pas grand-chose, mais elle en avait été satisfaite. Elle passait son temps dans des soirées, des salles de concert et de théâtre, des cocktails, des dîners où elle rencontrait de nombreux officiers nazis. Son charme et son excellente connaissance de la langue allemande lui permettaient d'obtenir des informations sans jamais se compromettre. Elle les transmettait sous forme de messages codés, glissés entre les pierres de la pyramide du parc Monceau, pour un réseau dont elle ne chercha pas, après la guerre, à connaître les membres. Il lui suffisait d'avoir au moins participé à cette guerre, et – ce qui pour elle était sans doute l'essentiel – en s'amusant, car elle n'avait aucune conscience du danger. Personne ne sut jamais rien de ses activités.

Elle ne cessa de penser à Jacqueline dont elle n'avait plus de nouvelles. Quand elle la retrouva à la Libération, après quatre ans de fuite de cave en grenier, hâve et très affaiblie dans un hôpital aménagé gare d'Austerlitz, elle ne fut pas plus étonnée que cela. « J'ai toujours su que tu avais une excellente santé, lui dit-elle seulement en la serrant dans ses bras plus robustes que tendres, après tout, c'est moi qui t'ai faite. » Mais Hans, l'amoureux de Jacqueline, n'avait pas eu sa chance. Il avait été arrêté. Déporté à Ravensbrück, il y était mort.

Jacqueline trouva un appartement dans le XVIIe arrondissement. Elle suivit une formation de dactylographe et obtint un poste au ministère de la France d'Outre-Mer, « parce qu'elle voulait être indépendante », déclarat-elle à sa mère qui s'inquiétait qu'une femme de sa condition se mît en tête de travailler. Le pire pourtant était à venir. Jacqueline adhéra au parti communiste ; à la Villa, on fut horrifié. Marguerite reçut des lettres indignées, consolatrices, apeurées, de sa famille et des gens qu'elle fréquentait. Elle les déchira les unes après les autres. Elle essuyait les remarques désagréables sans se départir de sa morgue, tournait en ridicule les froideurs dont elle était l'objet. Marguerite avait toujours su qu'elle reverrait sa fille vivante, mais elle ne pensait pas qu'elle serait aussi changée. Sa sensibilité s'était mue en une force qui dépouillait les idées, les pensées et les êtres de tout artifice. Son visage était marqué sans être dur, son regard se remplissait de larmes sans qu'on sût quelle source de tristesse s'était réveillée en elle ni pourquoi, ses yeux semblaient aussi purs que des cimes hivernales. Marguerite était intimidée par cette jeune femme qui venait la voir chaque semaine, perdue dans son manteau informe. Comme des oiseaux apportent brindilles, bouts de tissu et morceaux de coton, éléments disparates et nécessaires à faire un nid, elles se donnaient leurs mots pauvres et maladroits, assez pour qu'une intimité, puis un amour qui avait dépassé la filiation, les relie.

« Quelle idiote, cette Jeanne », se dit Marguerite en repensant, dans la voiture qui l'emmenait chez la comtesse du Breuil, à la question perfide de sa belle-sœur. « Elle donne envie de prendre sa carte ! »

17

Jeanne avait reçu un mot de ses deux inséparables cousines. Elles faisaient un pèlerinage en Alsace. La carte postale représentait le monastère du mont Sainte-Odile entouré de tilleuls, saillant de la forêt obscure de conifères, avec en surimpression, comme dans une publicité de mauvaise qualité, reproduit dans un médaillon, le dessin de la sainte en prière dans une tenue médiévale aux couleurs criardes. Les pèlerines avaient griffonné d'une écriture alanguie et démesurément étirée, quelques mots plats sur la beauté du paysage et le sentiment de l'infinité de Dieu.

Jeanne fut plus intriguée par le court récit de la vie d'Odile, écrit en petits caractères, en haut à gauche de la carte. La fille du duc d'Alsace Étichon, qui manqua se faire assassiner par son père à la naissance parce qu'elle était chétive, avait été sauvée par le courage de sa pieuse nourrice et avait fini à force de miracles par attendrir son barbare géniteur. Il lui avait laissé son château de Hohenburg dont elle fit un monastère réputé pour son austérité et la sainteté de ses ermites. En fait de miracles, *La Légende dorée* n'en rapportait qu'un : la montagne s'était ouverte devant Odile pour la protéger des sbires de son père qui la poursuivaient. Mais Jeanne fut bouleversée par la force d'âme de la jeune femme face à ce père tout-puissant, et à quelques jours d'accoucher, elle rêva de la petite sainte mangeant les hommes qui voulaient sa mort, un à un, en les gobant comme des bonbons.

Ce rêve s'imposa à elle alors qu'elle regardait la petite fille, née à toute allure dans le grand lit de leur chambre à la Villa, que lui présentait le docteur Bradessus. Le vieux médecin était arrivé juste à temps pour couper le cordon et constater l'excellente santé de la mère et de l'enfant. Quand il demanda son nom, Jeanne répondit : « Odile, elle s'appelle Odile », et le docteur avait écrit *Odile d'Argentières*, 27 juin 1946, dans son grand cahier, en belles lettres déliées. Le soir, en rentrant, André apprit qu'il avait une fille du nom d'Odile. Ils avaient ensemble décidé depuis longtemps du prénom Charlotte, et jamais Jeanne n'en avait évoqué un autre. Mais en voyant sa femme trôner dans son lit avec l'enfant qu'elle nourrissait, puissante et fière contre ses oreillers, ses longs cheveux lâchés, il comprit que tout était ainsi pour le mieux.

Le soleil frappait aux vitres avec passion. Jeanne était heureuse. L'été sans ombres au-dehors de la chambre obscure lui rendait plus proche la présence calme du bébé dont elle souhaita garder le petit lit auprès d'elle, le temps de se remettre. Elle eut quelques nuits au sommeil prompt et profond. Pour Chantal, elle n'avait eu ni silence ni temps. Elle l'avait mise au monde dans des douleurs telles qu'elle avait cru mourir. C'était le mois de mars 1942, et la chambre d'Argentières était à peine réchauffée par un feu de cheminée qui déployait sur le mur en une calligraphie baroque les ombres étiques d'André et du docteur qui devisaient des journaux du soir, un verre à la main, en attendant que l'enfant naisse. L'enfant lui avait été immédiatement enlevée. Jeanne avait eu de la température, le médecin avait craint une fièvre puerpérale mais, dès le lendemain, elle s'était sentie mieux. On ne lui avait rendu l'enfant que trois jours après, par prudence. Elle avait cru que c'était à cause de la jalousie des bonnes qui s'étaient occupées du bébé en attendant son rétablissement, et avait mis longtemps à l'aimer, cette petite fille. Elle s'était sentie trompée.

Assise dans les draps que sa mère lui avait fait broder avec son chiffre mêlé à celui d'André, Jeanne faisait face à la fenêtre parfaitement bleue devant laquelle elle voyait parfois passer, le soir, en un éclair, une tourterelle dont l'écho lui rappelait le jardin clos où les dahlias devaient brûler. Elle veillait Odile qui dormait. Elle n'aimait pas quand Félicité venait prendre le bébé pour le garder la nuit. Félicité ne semblait éprouver aucun attachement pour l'enfant. Elle s'en occupait consciencieusement tout comme elle aurait préparé un repas ou été au marché, en suivant les instructions qu'on lui donnait. Malgré ses airs, Jeanne ne se sentait pas volée, et le matin elle retrouvait son enfant comme si elles ne s'étaient jamais quittées. « Cette Félicité, c'est la Belle Indifférente ! » aimait-elle à s'exclamer auprès d'André qui buvait son café et lisait son journal. Elle y allait de son rire sec. André souriait, se levait et embrassait sa fille, lui chantait une chanson, lui racontait tout ce qu'il allait faire dans la journée. Puis il la déposait dans les bras de Jeanne, laissait un baiser sur le front maternel et sortait.

Jeanne aimait beaucoup moins que Thérèse s'approche du berceau. Thérèse passait la plupart du temps dans les cuisines au sous-sol de la maison. Elles étaient si sombres et noires qu'on aurait dit une mine de charbon. Jeanne s'étonnait de la voir remonter toute blanche et propre, elle s'imaginait qu'elle aurait dû, à force d'heures entre les marmites bouillantes et les fours profonds, prendre la couleur et les odeurs du lieu. Thérèse s'échappait souvent vers six heures quand elle avait fini ses préparations, pâtes, crèmes et sauces du dîner. Elle laissait mijoter ses casseroles et venait frapper à la porte de la buanderie où Félicité lavait le linge, car c'était l'heure où Madame recevait et laissait Odile avec la femme de chambre. Félicité était assise sur un tabouret, les pieds écartés, les bras nus plongés dans la bassine. Elle frottait, pressait, battait le linge dont on aurait eu peine à imaginer la blancheur en voyant l'eau trouble dans laquelle il baignait. Thérèse entrait sans attendre la réponse, saisissait l'enfant qui jouait, la caressait, l'embrassait hystériquement, la serrait contre elle, dansait en lançant d'amoureuses interjections, tirait la langue à Félicité qui s'impatientait du vacarme et la menaçait d'appeler Madame. Mais Thérèse savait qu'elle ne le ferait pas, elle continuait, prenait l'enfant par la taille, la couchait dans ses bras. Odile se mettait à couiner, à pleurer, hurler, alors Thérèse la calmait et la consolait, la berçait jusqu'à ce qu'elle s'endorme au creux de son aisselle odorante. Jeanne avait surpris Thérèse à deux reprises dans ces scènes. Elle avait sévèrement grondé Félicité qui avait interdit à Thérèse de quitter les fourneaux allumés, mais celle-ci avait senti, dans son intelligence rusée, que Jeanne avait peur d'elle, et elle retournait à la buanderie sans modérer son enthousiasme.

Monsieur et Madame de Hauteville rendirent visite à leur fille et à leur petite-fille. Ils s'installèrent quelques jours à la Villa. Jeanne n'avait pas vu ses parents depuis son mariage. Près du berceau, on évoqua les morts, le frère d'abord, dont on n'avait jamais su où le corps avait été abandonné, les amis, les enfants des amis, les Anglais et les Américains que Monsieur et Madame de Hauteville, avec Rosine, avaient eux-mêmes enterrés dans leur jardin, puis tous les soldats et les prisonniers qui avaient donné leur vie pour la France. Madame de Hauteville pleurait souvent. Il fallait que Félicité lui trouvât un mouchoir de tissu car elle n'en portait jamais sur elle. Jeanne en fut agacée, elle tapotait nerveusement du bout des doigts le bord du lit quand sa mère se mettait à pleurer, et disait, les mâchoires serrées pour qu'on ne l'entende pas distinctement, qu'elle allait réveiller le bébé. Monsieur de Hauteville faisait des discours politiques et moraux pendant que sa femme se mouchait et s'essuyait les yeux, la bouche entrouverte. Lorsque André, qui parfois se joignait au cercle, se permettait de lever une objection aux propos de son beau-père, Madame de Hauteville l'interrompait, et quelle que fût la remarque de son gendre, elle répondait invariablement, dans une même lamentation pleine de reproches : « Vous ne savez pas, vous, ce que c'est que de laisser des morts à chaque guerre », comme si la vive réalité du sang que les Hauteville avaient versé – contrairement aux Argentières qui, ni en 1870 ni en 1914, n'avaient pleuré de morts, puisque leurs hommes étaient ou trop jeunes, ou trop vieux, ou encore malades – comme si le tribut payé justifiait toutes les opinions. Jeanne écoutait son père d'une oreille, le cœur battant aux inflexions de la voix paternelle. Elle convertissait la culpabilité qu'elle éprouvait devant ses parents en froideur envers André, qui vit avec soulagement ses beaux-parents repartir.

Chantal devint capricieuse et autoritaire. Les six premiers mois suivant la naissance de sa sœur, elle passa plus de temps avec sa nurse qu'avec sa mère. La nurse, Mademoiselle Spark, une Anglaise dépressive au visage quadrillé de grains de beauté, passait ses journées à courir après la petite fille en grognant : « *Miss Chantal, please !* » Elle occupait ses soirées en écrivant des lettres à d'imaginaires soupirants. Le lendemain, elle les confiait à la poste. Le facteur, un type goguenard, emportait la liasse enfiévrée et, en guise de dicton, lui lançait chaque fois avec un clin d'œil : « *To be or not to be, that is the question !* »

Chantal prit sa petite sœur en grippe et la tapait dès qu'elle était à portée de sa main. Elle était punie et se vengeait en humiliant Mademoiselle Spark jusqu'à la faire pleurer. En plus d'être méchante, Chantal était laide. Même quand elle souriait, sa bouche se tordait dans une expression amère. « Elle est ingrate et mauvaise, disait d'elle Marguerite à qui voulait l'entendre. En bref, elle a tout d'une aristocrate normande. » À côté d'elle, la blondeur d'Odile, la perfection de ses traits fins, ses yeux bleus et ses risettes que l'on interprétait comme les signes d'une heureuse nature, faisaient l'admiration de tous et surtout de son père. À Argentières, un jour où il avait rendez-vous avec le pépiniériste pour choisir une nouvelle espèce d'arbres à planter dans le parc après la coupe qu'il avait ordonnée des chênes les plus anciens, il demanda qu'on lui livre un cerisier du Japon. Il le planta lui-même à côté du parterre de fleurs qui longeait l'aile gauche de la maison, et il fit mettre en bas du tronc une plaque en or sur laquelle étaient gravés le nom d'Odile et sa date de naissance. Jeanne suggéra qu'il fît de même pour Chantal. Il en convint, mais ne trouva jamais la volonté – en pensant au visage chafouin et inondé de larmes de sa fille aînée – de s'exécuter. Il se dit qu'un arbre n'avait qu'une valeur symbolique. Le plus important pour Chantal, ce serait le compte qu'il avait ouvert à son nom, comme il en avait ouvert un au nom d'Odile et qu'il le ferait pour tous ses enfants. « L'argent réconcilie de toutes les inégalités », se dit-il avec optimisme, en posant un tuteur au cerisier.

18

« Les voilà ! Les voilà ! »

Un murmure traversa le dos des dignes et impassibles conseillers municipaux, alignés entre les deux pots de fleurs dérisoires qui marquaient l'entrée du petit jardin de la mairie. Tous les habitants du village, massés derrière eux, assistaient à l'arrivée du marquis et de la marquise venus accomplir leur devoir de citoyens. C'étaient les premières élections municipales depuis la fin de la guerre. André était au volant de la Bentley noire et, à ses côtés, Jeanne, dans un tailleur foncé au large col, tenait sur ses genoux Chantal dont les yeux ardents foudroyaient les regards qui se posaient affectueusement sur elle. Derrière, suivaient de modestes carrosseries dans lesquelles s'étaient entassés les domestiques et les ouvriers d'Argentières, hommes et femmes pêle-mêle, en tenue du dimanche.

André, Jeanne, Chantal et Marguerite, qui était assise à l'arrière, descendirent de la voiture. Maître Léon, premier adjoint, notaire de son état, dont la famille exerçait ce métier de père en fils et dont les études avaient toujours été payées par les marquis d'Argentières, salua les dames d'un onctueux baisemain. À l'intention d'André, il prononça quelques mots bien tournés et visiblement répétés par cœur sur les valeurs de la République, l'engagement jusqu'à la mort de feu monsieur le marquis pour le village et ses habitants, le progrès, l'avenir et la paix. Dans son émotion, Maître Léon n'avait pas lâché la main d'André qu'il pressait à chaque mot dont il voulait que le souvenir s'imprimât dans les esprits. André, sans perdre la noble expression de son visage, tenta sans succès de se dérober à la poigne du notaire. À la fin du laïus, la tenaille se desserra sur les phalanges meurtries d'André qui prit l'orateur sensible sur sa poitrine dans un geste fraternel.

André s'approcha des conseillers et les gratifia d'un sourire et d'un petit mot sur les récoltes de l'un, sur la mère de l'autre. On lui répondait avec componction. En souriant, il salua les habitants qui le dévisageaient, admiraient son élégance, sa gentillesse et sa simplicité. Il prit des enfants dans ses bras et signa leur front paternellement avant d'entrer dans la mairie suivi de ses trois Grâces. On avait placé l'urne au milieu de la pièce où siégeait d'habitude le conseil municipal, et les isoloirs à côté de la porte d'entrée. André se glissa derrière le rideau. À la table où trônait l'urne, debout, se tenait Alfred Frèrelouis, le fils du fermier de Thoiry, un gaillard de vingt-deux ans mince et baraqué, au visage tanné percé de deux lagons verts. Alfred affolait les mères de famille, autant que la grêle ou la tuberculose ; sa beauté nonchalante plaisait aux filles du village. On savait qu'elles ne se faisaient pas prier pour une promenade aux champs dont quelques malheureuses avaient dû secrètement réparer les résultats chez la rebouteuse de Souzay.

Les membres du conseil avaient suivi André. Ils bavardaient maintenant avec âpreté et sans retenue, comme si rien n'avait été de la solennité de leur accueil. Ils se turent un instant quand André sortit de l'isoloir, et le regardèrent déposer son bulletin dans l'urne. Une fois qu'Alfred eut lancé un tonitruant « Monsieur le marquis a voté », ils reprirent leurs plaisanteries.

Marguerite à son tour s'approcha de l'urne et y déposa son bulletin en décochant un regard à Alfred qui rougit. Jeanne était restée à la porte et recueillait les flatteries qu'on lui faisait au sujet d'Odile. Elle essayait d'y répondre gentiment en répétant l'âge de sa fille, le nombre de ses dents et les mots qu'elle savait prononcer, elle rapporta les premières mimiques d'Odile qu'elle avait laissée à la garde de la nurse pour l'après-midi, ses sourires de bébé de six mois, mais au fond d'elle-même elle était dégoûtée par toutes ces femmes de paysans qui avaient passé leur vie aux champs ou à la cuisine et qui entraient dans cette pièce jadis réservée aux hommes. « De quel droit votent-elles, ces ignorantes ? » pensait-elle. Elle s'était interdit de voter, même quand il s'agissait de soutenir son mari. Elle fit semblant de ne pas entendre quand Marguerite lui lança en sortant : « Eh bien, ma chère, il faut vivre avec son temps ! Vive les femmes ! » avait-elle ajouté à l'intention de celles qui attendaient leur tour à l'isoloir et lui sourirent timidement, impressionnées par l'élégance hautaine de Marguerite, ses cheveux gris brillamment mis en plis, et sa robe de laine noire à boutons d'or qui faisait fureur cet automne-là chez Dior et lui donnait l'allure d'une dague. André s'attarda auprès des élus. Puis il prit le bras de Jeanne et, suivi des deux adjoints Léon et Matthieu, il laissa le peuple à sa conscience et gagna le presbytère adossé à l'église.

Le père Calas les accueillit dans sa cuisine. Il avait préparé sur la table cinq verres troubles de dépôts calcaires. « J'irai voter plus tard, quand il y aura moins de monde », annonça-t-il en versant le liquide frais et ensoleillé. André, Léon et Matthieu s'assirent sur les chaises en rotin. Jeanne resta debout, elle surveillait Chantal qui courait en mendiant l'attention des hommes attablés. L'enfant minaudait et souriait avec cet air de souffrance qu'elle avait depuis qu'elle était née, puis repartait dans sa course boiteuse. Jeanne s'assurait qu'elle ne fît pas de bruit, et de temps en temps elle écoutait la conversation. Elle fut heureuse d'entendre André annoncer au curé la prochaine restauration, à ses frais, de la Vierge rouge. Puis ils avaient parlé d'autre chose, essentiellement d'affaires agricoles. André recommandait de diversifier les productions. Lui-même, sur ses propres champs, avait décidé de jouer l'alternance. Cette année pour la première fois, il avait vu la terre se couvrir d'éclatantes et larges fleurs jaunes de tournesols qui avaient ensuite formé, sur les charrettes, des bouquets massifs autour desquels rôdaient les mouches. On l'écoutait, on suggérait, on approuvait, et puis on avait parlé des ordures ménagères et du canal pour lequel André avait de grands projets qu'il exposa avec clarté à son hôte, puis à ses futurs adjoints. Il avait aussi longuement parlé des vignes, celles qu'il souhaitait acheter, et de ce domaine viticole dont il rêvait pour Argentières. Le père Calas remplissait les verres. On but si vite qu'il dut déboucher une nouvelle bouteille. « Allons-y, monsieur André, avant qu'on boive vot' vin à vous ! » s'était-il exclamé, et la compagnie égrillarde grogna en chœur, en levant son verre à Argentières et à ses progrès à venir. André entonna : « Ah ! le petit vin blanc, qu'on boit sous les tonnelles », les voix rauques reprirent la mélodie vacillante. Ils enchaînèrent avec « Le trente et un du mois d'août » et « La Pomponnette ». On chantait chaque fois plus fort et plus faux. Le silencieux salon, seulement décoré d'images pieuses de saints locaux et d'un crucifix gigantesque au-dessus de la cheminée, paraissait un désert de sable et de dunes brûlantes dans lequel quelques chevaliers de la Table ronde égarés, prophètes d'un monde meilleur, laissaient cours à leur délire fiévreux.

« Vous avez de la chance, madame, d'avoir un mari qui aime la musique, dit poliment à Jeanne le père Calas.

– La musique ? Je n'aime pas la musique », lui répondit Jeanne qui était restée debout en attendant qu'ils aient fini.

André se leva, prit son chapeau et salua chacun. « Vous pourriez faire attention. Cette manie de chanter quand vous avez bu, c'est horripilant », lui reprochat-elle entre ses dents.

À six heures on ferma les portes de la mairie. Alfred et deux autres garçons du village, Marcel et Joseph, des jumeaux quasi édentés qui travaillaient avec lui à la coupe du bois, dépouillèrent les bulletins sous les regards des adjoints. À neuf heures, on compta sur les listes 532 votes pour André d'Argentières. Personne ne parla des quatre bulletins griffonnés. L'un était même hachuré très proprement au crayon noir et gras, d'un trait si déterminé que chacun, sans manifester son effroi, se demanda qui avait pu faire une chose pareille. Léon téléphona à André pour lui annoncer la nouvelle pendant que les jeunes hommes rangeaient la pièce, retiraient tables et chaises des bureaux où on les avait entreposées pour la journée, décrochaient le rideau de l'isoloir et remisaient l'urne dans l'arrière-salle de la mairie. Léon félicitait André, s'exclamait que c'était un bien beau succès, cette unanimité, et qu'il saluait ces dames. Il raccrocha en s'essuyant le front et en espérant que jamais André n'apprendrait l'existence des quatre bulletins du diable.

Les hommes avaient ouvert la porte de la mairie. Il faisait nuit noire, une vraie nuit d'hiver, et le froid transperçait les chemises et les gilets de ceux qui n'avaient pas eu peur de sortir de chez eux pour entendre les résultats. Ils n'étaient pas aussi nombreux que le matin, mais suffisamment pour que la scène eût un semblant de cérémonie. Les trois gaillards en marcel, réchauffés par l'air de la pièce dans laquelle ils venaient de passer quelques heures, s'étaient plantés aux flancs du notaire. Léon attendit le silence, le regard plongé dans l'obscurité du bosquet qui faisait face à la mairie, de l'autre côté de la route. Il triturait sa feuille. D'une voix chevrotante, il cria qu'il avait l'honneur d'annoncer qu'André d'Argentières avait été élu à l'unanimité des électeurs.

On applaudit, on se congratula, on donna des coups de coude et des bourrades aux attentifs avertis qui savaient qu'il y avait 536 électeurs à Argentières, et murmuraient. « Eh bien, vieux, c'est que la mère Tellier, elle a pas été voter, tiens ! Tu vois la mère Tellier aller voter ? » s'exclama un malin qui fit rire tout le monde. Ils avaient déjà oublié que la mère Tellier, petite chose voûtée au menton couvert de longs poils blancs, femme et mère autocratique sans laquelle son mari aurait vécu plus d'années qu'il n'avait survécu à son autorité, sans laquelle son fils n'aurait jamais quitté la maison pour faire fortune, et sans laquelle on aurait pu dire qu'une révolution royaliste n'eût pas fait de mort à Argentières, avait bien traîné ses quatre-vingt-quatre ans rhumatisants pour aller voter, et que, malgré sa vue défaillante, elle aurait été bien capable de tracer des grands coups secs sur le nom d'André. Mais cela, personne n'eut même l'audace de l'imaginer.

Ce fut l'effervescence, puis chacun rentra chez soi. Les lumières des maisons s'éteignirent une à une. Le lendemain, on se levait tôt. André aussi. Il passa la journée dans le bureau de la mairie où son père avait régné pendant trente ans. Il se rendit compte, en parcourant les dossiers, les fiches et les notes de ce dernier, que lui, son fils, en ignorait tout. André se souvenait d'une promenade qu'il avait faite avec lui dans le parc d'Argentières, il avait quatorze ans. Son père lui avait déclaré : « Dorénavant nous travaillerons ensemble. Nous déciderons des coupes des bois, nous choisirons les fleurs pour les parterres, nous réfléchirons aux plantations, achèterons un nouveau cheval. » Ils étaient tous deux joyeux à cette perspective. Ils bavardaient. Jean-André écoutait ce que disait son fils comme s'il écoutait un adulte, et André, heureux de cette confiance, lui exposait ses idées, ses plans, ses désirs. Tout y passait. Les écuries, le jardin dans lequel il voulait développer les plantations de légumes rares, les vignes de la Petite France sur les collines du nord, que caressait le soleil quand le ciel était dégagé le matin, et dont il rêvait chaque fois qu'il ouvrait sa fenêtre après s'être étiré de longues minutes, assis sur le bord de son lit. Jean-André, moulé dans sa tenue de cavalier, caressait la terre avec le bout de sa cravache en hochant la tête. « Il m'aimait bien, pourtant », se consolait André en feuilletant un grand cahier de chiffres. Mais après cette journée, plus rien ne s'était passé. Ils n'avaient jamais réussi à échanger un mot au sujet d'Argentières, et quand ils avaient essayé, ils s'étaient agacés. Le jardin n'avait pas accueilli de nouveaux plants, les vignes étaient restées inaccessibles, sinon aux regards d'André à qui elles paraissaient toujours plus belles dans la froide lumière ligérienne. Les terres de la Petite France avaient jadis appartenu aux Argentières. Albin, pour acheter des manuscrits byzantins qu'il avait ensuite revendus, les avait abandonnées contre une somme convenable au duc de La Vrillière, amputant largement le territoire familial. Jean-André n'avait jamais pensé les racheter et n'avait que faire que son regard portât, de sa maison, vers un lieu qui ne lui appartenait pas. André, dans ses rêveries adolescentes, ne l'avait pas accepté. Mais il le savait : le duc, tant qu'il vivrait, ne vendrait rien. « J'attendrai », s'était-il donc promis.

André travailla jusqu'au soir et rentra, une liasse de documents sous le bras. Au dîner, il annonça à sa femme et sa sœur : « Mes chères, quand la Vierge rouge sera restaurée, il y aura un éclairage électrique aux néons dans les rues, et des bancs pour les promenades de nos vieillards.

– Merci d'avoir pensé à nous ! » répondit joyeusement Marguerite en levant son verre à la gloire publique d'Argentières.

19

Il arriva à la Villa une étrange histoire.

Marguerite fut invitée par les parents de son futur gendre, le comte et la comtesse de Plessis, à un dîner qu'ils donnaient au Crillon en l'honneur de leur amie la duchesse de Sussex. La duchesse allait être de passage à Paris à l'occasion d'une visite de son époux le duc au Président. Tout le petit monde des amis parisiens de Sussex, en apprenant la nouvelle, ne parla plus que de la duchesse, de sa grâce, de son naturel et de son intelligence. En réalité la duchesse de Sussex était une personne disgracieuse, qui n'avait pour elle que de fréquenter chaque jour Buckingham Palace et les soirées du Gotha et d'en rapporter des anecdotes qu'elle racontait avec la ferveur qu'elle aurait mise à dire une messe basse.

Marguerite avait d'abord été excitée d'assister à ce dîner, entre « intimes » comme lui avait susurré modestement la comtesse de Plessis, son carnet d'« intimes » comptant au moins cinq cents personnes. Et puis le bavardage incessant que suscitait l'idée de l'arrivée de la duchesse, tous les après-midi dans son salon, eut tôt fait de l'agacer. Elle commença d'en plaisanter, se moquait de la vanité des Plessis et de l'effervescence que créait une femme aussi peu attrayante, que personne ne regarderait si elle ne se lavait pas dans les bidets de Buckingham. Ses visiteurs souriaient par politesse à ses remarques bougonnes et continuaient à tergiverser sur la généalogie de la duchesse, qu'on disait tantôt lointaine petite-fille de la Grande Catherine, tantôt descendante, par des voies impénétrables, de Charles Quint. Une nuit où elle ne dormait pas, le menton appuyé sur le bord des draps et les mains croisées sur le ventre, toute à la méditation de ces derniers événements, Marguerite eut une idée qui l'enchanta à la seconde où elle la conçut et qui l'endormit de bonheur.

Le lendemain, elle convoqua Félicité par l'intermédiaire de Jules. Elle savait que c'était samedi, le jour où Félicité était de sortie, après le déjeuner qu'André et Jeanne prenaient plus tôt que d'habitude. Elle avait déjà mis son manteau quand Jules l'appela, mais elle se dévêtit, posa son sac près de son lit et alla voir « madame la marquise ». Marguerite la fit asseoir près d'elle sur le canapé de son salon, lui offrit des bonbons, des chocolats et de la liqueur de framboise avec une telle force de persuasion que l'honnête Félicité, hypnotisée, ne refusa rien, elle qui prenait toute marque de familiarité d'un domestique envers un maître pour un péché mortel.

Une heure après, elles discutaient toutes deux gaiement. Félicité avait trop bu. Marguerite lui avait fait goûter les longues cigarettes italiennes qu'elle commandait à Rome et la femme de chambre avait manqué s'étouffer dans la fumée. Alors Marguerite lui exposa son plan. Au début, Félicité riait en agitant sa main devant sa bouche, elle continuait de chasser la fumée imaginaire de la cigarette, et puis à mesure qu'elle comprenait, elle pouffait dans sa main, « Oh ! Madame, oh ! Madame », jusqu'à ce que, soudain dégrisée, elle se dressât franchement sur son séant, catégorique : « Ah non, Madame, moi, jamais ! »

Marguerite expliqua, Félicité protesta, nia, fronça les sourcils. Marguerite séduisit, rit, joua, caressa, servit de la liqueur, implora. Félicité s'écria, se récria, but d'une traite la liqueur, jura sur la tête de ses parents défunts. Marguerite s'adoucit, encouragea, jura à son tour. Finalement, Félicité lâcha : « Eh bien, d'accord ! » Et elles se serrèrent dans les bras l'une de l'autre, à moitié ivres. « Mais vous n'en direz rien à Monsieur André ni à Madame Jeanne ? » Marguerite promit de nouveau que son frère et sa belle-sœur n'en sauraient rien. Elle prit la chancelante Félicité par la main et la conduisit à sa chambre, ouvrit les deux battants de son armoire et tira quatre cintres où pendaient des robes à brillants dans des tissus mordorés.

« Tu vas essayer ça, Félicité », dit Marguerite en jetant le tout sur le lit. Félicité recula. Il fallut encore à Marguerite des ressources de paroles pour venir à bout des protestations effarées de Félicité. La jeune fille finit par se glisser derrière le paravent, retira ses vêtements pendant que Marguerite lui passait une robe après l'autre, et sortit, rougissante, pour se montrer.

Félicité avait la même taille que Marguerite, mais elle était plate et menue. Elle flottait dans les robes Chanel et Dior comme un épouvantail de luxe. « Bien », dit Marguerite. Elle plongeait dans son placard et en retirait les robes qu'elle avait portées avant de se marier. « Tiens. » Félicité, qui s'était cachée en chemise de corps derrière le paravent, tendait une main timide et avide.

Elle essaya une robe charleston à paillettes qui tombait sur les conques de ses genoux, et une longue robe moulante, le « triomphe de Patou », siffla Marguerite, qui mettait en valeur ses épaules toniques et ses bras fermes. « Tout cela est ravissant mais tout à fait démodé », dit Marguerite en tournant autour de son modèle. Félicité, pieds nus sur le parquet, se balançait d'une jambe sur l'autre en jetant des regards furtifs dans la glace intérieure de l'armoire où elle s'apercevait, plus grande et longue qu'elle s'était jamais vue, sublime dans ces matières aussi aériennes que les soufflés de Thérèse, onctueuses et légères, qu'elle n'osait pas toucher et qui lui donnaient la sensation d'avoir changé de peau.

Marguerite s'exclama et plongea de nouveau dans l'armoire. Elle en sortit un long habit sombre et une chemise de smoking à boutons de nacre noirs.

« Mais madame… C'est… C'était à Monsieur ! sourit Félicité, vaguement inquiète.

– Mais non, mais non, c'est à moi. Je l'ai porté pour un bal de Gustave, tu l'as connu ? Bien sûr que non, tu es trop jeune. Un bal des Rois. Je me suis déguisée en roi d'Angleterre, un roi moderne, en habit. Je l'ai fait dessiner par Picasso, fabriquer chez le couturier de Cocteau, crois-moi, il est superbe.

– Mais, Madame, je ne peux pas m'habiller comme Monsieur ! » s'écria Félicité. Marguerite répliqua sèchement que ce n'était pas comme Monsieur, puisque c'était elle qui avait porté le costume, mais Félicité fut au bord des larmes. « Ah ! mais c'est impossible, Madame, les dames mettent des robes et les messieurs des pantalons ! Je ne pourrai pas. »

Et devant la mine déterminée de Marguerite, elle éclata en sanglots. Marguerite attendit que le flot de larmes fût tari pour expliquer à Félicité l'intérêt de la tenue : « Il arrive que les femmes s'habillent en hommes. Cela attire les regards. »

Félicité considéra l'idée quelques minutes, frissonnante devant les glaces de l'armoire. Elle se glissa derrière le paravent, le smoking pendant sur le bras.

Étonnante, sa silhouette androgyne était magnifiée par la rigueur du costume. Le large col de la chemise soulignait ses traits allongés et sa forte mâchoire. Le pantalon était trop long, mais il tombait à point sur ses fesses sans les effacer. La veste cintrait sa taille étroite. « Félicité, tu es bien plus belle qu'une duchesse anglaise », dit Marguerite qui l'examinait de plus en plus près, admirant autant les détails du vêtement que l'anatomie parfaite de la domestique. Les vapeurs de l'alcool montaient au cerveau de Félicité, lui donnaient mal au cœur. Elle regardait ses bras ronds serrés dans les manches noires du costume, sa taille gainée, le long garrot qui la prenait du cou aux chevilles et l'empêchait de bouger comme elle en avait l'habitude, et elle sentait naître en elle des désirs vagues dont elle s'approchait pas à pas, de moins en moins peureuse, comme elle se serait approchée du bord d'une falaise à pic. Elle serrait les mâchoires et se voyait dans les yeux étroits de Marguerite qui la touchait, la palpait, lui donnait quelques fugitives sensations de plaisir.

« Madame, j'm'en vais remettre mes loques. »

Solide sur ses pattes d'oiseau, elle se glissa derrière le paravent, retira la veste et le gilet, la chemise, passa sa blouse et son tricot de laine, puis elle enleva le pantalon, enfila ses bas et sa jupe, glissa le tout avec soin dans les grands sacs accrochés aux cintres. Elle rangea le contenu de l'armoire. Marguerite la regardait, une cigarette à la bouche, et la prit par le bras pour la raccompagner à la porte en chuchotant : « Alors, pas un mot, n'est-ce pas ? Sur notre projet. – Non, Madame, vous pouvez compter sur moi. » Marguerite avait glissé un billet dans sa poche, qu'elle ne refusa pas. Elle s'en alla en trottinant.

20

Marguerite n'attendit pas le soir pour téléphoner à la comtesse de Plessis et lui demander si, par hasard, elle l'en priait vivement, elle pourrait venir à son dîner accompagnée d'une amie, une princesse italienne de passage à Paris, une femme « divine », qu'elle serait si heureuse de présenter à ses « intimes ». Elle était sûre d'ailleurs que la grâce, le naturel et l'intelligence de la duchesse de Sussex seraient comblés par les non moins grandes qualités de son amie. La comtesse de Plessis demanda le nom de cette dame, mais Marguerite prit une voix de conspiratrice pour dire que son amie était à Paris incognito et qu'elle ne pourrait pas révéler son nom sans mettre sa vie en danger. La comtesse de Plessis, impatiente de savoir qui pouvait être cette personne mystérieuse, n'en laissa cependant rien paraître à Marguerite auprès de laquelle elle ne voulait pas passer pour une femme qui se laisse impressionner pour si peu. Mais dès qu'elle eut raccroché, elle téléphona à la comtesse du Breuil, à la marquise de Joinville, aux comtesses de Ribot et de Saxe, elle parla aux épouses des ministres Blois et Picot, soupira aux oreilles des présidents Vinchy et Henriot, elle questionna la mémoire des anciens ambassadeurs Martinière et Lachevalière. « Une espionne ? Une meurtrière ? » s'interrogea-t-elle toute la journée en échafaudant des spéculations. Marguerite avait si bien deviné le minutieux parcours que ferait la comtesse à travers son carnet d'adresses qu'elle aurait pu entendre, le soir même, la comtesse s'effondrer près de son mari en criant, exaspérée : « Mais qui est donc cette intrigante ? », ses bracelets Boucheron tintinnabulant sur les bras de son fauteuil.

Le jour du bal, après le déjeuner, Marguerite dépêcha Jules auprès de Félicité qui terminait la vaisselle du déjeuner d'André et Jeanne. Félicité prit congé de Jeanne qui lui donna ses gages pour sa journée de sortie, et elle suivit Jules. Elle avait lavé et coiffé ses cheveux. Marguerite et elle s'enfermèrent toutes deux dans la chambre et n'en sortirent que pour s'enfouir dans les manteaux de fourrure que Jules leur présenta. Marguerite avait généreusement acheté le silence du chauffeur, bien qu'elle sût que ce n'était pas nécessaire. Jules avait montré pour l'aventure un enthousiasme digne d'un comploteur. Marguerite avait même craint que ses mines mystérieuses ne finissent par les faire découvrir, mais il n'en fut rien. Marguerite portait une longue robe de soie brodée et un collier de diamants. Elle était si blanche de peau que tout ce brillant lui donnait l'air d'une Reine des Neiges.

On n'aurait pu dire, à côté d'elle, de quoi Félicité avait l'air. La rigueur de sa tenue ne laissait pas apercevoir la forme de son corps. Elle était peu maquillée, comme une enfant de quatorze ans, mais quand on remarquait son chignon sophistiqué et ses discrets pendants d'oreilles vénitiens, de pierres semi-précieuses, cadeau de son mari à Marguerite lors de leur voyage de noces, on voyait une femme d'une trentaine d'années, élégante et discrètement féminine, discrétion qui seyait au rôle qu'elle allait interpréter. Puis on respirait son parfum aux effluves orientaux, et c'était encore une autre femme qui apparaissait, dont chaque œillade était un appel au plaisir ou au meurtre. On la scrutait le long de son cou jusqu'à son décolleté sage, presque austère malgré le satin, et on s'arrêtait pile sur le premier bouton de la chemise comme au seuil d'un territoire interdit. Elle portait des escarpins de velours noir et marchait en flottant sur la pointe des pieds, parce qu'elle avait peur de tomber en s'appuyant sur ses talons.

Elles furent accueillies au Crillon dans des murmures de stupéfaction. Marguerite avait voulu qu'elles y aillent tard de sorte que les invités soient déjà attablés. Elle prétendit que son amie venait d'arriver à Paris et avait juste eu le temps de s'habiller. Marguerite fit une révérence servile à la duchesse de Sussex et lui présenta « une princesse italienne dont l'identité ne peut être révélée ». Félicité fit à son tour la révérence en souriant. Elle ne disait rien. Les femmes n'avaient d'yeux que pour elle et de remarques que pour son accoutrement. On hésitait à crier à l'élégance ou au mauvais grimage. Les hommes séduits lui firent des frais auxquels elle répondit par d'humbles sourires. Marguerite expliqua que son amie avait été victime dans son enfance d'un traumatisme qui l'avait rendue muette, elle qui avait été une enfant éloquente, mais elle comprenait tout ce qu'on lui disait avec une vive intelligence. Feignant de ne plus s'occuper de son amie, elle s'assit près de la duchesse de Sussex et engagea une conversation qu'elle mena militairement de son plus bel anglais, mélangeant la peinture abstraite, le Génie civil, les exploits sportifs des athlètes français, les jardins du magnifique palais de Sussex et les œuvres égyptiennes du British Museum, si bien que la duchesse eut bientôt un épouvantable mal de tête.

Marguerite n'en observa que mieux ce qui se passait du côté de Félicité. Toute l'attention était concentrée sur elle, et même si on ne lui parlait pas, on parlait d'elle. Les plus audacieux lui posaient des questions auxquelles elle répondait par de vagues signes de tête et de main, si délicats qu'on aurait dit de la porcelaine en mouvement. Chacun les interprétait comme il le voulait. On demanda à l'ancien ambassadeur de France à Rome, Gaston de Lachevalière, de questionner la jeune dame. Après un long entretien où elle multiplia hochements de tête et sourires, il murmura à l'oreille de sa voisine qu'elle pouvait être la fille du malheureux chevalier Sforzi, enlevée enfant sur la route de Naples et que l'on n'avait jamais retrouvée, la sœur de ce jeune homme étrange qui avait enchanté la jeune Watteville à la vente de la bibliothèque Argentières. On racontait qu'ils avaient été liés enfants comme des amoureux et que la disparition de la petite fille avait causé chez son frère le chagrin irréparable qu'il portait sur la figure.

« Est-elle ici pour se venger ? S'est-elle enfuie ? A-t-elle échappé à ses ravisseurs ? » La rumeur courut de table en table entre coquilles Saint-Jacques et entremets, et sembla buter sur l'évidence que la jeune fille ne ressemblait en rien au chevalier cacochyme ni à son prétendu frère. La comtesse du Breuil, en interrogeant la princesse sur ses voyages en France, crut comprendre qu'elle n'y était que de passage et qu'elle allait en Amérique – elle avait cru la voir imiter les vagues de l'océan avec ses doigts. On supputa qu'elle courait au secours de quelqu'un, mais de qui ? Ou qu'elle fuyait un père, un mari, un frère violents, comme il y en avait dans ces pays peu civilisés…

Félicité, quand elle ne tâchait pas de répondre à ses inspecteurs, dévorait avec un appétit vorace tout ce qu'on lui servait. Quelqu'un le remarqua, on en conclut qu'elle avait dû avoir faim. Elle était d'ailleurs assez maigre et petite, elle n'avait pas été suffisamment nourrie dans son enfance, cela se voyait, on reprit l'hypothèse du tragique enlèvement et de la claustration. Peut-être avait-elle passé la guerre dans les prisons fascistes ? Torturée, battue ?

On lui devina un léger handicap à l'épaule et, quand elle se leva pour passer au salon, le bras glissé sous celui du jeune marquis de Blois qui ne la quittait plus des yeux depuis qu'il l'avait vue s'asseoir à côté de lui, on décela dans sa démarche contrainte une légère claudication. La malheureuse duchesse de Sussex, toujours accaparée par Marguerite, eut un vertige au moment de s'asseoir dans le fauteuil que le comte de Plessis lui offrait dans le grand salon et annonça qu'elle ferait mieux de se retirer. Elle avait le lendemain avec le duc une réception à l'Élysée pour laquelle elle voulait se reposer. Elle salua ses hôtes et partit dans l'indifférence générale. Marguerite raccompagna la duchesse jusqu'à la porte. Elle avait été de bout en bout charmante et épuisante, elle était assurée d'être invitée au prochain bal de la Cour.

En rentrant dans le salon, elle constata l'étendue de son succès. Le comte et la comtesse de Plessis, mortifiés du dédain que l'on avait manifesté envers leur invitée, étaient assis dans un coin. L'émotion dans l'assemblée était à son comble. Le marquis de Blois, visiblement amoureux, était assis sur un repose-pieds près du fauteuil de Félicité. Autour d'eux, debout ou assis sur des fauteuils et des poufs que l'on avait agglutinés, on babillait joyeusement. Félicité riait en caressant le tissu du fauteuil sans paraître apercevoir que le jeune marquis y avait glissé ses doigts et qu'elle les effleurait. Marguerite se fraya un passage jusqu'à Félicité et lui murmura à l'oreille. Félicité prit l'air le plus sérieux du monde, se leva et, sans un signe d'adieu, suivit Marguerite. Les invités, saisis par sa soudaine gravité, y virent la marque d'une destinée supérieure vers laquelle marchait cet être mi-divin mi-démoniaque, et personne ne la retint, pas même le marquis qui caressait le tissu du fauteuil qu'elle venait de quitter. Le comte et la comtesse raccompagnèrent les deux amies et firent compliment à la supposée princesse de sa beauté. Mais ils ne saluèrent pas Marguerite.

Lorsqu'elles descendirent de voiture, Jules vit Félicité à la lumière de la lune. Il la trouva si jolie que le lendemain soir, il l'emmena dîner aux Batignolles et la ramena dans sa chambre pour vérifier que le corps qu'il avait vu dans le joli costume était aussi merveilleux qu'il paraissait, et il ne fut pas déçu. La maison subit les lamentations jalouses de Thérèse qui n'avait rien manqué de l'engouement de Jules pour la « petite maigre », mais le tempérament polygame du chauffeur finit par prendre le dessus. Quand, après un mois d'ébats avec Félicité, il proposa à Thérèse, le sourire en coin, un tour aux Batignolles, elle s'exclama avec un ton de tragédienne, dans un alexandrin approximatif : « Eh bien, voyons, il faut croire que Monsieur se lasse », et lui lança son tablier à la figure avant de se coller à lui, pleine d'amour. « Voilà que ça recommence », dit Jeanne à André avec un soupir gêné, en entendant les rires étouffés de Thérèse dans l'escalier de service, car la sexualité des domestiques lui était, comme celle des animaux, parfaitement incompréhensible.

Félicité garda de l'étrange soirée un souvenir vague qui s'effaça avec le temps. Son tempérament calme et prudent surmonta ses brûlantes pulsions, et son intelligence lui fit voir les dangers qu'il y aurait à l'évoquer ou à croire que sa vie pût en être différente. Elle ne chercha pas à revoir le jeune marquis, elle ne sut jamais qu'il avait lancé à ses trousses des détectives en tous genres, et que, son oisiveté reprenant le dessus, il s'était résigné à épouser une princesse italienne, une vraie, en espérant un jour retrouver celle qui l'avait envoûté.

Marguerite ne reparla jamais à Félicité de leur escapade et la traita avec autant d'indifférence que par le passé. Elle lui donna chaque année une belle somme d'argent et l'encouragea à trouver un mari. Mais Félicité ne se maria pas. C'était la seule chose à laquelle elle avait renoncé. Après avoir été princesse, il lui était devenu impossible d'être la femme d'un ébéniste, d'un menuisier ou même d'un commerçant. Elle resta au service d'André et Jeanne.

Il y avait une raison à l'indifférence de Marguerite. André eut vent de l'affaire. Dès le lendemain, il reçut de nombreux appels de gens qu'il voyait peu et qu'il considérait comme les amis de sa sœur, dont le seul point commun était de demander, au détour d'une conversation banale, s'il pouvait leur rappeler le nom de l'amie italienne de Marguerite qu'elle avait présentée la veille au Crillon. André se fit raconter la soirée et soupçonna la plaisanterie. Le soir même il se rendit chez Marguerite et lui demanda des détails. Elle fut d'abord évasive, puis, prise de fou rire devant la mine atterrée d'André, elle lui raconta tout, la duchesse de Sussex, le dîner, l'habit de chez Patou, la princesse muette, le marquis enflammé d'amour, et les Plessis pâles de rage. André, furieux, riait, incapable de choisir entre la farce qui l'amusait et l'inconvenance qui le choquait. Il renonça à sa première impulsion de renvoyer Félicité en se disant qu'elle avait été manipulée par sa sœur, mais il interdit à Marguerite de s'adresser dorénavant à elle et il demanda à Jules de surveiller ses allées et venues. Jules lui rendit un compte détaillé des faits et gestes de la jeune femme et, honteux d'avoir échappé au châtiment, il employa sa mission à lui dresser des panégyriques. Après un an de service parfait, Félicité rentra dans les bonnes grâces d'André. Mais les rapports d'André et Marguerite avaient changé de manière irréversible.

21

Thérèse courait d'une pièce à l'autre, les mains sur la bouche. Ses cris ressemblaient à des lamentations d'animal blessé. « Il passe pas ! Il passe pas ! » André était enfermé dans son bureau, il avait donné deux tours de clé. Malgré les murs épais du salon, les grincements du plancher, les pas, les murmures et le roulement de la table médicale lui parvenaient comme s'il était à la porte de la chambre où, depuis dix longues heures maintenant, Jeanne essayait de donner naissance à son troisième enfant.

Elle avait perdu les eaux et, malgré les contractions de plus en plus douloureuses, rien ne venait. Le médecin, appelé au milieu de la nuit, avait dit d'un ton calme qu'il fallait attendre. Une sage-femme au pied du lit regardait le labeur désespéré de Jeanne, elle essayait de l'aider en lui pétrissant le ventre, elle y laissait des marques grosses comme le pouce qui se changèrent en bleus énormes. Jeanne n'en hurlait que plus fort, les doigts crispés sur les draps humides de transpiration. « Elle va mourir, c'est pas possible », se disait la sage-femme en se rasseyant, mais cette pensée ne l'affligeait pas plus que ça, elle avait déjà vu des femmes mourir en couches, ça arrivait, c'était comme on disait des accidents de la nature.

En entendant les cris de Thérèse, André sortit précipitamment du bureau et entra dans la chambre. Le docteur

Bradessus était penché entre les jambes de Jeanne et l'examinait avec une petite lampe, ses lunettes au bout du nez. André n'avait jamais vu d'aussi près l'anatomie de sa femme. Pour la naissance de Chantal, il était sorti de la pièce à la demande de Jeanne. L'enfant était arrivée sans mal dans les bras du médecin, il ne l'avait tenue qu'une fois lavée et habillée. Odile était venue sans s'annoncer en pleine journée, il l'avait découverte le soir en rentrant après ses rendez-vous, car personne ne l'avait trouvé pour lui annoncer la nouvelle. Il n'avait rien aperçu de ce mélange de chairs rouges, de sang, d'eau et de douleurs qu'il avait maintenant sous les yeux et qui lui donnait la nausée.

Le médecin se redressa et se tourna vers André sans regarder Jeanne. Il lui parlait dans un langage scientifique, comme s'il s'était adressé à l'un de ses élèves de l'université. « Il va falloir y aller au forceps. Regardez ça. » Et il poussa André vers le lit. André aperçut, sortant du vagin de sa femme, le sommet du crâne couvert de cheveux noirs coagulés à la toison humide bordant le sexe béant. Jeanne gémissait, le visage parcouru de crispations soudaines. André détourna les yeux et demanda au médecin s'il y avait un risque. « C'est mon affaire », répondit l'autre sèchement, vexé que l'on puisse douter de ses compétences. Bradessus était chef de service à Cochin et professeur d'obstétrique de renommée internationale pour ses découvertes sur le col de l'utérus. « Alors un forceps, pensez. Une affaire de débutant. Et puis, monsieur, nous sommes en 1948, dit-il entre ses dents.

– Bien », balbutia André. Il regarda sa femme, lui fit un petit signe et sortit.

La tête du bébé, tirée par les pinces du forceps, apparut, énorme et bleue. La sage-femme crut qu'il était mort et s'exclama : « Pauvre petit ! »

– Ne soyez pas stupide », gronda le médecin, et, avec une agilité de singe épouillant sa mère, il défit le cordon ombilical qui s'était enroulé autour de la gorge du nouveau-né et allait l'étouffer. Le bébé gluant se raidit de tous ses membres et, après une seconde de surprise, d'un silence quasi éternel, il se mit à hurler à la face du monde en même temps sa délivrance et sa colère. Le docteur n'y fut pas sensible. Il passa la chose à la sage-femme. Dans un cahier relié déjà rempli, il nota les différentes étapes de l'opération. Il ausculta Jeanne dont les larmes d'épuisement coulaient sur ses joues sans s'arrêter. Il lui demanda d'un ton professionnel le nom qu'elle avait choisi pour son enfant. Jeanne le regarda, et puis elle souffla d'une voix mourante : « C'est encore une fille ? »

Le docteur Bradessus n'aimait pas les malades. Il partait du principe qu'un médecin ne pouvait pas souffrir la maladie, et ne tolérait ses patients qu'une fois guéris. D'une voix tonitruante, d'une voix qui disait : « Allez, madame, du courage, parlez plus fort, redressez-vous enfin, regardez, vous êtes en pleine santé, votre pouls est déjà bien meilleur et je vous garantis un bon 13/5 de tension demain matin, il suffit d'une longue nuit », de cette voix ferme et indubitable, il lui répondit seulement, parce qu'il n'était pas enclin à la conversation : « Eh bien, non, chère madame, voilà un beau garçon. » En voyant Jeanne se redresser et tendre les bras vers la sage-femme qui nettoyait le bébé en criant : « Montrez-le-moi ! Montrez-le-moi ! », le chrétien aurait pu se faire une vivante image de la résurrection des morts.

Le petit Tancrède avait quelques heures à peine et sa légende circulait déjà par les voies tortueuses des communications familiales. Son prénom avait été choisi en souvenir du mémorable Tancrède de Hauteville, mais le bébé, bientôt enlevé à ses origines héroïques, ne fut plus que « l'enfant qui avait échappé à la mort ». Le forceps était devenu son attribut, comme saint Laurent avait le gril et Agathe ses seins posés sur un plateau. Le cordon, cousin du serpent de l'Éden, était le lotus sur lequel il était né. Les jours suivants vinrent ajouter quelques éléments apocryphes. Tancrède avait du mal à digérer et perdit du poids. Il vomissait plus de lait qu'il n'en prenait, et il fallut avoir recours pour le nourrir à un lait fabriqué en pharmacie. Jeanne était certaine que les troubles gastriques de son fils étaient liés aux circonstances de sa naissance et elle devint à son sujet d'une anxiété maladive. Elle le tenait dans ses bras et le regardait avec la mélancolie d'une vierge de Filippo Lippi, comme s'il allait souffrir incessamment la passion. À mesure qu'il grandissait elle le trouva malingre et sans vivacité. « Ma pauvre Jeannette, vous ne ferez rien de cet enfant-là », dit d'un air dépité Madame de Hauteville qui s'était installée à la Villa avec son mari, comme à son habitude, pour voir son petit-fils. Jeanne en fut si mortifiée qu'elle mit cinq médecins à la disposition du bébé. Ils se penchèrent l'un après l'autre sur son cas et lui prescrivirent des régimes tous différents, dont Jeanne s'inspira pour composer une diète sévère et compliquée, qui excluait les sucres et les lipides, pour des raisons qu'elle avait oubliées et qu'il ne lui semblait plus la peine de rappeler ou d'interroger. Seule la rigueur de la discipline importait.

Au fil des mois, le malheureux Tancrède voyait arriver chaque repas avec des signes aigus de détresse. On le faisait grimper dans la chaise à enfants, on lui nouait sa serviette autour du cou, il lançait des regards suppliants comme si quelqu'un, une sorte de mystérieux sauveur dont pourtant il ignorait encore la possible existence, pourrait faire irruption. Sa mère enfonçait la cuillère de légumes ou de viande hachée dans sa bouche sans appétit, elle le regardait comme s'il allait mourir, et il éclatait en sanglots. Elle n'était pas la seule à manifester une attention permanente envers son fils. Félicité et Thérèse se prirent de passion pour le petit garçon et se disputaient pour le laver, le coucher, le baigner, lui parler. Leurs cris et leurs interjections jalouses s'entendaient parfois jusque dans le salon où André prenait une tasse de café matinale ou lisait les journaux du soir. Il haussait les épaules et soupirait vers Jeanne : « Il serait temps de leur trouver un mari. Les Soubise n'ont-ils pas de maître d'hôtel ? »

La première fois qu'il avait fait cette remarque et posé cette question, Jeanne avait été chez les Soubise qui habitaient à quelques portes de la Villa, demander à la princesse, après deux heures de conversation embarrassée, si par hasard elle n'aurait pas, parmi ses domestiques, un maître d'hôtel jeune et sérieux qui aurait souhaité fonder une famille solide. Devant l'étonnement ironique de la princesse, elle avait bafouillé des excuses et s'était pour ainsi dire enfuie. Maintenant, chaque fois qu'elle entendait André suggérer une visite de ce type, elle haussait les épaules comme pour dire : « Eh bien, qu'elles se débrouillent seules ! » avec le sentiment du devoir accompli et une pointe de reproche envers André qui se plaignait toujours sans jamais agir.

L'agitation féminine qui cernait son fils déplaisait à André bien qu'il ne sût comment y mettre un terme. Il ne supporta plus les langes, les biberons, les vagissements, les scènes nourricières. Il partait plus tôt le matin, rentrait plus tard le soir. Le week-end il emmenait ses filles pour de longues promenades au bois de Boulogne. Il leur apprenait les noms des arbres et des fleurs. Ensemble ils donnaient du pain aux canards, admiraient les paons, se méfiaient des cygnes de Bagatelle. L'un d'eux qu'Odile, trompée par son apparence chaste et pure, avait caressé, s'était jeté sur son petit sac de toile et l'avait arraché de son bec coupant. Odile avait pleuré, plus de la violence qu'elle avait sentie au bout de son bras que de la perte de l'objet. Quelques années plus tard, elle lut au cours d'anglais du lycée Notre-Dame *Leda and the Swan*. Elle ne comprit pas tous les mots ni le sens du poème qu'elle trouvait compliqué, mais elle eut la sensation très forte des « *great wings beating still above the staggering girl* », et cette pensée reliée à son souvenir la hanta plusieurs jours.

André les emmenait parfois chez le pâtissier Carette. Les filles dévoraient religieuses et tartelettes aux fraises comme si elles n'avaient pas mangé depuis huit jours. Souvent elles se disputaient. Chantal était toujours plus noire et plus autoritaire ; Odile, avec sa blondeur et ses cheveux légers comme des plumes d'ange, bien qu'elle n'eût que deux ans et demi, semblait son exact opposé. Elle était charmante et séductrice, savait jouer des apparences et des faiblesses des adultes, mais derrière ces petits talents de femme, on devinait la nature orgueilleuse de son caractère qu'aggravait sa susceptibilité. À la moindre vexation, elle se murait dans un silence qui pouvait durer une journée entière. André seul savait en venir à bout. Il était fou de sa seconde fille, la trouvait fantasque et sauvage. Il lui parlait à l'oreille et elle se jetait dans ses bras. « Je vous aime, mon papa, je vous aime, plus que maman. » Il la câlinait, faisait semblant de ne pas avoir entendu. Elle lui rappelait Hilda, Hilda la blonde en robe de coton sur la plage de Deauville, Hilda aux blanches mains, pliée en deux de rire à La Coupole en entendant les plaisanteries de ses amis officiers, Hilda en pyjama japonais dans leur chambre d'hôtel à Cannes, boudeuse parce qu'elle avait tout perdu au casino, Hilda froide et silencieuse sous son chapeau Poiret, dans la tribune d'Auteuil, parce qu'il avait mal conseillé ses paris, Hilda, l'« Alaska », la « banquise », comme il l'appelait dans ces moments en essayant d'attraper son regard lointain et sombre, mais elle ne riait pas, il n'y avait que le champagne et les boîtes pour la dérider, pour la faire descendre de son socle de fille d'une princesse de Hohenstaufen, descendante de Frédéric II, le prince aux oiseaux, l'empereur du Saint-Empire germanique. Alors, moqueuse, elle s'amusait à le taquiner parce que son aïeul, Henri VI, le père de l'empereur Frédéric, avait vaincu les Hauteville en Sicile. « Il a déterré les cadavres de Tristan de Lecce et de son frère, il leur a tranché la tête, il les a traînés dans Palerme épouvanté. Tu vois de quoi est capable un Hohenstaufen quand il n'est pas satisfait ! » Elle le menaçait du bout du doigt. « D'abord tu ne t'appelles pas Hohenstaufen mais Hoffenberg. Et puis ce Tristan n'était qu'un bâtard, un Italien. Rien à voir avec le grand Tancrède de Hauteville », répondait-il, vexé.

André s'était souvent dit que, s'ils avaient eu une fille, elle aurait ressemblé à Hilda. Il se rappelait qu'une femme d'Argentières, la rempailleuse qui venait parfois travailler au château, avait dit à sa mère alors jeune mariée que, si elle voulait un garçon, il fallait qu'elle y songe le plus fort possible au moment d'être avec son mari. Il n'était pas loin de penser comme elle que la nature était le lieu d'impression des pensées. Il avait peut-être songé à Hilda quand Odile avait été conçue. Il eut des remords à cette idée, mais ne pensait-il pas toujours à elle, quand il se donnait le loisir de penser ?

22

André venait souvent à Argentières accompagné de Paul. Ils montaient à cheval, marchaient dans le parc ou dans les vignes du Saumurois. Le soir ils jouaient au croquet ou aux quilles dans la cour. André faisait admirer à Paul ses nouvelles installations, notamment l'éclairage au néon qu'il avait installé dans la maison. La nuit, ils observaient ces longues épées qui s'allumaient sous les boiseries en faisant craquer leurs fines couches de verre opaque et éblouissaient les pièces d'une lumière blanche et froide. Paul n'était pas certain que l'ensemble fût si harmonieux, mais il appréciait l'esprit d'avant-garde de son ami. « Il faut vivre avec son temps ! » répétait André en frappant le dos de Paul.

Ils faisaient des festins à La Sérénité, l'auberge de Saumur aux volets verts et blancs. La Sérénité avait alors le meilleur restaurant de la région. On y mangeait de la souris d'agneau, des côtes de bœuf et des navarins aux navets si fondants qu'on ne sentait plus leur chair mais seulement leur forte saveur caramélisée qui embaumait le palais comme une vieille eau-de-vie. On connaissait le goût des compères pour le bon vin. La patronne, bien charpentée sous son tablier blanc, prenait elle-même la commande. Elle chuchotait à l'oreille du sommelier avant qu'il ne descende à la cave, d'un air grave et inspiré qu'elle ne prenait que pour parler de sujets d'importance comme les comices ou les saints de glace : « Attention mon gars, pas de bêtise. » Les deux amis en costume, fleur à la boutonnière, s'égayaient vite et finissaient le repas trois heures plus tard, moins droits et moins retenus qu'au début, avec un soufflé au Grand-Marnier, spécialité de la maison. Ils poussaient la chansonnette avec les oisifs qui s'étaient aussi attardés sur leur bouteille, joyeux, pitoyables, avant de reprendre la voiture pour visiter des plantations d'ormes et de peupliers, ou les vignes qu'André avait acquises au nord d'Argentières sur la colline de Thoiry, non loin de la ferme. Le propriétaire, un vieil homme alcoolique, lui vendait un à un ses lopins pour payer la construction d'un gigantesque chemin de fer miniature. Il achetait les wagons et les locomotives en Allemagne à des prix exorbitants qui avaient consumé sa fortune. Ce n'était pas la Petite France, certes, avait dit André, mais c'était déjà un début. « Un tas de rocaille, oui ! » avait décrété Paul en donnant des coups de pied dans la terre dure et sans soleil.

Quand ils n'allaient pas à La Sérénité, André et Paul prenaient leurs repas dans une ferme d'Argentières. Ils s'annonçaient le matin par téléphone et arrivaient vers midi à cheval, transpirants parce qu'ils avaient fait la course, s'essuyaient les mains puis le front avant de saluer la compagnie, les fermiers et leurs enfants. Ils faisaient le tour de la ferme, rendaient visite aux animaux, auscultaient l'état des bâtiments, et passaient enfin à table à midi avec la famille et les ouvriers. Après avoir regardé du coin de l'œil comment leurs hôtes mangeaient la soupe, André et Paul sauçaient leur assiette, léchaient couteaux et doigts comme si on ne le leur avait pas interdit toute leur enfance. Ils servaient et resservaient le vin à grandes rasades. Les ouvriers n'osaient pas dire au patron que d'habitude ils préféraient de l'eau au déjeuner pour ne pas s'endormir dans les vignes, et buvaient verre sur verre, en essayant de suivre le rythme régulier d'André et Paul qui paraissaient n'avoir pas de limites. « Ça fait du bien d'être sans femme et sans enfants ! » s'exclamait André joyeusement en déchirant un gros morceau de pain blanc, et tous autour de la table, embués d'alcool, se mettaient à rire.

Seule la fermière de Thoiry, Raymonde, la femme de Frèrelouis, ne riait pas. Elle se contentait de plonger son regard en même temps que sa cuillère dans la soupe aux haricots, les sourcils froncés, et d'enfiler à grandes lampées l'épais liquide salé sans rien écouter de ce qui se disait autour d'elle. Elle avait l'esprit encombré par la saillie des chiennes, le veau né la veille, les poules qui donnaient moins d'œufs et les chèvres excitables qu'elle avait achetées. Et puis Raymonde était la fille de la Tellier. « Elle a le caractère à sa mère », disait Frèrelouis de sa femme quand elle piquait une colère. Et l'on pouvait se demander si son silence devant les patrons n'était pas aussi une manifestation volontaire de résistance à la confusion des classes. Quand André et Paul prenaient congé, elle demandait d'un ton morne si Madame désirait des œufs et des légumes, et André répondait que oui, bien sûr, elle en serait enchantée. Raymonde rapportait les paniers qu'elle avait déjà préparés avec soin et cachés dans la cuisine sous un torchon, de peur des petits voleurs, journaliers affamés sans doute, qui lui chipaient toujours des confitures, des fruits, du chocolat ou du pain.

André passait aussi une heure avec le régisseur, Gaston Lefranc. Lefranc le recevait chez lui, dans sa salle à manger. Ensemble ils revoyaient en détail les factures, les fiches de paie et les cadastres. André confiait les tâches de la semaine à Gaston, qui maugréait en disant que c'était trop, qu'il n'y arriverait pas, même en travaillant comme un chien. André faisait remarquer qu'il connaissait peu de chiens qui travaillaient, et puis finalement le visage inquiet de Lefranc s'illuminait, il servait un coup à André avant qu'il parte.

Ce fut chez Lefranc qu'André apprit l'histoire de Maurice. Son ancien maître d'hôtel habitait une maison proche du parc d'Argentières, une petite chaumière qu'il avait retapée pour la rendre agréable. André la lui avait prêtée le temps qu'il trouve à s'installer ailleurs, mais Maurice n'avait rien fait pour déménager. Il y semblait très heureux et goûtait aux joies de l'oisiveté, un peu trop selon les dames. Un jour, en allant chercher des champignons, Germaine Lefranc, l'épouse de Gaston, avait trouvé le vieux Maurice marchant nu sur les berges du lac d'Argentières où les jeunes filles de l'école allaient parfois jouer le jeudi. Elle avait été si affolée de cette vision qu'elle était retournée tremblante chez elle pour raconter la chose à son mari. Lefranc posa quelques questions dans le pays, et se rendit compte que sa femme n'avait pas été la seule à voir Maurice dans son plus simple appareil, au lac, dans le parc, ou encore dans son jardin, les jours où des jeunes filles étaient susceptibles de se promener.

André assura à Lefranc que Maurice n'était pas dangereux, qu'il était seulement fantasque et qu'il avait besoin de s'adapter à sa nouvelle vie. Il fallait être compréhensif et patient. Il se garda bien de dire que Maurice était victime d'une rechute. Si l'on prenait le passé en exemple, pensa-t-il, on pouvait espérer que la crise ne durerait pas. Mais si elle durait... Madame Lefranc ne fut pas satisfaite de la réponse d'André. Elle protesta que ce n'était pas décent et qu'on ne pouvait pas exposer de si jeunes âmes à semblable spectacle. André pensa que, s'il s'était agi du bel Alfred, personne n'en aurait rien dit, les femmes se seraient sans doute battues pour assister à la scène. Mais Maurice, le pauvre Noé des temps modernes, n'avait rien à attendre de la pitié d'autrui. André sourit en guise de réconfort et dit à Madame Lefranc que parfois un semblable spectacle faisait beaucoup de bien aux jeunes filles. Il salua et prit congé.

De retour à la Villa, André raconta les méfaits de Maurice à Marguerite et lui demanda si elle avait une solution à proposer. « Quel coquin, ce Maurice ! Tu te souviens aux Tuileries ? Combien de fois sommes-nous venus le chercher au poste de police ? Mais bah, il n'a jamais fait de mal à personne. Une solution ? Il n'y a même pas de problème… » Marguerite soupirait en tirant sur sa cigarette. Et puis elle s'était tue quelques secondes avant d'assener : « Qu'on lui foute la paix après tout, à ce pauvre type ! »

Un jour, alors qu'ils marchaient ensemble à cheval, côte à côte, Paul annonça à André son intention de partir pour l'Argentine, « faire fortune », dit-il en lançant en l'air un bras de conquérant. « Mais tu n'as jamais travaillé de ta vie », répondit André avec un éclat de rire. « Et puis, ils aiment beaucoup la Vierge Marie là-bas », ajouta Paul. André ne crut pas un instant au projet de son ami. Il pensa que, s'il s'en allait, il reviendrait vite poursuivre des jours vains et agréables en France. Mais Paul partit et ne rentra pas. Il ne travailla pas non plus, car, comme André l'avait justement dit, il en était incapable. Mais il se maria avec une riche veuve de trente ans, déjà mère de trois enfants, héritière d'une grande fortune de Buenos Aires, qui se prénommait Joy. André reçut une photo de la nouvelle famille sur un mauvais papier aux couleurs sans naturel. Paul avait laissé pousser une fine moustache blonde sous les ailes du nez. Il portait un costume blanc et une chemise parme qui parurent du plus mauvais goût à André. La femme était forte, elle avait une opulente poitrine serrée dans une robe blanche plutôt courte, des cheveux noirs épais qui tombaient en boucles sur ses épaules, et la bouche comme ensanglantée de rouge. Les enfants étaient très mats de peau, avec des yeux en amande cerclés de longs cils. « Ils sont tout noirauds », dit seulement Jeanne en regardant la photo.

Paul manqua à André, qui continua ses escapades à Argentières. Il y allait seul, mais n'en retirait pas le même plaisir. Il se demanda s'il avait un autre ami que Paul, car, depuis la guerre, il n'avait plus retrouvé âme sœur. Ses compagnons de jeunesse étaient morts, ou ils étaient devenus ennuyeux, assis sur leurs certitudes. Lui-même ne se sentait plus jeune. Ni vieux non plus, juste un peu fatigué. Oui, c'était cela, il se sentait fatigué, sans avoir jamais malmené son organisme, sans avoir été au bout de ses forces physiques ou morales. C'était plutôt une fatigue d'usure, une érosion progressive et insinuante, qui assourdissait les perceptions, affadissait les sensations qu'il avait du monde. Il avait parfois l'impression d'être sous l'action d'un somnifère puissant dont les effets se dissipaient longtemps après la prise, et le laissaient dans une torpeur désagréable sans l'avoir fait dormir. « Cela va passer », se disait-il en réveillant son visage à l'eau fraîche quand il rentrait de promenade. Mais toute l'eau fraîche du monde n'aurait pu réveiller le temps.

Deuxième partie

1

Henri et Vanessa se marièrent au château de Janville, chez Monsieur et Madame de Plessis. Deux mois après, Henri était à Haiphong. Il avait dit à Vanessa : « Si tu es enceinte, tu t'installeras chez mes parents. » Mais Vanessa n'était pas tombée enceinte. Elle resta dans l'appartement qu'ils avaient occupé jeunes mariés, et qui avait appartenu à une vieille demoiselle de Plessis. Elle y était morte deux ans auparavant ; les meubles, les murs et les tissus sentaient encore la peau aigre-douce des vieilles personnes qui vivent et meurent seules.

Vanessa passait ses journées à attendre les lettres d'Henri. Au début elles étaient assez fréquentes et faisaient deux ou trois pages, ponctuées de phrases oratoires sur l'Union française. Il parlait de son admiration pour l'amiral d'Argenlieu, « un homme digne qui a quitté le monastère pour sauver le pays de ses démons, car le soldat de Dieu est aussi soldat de la France », regrettait que le général Leclerc, en dépit de son héroïsme passé, ne montre pas plus d'ardeur à protéger l'Empire, racontait en quelques mots les paysages tonkinois, la douceur des coloris et la transparence des fonds marins, les conques blanches qui glissaient sur la baie d'Along. Vanessa avait du mal à croire qu'il y eût là-bas une vraie guerre, elle en voulait à son époux de cette sérénité loin d'elle. Elle ne lisait pas les journaux.

Henri quitta Haiphong pour le Nord. Il expliqua à Vanessa la stratégie de l'armée : « Nous nous répandons dans le pays, nous nous assurons le soutien des populations conquises et nous repartons vers d'autres fronts avec l'aide des populations civiles qui nous sont acquises. Nous marchons bien. Les gens se méfient, et puis ils se laissent convaincre. Nous les protégeons, les rebelles leur font peur. Nous allons rapidement gagner. »

Les lettres furent bientôt plus rares et moins longues. L'écriture d'Henri changea. Ses *l*, d'habitude amples et gonflés comme des prunes mûres, se ratatinaient sur eux-mêmes. Les mots penchaient vers la droite, les longues queues des *p* et des *q* s'enfonçaient dans les profondeurs de la page sans trouver de repos. Il disait qu'il avait peu de temps, qu'il écrivait sur une pierre, sur la cuisine roulante, sur ses genoux. Il écrivait qu'il était parti au Nord avec sa compagnie. « Nous traquons l'ennemi. » Le pays, si accueillant dans ses premières lettres, était devenu désespérément hostile, fait de forêts humides et de vallées dangereuses. Il avait froid, le riz gluant lui donnait la nausée. Vanessa, au-delà de l'inquiétude que suscitaient en elle les conditions matérielles dans lesquelles se trouvait Henri, n'arrivait pas à se représenter l'« ennemi ». Le jour où son mari était parti, heureux, en bonne santé comme un gosse, sa mèche blonde parfaite sur le front, c'était pour une mission d'apaisement dont l'issue était évidente. La France avait vaincu les Allemands, elle viendrait à bout d'une bande de rebelles sans armes, des paysans sales et chétifs dont elle entendait souvent son beau-père se moquer. Elle attendait qu'Henri rentre.

Henri rentra, il avait une permission de deux semaines. Il n'ouvrit pas la bouche. Elle aurait aimé qu'il lui expliquât à quoi ils ressemblaient, ces ennemis, et pourquoi ils étaient assez forts pour que la guerre continuât et qu'il dût repartir. Elle lui avait demandé quand on viendrait à bout de ces « chiens de rebelles ». Elle avait été gênée en s'entendant prononcer ces mots, elle qui ne disait jamais de grossièretés ni d'insultes, mais elle les avait lus sous sa plume et les avait répétés pour se sentir proche de lui. Henri ne répondait pas, il mangeait. Il mangeait tout ce qu'elle lui offrait, tout ce que ses parents et les gens qui les invitaient lui donnaient. « Tu ne manges donc rien chez les sauvages ! » ironisa son père en le voyant avaler à grandes bouchées angoissées la moitié d'un gigot à l'aligot. Henri fronçait les sourcils, soupirait.

Il demanda seulement à aller au parc de Vincennes. Vanessa l'y emmena. Il sembla prendre du plaisir, respirait bruyamment en ouvrant les bras comme pour s'étirer, mais ses bras restaient inertes dans le ciel et retombaient comme deux ailes de moulin. Il ne la regardait pas, il s'intéressait au monde entier concentré dans l'arbre, dans la fleur qu'il fixait de ses yeux brillants. Des promeneurs l'avaient interpellé en voyant son uniforme de colonel. Il avait répondu aux compliments avec politesse, baisant la main des dames, saluant les hommes, en souriant, évasif, et c'était comme si la guerre n'existait pas, ni l'Indochine, ni les chiens de rebelles, et que seule demeurait la France puissante, avec ses colonies et ses protectorats.

Vanessa était inquiète du comportement de son mari. Elle se souvint qu'il lui avait raconté dans une lettre que, par mégarde, un jeune aspirant l'avait frappé à la tête avec le manche de son fusil. Elle se dit que le choc avait peut-être été plus violent qu'il ne l'avait alors dit. Avec elle, il était étrange. Le jour, il ne la touchait pas, même pour lui prendre le bras. La nuit, il se jetait sur elle comme il l'avait fait plus tôt sur son assiette. Il la palpait si fort qu'elle en avait mal. Il malmenait sa pudeur, la déshabillait entièrement, la pressait contre lui pour qu'elle n'éteigne pas la lumière. Il la regardait, la dévorait des yeux comme il avait dévoré la fleur du bois, le bourgeon du cerisier ou la feuille du chêne. Et puis il la lâchait, montait sur elle sans rien dire, écartait ses cuisses avec la certitude de l'inconscience et, comme un fou, il s'effondrait sur elle. Elle enfouissait sa tête dans l'oreiller et fermait les yeux de honte.

Il allait fumer à la fenêtre et marmonnait : « Si tu es enceinte, tu iras chez mes parents, ce sera mieux. » Elle sanglotait : « Oui, oui. » Elle lui demandait de revenir se coucher près d'elle, de dormir un peu, mais il ne savait plus dormir. Il restait allongé sur le dos, les yeux au plafond, les mains croisées sur la poitrine. Il repartit au petit matin d'un vendredi. Vanessa fut enceinte, elle s'installa chez ses beaux-parents.

Après sa première permission, les lettres d'Henri retrouvèrent leur allant. Il ne parlait plus que de la grossesse de Vanessa, puis de la naissance de l'enfant, une petite fille que l'on nomma Christiane, du nom de la vieille demoiselle dans les odeurs de laquelle ils avaient commencé leur vie de couple. Henri était alerte. Il évoquait des combats victorieux à la frontière chinoise. Malgré son inexpérience dans ces régions d'altitude au climat âpre, disait-il, l'armée française progressait. Il parlait souvent de Salan, le nouveau général qui avait pris le commandement en chef. Il l'avait rencontré et en gardait une vive impression. « L'ennemi, écrivait-il, ce sont ces lâches de communistes qui arrivent de Chine. Ce sont eux qui alimentent les rebelles en armes, en idées fausses, en mensonges. » Vanessa ne saisissait pas tout, mais elle savait où allait son intérêt.

2

« Je ne comprends pas comment vous pouvez tolérer que Jacqueline appartienne à ce parti infect, dit un jour Vanessa à Marguerite chez qui elle était venue prendre le thé.

– Ma chère, Jacqueline est une femme libre, même de faire des bêtises. Occupe-toi plutôt de ta maison que de politique. »

Mais Vanessa avait répondu sans perdre son sang-froid : « Maman, comment pouvez-vous dire cela ? Henri est à la guerre depuis trois ans maintenant ! À cause de qui risque-t-il chaque jour de mourir pour nous, pour la gloire de la France ? De ces communistes qui menacent notre civilisation !

– Allons, calme-toi, Vanessa, tu es ridicule. C'est ta belle-famille qui t'a mis ces âneries dans la tête ? »

Marguerite était mal à l'aise, elle entendait sourdre, sous le discours de sa fille, une haine qui ne venait pas d'elle.

Vanessa en avait profité et, dardant des yeux menaçants, elle avait solennellement déclaré en se levant : « Si vous continuez à voir Jacqueline, vous donnez caution à son parti. Et je ne vous verrai plus, ni l'une ni l'autre. »

Marguerite reçut quelques jours plus tard une lettre des Plessis. On l'informait que, si elle persistait à prendre la défense de sa fille, dont les convictions nuisaient à la conscience morale et chrétienne, ni eux ni Vanessa, leur belle-fille, maintenant responsable d'un foyer, ne pourraient plus la voir, quelle que fût l'étroitesse des liens familiaux. Elle vit tout le danger qu'il y aurait à traiter ces menaces à la légère.

Un matin, Marguerite se rendit chez sa fille cadette. Jacqueline habitait une petite chambre de bonne au sixième étage, aux Batignolles. C'était la première fois que Marguerite prenait un escalier de service de sa vie, elle se sentait pleine d'une curiosité qui approchait la transgression. Le couloir était envahi d'odeurs de cuisine. Marguerite passa devant Jennie qui faisait le ménage dans sa chambre. Jennie était une prostituée aux yeux verts toujours surlignés d'un épais trait noir de khôl, une femme discrète d'une cinquantaine d'années, encore belle. Elle fumait tellement en attendant ses clients que l'on voyait la fumée sortir de sous sa porte et glisser dans le couloir comme une vapeur de marais. Jennie ne faisait plus le trottoir, elle avait une clientèle d'habitués, des vieux, des jeunes, des pères de famille, ils montaient par l'escalier silencieusement, restaient une heure au plus, ils repartaient plus impassibles qu'en arrivant, si c'était possible.

Jacqueline attendait sa mère sur le seuil de sa chambre. Le mobilier était réduit au strict nécessaire : une table en bois, un bureau, trois chaises. Des livres partout, au-dessus du lit et du bureau. Tout était propre, il n'y avait pas un soupçon de poussière ni une trace douteuse, à l'exception d'une vieille casserole au fond de laquelle un reste de soupe s'était figé sous une fine couche de graisse. Marguerite n'osait pas s'asseoir. Jacqueline portait un pantalon large d'ouvrier et une blouse blanche. Elle avait coupé court ses cheveux, ce qui lui faisait une petite tête de souris avec sa bouche aux lèvres fines et son nez retroussé.

« Tu n'as pas bonne mine, dit Marguerite. Tu devrais mettre de la poudre. Toutes les femmes mettent de la poudre. »

Le ton impératif et maladroit de Marguerite écrasa le silence du lieu.

« Maman, assieds-toi ici. »

Jacqueline avait poussé une chaise vers sa mère. Marguerite s'assit avec précaution, comme si elle avait peur que le fond de la chaise s'enfonçât sous elle.

Jacqueline s'installa en face, un coude sur le bureau. Marguerite vit ses godillots aux lacets défaits. Jacqueline lui présenta un étui à cigarettes, un étui en argent qui avait appartenu à son père et qu'elle avait gardé après sa mort. Ses chiffres gravés étaient à peine visibles tant il avait été frotté par les mains et les vêtements. Marguerite le reconnut, et cet objet familier entre les doigts de sa fille la rassura. Elle prit une cigarette, ferma les yeux pendant que Jacqueline en enflammait le bout avec une allumette. Elles fumèrent.

« Qu'est-ce que c'est, ces drapeaux ? » dit Marguerite en pointant du doigt des tissus colorés dans le coin de la pièce, roulés autour de fins bâtons de bois. « Pour la manifestation de cet après-midi », répondit Jacqueline. La pièce était si exiguë que bientôt la fumée les enveloppa. Marguerite tenait haut sa cigarette entre ses doigts, son autre main était délicatement posée sur son genou. Ses jambes étaient croisées sous la longue jupe étroite. Elle portait une veste en tweed marron et des chaussures plates. Un grand poisson en or brillait sur sa veste ; dans la fumée elle ressemblait à une prêtresse dans une grotte grecque.

« C'est quoi, cette manifestation ? demanda Marguerite d'une voix lointaine.

– Une manifestation pour la libération d'Henri Martin.

159

– Le peintre ? Mais il est mort ! Il n'y a que Dieu qui puisse quelque chose pour lui ! s'exclama Marguerite.

– Henri Martin est un déserteur, il est en prison. Nous manifestons pour que les jeunes gens ne soient plus envoyés à la mort pour notre orgueil nationaliste. »

Marguerite regardait par la fenêtre la tour Eiffel au-dessus du champ gris des toits.

« Henri, ton beau-frère, est en Indochine. »

Jacqueline mit les mains derrière la nuque et appuya son dos contre la chaise. « Oui, je sais, répondit-elle.

– Ta sœur a pris ombrage de ton… engagement. Moi-même je n'en suis pas convaincue, tu ne l'ignores pas. » Elle essayait d'être sévère, mais pour la première fois de sa vie elle se sentait intimidée et ce sentiment ne se dissipait pas, malgré l'étui à cigarettes, malgré le fait qu'elle eût toujours été pour Jacqueline la seule source d'autorité. « Pourtant tu as de l'argent, et encore davantage si tu me le demandes…, ajouta-t-elle en regardant autour d'elle la pièce étroite et austère.

– Maman… »

Marguerite se redressa. « Vanessa ne veut plus me voir si nous continuons à nous rencontrer. »

Jacqueline se leva et se mit à marcher de long en large, les mains dans les poches.

« Ta sœur est stupide mais son mari est au front, il risque sa vie à cause des communistes là-bas, il faut la comprendre.

– Ce chantage est ridicule.

– Je sais. Mais regarde-toi, tu deviens une marginale. Tu n'es plus reçue nulle part, tu ne sors plus, tu ne t'habilles plus. Tu traînes dans des lieux dangereux avec des gens…

– Maman, je vis selon mes convictions. Je poursuis le grand combat de la Résistance pour la liberté. Jamais je n'abandonnerai.

– Mais ce n'est plus la guerre ! C'est fini maintenant, c'est la vie, la paix, la reconstruction… Il faut vivre avec son temps. »

Jacqueline ralluma une cigarette. « Il reste tant à faire, maman », murmura-t-elle en soufflant par le nez sa première bouffée.

Marguerite haussa les épaules. « J'ai l'impression d'entendre les religieuses de Saint-Roch. Au fond, vous faites bien la paire, avec ta tante Jeanne : Sauveuses de l'humanité ! »

Jacqueline regardait par la fenêtre, dos à sa mère, les mains croisées sur les lombaires. Il y eut un long silence et la voix de Jacqueline, sourde comme une corne de brume, monta.

« J'ai été renvoyée du parti communiste. »

Marguerite regardait le dos immobile de Jacqueline – la ligne de sa colonne vertébrale sous le tissu léger de sa veste de coton, le col redressé qui cachait sa nuque –, comme si elle le découvrait, ce corps qui était sorti d'elle, qu'elle avait vu grandir, qu'elle avait soigné et aimé. Jacqueline se retourna et sourit. Plus encore que la nouvelle, ce fut ce sourire qui surprit le plus Marguerite et dont elle se souviendrait des années plus tard sans l'avoir mieux compris, ce sourire désenchanté et amusé. « Parce que je joue au poker », ajouta Jacqueline.

Marguerite se leva, s'étira en s'appuyant à la chaise du bout de ses doigts, elle donnait l'impression de tenir par la seule force de ses ongles. D'une voix artificielle, jubilatoire, elle dit : « Voilà une chose sur laquelle je puis m'entendre avec eux ! » Elle prit Jacqueline dans ses bras et enfouit sa tête dans son épaule. Jacqueline se dégagea. « Tu sens Shalimar, c'est ignoble. »

Vanessa apprit par un courrier de l'état-major du corps expéditionnaire français en Extrême-Orient qu'Henri avait été touché à Lang Son, où de violents combats avaient eu lieu. La blessure avait nécessité une opération d'urgence, mais le colonel, disait la lettre, était hors de danger. Vanessa reçut quelques jours plus tard une lettre d'Henri qui confirmait l'optimisme du courrier administratif. Il retrouvait le ton romantique des débuts, lorsqu'il venait juste d'arriver à Haiphong, racontait qu'il était fier d'avoir été blessé pour la France. Il avait été pris dans une embuscade, où il avait failli perdre un pied ; c'étaient en fait des pièges que les rebelles posaient dans les chemins marécageux et qui broyaient les os. Il avait eu de la chance que la plaie ne se soit pas infectée, sous ces climats la plupart des blessés y restaient. À l'hôpital, il partageait sa chambre avec un soldat de l'armée du Viêt-Nam, un garçon qui s'appelait Duong. Il lui racontait des légendes et des contes vietnamiens pendant leurs longues heures de repos à l'ombre des arbres qui encerclaient l'hôpital, lui récitait aussi des poèmes en français qu'Henri n'avait jamais entendus de sa vie. Duong était catholique, il était attaché à la présence française. Il venait du delta du fleuve Rouge, détestait les communistes. Tous les membres de sa famille avaient été assassinés par le Viêt-Minh comme des traîtres, leurs cadavres abandonnés au bord de la route. Les communistes étaient des assoiffés de vengeance. Duong pensait que les Vietnamiens et les Français pourraient s'entendre si chacun respectait la culture de l'autre. « Il faut se battre pour cela, disait Duong, pas pour tuer ou torturer. » Le matin, il faisait ses exercices en regardant le soleil, malgré le bras qu'il avait perdu à cause d'une déflagration. Duong était toujours propre et vêtu d'un vêtement blanc qu'il lavait de son unique main dans une bassine presque chaque jour, et qu'il faisait sécher le soir.

Henri le regardait comme un phénomène étrange, dont il aurait aimé qu'il fût son meilleur ami.

Henri fut bientôt assez rétabli pour partir trois semaines en permission. Christiane avait déjà seize mois. Il était de nouveau l'homme respectable, l'homme de devoir qui parlait de patrie, de grandeur, de sacrifice dans les conversations de salon où l'on se préoccupait par ailleurs bien peu de l'Indochine, qui louait la gloire dont se couvrait l'artillerie française. « Imaginez qu'ils n'ont rien, ces rebelles, que leurs jambes pour s'enfuir et leurs armes chinoises pour torturer nos prisonniers. Ce sont des lâches et des criminels. Si vous voyiez l'état dans lequel nous retrouvons parfois nos cadavres, c'est à désespérer de la nature humaine. Mais les États-Unis vont venir nous aider, et la France triomphera de cette bande de barbares », répétait-il de conversation en conversation. Vanessa se gorgeait de ses mots. Il était de nouveau aimable, il baisait la main des dames, il faisait des frais. Vanessa était rassurée, elle retrouvait celui qu'elle avait rencontré sur son grabat à l'hôpital de la Part-Dieu, coincé entre une porte et un lavabo, dans un état de dénutrition et de fatigue extrêmes, l'homme qui lui avait parlé de l'armée avec de tels transports qu'elle était tombée aussitôt amoureuse, sans trop savoir pourquoi. N'était-elle pas consciente, le jour où elle l'avait épousée, que les élans de son mari l'emporteraient toujours loin d'elle ?

3

La récente passion de Jacqueline pour le poker était le fait d'un jeune étudiant à l'Éna, du nom de Georges. Elle savait à peine ce qu'était l'Éna. Georges faisait des recherches chaque après-midi au ministère. Il passait au bureau de Jacqueline vers midi et demi, un sandwich à la main, pour prendre la clé des archives qu'elle gardait dans un tiroir de son bureau. Ils échangeaient quelques mots, d'abord par courtoisie, puis par plaisir. Le soir ils sortirent plusieurs fois à la même heure. Ils s'attardaient dans la cour pour fumer une cigarette, puis allaient boire une bière dans la brasserie qui faisait l'angle avec le boulevard Saint-Germain. Elle avait d'immenses glaces dans lesquelles Jacqueline se prenait à jeter des coups d'œil furtifs. Pourtant Georges lui avait d'abord déplu. Il parlait bien, il était cultivé. Un homme grand, un peu féminin, à la peau blonde, avec une bouche à peine esquissée et de longs cils. Un type qui n'avait pas de problèmes dans la vie. « Évidemment », se disait-elle en observant les coutures de son pantalon et ses pulls en cachemire. Parfois, lors de leurs sorties au bar, son élégance l'indisposait tant qu'elle n'ouvrait pas la bouche, elle le laissait parler en lui montrant qu'elle n'écoutait pas, elle louchait comme une idiote sur sa cigarette ou sur l'écume de sa bière, elle observait, dans un état de fascination, les volutes absurdes de la fumée ou de la mousse blanche, jusqu'à ce qu'il se taise et la regarde. Alors elle lui souriait et se levait pour partir. Il l'aidait à remettre son manteau et ils se saluaient devant les vitres de la brasserie. Leurs deux silhouettes se multipliaient sur les murs du café une dernière fois avant qu'ils se quittent.

Un jour Georges ne passa pas la voir. Elle alla fumer seule dans la cour, s'assit sur le banc au soleil en regardant les arbres pour ne pas fixer la porte d'où elle espérait qu'il viendrait vers elle. Elle resta dix minutes, mais il n'arriva pas. Elle n'osa pas monter dans les bureaux du troisième étage, à la salle des archives, bien qu'elle en eût le droit. Elle avait peur que son désir et sa déception se lisent avec trop d'évidence sur son visage. Le soir, elle partit plus tard. Elle entra dans le café et s'assit à leur table habituelle, dans le coin à gauche ; elle commanda une Leffe et alluma une cigarette. En relevant la tête, elle aperçut Georges dans la glace, assis derrière elle, qui la regardait d'un air ironique par-dessus son journal. Elle se précipita vers lui, le secoua en l'attrapant par le col de sa gabardine, l'insulta, furieuse, le frappa aux épaules, il ne cessa pas de rire. Elle finit par le lâcher et s'assit en face de lui, le visage rouge, les cheveux hirsutes qui ressemblaient à la paille des meules.

« Mon amie sauvage », dit-il en la regardant, et à son tour elle rit d'exaspération et de soulagement. Jacqueline et Georges passèrent tous les jours suivants ensemble. Elle retrouva le visage d'enfant mutin qu'elle avait avant guerre, se montra de nouveau attentive. Elle écoutait le son de la machine à écrire sous ses doigts, les chants stridents des oiseaux dans la cour du ministère, le martèlement des travaux de la voirie sur le boulevard, comme autant d'appels sereins du présent.

Lorsqu'elle dînait avec Georges, elle mangeait avec appétit, engloutissait en quelques minutes des tartares, des steaks et des côtelettes. Il se demandait comment cette quantité de nourriture pouvait trouver place dans un corps aussi maigre. Quand elle rentrait, elle se regardait dans la glace, complètement nue, s'auscultait, se trouvait belle et en avait peur. « Regarde-toi ! On dirait Simone Weil », lui dit Georges un soir en la voyant dans ses vêtements flottants, les cheveux mal coiffés, s'installer sur la banquette du restaurant où il l'avait invitée. Elle n'avait aucune idée de qui il s'agissait, cette femme à qui il la comparait, mais elle s'enfuit en oubliant son manteau, courut jusqu'à ce qu'elle ne sente plus ses jambes mais seulement les rebonds de son corps sur le trottoir. Boulevard des Invalides, la main de Georges l'attrapa par l'épaule et elle hurla en se débattant : « Laisse-moi, tu me répugnes ! » Elle resta haletante plantée devant lui, la tête basse, en regardant la fine ligne liquide qui coulait du caniveau. « Viens ! » dit Georges. Elle le suivit comme une petite âme derrière son guide.

Ils marchèrent longtemps, jusqu'à la rue Lepic. Au fond d'un café modeste dont on voyait à peine la devanture, derrière un rideau rouge, il la poussa dans une arrière-salle. Quatre personnes jouaient sous une lumière électrique éblouissante. Les jours suivants, ils revinrent deux ou trois fois, ils jouèrent. Elle apprit vite les règles et s'en amusa. Ils risquaient l'argent de Georges, toujours des petites sommes, et s'arrêtaient quand le jeu devenait dangereux. Georges refusait qu'elle mette un billet de sa poche. « Tu vas te laisser entraîner », lui disait-il, et elle savait qu'il disait vrai. Ce fut là qu'elle vit, un soir, glissant de derrière le rideau rouge, au comptoir où il buvait un café, le chef de sa section. Il l'aperçut tout de suite et elle resta immobile quelques secondes devant la silhouette ascétique du petit homme au regard perçant, ne sachant quoi faire. Elle courut jusqu'à la porte sans lui dire

166

un mot. « Qui est-ce ? Tu le connais ? » lui demanda Georges. Le lendemain, elle déménagea dans un appartement de deux pièces dont elle pouvait payer le loyer avec son salaire.

« Je voudrais t'emmener chez ma mère », avait dit Jacqueline à Georges. Un dimanche, ils se retrouvèrent dans le salon de Marguerite qui regardait le jeune homme d'un air aguicheur et curieux, tout en servant le thé. « Vous êtes un brillant personnage, m'a dit Jacqueline. Et que font vos parents ?

– Ils sont morts.

– Ah ! » fit seulement Marguerite en haussant un sourcil, un « Ah ! » de déception car cette laconique réponse ne lui permettait pas de savoir si le nom de Georges, Solvay, l'apparentait aux grands industriels belges. « Et d'où venez-vous ?

– Du sud de la France, mais c'est une terre d'adoption », répondit-il. Jacqueline ne disait rien, elle jetait des regards inquiets vers Georges qui déjouait tour à tour les questions que Marguerite lui posait sur sa famille, avec une malice non dissimulée. Marguerite fut hors d'elle et ravie à la fois de sentir qu'on lui résistait ; elle leur donna congé avant que le temps minimum de courtoisie fût passé.

Georges ne semblait pas intimidé par la noblesse des lieux et la froideur jouée de Marguerite. Mais une fois dans la rue du Mont-Thabor, il prit le bras de Jacqueline et, avant qu'elle pût parler, il lui dit, avec un air de solennité : « Je veux t'emmener chez moi. » Ils allèrent rue Victor-Massé en taxi. Georges ne disait rien, Jacqueline le regardait, elle lui voyait une tristesse qu'elle n'avait jamais aperçue auparavant.

Il habitait un appartement en face de l'avenue Frochot, propre et rangé avec une apparente maniaquerie. La table ronde du salon était recouverte d'une nappe à fleurs, seules touches de couleur dans la pièce au camaïeu gris. Le mobilier était simple et soigné. Contre le mur au fond de la pièce, il y avait un buffet. Jacqueline fut étonnée par la quantité de vaisselle qui y était rangée, disparate, avec des bibelots et des objets sans intérêt ou désuets, qui n'allaient pas avec l'atmosphère studieuse et recueillie de l'appartement. Elle regarda les photos encadrées, posées sur les étagères. La plus grande montrait un couple enlacé. La femme, d'une quarantaine d'années, était assez forte. Malgré ses mollets disgracieux, elle était plutôt belle, riait de ses dents courtes, probablement limées. Elle portait un tailleur élégant d'après-midi et un béret de garçonne. L'homme qui la tenait par la taille était beaucoup plus grand qu'elle. Il arborait une moustache et une casquette. Il ne riait pas et son expression, presque mélancolique dans ce paysage de bord de lac estival où on apercevait, au deuxième plan, quelques silhouettes de baigneurs, malgré cette pose amoureuse, était singulièrement prémonitoire.

Elle scruta les livres entassés dans les bibliothèques qui couvraient le reste des murs. Il y avait des ouvrages de droit, d'économie, d'histoire, dont elle ne comprenait pas les titres. « C'est quoi, contentieux et responsabilités ?

– Qu'est-ce que ça peut faire… Sans doute la chose la plus ennuyeuse du monde.

– Tu penses que je suis trop bête ? »

Il rit en posant sur la nappe à fleurs une haute cafetière italienne et deux petites tasses qu'il avait prises dans le buffet. Elle s'assit sur le canapé en croisant les jambes, tenant sa tasse du bout des doigts. Parfois ses regards allaient vers le visage de Georges penché sur la cafetière, mais elle détournait aussitôt les yeux. Elle sentait qu'il l'observait, qu'il était sûr de lui et qu'il l'attendait.

Georges lui expliqua la procédure du contentieux administratif tout en versant le café ; ses mots plongeaient comme de scintillants nageurs dans la pensée de Jacqueline et s'en échappaient aussitôt. « Je n'y comprends rien », se disait-elle en l'écoutant mais elle ne l'entendit plus. Sa tête était martelée par le rythme bruyant de la pendule qui trônait sur le buffet. « Tu arrives à travailler avec ce bruit ? » Son cri avait brutalement interrompu Georges. Il la regarda. « Tu ne te sens pas bien ? » dit-il. Jacqueline avait la sensation de ne plus pouvoir bouger. La tasse flottait au bout de ses doigts, le café brûlait sa trachée comme un alcool fort. Georges se leva, lui toucha l'épaule, lui demanda si elle voulait s'allonger. Elle déposa la tasse sur la table, tira machinalement sur sa jupe, sentit son corps incertain, rien n'était moins sûr que le fait qu'elle eût un corps.

« Tu m'avais dit que tes parents vivaient à l'étranger et que tu ne les voyais plus, s'entendit-elle balbutier.

– C'est pareil. Mes parents sont morts pendant la guerre, avec mes deux frères. On m'a caché dans une grange en Provence. »

« Tu es juif ? » lâcha-t-elle précipitamment, et elle rougit aussitôt. Il s'était assis à côté d'elle. Il l'avait embrassée sur l'épaule, sur le cou et sur la bouche, il avait touché ses mains et son ventre. Elle l'avait laissé faire, elle lui offrait les recoins de peau qu'il cherchait, s'accrochait à son cou comme une voile au mât.

Quand ils furent nus sur le lit de la chambre, dans les draps, tandis qu'il fumait, son bras autour de ses épaules, elle lui demanda, comme un jeu, si elle pouvait regarder son sexe circoncis. Il avait acquiescé, inquiet ; elle était remontée vers son visage grave et elle lui avait dit que oui, elle accepterait de l'épouser.

Plus tard, Georges raconta à Jacqueline comment ses parents avaient été arrêtés chez eux, à Marseille. C'était en 1943. On ne le trouva pas parce que ce soir-là il dormait chez un ami. On l'envoya en pleine nuit dans une ferme de la campagne aixoise avec un prêtre qui assurait la catéchèse de ses petits amis catholiques. Le prêtre le prépara à sa bar-mitsva, qu'il aurait dû faire s'il n'y avait eu la guerre. Il vint deux fois par semaine de Marseille, sur son vélo, lui donner les cours d'hébreu sous prétexte de rendre visite à la fermière malade. Georges échappa à deux fouilles. Il resta chaque fois allongé de longues heures dans les champs de blé, avec la complicité du fils de la vieille femme, qui aidait aussi le maquis, tout en flattant les Allemands avec des cadeaux en nature. Il s'était si bien protégé de tout soupçon que, si la moitié du pays n'avait volé à son secours, il aurait été lynché par la bande de criards qui faisait la loi à la fin de la guerre.

Le jour où Georges fit ce récit à Jacqueline, il lui annonça qu'il allait se faire baptiser. Elle crut que c'était pour elle, mais, lui assura-t-il, il pensait qu'il y avait plus de liberté dans le christianisme que dans toute autre religion. « C'est la seule qui ne se prend pas au piège des rites. Les Juifs ne sont pas religieux, ils sont obsessionnels. Ou athées. » Jacqueline se souvenait des trois heures à compter avant d'aller communier, des jeûnes, des « Juifs déicides » dont on lui avait fait le portrait pendant ses années de catéchisme, mais elle ne dit rien. Georges rendit visite chaque jour à un père jésuite. « Les Juifs ont du passé, de la mémoire, disait-il. Les chrétiens sont dans l'élan, le progrès. Ils sont en chemin. Ils sont dans le temps, ils se laissent transformer. Les chrétiens puisent à la mémoire juive, ils se régénèrent à son feu. Mais la lumière, eux seuls la diffusent au monde. » Jacqueline ne comprenait pas. Elle pensait confusément que Georges était un traître, mais elle n'avait pas les arguments pour l'exposer.

4

Marguerite trônait au milieu de ses invités comme Saint Louis rendant la justice. « Ce Georges est merveilleux. C'est le garçon le plus intelligent que j'aie jamais rencontré. Et j'en ai rencontrés ! » À quelques semaines de leur mariage, Marguerite présentait son futur gendre à André, Jeanne et Vanessa. Son amie Éva du Breuil était également présente. Le public silencieux assistait au spectacle de Marguerite. « Marguerite m'a raconté que vous faisiez chaque jour vingt kilomètres à pied pour aller en classe. Est-ce vrai ? demanda Éva.

– Elle a exagéré », répondit Georges en riant, et tout le monde s'esclaffa sans savoir pourquoi. Georges raconta qu'il habitait, enfant, dans un village entre Aix et Marseille. Il allait à l'école à Aix. Ses parents y étaient instituteurs. « Instituteurs ! » lâcha Vanessa en regardant Jeanne, avant de plonger le nez dans les motifs orientaux du tapis.

« Les jours de grand froid ou de neige, nous réchauffions nos chaussures et nos vestes près des radiateurs. J'arrivais parfois glacé, j'étais petit, pas très costaud.

– Et maintenant il est beau, grand et baptisé ! » annonça Marguerite en rejetant la tête en arrière.

Dès qu'elle le pouvait, elle faisait allusion au récent baptême de Georges et à ses origines modestes, pour se délecter de l'expression crispée de ses interlocuteurs.

Elle aimait torturer le snobisme de ses proches, comme celui de Jeanne qui avait laissé échapper, en apprenant la nouvelle : « Mais il n'a même pas de famille ! » – ce qui, pour elle, signifiait qu'il se tenait au bord du néant. « Il faut vivre avec son temps ! » répétait Marguerite. Le mariage de sa fille l'enchantait, elle pensait avoir retrouvé l'enfant vive et drôle qu'elle avait connue autrefois. Elle imaginait que l'intelligence calme de Georges le mènerait loin. Elle sentait en lui l'ambition et le souffle qu'elle avait toujours attendus des hommes sans jamais les trouver. Elle avait cru un temps en son frère, mais ses illusions s'étaient vite dissipées. « Au fond, il se contentera de sa mairie et de ses problèmes domestiques », se disait-elle parfois en le voyant sortir sa voiture le vendredi soir pour se rendre à Argentières.

« Oui, nous savons », dit Madame du Breuil en allongeant ses jambes sur le tapis. Pour la première fois de leur amitié, les deux femmes s'étaient violemment disputées. Malgré le secours qu'elle avait porté à ses amis juifs, la guerre avait renforcé l'antisémitisme d'Éva du Breuil. Elle n'avait jamais pensé que les cas particuliers pour lesquels elle avait risqué sa vie pussent avoir une portée universelle. « Ces gens-là font toujours des histoires, ils s'approprient tous les malheurs du monde », avait commenté André à l'intention de Marguerite, persuadé qu'il y avait derrière les récits que l'on commençait de faire de la déportation quelque complot contre la bonne conscience chrétienne. Tous avaient menacé de ne pas assister au mariage, puis ils s'étaient rendus aux arguments de Marguerite : Jacqueline n'était plus communiste, elle s'habillait en femme, Georges était brillant et converti.

« Où se trouve votre époux en ce moment ? » demanda Georges à Vanessa. Les lèvres serrées, sans le regarder, elle répondit qu'elle l'ignorait. « Je ne sais pas. Dieu sait ce que ces sauvages… » Elle s'était interrompue car elle trouvait peu convenable de s'épancher auprès d'un ex-Juif. Elle tourna le dos à Georges et engagea la conversation avec Jeanne.

Tancrède était assis avec un livre d'images dans un coin de la pièce. Il en manipulait les pages d'un geste ample et précieux comme il le voyait faire au prêtre qui tournait les feuillets de sa bible à la messe, et il retenait son souffle à l'instant où le prêtre lâchait la feuille, légère, sur le lutrin. « Tancrède est moins malade en ce moment, murmurait Jeanne à Vanessa.

— Il serait toujours en pleine forme si vous ne l'abrutissiez de vos régimes », s'exclama Marguerite qui voulait prévenir les mélopées maternelles de Jeanne et Vanessa.

Tancrède avait relevé la tête en entendant son nom. « Lis donc, Tancrède. Tu me raconteras l'histoire au dîner », dit André à son fils. Tancrède, indifférent, replongea dans son livre.

« Il a un estomac fragile. Le docteur Bradessus, qui n'est pas complaisant, nous a mis en garde, répliqua Jeanne en s'adressant à Vanessa.

— Ce brave docteur ! Il nous enverrait tous au sanatorium s'il le pouvait ! Remarque, cela nous ferait le plus grand bien », renchérit Marguerite.

Jeanne et Vanessa, le feu aux joues, continuaient leur conversation. Marguerite se leva pour signifier leur congé à ses hôtes. Au moment où Jeanne passait devant elle, Marguerite lui dit en regardant son ventre qui s'arrondissait de son troisième mois de grossesse : « Dites-moi, Jeanne, vous ne connaissez donc pas... les méthodes ? Vous savez bien, pour ne pas enfanter un régiment de cavalerie ? — Mais... je ne vous permets pas... », balbutia Jeanne, et elle franchit précipitamment la porte.

Éva du Breuil salua froidement Marguerite. C'était sa dernière visite, car elle mit fin quelques jours plus

tard à leur relation, en traitant Marguerite d'« aristocrate hystérique », sans trop savoir, d'ailleurs, ce que
signifiait hystérique. Marguerite, que l'on s'était
empressé d'avertir, en éprouva une peine réelle. « Il
vaut mieux être hystérique que complètement stupide ! » conclut-elle finalement.

Par la suite, Marguerite eut des remords de sa méchanceté. Jeanne fit une fausse couche, il fallut l'opérer, on
lui vida le ventre de tout ce qui était indispensable à
la conception. Elle resta enfermée chez elle avec ses
enfants, le temps de se rétablir. Elle ne cessa de pleurer
et refusa toutes les visites, y compris celles des sœurs
du couvent de Saint-Roch venues chercher une obole
en échange de leurs prières pour les enfants morts sans
baptême. Elle demeurait toute la journée dans son lit,
somnolente. Même les réclamations et les cris de ses
enfants ne parvenaient pas à la sortir de sa torpeur.
André se couchait le soir près de sa femme avec appréhension, il la regardait longtemps, blottie sur le côté. Il
tendait la main pour la toucher, mais il renonçait et
s'allongeait sur le dos au bord du lit. Un matin, elle se
leva en même temps que lui, s'habilla, prit son petit
déjeuner et, à neuf heures, elle était à son téléphone
pour organiser les visites de la journée. De nouveau,
elle parlait des choses matérielles de l'existence et
André ressentit le soulagement du plongeur qui, man-
quant d'oxygène, aperçoit à travers les irisations de la
surface de l'eau les traits troubles du monde.

Jeanne ne changea qu'une chose à sa vie : elle ne
retourna plus seule chez Marguerite et recourut à tous
les stratagèmes pour l'éviter. Avant de quitter la maison, elle tendait l'oreille et s'assurait du silence dans
l'escalier et le vestibule. Elle ouvrait doucement la
porte de sa chambre et glissait le long de l'escalier,
ombre craintive et prompte, le dos frissonnant à l'idée
d'être aperçue. Il lui arriva, au moment où elle atteignait

l'escalier ou à mi-chemin de sa descente, d'entendre la voix et le pas martial de Marguerite dans le vestibule. Une brusque envie la prenait de rebrousser chemin aussi vite. Mais il était trop tard. Marguerite l'avait déjà vue d'en bas et souriait. Jeanne passait devant elle sans ralentir le rythme de son pas, la regardait à peine, lançait un « bonjour » lapidaire et une excuse embrouillée pour expliquer l'urgence de sa course avant de pousser la porte du vestibule. « Charmante ! » s'exclamait Marguerite devant Jules, avant de rire aux éclats.

5

Au bas des marches du perron, Jeanne aperçut les silhouettes de ses parents. Son père en costume bleu marine, une main glissée dans sa poche, semblait poser là depuis deux siècles pour un Carmontelle. Sa mère, en longue robe noire, était assise sur une canne de battue qu'elle utilisait d'habitude pour accompagner les chasses. Rosine arrêta la voiture sur le sable de la cour au bas de la tourelle qui abritait la chapelle. Jeanne sortit, saisie d'un léger vertige, après les heures de voyage, à se retrouver debout dans les embruns de l'océan. Elle prit sa valise et marcha vers ses parents.

« André n'est pas venu ? lui demandèrent-ils sans bouger de leur pose d'éternité.

– Non, je vous l'ai écrit, n'est-ce pas ? Il inaugure la nouvelle écluse sur le canal de la Loire. » Elle criait presque alors que ses parents étaient maintenant en face d'elle, le visage ridé, les vêtements étriqués, la mine austère.

« Il te séquestre, ton mari, lui dit sa mère en recevant un baiser sur sa joue froide.

– Il travaille beaucoup.

– Et les enfants ? Nous ne les avons pas vus depuis notre dernier passage à Paris, il y a déjà longtemps.

– Tous sont malades, et c'est un long voyage. Ils sont encore petits… Tancrède… »

Sa mère l'interrompit. « Quand on soigne trop les enfants, ils tombent malades. »

Jeanne repensa au jour où, grelottante dans la neige, elle payait la négligence avec laquelle elle avait travaillé son morceau de piano lorsqu'elle prenait encore des leçons avec sa mère. Elle n'aurait su dire combien de temps elle était restée là avant que Madame de Hauteville l'oblige à grimper sur le tabouret du piano et à jouer sans s'arrêter le livre entier d'exercices et de gammes. Ses doigts gelés peinaient à enfoncer les touches. Elle n'arrivait pas à ouvrir sa main même sur une octave. Sa mère était assise derrière elle, dans l'ombre. « Continue », disait-elle d'une voix absente quand l'inanité des sons qui sortaient du ventre de l'instrument l'arrêtait.

Elle embrassa distraitement son père. « La chambre rose est prête, tu peux t'y installer », lui dit sa mère. Jeanne avait pensé que, maintenant qu'elle était mariée, elle dormirait dans la chambre destinée aux visiteurs. Mais on lui avait préparé sa chambre d'enfant, comme si elle n'avait pas fini d'y vivre son temps, parce qu'elle était partie trop tôt, cet été de 1938.

Elle aperçut, derrière les carreaux verts du rez-de-chaussée, le visage poupin d'Eugénie. Elle entra dans la maison, posa sa valise au pied de l'escalier qui menait aux chambres et alla à la cuisine. Eugénie courut vers elle en boitillant tel un chat blessé qui compense la douleur de sa patte par un rebond plus tonique de son pied sain. « Mademoiselle Jeanne, tiens, vous voilà enfin ! » Sa voix vibrait d'excitation. Jeanne se laissa embrasser par la vieille nourrice auprès de laquelle elle avait passé les plus paisibles moments de son enfance, à chercher des légumes au potager, à la regarder cuisiner, laver le linge, parler au chien, étendre les draps sur les fils entre deux arbres derrière la serre. « Pour elle non plus je ne suis pas vraiment mariée », se dit

Jeanne qui trouvait un réconfort à se trouver la tête écrasée contre l'épaule de la petite femme à l'odeur de soupe et de cuivre. « Montez vite dans votre chambre », lui murmura Eugénie avec un clin d'œil.

Rien n'avait changé, la pièce était exactement dans l'état où elle l'avait laissée le matin de son départ pour la gare de Cherbourg, sa valise pleine de livres. Aucun meuble n'avait bougé : le petit lit aux barreaux de cuivre avec sa couverture bordeaux, la coiffeuse au miroir piqué de rouille, la large armoire de chêne. Les vêtements qu'elle n'avait pas emportés y étaient encore rangés en pile et donnaient l'impression qu'une main aimante les soignait, en rafraîchissait les tissus pour qu'ils ne s'abîment pas, une main qui ne pouvait être autre que celle d'Eugénie.

Il y avait un bouquet de camélias non éclos sur la coiffeuse. C'était un rite familial, quand elle était enfant, d'aller chaque jour, dès le 1er septembre, rendre visite au bosquet de *Camellia sasanqua* et d'y observer la taille des bourgeons, la couleur des tiges et des feuilles que l'on commentait le soir au dîner jusqu'à ce que la première fleur apparaisse, puis les autres selon les jours et les chaleurs. Cette attente créait une excitation peu banale dans la maison, une apparence de bonheur, la possibilité d'un renouveau. La maisonnée éprouvait l'émotion du printemps alors que déjà les couleurs s'affadissaient, l'air se rafraîchissait, les animaux au pas traînant annonçaient le long déclin de l'automne et le grand suspens de l'hiver. L'émotion des camélias leur rappelait du même coup la conviction amère que toute joie passait sans laisser de traces autres que celle de la déception. Jeanne reconnut encore, dans l'ordre délicat des feuilles de fougère habilement disposées sur le bord du vase chinois, la main d'Eugénie. Elle déposa ses bagages sur le lit qui grinça.

Jeanne descendit à sept heures et demie. Elle s'assit à table à côté de son père, se servit du bouillon chaud et gras qu'Eugénie présentait. Elle resta interdite, le nez dans son assiette, avant de jeter un œil à Rosine qui avait déjà entamé le liquide citronné. « Papa, vous avez un nouveau service ? osa-t-elle demander en se tournant vers son père. – C'est un souvenir », dit-il.

Jeanne versa le bouillon qui fuma dans l'assiette creuse. On voyait distinctement, au travers, la croix gammée flotter comme un insecte égaré. Sur les verres, Jeanne remarqua les deux lettres gravées sans grâce, A et H, dont l'implacable géométrie se répétait autour de la table en un cercle effrayant. Les manches bombées des couverts en étaient aussi marqués.

Le dîner fut silencieux. On se leva après les fruits pour boire au salon une infusion de menthe, qui poussait généreusement dans le jardin. Les femmes sortirent leur ouvrage, le père jouait au solitaire. « Une femme doit avoir les mains occupées », avait toujours dit Madame de Hauteville à ses filles. À dix heures, on alla se coucher. Jeanne emprunta l'escalier de l'aile gauche qui n'était plus habitée, elle avait envie de revoir cette partie de la maison. Elle passa devant la cuisine où Eugénie terminait la vaisselle du soir, puis monta l'étroit escalier de bois. Au premier étage, elle longea la chambre de ses parents, s'arrêta pour entendre les bruits d'eau, les murmures, les grincements des lattes du parquet ciré qui annonçaient la nuit. Elle monta au second, poussa la porte d'une grande pièce qui servait de salle de jeu lorsqu'elle était enfant. Elle avança à tâtons en promenant ses mains autour d'elle, craignant de heurter un meuble, mais ses yeux s'habituant à l'obscurité et le vent ayant dégagé la lune de ses nappes de nuages, elle s'aperçut que la pièce avait été entièrement vidée. Les gravures enfantines accrochées aux murs avaient été remplacées par des cadres qu'elle n'avait jamais vus, plus petits, noirs et laqués. Elle s'approcha. C'était des scènes campagnardes, des femmes aux champs en costume traditionnel, des jeunes enfants vigoureux et des pères de famille souriants, fourche en main. Sous chaque dessin il y avait un nom en allemand qui désignait la vertu ainsi représentée. Il y avait six ou sept gravures alignées à la même hauteur. Sur le mur en face, un grand portrait d'un soldat nazi sur un char contemplait les vertus, le sourire aux lèvres.

Le plancher craqua près de la fenêtre. Jeanne traversa rapidement la pièce et alla vers la porte qui ouvrait sur le bureau de son père. Une plaque y avait été clouée sur laquelle était écrit « Arbeitstisch ». Elle entra. Cette fois, l'ampoule éclaira la pièce. Au centre, le large bureau était couvert de papiers et de dossiers en allemand. Les étagères étaient remplies de livres qu'elle n'avait jamais vus. Ceux de son père avaient disparu. Au-dessus du bureau, un portrait du Führer, haut de deux mètres, accroché à un clou rouillé, était criblé de trous. La pupille gauche de Hitler émergeait au-dessus d'une béance plus large que les autres, une déchirure qui allait de l'oreille au nez. Sans éteindre la lumière, Jeanne courut vers l'escalier qu'elle redescendit en heurtant les marches de ses pieds affolés.

6

Le lendemain matin, Eugénie apporta le plateau du petit déjeuner à neuf heures. C'était un signe de l'entrée de Jeanne dans le monde des adultes, car seules les grandes personnes, à Hauteville, jouissaient du privilège d'être servis dans leur chambre. Un autre signe de cette intronisation était la brioche brune et dorée qui accompagnait la tasse de chocolat, à laquelle les enfants n'avaient pas droit. Eugénie apporta aussi un broc d'eau chaude et une bassine pour la toilette, un gant et du savon parfumé au chèvrefeuille. La texture en était rêche et l'odeur douceâtre.

« Mademoiselle Jeanne, il faut prendre l'air. Vous êtes toute pâlotte, lui dit la vieille femme en versant l'eau dans la bassine de porcelaine.

Jeanne glissa hors du lit et chercha du bout des pieds ses pantoufles qu'elle enfila, elle se leva et s'approcha de l'eau chaude. Eugénie quitta la chambre. Jeanne se lava vigoureusement le visage, les bras et le cou et but son chocolat en regardant par la fenêtre. Rosine était déjà près du bassin et s'entretenait avec Oscar, le jardinier. Ils gesticulaient tous les deux vivement, Jeanne devina un désaccord. Elle vit Rosine marcher vers les camélias et couper trois branches qu'elle donna à Oscar, avant de s'enfoncer dans les bois, le sécateur à la main.

Rosine allait nourrir les sangliers de la commune avec Jeannot et Henri, les ouvriers. Elle aidait souvent les agriculteurs. Dans la clairière du bois de la coopérative, ils jetaient les betteraves du haut d'un camion, soignaient les petits, observaient les mères, veillaient à ce que les mâles mangent en suffisance. Jeanne n'avait jamais supporté cela, cette grande clairière de boue et d'odeurs âcres, de sueur, d'excréments et de nourritures vomies, dans laquelle venaient de toutes parts, attirées par les céréales, les bêtes reniflantes, musclées et nonchalantes sur leurs courtes pattes. Elles traversaient les bois du parc, se poussaient, les flancs lourds, tels des esprits aventurés à la faveur de la nuit, et se mettaient soudain à courir, à couiner, se bousculant pour attraper dans leur gueule déployée aux dents tranchantes les grosses racines noires qu'on leur lançait du bout d'une fourche.

Jeanne posa sur une tranche de brioche une couche de confiture de groseilles, s'assit devant sa coiffeuse et se regarda dans le miroir. Son visage chiffonné par la nuit lui apparut creusé ; ses seins, sous sa chemise de nuit rose, étaient si petits que l'on apercevait à peine les ombres de leurs courbes sous le tissu ; son buste à l'architecture étroite était osseux et sans robustesse ; ses épaules arquées avaient une peau irritable, des petits boutons y apparaissaient souvent. Elle s'habilla.

Les journées de Jeanne se passèrent en errances à travers le parc, en ouvrages de couture, en visites à Eugénie. Elle retrouvait des réflexes enfantins : elle demandait chaque soir à son père la permission d'appeler André, elle allait à la chapelle, comme elle avait l'habitude de le faire autrefois avec sa mère, changer les fleurs de l'autel, vérifier que les oiseaux n'avaient pas pénétré la nuit par la cheminée de la sacristie pour laisser leurs traces blanchâtres et nauséabondes sur les chaises recouvertes d'un velours rouge troué. Elle se soumettait d'elle-même à des obligations tacites, faisait des bouquets, allait chercher de la terre à la vieille serre. Elle constata des impacts de balle contre les pierres du mur du jardin dont une partie était effondrée, livrée à l'abandon des herbes et des ronces. « Comment ai-je pu ne pas rester là, avec eux ? » se disait-elle. Elle termina un gilet bleu pour Tancrède, commença à tricoter une écharpe pour Odile. Rosine lui montra les nouveaux parterres de fleurs au centre des pelouses derrière la maison, et les arbres qu'elle avait plantés là où les vieux ormes s'étaient effondrés après la tempête d'un hiver particulièrement venteux. Mais elle ne franchissait jamais la ligne des noyers qui marquait la frontière entre le verger et le parc. Elle retrouvait sans joie la maison et ses abords. Elle avait cru que ces lieux qu'elle avait longtemps habités se confondaient avec sa chair et son souffle. Ils lui paraissaient à présent désenchantés. Non, elle n'était pas cette pierre granitique, cette odeur de sel et de vent, ces fleurs courtes et solides qui s'agrippaient aux chambranles avec la détermination des êtres qui n'ont rien à perdre.

7

Le père de Jeanne annonça un soir la visite d'un comte de Kervalan, un ami désargenté que sa femme avait quitté et qui vivait seul à quelques kilomètres de la mer, dans un château isolé près de Vauville. Il n'aimait que la chasse et la musique. Lors de ses visites fréquentes, il avait pris l'habitude de se mettre au piano pour jouer un de ces morceaux mélancoliques que l'on trouvait à l'époque dans les partitions des jeunes filles, et ses yeux toujours humides brillaient plus que d'habitude, laissant croire qu'il pleurait. Rapidement, Monsieur de Hauteville bâillait, puis ronflait avec un bruit de soufflerie, tandis qu'un tremblement de terre n'aurait pu arracher le comte de Kervalan à sa méditation musicale. Penchée en avant, Madame de Hauteville le regardait d'un œil de chouette aux aguets, battait la mesure du bout de ses longs doigts secs, et quand elle estimait que le pianiste malmenait le tempo à force de *legati* exagérément expressifs, elle frappait plus fort et heurtait sa chevalière contre le bois du fauteuil. Le pianiste couvrait le bruit sourd et autoritaire en faisant gémir de plus belle le Pleyel qui tremblait comme un animal de compagnie apeuré.

Depuis quelque temps, Rosine avait senti que les visites de Monsieur de Kervalan n'étaient pas seulement motivées par l'amitié et la musique. Elle avait espionné les apartés qu'il avait eus avec son oncle, et avait plusieurs fois entendu qu'ils parlaient d'elle dans leur conversation, lorsqu'ils ne se savaient pas observés. Monsieur de Kervalan affublait son nom d'épithètes telles que « charmante », « travailleuse », « énergique ». « Elle a du chien », avait-il même osé dire, en baissant aussitôt la tête devant la mine désapprobatrice de Monsieur de Hauteville, qui lui signifiait qu'il avait atteint une limite. Rosine en fut exaspérée. Elle redoutait de voir le visage d'abord hostile de son oncle s'adoucir de visite en visite et encourager, par de petits hochements de tête, la multiplication des compliments. Jeanne ignorait tout des raisons de l'assiduité de Monsieur de Kervalan, mais la figure renfrognée de Rosine à l'annonce de sa venue ne lui avait pas échappé. Le lendemain matin, alors qu'elle passait devant le salon, elle perçut les éclats coléreux de la voix de Rosine répondant à celle, lourde et traînante, de Monsieur de Hauteville. « Mon oncle, il est divorcé, entendit-elle avec clarté.

– C'est un ordre, répondit-il.

– C'est injuste », cria Rosine. Et le duo avait repris un incompréhensible argumentaire.

Jeanne sortit au jardin de peur qu'on la surprenne, et elle se demanda ce qui était injuste. Que sa cousine épouse un homme qu'elle n'aimait pas ? Mais elle n'avait jamais aimé aucun homme, bien qu'il n'en eût jamais manqué pour la convoiter. Combien, avant la guerre, avaient déjà osé demander à Madame de Hauteville si elle était « disponible » ? Qu'elle doive se marier ? Mais une femme devait bien finir par se marier.

Monsieur de Kervalan arriva à midi et demi pile. On passa à table sans tarder. Le repas fut vite expédié car il y avait toujours peu à manger à la table des Hauteville, et parce que personne ne savait trop que dire. Après le repas, au lieu de se diriger vers le piano, Monsieur de Kervalan demanda d'un air embarrassé à Rosine si elle aurait l'obligeance de lui accorder un entretien. Rosine se leva sans un mot. Ils sortirent. Monsieur de Hauteville, agité, prétexta des coups de téléphone urgents et s'en alla à son tour par l'autre porte. Madame de Hauteville, dont le long nez busqué palpitait au-dessus de sa tapisserie, resta assise près de son guéridon. Jeanne quitta le salon et alla terminer le bouquet qu'elle avait commencé le matin dans la cuisine.

Eugénie préparait une terrine avec les foies de canard que Jeannot avait apportés la veille. « Eh bien, Mademoiselle Jeanne, on le finit, ce bouquet ? » Elle essuya ses mains sur son tablier, prit un sécateur dans le tiroir et s'approcha de la table où Jeanne commençait à arranger les tiges de roses.

« Dis-moi, Eugénie, il vient souvent, ce Monsieur de Kervalan ? demanda Jeanne.

— Oh, Mademoiselle, une fois par semaine, au moins.

— Ah !

— Il mange bien », répéta Eugénie sobrement. Elle retirait les pétales fanés des roses.

« Que veux-tu dire ?

— Il mange beaucoup, dit Eugénie avec une moue désapprobatrice.

— Et… Rosine l'aime bien ?

— Ça, Mademoiselle, je ne sais pas ! » s'exclama Eugénie en tapant ses paumes de mains contre ses cuisses.

Jeanne n'insista pas. Elle rinça le vase de cristal épais dans le lavabo, l'essuya dans un torchon et le posa sur la table de la cuisine. Elle disposa les fougères sur les bords bombés du vase et elle enfonça une à une les roses, en serrant les mâchoires.

« Ce monsieur, il profite, lâcha Eugénie.

— De quoi donc ?

— Eh bien, répondit Eugénie comme si la chose était évidente, de la situation !

— À quoi penses-tu ?

186

– Dame, un homme comme lui, ce n'est pas du rang de Mademoiselle Rosine. S'il peut même entrer ici, c'est à cause de l'Américain.

– L'Américain ?

– L'ami à Mademoiselle, celui qui a chassé les Allemands d'ici, un général, je crois. Un brave homme, toujours gentil, poli, bien mis, qui parlait le français comme moi, pas comme ces cochons… »

La cuisinière lava longuement le sécateur sous l'eau froide.

« Il est reparti après la guerre retrouver sa femme et ses enfants. Mais, dans le pays, on a dit du mal de lui et de Mademoiselle Rosine, on a dit… des choses, parce qu'ils passaient du temps ensemble. Mais moi, je peux vous le jurer, c'est un mensonge ! »

Eugénie brandissait le bras, elle faisait face aux menteurs et s'apprêtait à les exterminer un à un au fil de son sécateur.

Jeanne ignorait tout de cet Américain et de son amitié avec sa cousine. Elle n'arrivait pas à imaginer Rosine avec un homme, en longues conversations ou promenades. Elle ne comprenait pas comment la xénophobie naturelle de Rosine avait pu s'accorder de cette romance, si chaste fût-elle, avec un étranger. Elle en était jalouse : la seule supériorité qu'elle se connaissait sur sa cousine, en tant que mère et épouse, était soudain menacée. Elle prit le bouquet et entra au salon au moment où la voiture de Monsieur de Kervalan démarrait et filait dans l'allée, à travers les broussailles qui bordaient l'étang.

Rosine se tenait près de la fenêtre, silencieuse. « Il est parti, annonça-t-elle à son oncle qui entrait dans le salon, alerté par le bruit du moteur.

– Alors ? tonna-t-il d'une voix sévère en regardant Rosine.

– Alors, je ne me marierai jamais, martela Rosine sans cesser de regarder par la fenêtre les fumées de la voiture se dissiper dans l'atmosphère.

– Rosine ! » s'exclama Monsieur de Hauteville, et l'on entendit dans son cri un soupir de soulagement, qui égalait au-delà des siècles celui que Gaston d'Orléans avait eu à déjouer le mariage de la Grande Mademoiselle.

« … Puisque votre nièce préfère le souvenir d'un amour honteux à la digne vie d'épouse et de mère que je lui offrais avec générosité, je me vois dans l'obligation de vous annoncer que je ne pourrai plus fréquenter votre maison dans laquelle une telle faveur est faite à l'immoralité… »

« … Monsieur, vos manières sont plus immorales que la conduite irréprochable de ma nièce dont la chasteté en toutes les relations et la grandeur d'âme en toutes les actions n'ont pu être suspectées que par des personnes jalouses et sans courage telles que vous. Son noble caractère n'a fait que mettre au jour, par un saisissant contraste, la bassesse du vôtre, ce pour quoi je me réjouis de ne plus vous voir chez moi… »

Tel fut le ton des lettres que Monsieur de Hauteville et Monsieur de Kervalan échangèrent à la suite de cet incident. On ne parla plus de Monsieur de Kervalan. Jeanne retourna à ses bouquets, Madame de Hauteville à ses broderies, Rosine à ses activités.

Mais un soir, alors qu'elle entrait dans le salon, Jeanne vit Rosine debout près de la fenêtre. « Tu pleures ? » lui demanda-t-elle aussitôt.

Rosine essuyait ses yeux.

« Tu ne peux pas comprendre. » Elle se retourna brutalement, la tête baissée et marcha vers la porte de son pas militaire, son mouchoir humide pressé entre ses doigts.

La veille de son départ, en rentrant de sa promenade quotidienne par l'arrière de la maison, Jeanne entendit une voiture entrer dans la cour. Elle longea le flanc de la tourelle pour aller à sa rencontre. Sa mère descendait, aidée par Jeannot qui l'avait conduite à la réunion de l'Association pour les orphelins du Cotentin dont elle était la présidente. Sa silhouette altière, vêtue de noir, était tassée contre la portière. Jeanne eut la vision du vieux curé de Saint-Thomas, le père Pirou, frère du médecin, un homme aussi conservateur et pieux que son frère était progressiste et iconoclaste. Dans sa longue soutane trop grande pour contenir ses os desséchés par l'âge, il distribuait ses bénédictions à toutes les formes que sa cataracte lui laissait percevoir, êtres humains, bêtes et choses, anges et mouches, qui se confondaient dans un même amour indifférencié du créé, irrespectueux des hiérarchies que l'orgueil humain y avait subtilement introduites.

Dans cette position, Madame de Hauteville ressemblait tant au père Pirou que Jeanne crut un instant que c'était lui et accourut pour le saluer, avant de reconnaître son erreur. Elle ralentit sa course. Elle était à quelques mètres seulement de la voiture, mais sa mère ne l'avait pas entendue. Appuyée d'un coude sur la portière, Madame de Hauteville s'était rassise, probablement pour reprendre un élan et ne se sachant pas vue, Jeannot ayant tourné le dos pour parler à Eugénie qui l'appelait de la fenêtre, elle s'essuya longuement le nez, les lèvres relevées par la vigueur du geste en une grimace. « Maman ! » s'écria Jeanne en se précipitant vers elle. Madame de Hauteville la regarda en redressant d'un coup sec ses vertèbres jusqu'à la dernière cervicale.

« Tu es ridicule quand tu cours », dit-elle en voyant sa fille essoufflée approcher de la voiture à petites foulées maladroites. « Il n'y a que les chiens qui sachent courir », grogna-t-elle en empoignant la portière, ses bottines résolument plantées sur le marchepied. Jeanne lui donna le bras et elles entrèrent dans la maison.

Dans le train qui la ramenait à Paris, plusieurs fois l'image de sa mère se frottant salement le nez s'imposa à Jeanne ; elle la chassait de son esprit comme un blasphème.

8

Jeanne revint plus vite qu'elle ne l'avait prévu à Saint-Thomas. Quelques jours après le départ de leur fille et l'échange de lettres avec Monsieur de Kervalan, Monsieur et Madame de Hauteville moururent sur le coup dans leur voiture. Elle avait percuté un camion de produits laitiers à un rond-point récemment aménagé sur la route de Cherbourg. « Mon Dieu, je suis si affligée de n'avoir pas été là, écrivit aussitôt Jeanne à sa cousine en lui annonçant son arrivée. André viendra pour l'enterrement, les enfants nous accompagneront. » Elle annonçait qu'elle resterait ensuite quelques jours à Saint-Thomas auprès de Rosine, une fois André reparti. « Je te prie de me préparer la chambre d'amis », avait-elle écrit comme en passant. Cette phrase l'avait pourtant obsédée pendant des heures, à tel point qu'elle avait écrit cette lettre en partie mue par la nécessité qu'elle ressentait à la placer. Elle n'avait su comment la tourner au mieux et avait jeté son brouillon des dizaines de fois. « Tu te sentiras bien seule », ajoutait-elle.

Mais Rosine était loin de se sentir seule. Elle éprouvait avec un plaisir sans limite la charge de toutes les responsabilités qui lui incombaient. « Non, vraiment, je n'ai pas le temps pour la mélancolie ou les mièvreries féminines », dit-elle en jetant la lettre de Jeanne dans la poubelle du bureau. Quand elle ne préparait pas

l'enterrement ou ne veillait pas les défunts, allongés
côte à côte sur leur lit dans les habits qu'ils portaient
le jour de l'accident, étonnamment intacts malgré le
choc, elle se plongeait dans les papiers de son oncle. Il
fallait bien que quelqu'un fasse vivre l'exploitation,
rédige les courriers, reçoive les clients, et fasse ces multiples choses indispensables à la famille, comme écrire
au pape pour le bienheureux Côme. « Nous n'avons plus
besoin de régisseur. Je peux m'occuper moi-même de
tout cela, ce n'est pas difficile, se disait-elle à mesure
qu'elle compilait factures et livres de comptes. D'ailleurs,
il n'y a que moi qui en suis capable. »

Rosine vit arriver ses neveux sans enthousiasme. On
mit Tancrède dans la même chambre que Jeanne. Rosine,
à qui la phrase de sa cousine n'avait pas échappé, avait
sournoisement préparé à son intention non la chambre
d'amis, mais sa propre chambre, car elle s'était installée, sitôt l'enterrement terminé, dans celle de son oncle
et de sa tante. Jeanne crut que tout son corps fondrait
en larmes quand elle vit la pièce étroite, meublée de
manière enfantine, qui ressemblait tant à la sienne. Les
deux petites filles dormirent dans les lits que Rosine
avait fait installer dans la buanderie.

Chantal et Odile aimèrent spontanément le château
dans lequel elles passaient le temps à se cacher et à
courir. Rosine se levait à six heures et ne voyait sa
cousine et les enfants qu'aux repas. Jeanne s'ennuya.
Quand elle ne s'occupait pas de Tancrède, elle descendait à la cuisine retrouver Eugénie qui sanglotait, « Monsieur… Madame… », en levant ses yeux glauques pleins
de larmes.

« Mais oui, Eugénie, c'est bien triste, que voulez-
vous », déclarait Jeanne sèchement sans réagir à la
caresse de la main de la vieille femme sur son bras.
Elle n'était pas d'humeur, pensait-elle, à supporter les
jérémiades.

« Vous vous souvenez de l'Américain ? » lui demanda un jour Eugénie, qui n'en était pas à sa première ruse pour attirer l'attention. Jeanne passait alors devant la porte de la cuisine et avait distraitement salué la vieille femme. « Entrez donc, reprit Eugénie, je vais vous raconter. Eh bien, il est revenu. Juste avant la mort de Monsieur… Madame… » Eugénie se remit à sangloter et, cette fois, Jeanne répondit aux pressions de sa main sur son bras en posant une paume rude sur son épaule.

« Oui, Eugénie, dit-elle d'un ton qu'elle voulut tendre. Alors cet Américain…

– Eh bien, il est revenu, je vous dis, le lendemain même de votre départ, à vous », continuait Eugénie. Jeanne ne retira pas sa main. « Monsieur Harry, il s'appelle. Il ne s'était pas annoncé. Il est venu au moment du café. C'était une chance que Mademoiselle Rosine, elle n'était pas encore sortie.

– Oui, confirma Jeanne qui attendait la suite, le cœur battant.

– Ah ! Il n'avait pas beaucoup changé, vous pouvez me croire… Toujours bel homme… » Eugénie fit un clin d'œil que Jeanne trouva déplacé. Elle retira sa paume de l'épaule d'Eugénie.

« Il passait en France pour une rencontre d'anciens combattants, là-bas, sur la côte. C'était la première fois qu'il revenait… Monsieur et Madame, Dieu ait leur âme, ils se sont précipités sur lui en poussant des hauts cris, c'est vous dire comme ils étaient heureux. »

Jeanne eut du mal à imaginer ses parents, dont l'image funèbre s'imposait à présent à elle et supplantait tout autre souvenir, courir et crier de joie, et vers quelqu'un qui, somme toute, était un inconnu.

« Il a passé l'après-midi ici. Ils ont pris le thé dans la véranda parce qu'il pleuvait un peu, sinon, ah oui !, je les aurais servis dans le jardin, près des camélias, à cet endroit au soleil que Monsieur aimait tant.

– Bien », dit Jeanne en posant ses mains sur ses genoux. Elle fit mine de s'apprêter à se lever.

« Ce n'est pas tout…, ajouta Eugénie d'un air mystérieux en attrapant la manche du chemisier de Jeanne.

– Est-ce important ?

– Ah, dame, je vous le raconte, si ça ne vous intéresse pas… », répliqua Eugénie. Elle avait croisé les bras, vexée.

« Mais non, Eugénie, cela m'intéresse…

– Eh bien, tous les deux, avec Mademoiselle Rosine, ils ont parlé… Je les ai vus de la cuisine, marcher de long en large dans le potager, que ça m'a donné le vertige. Il parlait beaucoup, Monsieur Harry, en agitant les mains, il faisait des grands pas, et Mademoiselle Rosine, elle le suivait, parce qu'elle a aussi l'habitude de marcher vite, mais elle avait tout le temps la tête baissée et elle se grattait comme ça. » Eugénie imita le geste avec lequel Rosine s'était grattée, en dessous de l'omoplate, sans beaucoup d'énergie.

« Ah ! répondit seulement Jeanne. Et… tu n'as rien entendu de ce qu'ils se disaient ? »

Eugénie fronça les sourcils, plongea les yeux dans les plis de son tablier, réfléchit quelques secondes à ce qu'elle pourrait inventer pour satisfaire Jeanne, mais elle avait peu d'imagination. « Non, ma foi. Tout ce que je peux vous dire, c'est que, quand il est parti, Monsieur Harry a dit à Monsieur et Madame qu'ils avaient une nièce bien têtue. Il avait l'air triste. »

Le cœur de Jeanne bondit. Elle se leva.

« Merci, Eugénie. Pourras-tu penser à ne pas donner de gâteaux à Tancrède pour le goûter ? Il ne les supporte pas. Seulement du pain », ajouta-t-elle, sans plus regarder la vieille domestique qui essuyait ses mains à son tablier. Elle sortit.

Rosine fit descendre de la chambre où ils étaient accrochés les portraits de Monsieur et Madame de Hauteville, qu'un artiste du coin avait peints, et les plaça dans le vestibule, en face de la porte d'entrée, d'un côté et de l'autre de l'escalier qui montait à l'étage. Jeanne, bien qu'elle appréciât peu l'idée, laissa faire sa cousine. Les portraits représentaient ses parents assis sur des fauteuils d'apparat, dans des vêtements sombres, sur un fond uni. La solennité de la pose contrastait avec la facture naïve de la peinture qui rappelait les motifs des nappes traditionnelles.

En les revoyant, Jeanne se remémora avec précision un souvenir d'enfance. Chaque semaine, son père leur faisait le catéchisme dans la pièce la plus froide de la maison, qui servait d'antichambre au bureau. Un jour, il l'avait battue parce qu'elle n'avait pas appris par cœur les Dix Commandements comme il lui avait ordonné de le faire la semaine précédente. Elle avait souhaité, à genoux dans le coin de la chambre où elle purgeait sa punition, au-dessus de sa bible ouverte, sous ces mêmes portraits, que ses parents meurent un jour, qu'il n'y ait plus ni leçon de piano, ni catéchisme, ni repas silencieux dans la froide salle à manger où les bruits de déglutition étaient amplifiés par l'acoustique. Elle pensait confusément, en regardant les portraits dans la lumière qui filtrait de la porte de l'entrée, que son vœu coupable avait été exaucé par le diable lui-même, qu'elle était à jamais parricide.

Chantal et Odile apprécièrent cette nouveauté dans le décor. Elles accompagnèrent Rosine de la chambre au vestibule et l'aidèrent, comme elles le pouvaient, en tenant un bout de ficelle ou un clou. « C'est *to remember* », dirent-elles sentencieusement à leur mère en regardant les portraits. Elles avaient emprunté l'expression à Rosine. Celle-ci, la veille au dîner, avait repris Chantal qui n'avait pas terminé son assiette de gratin fait des restes de la semaine, comme elle en servait toujours le dimanche. « Pendant la guerre, vous savez, il n'y avait rien à manger de ce qu'il y a sur cette table. Pas de fruits, pas de viande, ou si peu… Pas de légumes verts, avait souligné Rosine en regardant les deux petites filles. Nous faisions même attention à économiser l'eau. » Chantal avait plongé un visage anxieux vers son assiette. « Je n'en veux plus », avait-elle répété en suppliant sa mère du regard. Rosine avait fait sonner la clochette et Eugénie était aussitôt entrée en boitant, son sourire découvrant ses dents déchaussées.

« Bien, Eugénie, vous garderez l'assiette de Mademoiselle Chantal, elle finira demain. Et les verres d'eau bien sûr, n'est-ce pas ? » Jeanne n'avait pas oublié cette tradition, plus ancienne que la guerre, de resservir au repas suivant l'assiette ou le verre qui n'avaient pas été finis. Dès son retour à Saint-Thomas elle avait repris l'automatisme, comme si le charme du lieu faisait de nouveau effet sur elle, de se servir et de boire très peu, au point qu'elle avait toute la journée faim et soif. Chantal dévisageait sa mère dans une attitude de demande obscure, mais Jeanne regardait par la fenêtre en roulant entre ses doigts la mie dont elle faisait des petites boulettes qu'elle avalait ensuite une à une.

« Venez donc avec moi, dit Rosine à Chantal et Odile après le dîner, je vais vous montrer quelque chose. » Elle les fit monter par l'escalier sombre de l'aile gauche de la maison, leur fit traverser l'ancienne chambre d'enfant, et s'arrêta devant la pièce marquée « *Arbeitstisch* ». Elle ouvrit la porte, alluma la lumière, fit entrer les petites filles sous l'unique ampoule dénudée. Toutes deux poussèrent un léger cri de peur. « Vous voyez cet homme ? » demanda Rosine en pointant du doigt le visage balafré, dans la blessure duquel une araignée avait fait sa toile. « C'est Satan en personne, celui qui a occupé notre maison, tué nos soldats et votre oncle. Je le garde ici. *To remember*. » Elle éteignit la lumière et, dans le noir, un phosphène à la forme d'une terrifiante gueule cassée flotta devant leurs yeux. Le lendemain, Chantal mangea dignement les restes de l'assiette qu'elle n'avait pas finie la veille, comme si elle accomplissait quelque rite supérieur d'anamnèse.

9

Il se trouva qu'une section de spahis venue d'Alger, en allant donner une représentation de ses talents au bois de Vincennes, fut arrêtée à Tours à la suite de sabotages qui avaient interrompu le trafic sur les voies ferrées. On parla à André de ces cavaliers arabes qui se promenaient dans de larges costumes bariolés, enroulés dans leur chèche, la taille étroite et l'air altier, et qui avalaient de larges tasses de café aux terrasses des brasseries sans jamais paraître rassasiés. André avait vu dans des livres des photos de fantasias qui l'avaient impressionné, il trouva « pittoresque » d'inviter la section à se produire devant les habitants de la région le dimanche suivant, premier du mois de juin. La nouvelle se répandit dans les villages alentour, grossie chaque fois de récits exotiques et d'attentes légendaires qui cernaient ce mystérieux mot de fantasia d'un nimbe obscur, fait des fantasmes xénophiles et des craintes qu'éveillait l'image de grands guerriers barbares en joute.

Le matin de la fête, André accueillit Paul et Joy sur le perron d'Argentières. Ils rentraient pour la première fois d'Amérique du Sud car Paul avait engagé des affaires à Paris. « Mon vieux, ça fait plaisir », dit André à son ami en serrant ses épaules et en le regardant dans les yeux. Il ne put dissimuler un mouvement de recul devant la majestueuse poitrine de Joy, et Paul sourit malicieusement en lui soufflant : « Eh oui, mon vieux !

Tu t'habitues aux petites formes européennes. » Les deux hommes laissèrent Joy pour faire le tour du parc. Elle s'approcha du banc de pierre sous les marronniers où Chantal et Odile, accompagnées de Miss Spark, avançaient leurs travaux de tapisserie.

« Bonjour les *princesas* ! Mais qu'elles sont mignonnes ! J'ai des cadeaux pour vous, *cariñas* ! »

Et en effet, elle sortit d'un sac en cuir sombre qui sentait le vétiver, des jouets sculptés de toutes sortes en bois peint, et des tissus colorés qu'elle étala sur le gazon, sous les yeux inexpressifs des deux enfants. Odile la première s'approcha des objets qui miroitaient au soleil. Chantal, imperturbable, continua sa tapisserie jusqu'à ce qu'Odile lui montre avec excitation des colliers en nacre et en bois brillant. Chantal se leva aussitôt. Elles enfilèrent à leur cou les bijoux, s'enveloppèrent de longues écharpes roses, fines comme du papier de soie. Elles se mirèrent dans les yeux des femmes qui les entouraient, Miss Spark, Félicité qui passait pour tendre le linge et s'était arrêtée devant le spectacle que donnaient les offrandes sur l'herbe en s'exclamant : « Dieu, que c'est mignonnet », et Joy qui tapait des mains en tournant autour d'elles : « Mes chéries, *qué* ! Paul m'avait bien dit que vous étiez adorables ! »

Chantal et Odile, d'abord étonnées, se mirent à rire avec Joy en essayant d'imiter sa voix grave, rauque et généreuse.

« Quel bruit vous faites ! » s'exclama Jeanne, qu'André avait prévenue de l'arrivée de ses amis, et qui, venant de la maison, avait traversé les pelouses.

« Maman, crièrent les petites filles en se retournant, à la fois accueillantes et inquiètes.

— Bonjour, chère Jeanne, dit aussitôt Joy en s'approchant d'elle. Vos petites filles sont délicieuses, je leur ai apporté un modeste trésor argentin, elles sont des vraies petites *Latinas*.

– Oui, enfin, il ne faut pas exagérer, répondit Jeanne en serrant froidement la main de Joy et en examinant de haut en bas sa robe à volants.

– Maman, regardez ces jolis colliers, fit remarquer Chantal en avançant d'un pas précautionneux.

– Il est l'heure de vous préparer pour le déjeuner. Dites merci à la dame et regagnez vos chambres, conclut Jeanne en serrant dans ses doigts compulsifs la couture de sa robe de lin.

– Mais oui, mes *encantadoras*, faites-vous belles pour l'après-midi ! » dit Joy en enveloppant Chantal et Odile dans ses bras moelleux, et elles sourirent de bonheur, serrées contre sa poitrine, oublieuses des formules usuelles de politesse, en entendant les tintements de leurs bijoux sur leur peau.

Une fois qu'elles furent parties, Joy s'accroupit dans l'herbe et rassembla les objets dans le sac de cuir, en commençant par les tissus légèrement humides de l'eau dont le jardinier avait arrosé les plantes le matin. Elle murmurait toute seule : « *un caballo, un perro, un pato, un gato…* », en enfouissant les figurines de bois l'une après l'autre, si bien que Jeanne, qui était restée debout près d'elle, embarrassée, mit du temps à prononcer la phrase qu'elle tenait prête en toute circonstance pour accueillir ses hôtes. « C'est bien aimable à vous d'avoir fait tout ce voyage », dit-elle enfin d'une voix peu sûre. Joy leva des yeux joyeux vers elle, une main appuyée dans l'herbe. « Ah, Jeanne, les voyages, ça conserve la santé ! » s'exclama-t-elle en ouvrant grand la bouche, et Jeanne put observer, derrière ses lèvres rouges, le détail de ses courtes dents enfantines et si blanches qu'elles semblaient avoir poussé dans la nuit.

Près d'un millier de personnes se pressaient sur le pré fauché la veille, derrière les barrières que Frèrelouis et Alfred avaient apportées. Les gens étaient venus de tous les villages dans un rayon de quinze kilomètres, de Souzay, Beaulieu, du Bourg-Neuf et du Val Hulin. Il y avait même des notables de Tours assis sur des chaises au premier rang, en tenue de fête. Ils étaient silencieux comme s'ils attendaient l'ouverture d'un opéra, incongrus devant la cohue mouvante et joyeuse, perchée sur la pointe des pieds, qui tentait de regarder par-dessus leurs têtes ce qui se tramait au fond du pré.

Les cavaliers se préparaient sous les arbres, loin de la foule. Les chevaux énervés par le voyage piaffaient, tournaient en rond, soufflaient en ruant. Les éclats de leurs métaux aveuglaient les spectateurs qui criaient des « ho ! » et des « hi ! », se donnaient du coude pour faire admirer un chapeau, une cape pourpre, des chaussures en cuir lacées dont ils imaginaient qu'elles portaient encore le silence poussiéreux du désert. André et Jeanne arrivèrent enfin avec Odile, Chantal et Miss Spark.

La Miss avait crié toute la matinée que jamais elle n'assisterait à la fantasia. Elle avait, comprenait-on dans ses gémissements, une peur terrible des chevaux depuis qu'elle avait été victime d'une mauvaise chute en Angleterre dans le Devonshire, et elle répéta à plusieurs reprises « Devonshire » avec l'accent le plus pur, levant les yeux au ciel pour impressionner ses interlocuteurs et leur faire croire, par la magie de ce seul mot, qu'elle avait un droit surnaturel à être dispensée de tout ce qui avait trait au cheval. Le charme de la nouveauté eut raison de sa phobie. La Miss s'assit entre les demoiselles qui tapaient dans leurs mains, se levaient, tentaient d'escalader la barrière pour rejoindre les chevaux dont les couleurs chatoyantes les ravissaient, elle tentait à grand-peine de les calmer par des « *darling* » d'imploration.

André et Jeanne serraient des mains et répondaient aux « bonjour » qui fusaient de la foule. André, en tenue de cavalier, une cravache au poing, plaisantait et riait. Jeanne, grisée par le bruit et l'excitation, lançait des salutations aimables et caressait les têtes des enfants. Dans sa longue robe blanche à boutons noirs, elle avait la fraîcheur d'une jeune fille. Elle avait lâché ses cheveux habituellement retenus en un chignon. Ses cuisses avaient gagné en rondeur, elle semblait plus charnelle. Cet avantage n'échappa pas au baron des Ursines, qui la regardait du coin de l'œil comme Jules regardait Félicité lorsqu'il s'était disputé avec Thérèse. André et Jeanne s'assirent enfin près de leurs filles, à côté des notables. Derrière eux, la vieille Tellier, trépignante sur sa canne, chevrota : « Alors, ça commence, c't'affaire-là ? »

Les chevaux s'étaient calmés. Il y eut encore quelques ruades, puis rien. Les cavaliers occupèrent le pré en deux groupes qui se firent face. Tous les spectateurs étaient suspendus aux pas de colombe des sabots qui glissaient dans l'herbe. Les hommes au-dessus des bêtes étaient calmes, concentrés, pleins d'une énergie que l'on sentait prête à irradier en un feu attendu. Il y eut des coups de pistolet, des cris, la fantasia commença. Les corps disparurent dans une confusion éclatante de couleurs, de lumières, de feux, de voix entrechoquées, de bruits mats qui passaient en ondes instantanées.

Odile et Chantal se blottirent contre leur mère qui, mâchoires serrées, leur caressait maladroitement les épaules. André, légèrement penché vers l'avant, contemplait le spectacle, sa cravache entre les genoux. La Miss, les joues rosies, délaissait par courts instants ce qui se passait dans le pré et jetait autour d'elle des œillades fiévreuses qui ne s'adressaient à personne en particulier, mais à Dieu, au monde, à la vie, au tout ou au rien, disons à l'innommable, la spiritualité de la

Miss restant mal déterminée. On ne craignait plus la chute ni l'accident. Tous, fermiers, épiciers, carreleurs, forgerons, garagistes, couvreurs, menuisiers, ouvriers, gens de ferme, bedeaux, maçons, tailleurs de pierre, rebouteux et leurs épouses, accoucheuses, sonneuses de cloches, videuses de poules, faucheuses, voyantes, sorcières, admiraient la perfection du geste, la sublimité de la violence pour quelques instants vertueuse. Il y eut une rafale de coups, un tonnerre de cris, de trépidations, de halètements, il y eut de nouveau des corps de chevaux qui rebondissaient dans la terre, en sueur, des corps d'hommes essoufflés, humides, des armes qui jonchaient le sol, et les premiers applaudissements jaillirent de la foule, humbles, suivis d'autres grandissants, enthousiastes. André passa la barrière, accompagné de quelques notables, et alla féliciter les combattants. Il caressa les chevaux, les flatta de sa main large tout en discutant avec le lieutenant, un homme de haute taille que distinguait son habit blanc. André emmena les chevaux aux écuries, Victor, le palefrenier, fut chargé de les gâter.

Toute la foule en babil se dirigea vers l'ombre des marronniers. Des tables rondes avaient été dressées, recouvertes de nappes que décoraient des bouquets de fleurs roses et odorantes. Maurice, hébété d'avoir repris du service pour l'occasion, Félicité et Thérèse servaient le vin des vignes d'André dans des verres à pied achetés en gros chez un marchand d'Angers, mais on lui préféra vite les bouteilles fraîches de saumur doré qui circulaient de table en table.

La foule se défit en petits groupes animés de causeurs. Vanessa promenait son ventre de nouveau rond et ses enfants. Elle saluait, souriait, faisait des frais, présentait Christiane et ses jumeaux – Vianney et Pierre, dont elle avait accouché après la dernière permission d'Henri, il y avait déjà trois ans –, puis repartait avec la bonne conscience que donne le devoir accompli. De temps en temps elle jetait des regards inquiets vers Henri qui s'était assis au pied d'un chêne, à l'écart. Marguerite, attablée avec Georges et Jacqueline, recevait les hommages des visiteurs. Paul lui présenta Joy qui, toute à l'excitation de connaître « *la hermana del caro André* », et consciente de son droit supérieur à rencontrer les maîtres de la maison, était passée ostensiblement devant la file des gens qui attendaient de saluer Marguerite, avec force sourires, plaisanteries, et caresses qu'elle donnait aux dos récalcitrants du bout de ses mains sensuelles.

« Tiens, voilà Carmen », dit Marguerite sans se lever, en essuyant sa bouche d'un coin de serviette. Elle ne s'attendait pas au rire épais qui secoua soudain la poitrine de Joy.

« Comprend-elle le français ? demanda-t-elle en se tournant vers Paul qui fit signe que oui.

– Ce genre de spectacle doit être fréquent dans votre pays, ajouta Marguerite.

– Nous, les Argentins, nous ne sommes pas des *Árabes* ! s'indigna Joy qui cessa brusquement de rire, le regard d'un coup assombri, en portant la main à son front.

– Ce n'est pas ce que je voulais dire », répliqua mollement Marguerite, en lorgnant Joy du coin de l'œil, satisfaite de l'effet qu'elle avait provoqué. « Mais d'où vient votre prénom ?

– De ma nurse anglaise. Mon vrai prénom est Concepción.

– Conception ? Évidemment, ce n'est pas pareil, murmura Marguerite, en buvant une gorgée de vin.

– Dans mon pays, nous faisons beaucoup de courses de chevaux », dit Joy. Elle se pencha vers Marguerite qui sentit l'odeur savonneuse de son décolleté.

« Mon père avait le plus grand domaine de toute l'Argentine. C'est là que j'ai perdu mon premier mari… Crise cardiaque, comme ça, sur son cheval préféré, Albinos. Il faisait la course avec un gamin de onze ans qui voulait être mon amant et l'avait provoqué. Le gamin n'est pas devenu mon amant… mais j'ai été veuve !

— Et toi, Paul, te défie-t-on à la course ? dit Marguerite en débarrassant sa jupe des miettes qu'y avait faites un gâteau salé.

— Paul ? Il préfère leur donner de l'argent ! » dit Joy Elle rit de nouveau aux éclats.

« Et eux, ne repartent-ils pas avec les *pesos* ? répliqua-t-il vivement.

— *Cobarde* ! »

Marguerite, à qui cet échange avait visiblement plu puisqu'elle caressait de contentement son genou, comme ces chats qui se palpent en ronronnant, l'invita à s'asseoir près d'elle. « Racontez-moi encore ce que fabrique Paul en Argentine », dit-elle, une main engageante sur la jambe de sa nouvelle amie. Paul profita de l'occasion pour faire seul quelques pas.

Jeanne courait de Maurice à Thérèse, et de Thérèse à Félicité, donnait des ordres, inquiète de voir tant de monde boire dans ses verres, sous ses arbres, soudain anxieuse de cette fête qui l'envahissait, soucieuse que les choses se passent dans l'ordre et le plus vite possible.

André était rentré de l'écurie et fit signe à Maurice d'appeler au calme du son aigrelet d'une clochette, jusqu'à ce que tout le monde regardât vers lui et se tût.

« Monsieur le marquis, annonça Maurice avec solennité.

– Chers amis, commença André, je vous remercie d'être venus si nombreux accueillir les cavaliers de Tamanrasset. Je suis fier de les recevoir à Argentières. Ils représentent le courage, la force, la grandeur de la France. Nous en sommes fiers. Après le terrible événement de Diên Biên Phû, il est bon de rappeler l'amitié et la fidélité de notre belle terre d'Algérie. Buvons donc à la santé des Français et de la France ! »

Tout le monde applaudit. Maurice donna un autre coup de clochette. Ce fut de nouveau le silence.

« Je suis heureux de pouvoir aujourd'hui vous montrer les belles avancées d'Argentières. Déjà les travaux de voirie sont en cours, les routes vont être goudronnées. Nous aurons aussi l'éclairage public aux abords de notre village ainsi que les équipements dont nous avons tous besoin. J'ai toujours cru qu'il fallait vivre avec son temps. Que pensez-vous d'espaces sportifs pour nos jeunes gens ? L'agriculture se mécanise, nous avons tous l'électricité, nous aurons tous un jour l'eau courante. Dans vos villages, les maires font le travail nécessaire pour que nous bénéficiions du confort et que nous soyons reconnus pour notre accueil. Dieu veuille que cela continue ! »

Des applaudissements fournis ponctuèrent l'allocution d'André, Maurice ne sonna plus, un joyeux brouhaha s'ensuivit.

Vanessa alla vers Henri. Il murmurait, recroquevillé contre les racines de l'arbre qui sortaient de la terre comme de gros lézards, elle dut s'accroupir près de lui et approcher son visage de sa bouche.

« J'entends les avions, balbutia-t-il.

– Allons, Henri, il n'y a rien. Pas d'avions ici, c'est la fête, viens donc.

– Je ne suis pas dingue quand même. Je te dis que je les entends, les avions.

– Tu as des hallucinations, c'est normal. Le médecin te l'a dit, ça va passer. »

Henri restait prostré, les coudes sur ses genoux ouverts. Sa pose négligée contrastait avec l'élégance de son léger costume de lin froissé que Vanessa lui avait acheté pour l'occasion. « Il flotte dans tous ses vêtements. Il a tellement maigri », répétait-elle. Il regardait fixement deux gendarmes accrochés l'un à l'autre et qui se dandinaient, se poussaient dans l'herbe. Sur son front, perlaient de grosses gouttes chaudes.

« Je te dis que je les entends », reprit-il comme une litanie infernale.

Brusquement il se leva et alla à la table la plus proche.

« Henri, tu as déjà trop bu. Il fait chaud », protesta Vanessa.

Henri versait le vin frais dans le verre. Les sons réels lui parvenaient comme des échos confus à travers le vrombissement des chasseurs et parfois la canonnade qui le faisait frissonner. « Henri, Henri », suppliait Vanessa en tirant sur sa manche.

Georges et Jacqueline s'étaient approchés d'elle. Elle leur tournait le dos, parlait à son mari comme à un vieillard pris d'une folie indécente : « Henri, viens t'asseoir. Tu seras mieux. Pose ce verre. » Georges et Jacqueline poursuivaient leur conversation. « L'Algérie, elle aussi, aura son indépendance », lui dit-il à voix basse. Mais Henri, tel un insecte dont les antennes auraient été éveillées par un stimulus adapté, se tourna vers eux.

« Puis-je savoir, monsieur, d'où vous vient une telle certitude ? lança-t-il d'une voix cotonneuse.

– Mon cher Henri, je ne veux pas vous blesser. Mais nous avons déjà subi trop de pertes inutiles en Indochine, vous le savez mieux que moi. À quoi bon répéter les drames ?

– Je ne suis pas un intellectuel, moi, monsieur. Certainement, c'est facile pour les fonctionnaires comme
vous de diriger, de commander, d'élaborer des théories
à partir de vos bureaux… de pleurer sur les morts.
Mais pour que ces morts ne soient pas morts pour rien,
il faut que la France reste la France, voyez-vous. Et ce
ne sera pas la France si on la dépèce encore.

– Mon cher Henri, je comprends…

– Et puis… », dit Henri en se redressant, appuyé sur
la table, son verre penché à la main, le liquide prêt de
se répandre sur le sol. « Et puis… Ne me parlez pas sur
ce ton de pitié. »

Vanessa crut qu'il était sur le point de prendre Georges
à la gorge. Elle s'approcha. L'ombre des marronniers
atténuait à peine la chaleur. Henri ressemblait à un
torero dont les frappes à l'épée ne sont pas venues à
bout du taureau agenouillé devant lui, la langue san-
glante, les yeux voilés, et qui sait qu'à lui enfoncer en
dernier coup de grâce la puntilla il ne gagnera que le
déshonneur et les huées du public. Georges avait fait
signe à Vanessa de se tenir à distance. « Venez, dit-il à
Henri en lui prenant le bras. Rentrons. Il fait un temps à
brûler sur place. Un temps de Jugement dernier. » Il
avait parlé d'un ton primesautier. Henri se laissa faire.

Le soir, quand les spectateurs eurent quitté Argentières, quand le parc fut rangé et de nouveau tranquille
et que tous se furent réunis dans le salon en attendant
de passer à table pour le dîner, André retourna jusqu'au
pré déserté, figé dans une immobilité quasi mortelle si
quelques coucous n'avaient donné signe de vie. On
avait peine à imaginer que mille personnes et chevaux
s'y ébrouaient quelques heures auparavant. Il vérifia
que toutes les barrières en avaient été enlevées et qu'il

n'y restait pas de crottin ou de détritus, il marcha dans l'herbe rasée de près.

« Tout ce que tu feras sera vain, mais tu le feras quand même. »

Hilda lui avait dit cela lorsqu'elle était venue à Argentières, peu avant de rentrer en Allemagne, et cette phrase lui était revenue à l'esprit devant les traces des foulées des chevaux, les incisions brutales, les mottes de terre sèche éclatées dans lesquelles il passait le bout de sa chaussure comme il le faisait en observant une empreinte d'animal dans la forêt.

Au loin, la statue de Diane, femme nue au léger déhanché impudique, baignée dans la lumière rosée des bords de fleuve, malsaine, paraissait plus éclatante. Derrière, se profilait la vallée qui coulait vers Montsoreau, passait le canal, remontait vers la Touraine en pentes douces de vignes. André avait déjà oublié les petits désastres à peine enfouis dans l'herbe du pré. Il entendit le son aigrelet de la cloche qui annonçait le dîner aux retardataires. « Allons, dépêchons-nous. J'ai à faire », se dit-il. Il marcha résolument vers la maison. Il ne voulait pas que le dîner se termine tard, il avait encore du travail.

10

À force de gâteries, de bonbons, de gâteaux et de petits cadeaux, Thérèse s'était acquis l'affection primaire d'Odile et Chantal. Il ne se passait pas une journée sans qu'elles aillent la voir à la buanderie, au jardin ou à la cuisine du rez-de-chaussée attenant au salon, que l'on utilisait pour préparer petits déjeuners, collations et apéritifs. Elles n'avaient pas besoin de minauder longtemps pour obtenir ce qu'elles voulaient, flûtes en papier argenté ou « douceurs », comme les appelait Thérèse, ces bonbons acidulés et ronds aux couleurs vives qu'elles affectionnaient particulièrement, en échange de câlins et de caresses.

« Elle me vole mes enfants ! » se plaignait Jeanne auprès d'André. Mais André voyait trop les intérêts en jeu dans ce prétendu vol pour s'en émouvoir. Jeanne décida d'y mettre fin elle-même. Elle décréta que, désormais, Thérèse ne s'occuperait que de cuisine. Elle l'enfouissait dans les sous-sols obscurs et humides, elle la faisait disparaître dans les fumets des ragoûts et des rôtis. Elle donna à Félicité toutes les autres tâches pour lesquelles il était nécessaire de se déplacer dans la maison. Thérèse poussa des cris, elle se plaignit auprès des domestiques du quartier, des concierges, des maîtres d'hôtel, au marché, disant qu'« on se faisait une farce de sa tête », qu'on ne l'aimait pas, qu'on la punissait. Après une semaine de lamentations, elle descendit un matin l'étroit escalier menant à la cuisine, les mâchoires serrées et l'œil sombre, Proserpine au pas solide de Pyrénéenne, sans se tenir à la rampe, et, quelques heures plus tard, montèrent des cuisines des odeurs infernales de sauces, d'épices, de fruits et de chairs tendres, qui attirèrent irrésistiblement les gourmandes demoiselles dans l'antre du ventre familial.

Elles s'y précipitaient en rentrant de l'école, elles y dégustaient profiteroles et pets de nonne, se frottaient contre le tablier de Thérèse en perfide échange, l'embrassaient, s'abandonnaient à ses mains pressées et maladroites, exigeantes dans la quête de tendresse. Thérèse exultait. Jeanne, d'abord furieuse, laissa André la convaincre du peu de danger qu'il y avait à confier ses filles à Thérèse, qu'elles n'en aimeraient que plus leur mère une fois satisfaites de sucreries et rassasiées de cadeaux. Jeanne se contenta de quelques réprimandes quand ses filles s'attardaient trop aux cuisines et rappelait sèchement à Thérèse qu'il était mauvais de trop faire manger les enfants. Habilement, Thérèse savait retirer à temps les plats de leur prise compulsive, de peur qu'elles ne touchent pas au dîner qu'elle avait préparé pour elles dès le matin, voire qu'elles ne se rendent malades et ne se dégoûtent de la nourriture, et donc de leurs visites, pendant quelque temps.

Odile et Chantal étaient aussi doucereuses avec Thérèse qu'elles étaient âpres avec leurs camarades de classe. Leurs disputes répétées se transformaient parfois en combats à mains nues qui frôlaient le crime d'honneur dans le jardin du distingué cours Hattry, dont le plus célèbre fut perpétré contre un jeune garçon portant le nom d'un grand maréchal d'Empire, et qui avait osé défier la morgue des demoiselles en les toisant d'un : « Mon père est prince, et il est riche. » Les deux filles interloquées n'avaient su répondre qu'avec des grimaces indécentes, mais le soir même elles rapportèrent l'incident à André, lui réclamant des arguments qui soutiendraient la condamnation définitive du malotru. Des longues explications qu'André tenta maladroitement de donner, elles retinrent quatre mots qu'elles conservèrent précieusement dans leur esprit en les répétant comme des psalmodies exotiques qui les tinrent éveillées toute la nuit, les yeux au plafond, concentrées sur leurs lettres obsédantes, indéfiniment jusqu'à ce que la cloche sonne le lendemain matin l'ouverture des portes de l'école et qu'elles se ruent sur le garçonnet à culotte, toutes chevelures et poings dehors, pour l'assommer à coups de « noblesse d'Empire, fausse noblesse ». Le malheureux rejeton impérial fut quitte pour un nez ensanglanté et quelques bleus, et les demoiselles, qui avaient officié en dehors de l'établissement, ne reçurent pas de sanction.

Mais le petit goujat était revenu à la charge le jour suivant malgré les pansements qui lui couvraient le visage. « De toutes les manières, leur avait-il dit calmement, les bras croisés, dans la cour de récréation pour contenir les représailles, vous n'êtes que des filles. C'est votre frère qui héritera, et vous, vous n'aurez plus qu'à trouver un mari. » Il avait sans doute espéré voir Chantal et Odile lui offrir le spectacle jouissif de leur rage, mais il n'en avait rien été. Elles avaient longtemps examiné le propos que le garçon leur avait adressé, elles l'avaient tourné dans tous les sens, goûté, remâché, ruminé, pour finalement l'assimiler entièrement, introduisant dans leur organisme un lent et mortel poison. « L'héritier », chuchotaient-elles quand elles avaient quelque grief contre leur frère, ou quelque raison de dénoncer les faveurs dont il était l'objet. « Monsieur l'héritier », lui disaient-elles en se moquant, la nuque raide comme si elle avait été empesée d'un col imaginaire de régente qui, depuis les Valois, retrouvait place sur les épaules des fillettes.

11

Tancrède faisait pourtant piètre figure d'héritier. À côté de ses sœurs, il paraissait maladif. Il saignait constamment du nez quand il le mettait dehors, attrapait les moindres virus, était toujours fatigué, si bien que deux fois par semaine l'institutrice, Mademoiselle Vaillant, l'envoyait à l'infirmerie avaler un sucre gorgé d'alcool de menthe. L'infirmière poussait des hauts cris en plaignant sa petite mine. Cela réconfortait Tancrède qui s'asseyait sur le lit, le dos voûté, les jambes ballantes, flottant dans sa blouse noire d'écolier. Il prenait du bout des lèvres tous les fortifiants qu'elle lui donnait, les yeux fixés sur le visage frais et les yeux clairs de la jeune femme que la Croix-Rouge avait recommandée à l'établissement pour ses qualités professionnelles et humaines. Tout ce que Tancrède pouvait constater pour sa part était qu'elle avait une taille très mince qu'on devinait sous sa blouse, il songeait qu'il pouvait l'enlacer avec ses mains jusqu'à ce que les pouces se touchent, et cette pensée lui faisait battre le cœur, plus encore que l'alcool de menthe.

À cause de sa fatigue, Tancrède ne jouait jamais au ballon en récréation. Il n'aimait pas jouer. Il s'asseyait sur un banc et lisait. Parfois il fermait son livre et regardait les autres s'exciter, se battre et crier. Il promenait un regard apathique pour qu'on ne l'appelle pas ou, pire, qu'on ne le force pas à participer au jeu. Il ne

213

se mêlait pas non plus aux conversations des autres, il les écoutait avec un apparent détachement, les bras croisés, un pied en avant. Au début on se moqua de lui, puis on le laissa tranquille parce qu'il était toujours doux et ne manquait pas d'un certain sens de l'autodérision.

Souvent Tancrède se retrouvait assis à côté de Simon. Simon était élève dans l'autre classe. Comme Tancrède, il était souvent seul et passait aussi ses récréations à lire sur le banc ou à déambuler avec des gestes sauvages en récitant des poèmes qu'il apprenait par cœur. Simon faisait peur et, contrairement à Tancrède, il parlait beaucoup, pour dire des choses terrifiantes. Il savait ce qui se passait partout dans le monde et ce que les journaux annonçaient chaque matin. Quand l'institutrice remarquait ses paupières battues et lui demandait s'il se portait bien, il répondait du haut des remparts de ses yeux cernés : « Mieux au moins que l'Algérie » ou : « Ça ne peut pas être pire qu'en Corée ». Dès qu'on lui adressait la parole pour lui demander un crayon ou un bonbon, il accompagnait l'objet d'un aphorisme sur la vanité de l'étude et de la gourmandise.

Pendant les heures de français, où son imagination et sa plume déliée le plaçaient bon premier, il élaborait des plans de conquête de l'URSS par les États-Unis, estimait les forces en présence depuis le premier fantassin jusqu'au maréchal, en toutes sortes de couleurs, puis avec des hachures grises il parcourait les zones dévastées par une éventuelle attaque atomique. La France était toujours plus violemment hachurée que les autres pays, le crayon s'enfonçait dans les flancs de l'Auvergne, les coteaux bretons, les bocages de Sologne et les montagnes alpines, avec une ardeur effrayante. Sur une autre feuille, il imaginait l'équivalent pour les États-Unis, l'invasion du pays par les bombardiers russes en jaune, les combats de tranchées en rouge, les raids aériens en vert, et la bombe qui rasait le pays sans merci en ces semblables hachures de mort. Il dessinait aussi, sur plusieurs mois, des cartes des pays d'Europe d'une précision obsessionnelle, en inscrivant jusqu'aux lieux de batailles oubliées et de cimetières.

Simon manifestait la même obsession dans son habillement que dans ses cartes. Il était toujours vêtu de pulls en cachemire sombres ou rouges, alternativement. Il était parfaitement coiffé avec une mèche sur le côté, et ses Weston étaient toujours cirées. Il ne portait pas de culottes courtes comme ses camarades, mais de longs pantalons aux plis impeccables qui couvraient ses jambes frêles.

Simon et Tancrède devinrent véritablement amis le jour où tous deux se retrouvèrent devant la porte entrouverte du directeur et entendirent par hasard la semonce que la duchesse d'Armont lui adressait au sujet d'une copie de son fils Amaury, un garçon brutal et presque obèse. Celui-ci avait récolté un zéro parce qu'il n'avait pas accordé correctement les participes passés dans un devoir qui racontait, dans un style maladroit et dithyrambique, les exploits de son grand-père dans la Résistance française au sein du réseau Alliance. Le directeur clamait ses excuses pour cette injustice d'une « jeune ignorante », périphrase qui désignait Mademoiselle Vaillant, robuste femme de cinquante ans titulaire d'une licence de philosophie de la Sorbonne, quand lui, le directeur, n'avait pour diplôme que son acte de naissance certifiant qu'il était l'héritier du cours dont son ancêtre avait été le fondateur. Il promit la note maximale à la duchesse en glissant qu'elle avait évidemment tout le temps de régler la cotisation du premier trimestre toujours impayée bien que l'on fût en mars, et qu'il en serait de même pour le second trimestre, cela allait de soi.

Simon et Tancrède avaient alors vu sortir du bureau une fourrure fortement parfumée, d'où émergeaient

deux poignets couverts de bracelets et des mains bou-
dinées aux bagues imposantes, ainsi qu'une petite tête
moutonnante au fin bec, mais le directeur, en les apercevant, les avait renvoyés d'un geste impératif, comme
pour effacer du même coup l'avilissement dont il
s'était rendu coupable quelques secondes auparavant.

Le lendemain, Simon prit Tancrède à part, dans la
cour de récréation, et lui annonça qu'Amaury d'Armont
était un menteur : « Son grand-père, il n'a jamais été
résistant.

– Comment sais-tu cela ?

– C'est papa qui me l'a dit. » Simon parvint à
convaincre Tancrède de la nécessité de venger ce privilège insigne du mensonge et de la traîtrise. Ils écri-
virent tous deux une lettre à Mademoiselle Vaillant
qu'ils glissèrent dans son sac à main alors qu'elle avait
le dos tourné, à la fin d'une leçon.

Mademoiselle Vaillant ne parla jamais de la lettre et
Amaury se classa premier à la composition. Mais en
leçon d'histoire, elle l'interrogea sur son apparente
grande connaissance de la Résistance, qu'avait révélée
son extraordinaire succès. Amaury resta bouche bée,
ricanant et haussant les épaules, et lorsque Mademoiselle Vaillant eut constaté devant la classe hilare qu'il
n'y connaissait rien, elle se tourna d'un air détaché
vers Simon et lui demanda de parler des grands héros
de la Résistance. Simon se leva d'un bond, les bras le
long du corps, et, tel un émissaire racontant à son souverain les heurs et malheurs d'une bataille, il fit un
récit glorieux et morbide, ponctué de moments de sus-
pense et de fleurs de rhétorique aux formes étranges,
aux côtés duquel les récits de la mer Rouge de l'aven-
turier Monfreid eussent paru falots. Mademoiselle
Vaillant fut très satisfaite et attribua à Simon trois 20,
en histoire, en expression et en civisme, ce qui rattrapa

sa moyenne en sciences. Il fut le premier, avec Tancrède dont les notes n'étaient jamais prises en défaut.

« Si j'étais né dix ans avant, j'étais mort », dit un jour Simon à Tancrède alors qu'ils étaient assis sur le banc de pierre de la cour. Et en passant lentement son pouce devant son cou, il fit un geste d'égorgement.

« Pourquoi ?

– Parce que je suis juif. »

Tancrède ne dit rien. Il n'aimait pas montrer son ignorance à son ami, mais Simon, qui l'observait du coin de l'œil, ne manqua pas sa moue incertaine.

« Tu sais ce qu'on a fait aux Juifs, pendant la guerre ? »

Tancrède rougit et fit signe que non, d'un air détaché.

« Il ne sait pas ce qu'on a fait aux Juifs pendant la guerre », dit Simon en regardant droit devant lui, son livre fermé sur les genoux.

Il régnait une chaleur d'automne, grasse et rayonnante. Ils avaient ôté leur veste et leurs chemises à rayures collaient légèrement à leurs aisselles humides. Simon soupirait. Tancrède regardait ses pieds qui fouillaient les gravillons du sol. Simon reprit d'une voix grave :

« Des millions de morts. Gazés, affamés, battus, parce qu'ils étaient juifs. »

Tancrède le regarda du coin de l'œil.

« Tu veux dire comme les résistants, comme l'armée ? »

Simon était assis sur son banc tel Siméon le Stylite sur sa colonne, à des mètres d'altitude.

« Non, tu n'y es pas. On les arrêtait parce qu'ils étaient juifs, on les emmenait dans des trains de bétail, on les faisait mourir dans des camps faits exprès. Dans toute l'Europe. Et en France aussi, tu entends, en France. »

Plus Simon racontait, moins Tancrède en croyait ses oreilles. Il entendait six millions, il essayait d'imaginer six millions, mais il n'y arrivait pas. Il se disait que Simon devait être un peu fou.

« Alors toi, tu es juif ? hasarda-t-il d'un ton hésitant.

– Mes grands-parents sont morts dans un camp en Pologne, mon père, il a fui à temps, il a traversé l'Espagne et le Portugal. Sa femme de l'époque… elle n'a pas supporté, elle est morte au Portugal, de la dysenterie. Ma mère, elle a été en camp… Elle s'en est sortie parce qu'elle était costaude. Une vraie Alsacienne, comme dit papa. Elle aidait même les autres à faire leur travail, pour qu'elles ne lâchent pas. À la fin… à la fin, elle mangeait leur merde pour ne pas crever… »

Tancrède eut un haut-le-cœur. La cloche sonna, ils se levèrent pour rejoindre les files d'élèves qui rentraient en classe.

Le soir, au dîner familial, Tancrède demanda si ses parents avaient eu vent de l'extermination de six millions de Juifs pendant la dernière guerre. Ils le regardèrent avec étonnement et André pria son fils de lui dire d'où lui venait une telle information. Tancrède raconta sa conversation avec Simon. André réfléchit, les yeux vers le plafond, et il finit par dire d'un ton lointain :

« Écoute, Tancrède, tout le monde a beaucoup souffert de cette guerre. Les juifs, les catholiques, les protestants, que sais-je encore ? Les Allemands ont tué des milliers de civils, ils ont déporté nos soldats… Beaucoup ne sont pas revenus, dont ton oncle, le frère de ta mère. Tu diras à ton petit ami historien qu'il vérifie ses chiffres, et tu me feras le plaisir de ne pas trop traîner avec lui. »

Tancrède hésita, et ajouta, suppliant : « Mais il m'a invité… »

Simon avait en effet solennellement invité Tancrède à venir goûter chez lui.

André se tourna brusquement vers son fils : « Tu n'iras pas, voilà tout.

– Mais pourquoi ?

– Parce que… ma foi… ils sont juifs ! »

André avait laissé éclater dans la fin de sa phrase une certitude inaltérable, pleine de bon sens, comme s'il avait soudain retrouvé son bon droit après s'être laissé, par mollesse, entraîner au doute.

Tancrède promena sa fourchette dans son assiette pour y ramasser les restes de l'onctueuse sauce tomate qui filait entre les dents. Il éprouvait pour la première fois le sentiment inépuisable de l'injustice. Quand il gagna sa chambre après le dîner, il entendit son père dire à sa mère : « Je te l'avais dit, ces gens-là exagèrent toujours. »

12

« Tes enfants n'ont jamais rencontré Gustave. Il n'est plus en très bonne santé… Je les emmènerai moi-même », dit Marguerite à André.

André protesta. Il était hors de question que ses enfants…, articula-t-il avec précision. Mais Marguerite ne le laissa pas parler.

« C'est notre beau-frère ! Tu ne veux quand même pas que tes enfants te reprochent un jour de ne pas leur avoir présenté la famille ? Ton animosité envers lui a quelque chose de maladif, de ridicule même. Gustave ne t'a pas déshérité pour une… pauvre affaire de femmes. Il ne t'a pas laissé son argent parce qu'il pensait que cela ne nous rendrait pas service. Il nous a toujours méprisés pour notre goût du luxe et notre médiocrité. Car, ça oui, nous sommes médiocres ! Il nous a accusés d'avoir sucé l'énergie vitale d'Antoinette et de l'avoir tuée. Mais qui sait ? Peut-être prendra-t-il Tancrède en affection. Il prétend vivre dans la misère… Il dit avoir vendu tous ses meubles, qui dorment en fait au grenier… tout le monde le sait. Il a toujours aimé jouer au clochard, tu te souviens, ces fêtes où il n'y avait jamais rien d'autre à manger que, du regard, les costumes et les parures ! Personne n'est dupe, mon cher ! Sa fortune n'a pas été entamée. Cela pourrait arranger tes affaires.

– Tu es vulgaire, répondit André en regardant au-dessus de la tête de sa sœur un point vague, inaccessible à la vision des mortels.

– Ah ça ! Cesse donc, je t'en prie, avec cette manie hypocrite de ne pas vouloir parler d'argent, quand tu ne penses qu'à ça. »

« Une pauvre affaire de femmes. » La phrase résonna dans le cerveau d'André pendant des jours et des jours après ce vif échange.

« Il n'a pas su la garder, tant pis pour lui, que voulez-vous. Mais on ne laisse pas partir un papillon. C'est un imbécile d'aristocrate avec sa froide moralité, sa fichue contenance, cet insupportable détachement qui lui fait prendre la vie comme on saisit un sucre : avec des doigts précieux. »

Voilà ce que Gustave avait raconté après que Hilda fut partie.

André confia à Jeanne le soin d'organiser la sortie avec Marguerite. Il fit savoir qu'il ne souhaitait plus en entendre parler.

Dans l'ombre de la voûte, à la fin d'un triste hiver, les trois silhouettes attendaient. Chantal et Odile étaient coiffées de chapeaux ronds, autour desquels flottait un ruban de satin bleu ciel. Elles portaient de courts manteaux de laine à gros boutons dorés. Tancrède, dans sa veste à carreaux à grand col de fourrure, cadeau de Marguerite, aurait ressemblé à un jeune milliardaire attendant en trépignant de froid l'ouverture de la Bourse à Wall Street, s'il n'avait pas mis la casquette en tweed que son père lui avait donnée lors d'une promenade au Bois. Plus précisément, Tancrède la lui avait demandée quand il avait entendu son père penser à voix haute la jeter, en constatant ses couleurs éteintes : « Elle est bien vieille, cette casquette. Prends-la donc, si cela t'amuse », avait dit André d'un ton distrait. Tancrède s'en était saisi avec avidité, il l'avait tenue tout au long du voyage du retour jusqu'à en avoir les mains moites. Même dans la solitude de sa chambre, il n'avait pas osé l'essayer. Il l'avait accrochée au portemanteau avec le soin qu'on met à introduire l'os d'un saint doigt dans un reliquaire. Après une semaine, les regards qu'il portait à cet objet avaient fini par susciter en lui un immense dégoût.

Et puis un beau matin, avant d'aller à l'école, d'un geste naturel lavé par le sommeil, il avait décroché la casquette et l'avait posée sur son crâne en tentant d'imiter les gestes qu'il avait observés chez son père : saisir le bout de la visière avec des doigts fermes, prendre la nuque dans la paume, ajuster l'étoffe contre le crâne d'une pression à la fois tendre et virile. La casquette était trop grande, il devait la replacer souvent pour qu'elle ne tombe pas sur ses yeux. Il acquit vite un réflexe de son index droit, suffisamment rapide pour faire croire à un léger tic, qui redressait la casquette à la gavroche, la visière relevée sur son front, et qui faisait fondre de bonheur les amies de sa mère qu'il rencontrait dans la rue.

Les deux filles guettaient la porte du vestibule quand elles ne contemplaient pas le bout de leurs pieds ou les bords rongés de leurs ongles. « La barbe, cette visite », s'exclama Chantal en frappant d'un pied rageur les dalles du trottoir. Odile et Tancrède ne répondirent pas et le silence, parcouru d'échos humides de canalisation et de gouttières, reprit ses droits.

Marguerite apparut enfin dans le fin faisceau qui, venant de la cour, baignait les pavés d'une lumière blanche. « Eh bien, mes pauvres chéris ! Vous attendez depuis longtemps ? Je vous avais dit quatre heures et demie. » Elle accourait vers eux en trottinant, embarrassée dans sa jupe étroite.

« C'est maman, elle nous a dit de vous attendre en avance, répliqua Chantal.

– "Maman", "Maman" ! Je vous avais dit quatre heures et demie, Mademoiselle, je ne vous demandais pas de me préparer une revue des troupes. » Marguerite était haletante. Tancrède aimait cela chez elle, ce timbre excité, vibrant, qu'elle adoptait quand elle accélérait le rythme de la vie et du verbe.

Le moteur de la voiture pétarada dans la cour. Jules, triomphant au volant de la décapotable de Marguerite, la faisait avancer à un rythme présidentiel. Cette voiture était sans conteste, parmi toutes celles qu'il avait conduites, sa préférée. Elle était la consécration de sa carrière. Il savait qu'il ne pourrait jamais aller plus loin dans le *cursus honorum* de la profession de chauffeur. Chaque jour, il la nettoyait et la faisait briller même quand il ne la sortait pas, c'est-à-dire souvent car Marguerite marchait plus qu'elle ne prenait sa voiture. « Madame la marquise va s'user les jambes », lui disait-il souvent d'un air sévère en la voyant partir à pied, amer. Il soupirait et retournait lustrer la machine, lui parlait, la consolait des mauvais maîtres et de l'ennui.

Au moment de monter en dernier, aidée par la main de Jules, Odile, comme prise de remords, s'exclama à l'adresse des passagers déjà installés pour le voyage, de sa voix éraillée qui, malgré son vocabulaire châtié, lui donnait le ton savoureux d'une bonimenteuse : « Maman l'a dit, il fallait vous attendre, et elle a raison !

– Eh bien, au moins, voilà qui est plus simple que la démocratie, avait grommelé Marguerite qui siégeait devant, à côté de Jules. Et maintenant, en route ! »

Marguerite avait demandé à Jules de faire un détour pour qu'elle montre à ses neveux quelques monuments fameux de Paris. Saint-Augustin, les Invalides, la Madeleine, la place de la Concorde, l'Assemblée nationale s'engloutissaient dans le regard anxieux de Tancrède, marqués par les inflexions professorales que Marguerite prenait en énonçant les lieux. Chantal et Odile, serrées l'une contre l'autre, chuchotaient et gloussaient en protégeant de la main leurs onomatopées, frétillantes comme des singes en commerce. « *Girls' gigglings* », soupira Marguerite en baissant la vitre de son côté. Tancrède, le regard vaguant sur le boulevard Saint-Germain, se demanda de quel monument il pouvait bien s'agir, mais il n'osa pas quérir plus ample information. Il lui semblait que ce lieu aux accents étrangers promettait une légèreté, un bonheur, une griserie même dont tous ces mausolées de l'histoire de France n'avaient pas le premier balbutiement. Et ce « *Girls' gigglings* », certainement, n'était ni de son âge, ni peut-être de son monde. Tancrède en conçut une grande tristesse, qui lui rappela celle qu'il avait ressentie lorsque ses parents avaient croisé, à la sortie de la messe sur le parvis de la Madeleine, un homme âgé pour lequel ils avaient le plus grand respect et qu'ils appelaient un « intellectuel ». L'intellectuel avait dit au cours de la conversation, en déplorant les temps présents, que les Lumières avaient fait le plus grand mal à la foi. Tancrède avait imaginé ces Lumières comme de grands soleils tourbillonnants et sans doute interdits, puisque l'église de la Madeleine, où on lui avait appris à chercher le salut de son âme, était aussi obscure et nocturne qu'un tombeau. Il avait pour ces soleils un attrait mélancolique qui traçait les frontières incertaines d'un pays qu'il cherchait en vain à pénétrer. « Allons maintenant chez monsieur le comte », cria Marguerite à Jules.

Marguerite ne parlait plus. Elle se souvenait de la dernière fois qu'elle avait fait ce chemin, pour voir rue de Lille le corps embaumé d'Antoinette. Gustave l'avait invitée à s'asseoir près de sa sœur morte, sur le canapé. Deux fois seulement elle avait osé regarder sur le côté, elle avait apprécié le maquillage parfait du visage et la coiffure harmonieuse qui l'auréolait, l'élégance de la pose dans laquelle Antoinette avait été installée. Elle n'avait pas eu peur, elle n'avait pas trouvé le spectacle « choquant » comme tant d'amies d'Antoinette. Elle avait quitté l'hôtel avec au cœur une jalousie dévorante, encore plus vive, s'il était possible, que celle qui l'enflammait quand son père parlait des belles qualités d'Antoinette. Elle avait pensé que Gustave avait ainsi manifesté la pure essence d'un amour sans condition, si vivant que la mort même lui donnait un surcroît de présence. « Pourquoi pas moi ? » avait-elle pensé en rentrant. C'était la seule fois qu'elle avait laissé la plainte grossir en elle et flageller ce qu'elle croyait être son inaptitude aux relations humaines. « Mais tu es stupide, Marguerite, voyons. Ces histoires-là ne sont pas pour toi », s'était-elle finalement dit en humiliant sa tristesse.

La voiture tourna dans la rue de Lille. Gustave vivait reclus dans un hôtel particulier, au numéro 45. Il n'en sortait jamais sinon pour se rendre chaque jour, vers la fin de l'après-midi, boire plusieurs whiskys à la brasserie des Ministères. « Tu vas voir de belles choses. Mais tu te rappelleras bien, Tancrède, de ne rien regarder de manière insistante chez ton oncle Gustave. Gustave est une personne… singulière. » Marguerite s'était retournée et elle parlait à voix basse. Elle semblait s'adresser à elle-même en posant sa main gantée sur le genou de Tancrède qui, gêné de ce contact physique, n'osa plus bouger. « Si tu regardes une chose longuement, il te la donnera. »

Jules engagea la voiture sur le bateau. Un homme en habit et gants blancs ouvrit la porte cochère à deux battants, et la voiture entra lourdement, tel un ferry dans un port. Sur le perron, Gustave les attendait, une main dans son veston beige sous lequel on apercevait un gilet à rayures au tissu si tendu qu'on pouvait le soupçonner d'être trop étroit. Sa poitrine était ployée vers l'arrière, comme s'il supportait en permanence un poids important. Ses fines moustaches teintes, à peine visibles, donnaient de loin l'impression qu'il était mal rasé. Il était très maigre. Son visage mince, qu'élargissaient ses oreilles décollées, lui donnait la mine du long oiseau des marais dont il avait revêtu le costume pour sa fête exotique, donnée en l'honneur des Ballets russes un an avant la mort de sa femme. Il n'en restait qu'une photographie qui avait paru dans une revue d'avant-garde, que Marguerite avait encadrée et accrochée au mur de son boudoir, et qui, à l'instant où elle le salua, lui apparut, se confondant avec l'être réel qui la toisait.

« Je vois avec bonheur que tu t'es rappelé mon affection naturelle pour les enfants », lança Gustave, immobile, en regardant sa belle-sœur monter les marches du perron. « Allons, Gustave, ce sont tes neveux. Tu ne les as jamais vus. Ils sont contents de te connaître », répondit-elle gaiement. Sa joie décidée dérida les plis du front de l'oncle et le creux entre ses sourcils.

Chantal et Odile, intimidées, restaient sur la première marche de pierre blanche et en contemplaient les trous qu'une fine mousse verte tapissait. « Bonjour, mesdemoiselles », claironna Gustave de sa hauteur. Son regard transperçait les deux petites filles, il fronçait de nouveau le front. Chantal, la première, s'aventura à grimper les marches. Odile la suivit, blottie dans son dos.

Elles saluèrent le vieil homme d'une révérence. Gustave détourna aussitôt la tête vers Tancrède qui donnait la main à Marguerite et le dévisageait de ses yeux noirs. « Eh bien, mon enfant, ai-je donc une plume dans le derrière ? » Tancrède esquissa un sourire mais, sentant le silence autour de lui, serra plus fort la main de Marguerite. La petite troupe entra dans le salon.

Toutes les portes étaient ouvertes. On voyait l'enfilade des pièces aux moulures dorées, multipliées par les reflets des miroirs, parfaitement propres, le parquet ciré brillant à l'excès. Elles étaient presque vides, sauf quelques meubles, bibelots, photos et objets qui formaient des masses incongrues, tels des sacs de voyageurs dans un hall de gare au petit matin.

Gustave, Marguerite et Tancrède marchaient en tête. Les filles fermaient la marche. De temps en temps, en s'appuyant sur sa canne, le vieil oncle faisait admirer une pendule, un biscuit qui avait appartenu à la Du Barry, un meuble à la marqueterie Renaissance dessiné par Lotto, un vase chinois qu'Antoinette lui avait offert, objets dépourvus de toute utilité, sublimes épaves.

Tancrède, pensant à la recommandation de Marguerite, s'efforçait de ne jeter que de brefs coups d'œil aux objets que Gustave indiquait. Mais l'oncle Gustave ne semblait pas faire attention à lui. Il errait à travers son cimetière, soulevant des nappes de temps du bout de sa canne, contemplant ses fantômes dans ces restes matériels, comme celui d'une autruche aux plumes vertes, coincée dans un couloir sans fenêtres, dont le portrait intitulé « La mariée » trônait sur le mur au pied de l'escalier qui montait au premier étage, et que Gustave regarda longuement.

« Il y avait un marié également, dit Gustave en ouvrant le bras vers son auditoire, sans cesser de regarder le tableau.

– Où est-il maintenant ? » Tancrède rougit en entendant l'écho de sa voix, mais Gustave paraissait satisfait.

« Je l'ai vendu… », répondit Gustave en dessinant d'une main fastueuse un anneau de Saturne autour de lui. « Comme tout ce qu'il y avait ici. Vois-tu, mon petit… Quel est ton prénom ?

– Tancrède.

– Tancrède, un beau nom de héros… mais tout disparaît, même les dieux… »

Tancrède voyait distinctement le trait noir qui coulait au coin de la paupière du vieil homme comme une larme.

Odile et Chantal, que la visite rendait nerveuses, pouffèrent en regardant la figure moite de l'oncle. Gustave se redressa sur sa canne et les dévisagea avec le même air qu'il avait sur le perron. « Il faut bien en conclure que vous êtes aussi sottes que disgracieuses », ponctua-t-il avant d'ébranler de nouveau sa petite suite. On monta religieusement les marches sur lesquelles Radiguet avait fait des mimes en l'honneur des invités quarante ans auparavant.

Les pièces de l'étage étaient moins luxueuses, plus petites et plus sombres. « La chambre d'Antoinette », dit Gustave en ouvrant la porte d'une pièce au fond d'un couloir obscur. Les volets étaient fermés et on n'alluma pas la lumière. L'œil de Tancrède s'habitua. Il vit une quantité incroyable de malles superposées, parfois entrouvertes, qui laissaient apercevoir des costumes et des robes aux tissus colorés et brillants. Trois armoires imposantes constituaient tout le mobilier, à l'exception d'une frêle coiffeuse d'ébène au miroir fendu dans une longue diagonale, à peine éclairé par l'ampoule du couloir, dans lequel Odile et Chantal tentaient de se regarder.

Marguerite alluma un lustre vénitien fait de faux fruits colorés et de fleurs énormes. « La pièce est exactement la même que le matin où Antoinette l'a quittée », murmura Gustave en s'appuyant délicatement au bord de la porte, une main sur le pommeau de sa canne. Tancrède regarda les photographies qui couvraient les murs. Certaines n'étaient pas encadrées, elles avaient été accrochées à même le papier peint, chiffonnées, parfois abîmées ou déchirées. Prises sur le vif, toutes représentaient la même femme brune aux cheveux courts, au menton affirmé, dans des tenues et des lieux différents. Tancrède reconnaissait bien le corps de la femme, les seins dont les bouts saillaient sous les vêtements étroits de sport ou de soirée, les fesses, les hanches et la taille fine. Elle ne souriait jamais, mais fixait toujours l'objectif avec intensité, sans coquetterie. Sur plusieurs photos, la femme était en compagnie d'une autre, plus grande et plus forte encore, musclée aux bras, dont le visage, par un effet curieux, était doux et féminin. Autant la première femme se souciait peu de l'objectif, lui montrait même une forme d'hostilité, autant la seconde jouait d'œillades captatives. Tancrède n'avait pas l'habitude de voir des photos de ce type, aussi négligentes. « À un bal que nous avons donné ici, elle s'est même déguisée en carpe. En carpe, imaginez ! » Tancrède hocha lentement la tête, en essayant vainement d'imaginer la carpe, car les représentations qu'il avait du monde aquatique étaient encore floues.

Marguerite avança dans la chambre. Elle ouvrit des malles, palpa les tissus, en tira les coins à elle après avoir jeté un coup d'œil rapide vers Gustave. Elle en respira même furtivement quelques-uns, pensant qu'elle n'était pas vue, mais Tancrède avait remarqué le pli que faisait son nez gourmand quand elle humait l'odeur d'un parfum, d'une fleur ou d'un mets, en disant toujours d'un ton mondain, comme pour s'excuser : « J'ai l'odorat délicat. » Il trouvait qu'il y avait là quelque chose de sale et, comme chaque fois qu'il voyait sa tante flairer, il chercha à détourner son attention. Son regard fut attiré par la masse sombre du lustre, ses chutes de végétation rouge et verte, l'accumulation des couleurs en colliers, des reflets dans le verre soufflé qui lui paraissaient aussi vulgaires que les bibelots de pacotille que Thérèse accumulait sur sa table de nuit.

« Tiens, Tancrède, demain tu l'auras dans ta chambre. »

Tancrède fut brusquement arraché à sa contemplation par la voix tranchante de l'oncle Gustave. Il regarda Marguerite, au désespoir. Il la vit se raidir et le dévisager sévèrement. Il balbutia un remerciement, mais Gustave était déjà sorti et attendait dans le couloir que tous quittent la chambre. « Il est l'heure de l'orangeade », dit-il impérieusement, en faisant tournoyer sa canne vers le plafond pour amuser les filles, mais il ne parvint qu'à les effrayer encore davantage.

Le goûter fut servi au salon. Le maître d'hôtel avait apporté un guéridon et des fauteuils au milieu de la pièce, et l'on s'assit. Marguerite versa le thé dans les tasses de porcelaine anglaise, et l'orangeade dans de hauts verres colorés. L'oncle Gustave exigea que l'on place son fauteuil exactement au centre du tapis, face à la fenêtre, pour qu'il apprécie la parfaite symétrie des buis du jardin qu'un artiste japonais de passage en France avait redessinés. Le soir commençait déjà à tomber et, derrière la porte-fenêtre aux vitres irrégulières, on voyait, ondulant et creusé comme un souvenir fatigué, le carré de pelouse épaisse parfaitement tondue, qu'encerclaient des buis aux formes étonnantes de cônes, de chapeaux burlesques ou de modelés évoquant des pleins féminins.

Gustave ne disait rien. Odile et Chantal avalaient leur orangeade à grandes gorgées sonores qui, parvenant parfois aux oreilles du vieux Gustave, le faisaient sursauter comme autrefois les fausses notes des musiciens qui animaient ses soirées. Embarrassé par le silence, Tancrède n'osait pas boire. Il trempait ses lèvres au bord du verre de temps en temps, pour ne pas risquer d'offenser son hôte. Il imagina le lustre vénitien dans sa chambre, accroché au-dessus de son lit, et cette seule pensée le porta au bord des larmes. « Quelle horreur », se disait-il en pressant sa paume contre le verre froid avant de le reposer.

Gustave agita une clochette en argent qui représentait un centaure à la poitrine saillante. Le maître d'hôtel fit son apparition. « Vous raccompagnerez ma belle-sœur et ses neveux », dit-il sans détourner son regard du jardin.

Quand les enfants se penchèrent vers lui pour lui dire au revoir, il prit une bonbonnière dans un tiroir du guéridon, si grosse qu'il semblait impossible qu'elle eût tenu dans cet espace étroit. Chantal et Odile se servirent de boules d'un violet acidulé qu'elles enfournèrent aussitôt dans leur bouche en les faisant rouler d'une joue à l'autre. Tancrède regarda un instant les bonbons entassés dans un joyeux coloris. Puis il leva les yeux et balbutia hardiment : « Mon oncle, je n'aime pas ça. » Gustave serra la bonbonnière dans sa main, si fort que l'on vit les veines apparaître sous sa peau vrillée de taches. Il alla à la porte, l'ouvrit, et jetant une boule rouge sang au milieu de la pelouse, il cria : « Si tu ne les aimes pas, les oiseaux, eux, les apprécieront ! » Il restait là, accroché à la poignée de la porte, son large buste chancelant sur ses jambes malades, le souffle court.

On prit congé précipitamment et le maître d'hôtel raccompagna les enfants à la voiture pendant que Marguerite passait son manteau. Il n'y eut au retour, dans la Rolls, ni gloussement ni ricanement.

Le lendemain, un carton immense emballé de trois couches de papier, au nom de Tancrède d'Argentières, était livré rue du Mont-Thabor de la part de Gustave de Montmort. Il abritait un somptueux lustre vénitien du XVIIe siècle. Un texte de la main de Gustave y était joint. Daté du 2 février 1957, il racontait que le lustre avait été rapporté à Paris par le prince de Rochechouart, dont les Montmort avaient hérité du fait du mariage de sa fille, demoiselle de compagnie de la reine, avec le duc de Montmort, tous deux guillotinés place de la Révolution, et dont les biens, confisqués par la Convention, furent rendus à leur fils aîné émigré en Angleterre, en 1805. Depuis, il n'avait pas quitté la famille. Chantal, en rentrant de l'école en même temps que Tancrède, avait aussitôt vu le paquet et deviné ce qu'il contenait. « C'est encore toi qui as tout », avait-elle jeté à son frère, avec un sourire contraint.

13

Dès qu'il eut l'âge de raison, Tancrède prit l'habitude de tester la valeur de l'opinion. À quelques semaines d'intervalle, il posait aux mêmes personnes les mêmes questions, et constatait que les réponses changeaient parfois jusqu'à se contredire. Personne ne se rendait compte du manège car peu d'adultes autour de lui portaient attention aux discours enfantins, et parce qu'il savait habilement dissimuler son jeu.

« Pourquoi faut-il que nos soldats aillent en Algérie ? demanda-t-il un jour de janvier 1958 à son père. – Pour que l'Algérie reste française », avait répondu André avec gravité.

« Est-ce que nos soldats doivent encore se battre pour que l'Algérie reste française ? avait-il demandé un mois plus tard. – Ils feraient mieux de rentrer, avait grommelé André. – Alors l'Algérie ne restera pas française ? » avait insisté Tancrède. André l'avait renvoyé, il était de mauvaise humeur.

Il venait d'apprendre, comme toute la famille, qu'Henri avait été porté disparu deux mois auparavant avec les harkis qu'il commandait dans le maquis kabyle, à la suite de l'annonce, par de Gaulle, de l'autodétermination.

À son arrivée en Algérie, Henri avait été saisi par la beauté des paysages, la végétation austère et fière, les vallées et les gorges de la Kabylie. Il aimait les couleurs grisâtres des chênes-lièges, les odeurs méditerranéennes qui lui étaient immédiatement bénéfiques. L'Indochine, par son seul climat qui infectait la moindre plaie et tuait en vingt-quatre heures, était mortelle à tout humain qui n'y était pas habitué depuis la naissance. La beauté de l'Algérie ravivait en lui un désir de vengeance éteint par les déceptions et la lassitude.

Pourtant Henri était dégoûté de la guerre. Il avait d'abord demandé à accompagner une Section administrative spéciale dans les Aurès. Les soldats allaient auprès de la population, dressaient les états civils, organisaient le ravitaillement, les soins médicaux, l'alphabétisation. « Nous pacifions », annonçaient-ils. Henri était fier de l'œuvre accomplie. Ils avaient ouvert des écoles, créé des infrastructures, apporté des compétences administratives, des centres de loisirs, vanté la France auprès de gens qui les écoutaient et les aimaient. Et puis on leur avait dénoncé un homme qui avait aidé des rebelles à poser des mines sur la route qu'ils devaient prendre le lendemain. C'était un vieux cantonnier dont on avait sauvé la petite-fille qui se mourait d'une fièvre. Henri n'avait pas compris, mais il avait laissé l'officier de renseignements faire son travail. Il était même passé le soir à la baraque, après avoir terminé ses papiers. C'était la première fois qu'il voyait ça. Le vieux n'avait rien dit, même secoué par les décharges, même étouffant dans l'eau sale. Sa bouche était restée fermée jusqu'à ce que l'OR lui enfonce un fil électrique dans la gorge et lui envoie le jus, mais le vieux avait brutalement refermé la mâchoire sous le coup de la douleur et avait sectionné le fil.

Henri était sorti pour vomir dans le fossé. Mais il savait que l'OR avait raison. On demandait du renseignement, il fallait donner du renseignement. Tant que c'était propre, qu'on ne les tuait pas. Le problème, c'est que, deux jours après, le vieux était mort, dans le placard où on l'avait enfermé le temps de l'affamer et de l'assoiffer un peu pour qu'il crache le morceau. Il savait où les terroristes avaient enterré les mines. On aurait pu éviter une dizaine de tués. On ne pouvait pas le laisser filer. Mais il était mort, on l'avait retrouvé effondré contre le bois, dans une odeur d'excréments, les yeux ouverts, fixes, hypnotisés par l'escalade d'un cafard le long du panneau. Il devait avoir les poumons remplis d'eau. La torture, c'était impressionnant, mais c'était normal, se disait Henri. Ces gens-là étaient des sauvages. On se battait pour la civilisation, la liberté, l'ordre. Et puis parfois, à les voir, noirs, couverts de terre, quand on les déterrait de leurs caches maudites, on se demandait s'ils étaient vraiment humains.

C'est du moins ce qu'Henri écrivit à Vanessa en réponse à un article que Georges avait signé dans *Esprit* pour dénoncer la torture, et qu'elle lui avait envoyé. « N'écoute donc pas ces braillards de journalistes, encore moins ces lâches de fonctionnaires, te raconter la vie. Ce ne sont pas eux qui font la guerre. La torture, c'est comme ça, c'est un moyen de la fin. Nous ne sommes ni des fous ni des sadiques. Nous voulons seulement rentrer, vainqueurs cette fois. Quand on est en guerre, cela ne te paraît-il pas légitime ? »

Même un jeune gars, Lebel, vint le voir un soir au bureau et lui déclara qu'il ne supportait pas de voir les gars torturés et l'état dans lequel on mettait les prisonniers, faisant appel à sa conscience de chrétien : « Mon colonel, jamais le Christ n'aurait permis de telles horreurs. » Il lui répondit que le Christ n'avait pas eu à se battre, que s'il voulait faire curé il n'avait qu'à entrer au séminaire. Lebel le regarda dans les yeux, le salua et repartit sans prononcer un mot. Henri savait que Lebel, avec deux autres gars, apportait un peu de nourriture et d'eau aux prisonniers qui croupissaient en attendant leur tour, mais il ne dit rien. Au fond, ce n'était pas un reste de soupe qui les remettrait en forme.

Après l'embuscade à Palestro, il ne passa plus beaucoup de Lebel dans son bureau. Il faisait beau, ce jour-là, du soleil, un peu de vent dans les branches, on entendait les oiseaux et les bruits de la nature. « Comme en France, se dit-il. Ce doit être comme ça dans le Midi. »

Il n'y était pas, à Palestro. Mais il n'était pas loin, à Bouira. Les récits se répandirent à toute allure parmi les appelés, portant un virus d'horreur et d'abattement. Les chefs ne purent rien faire. Eux-mêmes avaient peur, imaginaient les cadavres mutilés et les chairs décomposées que les légionnaires avaient rapportés à dos d'âne, et parmi lesquels on n'avait su reconnaître un seul visage. Eux aussi en cauchemardaient. C'était ce jour-là qu'Henri se dit que Duong, son ami de l'hôpital de Haiphong, le bon Duong, avec son universalité des peuples, sa gymnastique matinale et ses ablutions purificatrices, avait tort. « Cette harmonie entre les peuples, cette belle unité entre les cultures… du vent ! Du vent ! » Et il donna de grands coups de pied dans l'armoire en métal de son bureau. Duong, qui avait dû crever dans sa marche forcée vers les camps de la Croix-Rouge après Diên Biên Phû, parce qu'il était encore trop en forme pour monter dans les camions et pas assez pour survivre aux quatre cents kilomètres de marche. Duong, le premier à voir dans les brousses des montagnes les ombres de l'artillerie viêt-minh qui se mouvaient comme une armée de sauterelles, attendant le moment d'anéantir la plaine d'un souffle de leurs ailes, le premier à voir venir la mort. « Putain d'idéaliste ! » martela le crâne d'Henri jusqu'à ce qu'il pleure de rage.

À Georges, le paysage algérien rappela l'âpreté des terres provençales, l'été parcimonieux, les plaines brûlées par le soleil qu'il traversait pour aller à l'école. Brûlées comme sa mère, l'institutrice sèche au chignon retenu sur la nuque par trois épingles, toujours alignées au même endroit du crâne, dont il apprit à penser plus tard qu'elle ne lui avait jamais dit qu'elle l'aimait parce qu'elle aurait été débordée, saccagée par cet amour. Georges n'avait jamais aimé les paysages rieurs et gentils. Il estimait que la gentillesse était une vertu perverse au service du travestissement de la vraie bonté. « Tu n'es pas gentille, tant mieux », disait-il à Jacqueline quand elle avait des scrupules ou des remords. Georges était chargé par le ministère de faire un rapport sur les camps en Algérie, il était parti pour une mission de trois mois. Il savait qu'il serait amené à s'entretenir avec Henri, l'un des plus hauts responsables dans les Aurès. Finalement, ça se passa en Kabylie. Il le rencontra quelques jours avant qu'il parte avec ses harkis, un mois avant qu'on signale sa disparition.

Après Palestro, Henri avait demandé sa mutation à la tête d'un commando. Il n'avait aucune expérience des missions spéciales, il n'était pas pied-noir, mais il avait excipé de son expérience indochinoise et de sa bonne réputation. Il fit un stage à Alger au haut-commissariat, animé par un commandant qui avait aussi combattu en Indochine. Il s'agissait d'accomplir exactement ce que les nyaks leur avaient fait : harceler, tourmenter, traquer, jusqu'à ce que les ennemis tombent. Il apprit même à construire le piège qui avait manqué l'amputer d'une jambe dix ans auparavant. Dix ans déjà. Et il se retrouvait presque au même point. *Œil pour œil, dent pour dent.* C'était aussi la Bible. *Jambe pour jambe, et les poules seront bien gardées. Vaille que vaille, on n'avait jamais vu un unijambiste à*

237

cloche-pied. Il arrivait que l'esprit d'Henri soit ainsi traversé par une suite absurde d'expressions populaires, de dictons qu'il avait appris dans son enfance ou que sa nurse lui répétait, sans qu'il parvienne à l'arrêter. Souvent aussi il comptait mentalement, accumulait, dégringolait d'un nombre mirobolant à l'insignifiance d'un chiffre par la simple opération d'un signe. *Divisé par trois mille cinq cents, multiple de vingt mille, puissance trente mille...* Son esprit marchait sans lui, s'absentait un instant, une force intempestive épiait toujours, prête à s'engouffrer dans les failles de sa raison.

À l'automne, il avait pris le commandement d'un régiment de harkis. Ses hommes n'étaient pas des idéalistes comme Duong. C'étaient des costauds, des gars prêts à tout pour que l'Algérie reste française malgré la trahison du gouvernement qui voulait tout abandonner. Il avait eu honte de son pays devant eux. Certains avaient peut-être été trop loin pour le renseignement. Il y avait eu de sales histoires, mais jamais dans son coin. Il avait toujours reçu bon accueil avec la SAS. Il avait constaté la reconnaissance des femmes qui voyaient un médecin pour la première fois de leur vie.

On les avait d'abord envoyés dans l'Ouarsenis. Il fallait débarrasser les montagnes des rebelles pendant que les autres protégeaient les secteurs déjà ratissés. Ils avaient été bons, très vite, si bons que Challe l'avait appelé personnellement pour lui dire sa satisfaction. « Nous ne nous sommes pas trompés sur votre compte », avait-il conclu avant de raccrocher. Henri avait mis les bouchées doubles, on l'avait envoyé en Kabylie, où le climat était plus difficile. Les terroristes avaient une influence grandissante sur les populations, ils avaient su se défendre en se divisant en groupes insaisissables, comme des feux follets des marais. Henri était arrivé à quelques maigres résultats mais il avait perdu trois hommes. La veille de repartir, il reçut son beau-frère à son QG dans un village.

Georges arriva vers trois heures, flanqué de trois paras. « Alors, tu viens chercher du grain à moudre pour tes petits trouillards de la métropole ? » Ainsi Henri l'accueillit-il à l'entrée du village avec deux hommes, il voulait que la visite de l'administrateur ait quelque chose de solennel. Un orage se préparait, les sommets des montagnes étaient d'un noir de cendre, il faisait lourd. Georges avait la migraine. « En montagne, les orages, c'est impressionnant. Ils vont en profiter pour détaler. On s'en fout. On connaît le terrain aussi bien qu'eux », dit Henri en levant les yeux au ciel, avant de conduire Georges à son bureau. « Tu es venu pour quoi ? » demanda-t-il. Il s'était assis sur un coin de table, il balançait la jambe. Georges était impressionné par la maigreur et le teint brûlé d'Henri. « Pour faire un rapport sur les camps où sont internés les prisonniers. » Henri alluma une cigarette en continuant de balancer le pied, et chaque mouvement de sa jambe réveillait la migraine de Georges. « Et quelles sont tes premières conclusions ? s'enquit Henri.

— La plupart sont insalubres, mal équipés, surchargés. » Henri se leva. La pluie commençait à tomber, drue et morne. Il regardait par la fenêtre. « Si on avait envoyé des gars comme toi à la guerre de Cent Ans, toi et moi on parlerait anglais. »

Georges toussa. L'acidité d'Henri ne l'affectait pas, il n'avait envie que de s'allonger et de se reposer, de rentrer le plus vite possible à Oran. « Tu vois, Georges, moi je ne suis pas un intellectuel. Je ne suis pas intelligent, d'ailleurs. Je me contente de voir, d'entendre. Ce que je vois, c'est que tout le monde se fiche de nous. On se fait tirer dessus, couper en morceaux, emprisonner, torturer ! Pour qui ? Pour des lâches qui au bout du compte nous humilient, dénoncent notre moralité et, par leurs décisions, font de notre mort une absurdité. Et tous ces gens qui aiment la France, qui attendent que nous restions, qui se sauraient trahis en nous voyant partir, crois-tu que je les abandonnerai ? Jamais, tu m'entends, pas deux fois. » Georges passait le doigt dans les rainures du bras du fauteuil, il hésita et d'une voix fatiguée tenta de répliquer : « Mais on ne peut pas faire autrement. À moins de s'enliser dans une guerre qui durera des années pour le même résultat, et combien plus de victimes. » Henri ne répondit pas.

Il regardait la pluie, les mains derrière le dos. « Tu vas avoir du mal à rentrer à Oran si tu ne pars pas maintenant », dit-il en se retournant brusquement. Jusqu'à l'entrée du village où Henri raccompagna Georges, même en se serrant la main, les yeux dans les yeux, ils n'échangèrent pas un mot de plus.

C'est tout ce que Georges put raconter à André, au téléphone, le jour où Tancrède avait compris, précocement, que l'opinion était aussi variable que l'humeur, le temps et l'attachement aux êtres humains, le conduisant sur la voie d'un doux scepticisme qui le protégerait de son enfance.

14

André fut opéré de l'appendicite. Le chirurgien ordonna qu'il garde le lit quelques jours. Il prit la décision, mûrement pesée, de louer un poste de télévision.

La télévision n'avait encore jamais eu droit de cité à la Villa, ni d'ailleurs dans aucun foyer du boulevard Haussmann au boulevard Saint-Germain. Elle y était considérée comme un objet populaire, comme les rideaux de dentelle aux fenêtres des cuisines rurales ou les bibelots en terre colorée, sans valeur, sur les cheminées et les buffets. La télévision était faite pour désennuyer le peuple d'une vie maussade, elle était l'opium de la démocratie. Elle ne pouvait entrer dans le foyer d'une famille éduquée qu'en jetant le doute sur son autorité culturelle et le don de sa conversation ; et pourtant, André, devant les dix longs jours d'arrêt qui s'annonçaient à lui, André avait cédé.

Il commença, le premier jour, par allumer le poste à l'heure des informations. Le deuxième jour, il regarda l'émission culturelle qui suivait ; le troisième jour, il passa la journée devant le petit écran, son œil avalant sans distinction émissions et rediffusions, si bien que, rapidement, à la douleur abdominale s'ajouta une lancinante douleur au crâne qui l'obligea à s'enfermer dans le noir le reste de la soirée, allongé sur son lit.

Le mal était fait. Le lendemain, dès que les enfants furent passés dans sa chambre recevoir le distrait baiser matinal avant de partir à l'école, et que Jeanne fut partie à son tour ourler des nappes chez sa cousine pour la prochaine kermesse d'été de la paroisse, André se glissa dans le salon et brancha l'appareil. La tâche des nappes étant finie, Jeanne rentra plus tôt que prévu. Quand il entendit ses pas dans le hall, André se remit précipitamment au lit en oubliant d'éteindre la télévision qui tonitruait un opéra de Wagner. Bien que Thérèse n'eût jamais su manipuler un récepteur et qu'il fût peu crédible qu'elle goûtât secrètement Wagner, elle subit menaces et gronderies pour sa paresse et sa négligence. Sa soumission à la semonce brisa vite l'élan de Jeanne à saisir cette occasion d'humilier sa domestique. Thérèse en gagna un ascendant certain sur André pendant quelques mois. Dans toutes les affaires qui l'opposaient à Jeanne, elle sollicita son soutien. Elle le regardait de biais avec un air offensé en expliquant les faits, et André, terrifié à l'idée qu'elle pût révéler quoi que ce soit de l'affaire de la télévision, s'empressait de la défendre.

Le surlendemain, Tancrède fut malade et resta à la maison. « Tu veilleras sur papa », dit Jeanne avant de partir chez la même cousine, fabriquer cette fois des fleurs en papier. Tancrède veilla si bien qu'il se fit bientôt le complice de son père. La puissance hypnotique de l'écran ne tardait pas à les transformer tous deux en ces limaces sur lesquelles les enfants versent du sel pour en faire de petites flaques orange.

Le 2 juillet, à l'heure des informations, André apprit l'indépendance de l'Algérie. Tancrède était assis sur le tapis et André dans son fauteuil de cuir noir. Tancrède demanda ce qu'était un référendum, André se leva sans répondre, le dos courbé. En tirant machinalement le bas de sa veste de pyjama, il entra dans son bureau, laissant la porte ouverte, et Tancrède entendit la voix trop forte de son père quand il parlait au téléphone, comme si malgré les fils et les opérateurs qui rendaient l'être absent plus proche que jamais, il restait une insurmontable distance à franchir. « Vanessa ? »

Henri fut arrêté quelques jours plus tard à Oran. Il avait été reconnu le 6 juillet par un cafetier qui, la veille, avait organisé une fête pour le jour national de l'indépendance. Il portait un fusil, mais personne ne l'avait vu tirer. Faute de preuves, il fut acquitté par le tribunal militaire : en septembre il rentra à Paris.

Ses parents dirent que leur fils les avait déshonorés aux yeux du monde, ils refusèrent de l'accueillir chez eux et exigèrent que toute la famille trouvât un autre logis. En réalité, ils ne supportaient plus la présence de Vanessa et des enfants, qui les « fatiguaient horriblement ». L'armée accorda une maigre solde à Henri, insuffisante pour subvenir aux besoins de la famille. Marguerite obtint d'André, en échange de quelques menus travaux manuels que ferait son gendre, qu'il les accueillît à la Villa dont le deuxième étage était inoccupé. « Vanessa refuse que je l'aide, même que je lui donne de l'argent », avait-elle dû expliquer. Jeanne, que la pensée de la charité adoucissait, accepta. Elle passait chaque semaine inspecter les chambres des enfants de Vanessa, en déplorait la saleté et le désordre et, en même temps, rappelait qu'elles étaient sur son territoire.

Henri et Vanessa reçurent quelques visites, beaucoup motivées par la curiosité plus que par la sympathie. Henri était devenu vindicatif, il assommait son auditoire de longs discours imprécatoires contre de Gaulle et ses compatriotes, entrecoupés de longs silences prostrés dont les visiteurs profitaient pour partir à l'anglaise après avoir laissé en maigre offrande quelques mots affectés à Vanessa. Henri était souvent sous l'emprise

de l'alcool. Ses soudaines crises de violence le faisaient frapper tout ce qui lui tombait sous la main,
enfants, meubles, portes, jusqu'à ce que Vanessa hurlât
et qu'il s'enfermât dans sa chambre en menaçant de se
tuer.

« Vous avez entendu ? » se disaient parfois André et
Jeanne, quand les cris parvenaient jusqu'à leur salon,
situé au-dessous de la chambre d'Henri. « Que voulez-
vous y faire ? » soupirait Jeanne, et elle reprochait à
son mari d'avoir introduit chez eux la « mauvaise
graine ». « Quel exemple pour les enfants », soupirait-
elle. Jamais André ne lui rappelait ses élans philanthro-
piques du début.

Henri ne cherchait pas de travail. Quand il n'était pas
violent, il restait allongé sur son lit, aboulique, ou assis
à son bureau, la tête dans les mains. Vanessa demanda
à ses amis et à la famille de son mari si une place pourrait lui convenir dans leurs entreprises et sociétés. On
lui répondit sèchement qu'il n'y avait pas d'embauche,
ou que le poste ne lui correspondait pas. Les plus honnêtes répondaient qu'ils ne pourraient consentir à engager un traître à l'armée française, qui plus est, à ce
qu'on entendait, « de santé fragile ».

« De santé fragile ». Vanessa avait bien pensé faire
soigner Henri, mais il avait mis le docteur Bradessus
dehors à grands moulinets de bras et refermé la porte
sur la mine terrorisée du médecin. La scène aurait pu
être drolatique s'il n'avait envoyé une bourrade sur
l'épaule de sa femme pour prix d'avoir laissé entrer le
docteur sans l'en avertir. Vanessa avait souffert du bras
pendant des semaines, le coup lui avait laissé une marque
violacée sur la peau.

Elle finit par lui trouver un emploi à mi-temps dans
une imprimerie tenue par des religieuses, spécialisée
dans les faire-part et invitations de la haute société, qui
se trouvait à quelques kilomètres de Rueil-Malmaison.

Tous les soirs, Henri récitait au dîner les textes qu'il avait imprimés dans la journée : « Le Comte et la Comtesse de La Motte Cassis, le Duc et la Duchesse de Mortemart, le Comte et la Comtesse Jean de La Motte Cassis, sont heureux de vous annoncer le mariage de leur petite-fille et fille, Antonelle, avec le marquis de Souzon. » Il roulait les *r*, allongeait les *e*, faisait claquer les finales, parfois même chantait le texte sur un air de corps de garde. Il y avait aussi les invitations aux soirées et aux bals. Il prenait la voix d'une jeune demoiselle, se parait de boas, d'écharpes imaginaires, de bijoux, et riait d'une voix étonnante de haute-contre. Il était à son meilleur pour les enterrements. Il affectait une mine sinistre, se plaçait debout près de la cheminée et débitait comme une longue procession funèbre la suite monotone et banale des gens qui exprimaient leur douleur et leur espérance dans la résurrection. Ces moments étaient les seuls où Henri faisait rire ses enfants et leur témoignait, en leur offrant ce plaisir, un peu d'affection. Parfois même ils outraient leur rire et leur enthousiasme, de peur que l'effet du spectacle perdît de sa saveur avec le temps et qu'Henri y renonçât, ne leur laissant que l'amertume de jours sans joie.

Parfois, Vanessa descendait chez son oncle et sa tante. Jeanne lui entrouvrait la porte et la laissait sur le seuil. Vanessa s'embarrassait dans ses frais avant de demander le bout de beurre, le gramme de farine ou de café qui avaient nécessité son passage. Jeanne refermait la porte et envoyait Thérèse à la cuisine. Elle remettait ensuite avec cérémonie un petit paquet à Vanessa, avec un ordre qui résonnait comme une menace : « Vous me rapporterez le récipient au plus vite. » Vanessa remontait l'escalier avec le fameux récipient, penaude, et l'envie véhémente de tout jeter par-dessus la rampe.

Vanessa finit par ne plus jamais mettre les pieds sur le palier de sa tante. Elle délégua ses enfants aux fonctions de mendicité. C'était en général l'un de ses jumeaux dont la bouille ronde et la conversation infantile attendrissaient encore Jeanne. Christiane aussi avait ses bonnes grâces parce que Tancrède aimait beaucoup jouer avec elle. Ils restaient des heures dans la chambre du garçon, protégés des rythmes familiaux et de l'agitation domestique par les épaisses cloisons tapissées d'un drap pourpre. Personne ne s'y aventurait sinon Thérèse, le matin à huit heures pour porter son chocolat chaud à Tancrède, et Félicité qui venait y faire le ménage. Elle était si soigneuse et discrète que Tancrède et Christiane retrouvaient à leur grande satisfaction tous leurs jouets à l'endroit où ils les avaient laissés la veille, même lorsqu'ils étaient par terre, seulement mieux ordonnés, harmonieusement placés les uns par rapport aux autres selon un mystérieux nombre qui commandait l'esprit de Félicité en toute chose qu'elle accomplissait, de la mousse de figues à l'amour qu'elle faisait avec un sens naturel du rythme et une perfection gestuelle qui comblait Jules.

Christiane et Tancrède auraient pu passer leur vie dans cette pièce aussi sombre que le couloir qui y conduisait. On aurait dit l'alliance curieuse de la grotte de Linderhof et des intérieurs de l'Empereur en campagne. Les soldats de plomb s'y mêlaient aux atlas, aux plans de stratèges, aux drapeaux et aux déguisements. Ils s'y enfermaient tous les jeudis, les samedis et les dimanches, après la messe, quand Tancrède ne sortait pas.

Ils jouaient à répéter inlassablement ensemble les mots les plus communs, *table, chaise, commode, déjeuner*, jusqu'à ce que leur signification se décolle du son et qu'ils errent comme des phonèmes libérés, suspendus à un néant de sens dont ils jouissaient en même temps qu'il les terrifiait. Christiane contemplait souvent avec un effroi fasciné une grande gravure accrochée au-dessus du lit. La Vierge y était représentée, les yeux clos, les mains jointes, les pieds nus posés sur le globe terrestre qu'enserrait un serpent aux écailles luisantes dont la tête revenait vers l'avant et lançait en l'air un sifflement denté. Après cette contemplation, elle se dévouait aux livres édifiants de la comtesse de Ségur dont il y avait toute la collection sur les rayonnages de la bibliothèque. Elle goûtait les moindres supplices réservés aux « mauvais sujets » dont elle montrait les illustrations gravées à Tancrède en frissonnant devant les corps des enfants désobéissants : les brûlures du méchant Alexis, les cheveux inondés de Sophie, les fessées du bon petit diable, les vomissements des gourmands. Elle en simulait parfois l'ingénieuse mise en scène sur Tancrède qui se soumettait à ses fers rouges, ses pinces et ses flammes. Elle les faisait naître de ses doigts aux articulations saillantes, elle brandissait des couteaux imaginaires dont elle s'emparait avec la robustesse de la Judith d'Artemisia Gentileschi, bouchère appliquée à la découpe des tyrans, éclaboussée de sang, au-dessus du corps de son cousin dont l'âme fuyait ailleurs, dans les bois bienveillants et lumineux de quelque pays celte aux pierres gravées d'inscriptions mystérieuses évoquant la paix, l'harmonie, la sérénité. Mais Tancrède déjouait vite les instincts sadiques de sa cousine, car sa morbidité était moins mêlée de plaisir que d'une révolte passionnée contre l'injustice et la cruauté des hommes, l'orientant vers la vie et son exaltation, même douloureuse, quand Christiane restait à la lisière de son cimetière intérieur, plein de membres souffrants et de damnations infinies.

15

Le château de Janville était une folie du XVIIIe siècle dissimulée dans les bois, contournée d'escaliers en pierre accédant aux tours adjacentes, percée de hautes fenêtres à volets blancs qui ouvraient sur des balcons à colonnades. Les Plessis l'avaient acheté après que le vieux château de Plessis, sis sur un mont rocailleux en pays vaudois, eut brûlé en 1730, ne laissant qu'une ruine.

Henri et Vanessa n'y étaient pas allés depuis leur mariage. Les Plessis les convièrent à passer une semaine estivale, deux ans après le retour d'Henri, « par pitié pour leur fils », disaient-ils à leurs amis, ce qui leur valut bientôt une réputation de bons Samaritains. Henri avait exprimé un désir vif et lucide, arraché au trouble permanent de son esprit, d'y retourner. Les Plessis ouvraient chaque année leurs portes à leurs amis à la fin du mois d'août. C'était une succession d'activités et de repas. Tir au pigeon, concours de tennis et de golf, tir à l'arc, jeux de croquet, de quilles, de boules, occupaient les hôtes du matin au soir. « C'est divin ! » s'exclamait invariablement Madame de Plessis dès qu'elle croisait l'un de ses invités, avant même qu'il eût formulé le compliment ou le remerciement qu'elle avait vu perler à sa bouche.

Madame de Plessis attribua à Henri et Vanessa une chambre au deuxième étage, à laquelle on accédait par la porte de la cuisine, sur le flanc de la maison. La chambre était également accessible par l'escalier principal, mais Madame de Plessis recommanda à la famille de toujours passer par l'escalier de service pour ne pas troubler les invités. Les enfants occupaient deux chambres contiguës à celle de leurs parents. « Vous me ferez le plaisir de prendre un bain et de changer de vêtements pour les repas. Ce n'est pas un camp de romanichels ici », dit Madame de Plessis à Vanessa en voyant Christiane, Pierre, Vianney et Vincent, le dernier de la fratrie, âgé de neuf ans.

Vanessa, qui était enceinte, espérait que la santé d'Henri se trouverait fortifiée par ce séjour à l'air de la campagne. Mais à peine arrivé, au lieu de passer la maison en revue, d'arpenter les bois en quête de champignons poussés à la faveur d'une pluie, de jouir sur le perron de la douceur des brises, comme il avait échafaudé de le faire pendant le long trajet de voiture qui les avait conduits de Paris à Janville, il s'enferma dans la chambre sans même laisser Vanessa y poser sa valise. Derrière la porte, elle l'entendit marcher de long en large et s'arrêter brusquement en faisant gémir les plinthes du parquet, pousser de longs soupirs et repartir dans sa marche inlassable.

« Où donc est Henri ? dit Madame de Plessis lorsque Vanessa descendit seule une heure plus tard au salon. Je voudrais lui présenter notre compagnie du jour. Il n'a pas vu nos amis depuis bien trop longtemps. Allez donc le chercher avant que la partie commence », commanda-t-elle. Puis elle retourna à la terrasse où l'on servait le café. Vanessa vit, par la porte-fenêtre qui ouvrait sur le jardin, des invités en vêtements blancs. Ils arpentaient lentement les labyrinthes des pelouses, une tasse à la main. D'autres, sur la terrasse de gravillons, devisaient, immobiles, légèrement appuyés sur le manche d'une raquette posée contre leur jambe. Au fond du jardin, près des rosiers, des kiosques abritaient les buffets du déjeuner. Vanessa remonta dans la chambre en prenant soin de passer par la cuisine, une main sur son ventre rond. « Henri, Henri », chuchota-t-elle en frappant doucement à la porte. Mais Henri ne répondait pas. « Henri, écoute-moi », dit-elle, la joue collée au bois. Elle n'entendait plus rien, ni craquements ni soupirs plaintifs. Elle secoua la poignée. La porte céda sans effort. Henri était couché sur le ventre, le couvre-lit plié entre ses jambes. Il n'avait pas même ôté ses chaussures. Ses coudes étaient remontés au niveau de ses épaules, ses doigts légèrement ouverts. Vanessa voyait les ailes de son nez se nacrer quand il inspirait, paisiblement.

Christiane emmena ses frères se promener dans les allées de terre brune du jardin. Vincent était excessivement timide. Il ne lâchait pas la main de sa sœur. Ils passèrent parmi les belles silhouettes blanches comme ils auraient marché entre des statues antiques, émerveillés, l'œil attiré par un mollet musclé à la peau fine ou un poignet portant un bracelet d'or, une nuque dégagée par un nœud de velours bleu laissant échapper des cheveux dorés. Les enfants ne remarquaient pas les regards surpris et inquisiteurs qui se posaient sur eux tant ils étaient absorbés par la contemplation de ces êtres, pour eux étrangers au monde. Oui, ces êtres étaient sans aucun doute des demi-dieux, faits de lumière et d'eau, non de chair et de sang. « La progéniture d'Henri, regarde », entendaient-ils autour d'eux. « Qu'ils sont sales… », chuchotaient des voix nasillardes. Les garçons les entendaient, mais leur amour-propre n'en était pas atteint. Ces voix confirmaient leur bonheur à fouler la terre que les dieux habitaient, à respirer leur odeur, à mettre leurs pas dans les leurs.

L'œil enflammé, le cœur en chute libre, Christiane se retourna plusieurs fois sur des sifflements moqueurs. Elle tira plus vigoureusement la main de Vincent, engagea ses frères à ne pas écouter et à marcher plus vite. Ils contournèrent les buis qui bordaient le jardin et arrivèrent près du buffet. Ils n'avaient rien mangé depuis leur départ matinal, et il était déjà trois heures passées. On servait encore toasts, œufs brouillés, caviar, poulet en gelée, crudités, fromages et desserts devant lesquels Pierre, Vianney et Vincent se tinrent en arrêt. Ils se servirent des assiettes pleines de caviar et œufs, gelée et confiture de cassis, pain et fromages coupés en épaisses tranches maladroites, et les posèrent une à une sur l'herbe où ils s'installèrent pour banqueter, car ils n'osaient pas s'asseoir aux tables disposées autour des kiosques, où quelques êtres en blanc continuaient leurs discussions.

Demeurée seule au buffet, Christiane regardait les plats qui s'étalaient devant elle, largement entamés, massacrés parfois par les coups empressés de louche ou de fourchette. Le plat de fromages décoré de feuilles de vigne était seul encore abondant. Christiane avait déjà pris une assiette et s'apprêtait à creuser le fond d'un stilton lorsqu'elle sursauta. « Vous devez avoir faim, mademoiselle », dit dans son dos une voix qu'elle ne connaissait pas. Elle posa l'assiette et se retourna. Un jeune garçon de son âge, peut-être plus vieux, seize ans au plus, en blazer cintré bleu marine et même pantalon blanc que ceux des figures immobiles qu'elle venait de croiser avec ses frères, la regardait de sous sa mèche. Les mains dans les poches, les pieds légèrement écartés en chaussures de golf, il ressemblait à ces gravures de mode que Christiane découvrait dans les magazines féminins qu'elle dérobait à sa mère. Il s'approcha d'elle et lui tendit la main.

« Mon nom est Charles Schlecher. » Christiane prit la main du garçon qui glissa aussitôt de ses doigts avec la moiteur d'un mollusque. « Qu'est-ce qui vous ferait plaisir ? » ajouta-t-il avec un sourire oblique. Il regardait le buffet. Christiane lui trouva quelque chose de guindé malgré son apparente affabilité. Elle reprit l'assiette qu'elle avait soudainement lâchée. Charles s'empara d'un long couteau à la fine lame. « Eh bien ? » dit-il en la regardant, le couteau suspendu au-dessus des fromages. Elle fit un signe vers la tour décapitée du stilton. La chair du fromage glissa avec facilité contre l'argent.

« Vous jouez au tennis ? » demanda Charles à Christiane en posant une tranche de pain dans son assiette. Elle plissa les yeux comme si elle réfléchissait. « Bien sûr, oui, mais j'ai fait une mauvaise chute l'hiver dernier… » Elle n'aurait su dire quelle pulsion l'avait poussée à mentir. Christiane n'avait jamais pris une leçon de sport de sa vie, en dehors de la gymnastique minimaliste que l'on pratiquait à Notre-Dame-de-l'Incarnation en jupe-culotte bleu marine. Elle ne savait ni nager, ni courir sans s'essouffler aussitôt, encore moins pratiquer un jeu tel que le tennis. « Je comprends, dit aussitôt Charles en posant sur elle un regard compréhensif. Évidemment, le tennis est un sport peu bénéfique aux articulations. » Christiane resta silencieuse, la réponse de Charles l'avait déroutée. « Mais vous n'êtes pas opposée à ce que nous soyons voisins au spectacle du tournoi », dit Charles. Christiane secoua la tête. « Je suggère que nous nous tutoyions », ajouta Charles en prenant le bras de Christiane, ce qu'elle trouva un peu ridicule, bien qu'elle ne pût que se laisser faire. Elle n'avait vu des garçons vouvoyer des filles et leur prendre le bras que dans les histoires de la Bibliothèque Rose.

Ils allaient quitter le jardin pour se rendre au tennis lorsque des cris indignés jaillirent derrière eux, à l'endroit même où les trois frères de Christiane avaient installé leur dînette. « Quels sauvages ! » hurlaient les voix. Christiane accourut. Elle distingua, au cœur d'une ronde blanche qui tournait en bourdonnant, ses frères assis dans l'herbe, les yeux levés vers leurs accusateurs. Dans l'allée au bord de laquelle ils étaient assis, on avait tracé de larges traits qui ressemblaient à des lettres profondément creusées dont le fond était jonché de petites formes blanches et grises, comme les pièces d'un jeu, qui n'étaient autres que les bouts d'os de poulet que les garçons avaient rongés jusqu'au dernier tendon. « Qu'avez-vous donc fait ? » grondait Madame de Plessis. Lorsque Christiane fut à la hauteur des têtes de la ronde, elle entendit de nouveau les murmures des mêmes voix nasillardes. « Quelle honte, ces enfants, des sauvages oui, des Hurons », disaient les voix distinctement à quelques centimètres d'elle. Elle aperçut alors, entre les bras nus et les épaules bronzées, les jumeaux qui se relevaient et donnaient la main à Vincent. Elle fut surprise qu'ils ne pleurent ni ne baissent les yeux comme ils le faisaient lorsque leur père les réprimandait ou les frappait. Non, leur regard levé était effronté. C'était comme si les quelques secondes qui avaient permis à Madame de Plessis, alors qu'elle appelait les retardataires, de se retourner sur les enfants, de blêmir, de hurler, c'était comme si cette succession nécessaire de stimuli et de réactions avait suffi aux trois garçons pour prendre la pleine conscience d'eux-mêmes, du monde et de ses intérêts. Ils se tenaient sur leurs deux jambes et leurs yeux vifs sondaient le cercle qui les cernait. Madame de Plessis explosait, excitée par la manière dont ils soutenaient du regard ses reproches. Christiane examina les traits qu'avaient tracés ses frères, essaya d'y lire un mot ou une phrase, mais il n'y avait rien à déchiffrer. Elle se dit que c'était là peut-être une raison supplémentaire à la colère de sa grand-mère. Ces enfants avaient-ils même le langage commun ? Christiane fendit la ronde des badauds. « Allons », dit-elle aux jumeaux en leur tapant l'épaule familièrement, comme si rien n'avait été grave. « Dites pardon, ramassez tout cela et allez jouer. » Elle prit la main de Vincent. Pierre et Vianney se lancèrent de furtives œillades, ils ricanaient doucement et se mirent à effacer de leurs mains leurs marques et à rassembler l'ossuaire qu'ils avaient dispersé. « Il est temps de commencer le tournoi », dit Madame de Plessis en faisant une demi-volte.

16

Le soir, Henri descendit une heure avant le dîner pour se joindre aux invités. Son sommeil, si paisible qu'il eût paru à Vanessa, avait été lourd et sans rêves. Vanessa, assise dans une bergère au large dossier, basse et profonde, en face du lit, l'avait observé tout l'après-midi par éclipses, car elle aussi s'était assoupie, sans s'absenter entièrement. Un mouvement d'Henri, un bruissement de feuilles soudain prises par le vent, sa propre respiration raccourcie par la vigilance qu'elle s'imposait suffisaient à la rappeler à la chambre, au lit, au visage de son mari endormi. Lorsqu'il s'était réveillé, il avait ouvert les yeux sur la fenêtre que retenait l'espagnolette. « Bonsoir, Henri », avait seulement dit Vanessa. Il l'avait vue assise dans la bergère, les jambes croisées, les bras posés sur les accoudoirs telle une petite fille sur un siège trop grand. Il avait gardé la tête baissée comme si la lumière de cette fin de journée d'été avait été encore trop forte. Vanessa l'avait laissé s'habiller. Elle avait déposé son uniforme sur une chaise.

Henri montra ce soir-là un visage affable et parfois même spirituel. La compagnie se pressait pour le saluer et échanger quelques mots. Le jeune Charles s'approcha de lui, une coupe de champagne à la main, sans cesser de sourire. Tous ceux qui étaient présents avaient pourtant condamné l'attitude d'Henri à la fin des « troubles algériens », comme on disait. Ils ne lui auraient pas manifesté un tel intérêt s'ils n'avaient eu à choisir entre leurs convictions et leur coterie, car les Plessis avaient soigneusement rayé de leurs listes ceux qui avaient exprimé leur réprobation envers la conduite de leur fils. Leurs amis n'avaient eu de convictions que celles qui étaient nécessaires à leurs fréquentations. « Pourtant, ils l'ont bien mis à la porte », se disait-on à propos de la manière dont les Plessis avaient chassé leur fils de leur hôtel parisien. Madame de Plessis avait alors sciemment anticipé les critiques : « Mon fils est un original. Il n'a pas épousé la femme qu'il lui fallait… Elle le rend fou. Ce n'est pas lui dont je ne veux pas, pensez-vous… C'est sa femme et ses enfants ! » avait-elle proclamé à qui savait répéter les rumeurs le plus vite.

La bonté dont on disait qu'elle faisait preuve envers son fils était en réalité due à l'inquiétude qu'il pût nuire à son statut social. Elle préférait en faire une victime, tout en le gardant à distance et sous contrôle, plutôt que de le rejeter sans appel, car, après tout, comme elle le soulignait à l'intention de son époux dans l'intimité : « C'est un Plessis. »

À chaque question qu'on lui posait, Henri explosait d'un rire tonitruant dont la brutalité n'échappait pas à l'oreille attentive. Il était joyeux, allait de groupe en groupe dans le salon de musique où l'apéritif était servi. Il se mit même au piano et joua quelques morceaux qu'il avait appris enfant. Des femmes en robe longue se placèrent autour de l'instrument et l'écoutaient, les yeux mi-clos, comme si elles appréciaient le son et le timbre particuliers de son jeu, alors qu'il jouait sans finesse, avec les mains du *Gai Laboureur* dont il exécutait les accords tels des sillons grossièrement tracés.

Christiane et les jumeaux étaient appuyés au mur, près de la porte du salon. De temps en temps, ils échangeaient un mot, puis replongeaient dans le spectacle coloré qu'offraient les invités. Vanessa leur avait ordonné de se présenter auprès des convives, mais ils n'avaient pas quitté le mur. Henri était encore assis sur le tabouret du piano et échangeait avec ses admiratrices des banalités sur les morceaux qu'il avait joués. Son visage avait rougi, il parlait fort, interpellait Charles pour qu'il lui apporte une coupe de champagne ou un verre de porto. « C'est un personnage, ton père », dit Charles à Christiane en passant près d'elle, un verre à la main. « Eh bien, Christiane, on ne fait pas la jeune fille de la maison ? » lui lança Henri en saisissant le verre que lui apporta Charles. Elle était restée contre le mur. Elle regarda son père avaler la première gorgée de son verre, son visage taurin égayé par l'alcool, ses épaules musculeuses, son torse disproportionné. Elle ne répondit pas. « Allons dehors », dit-elle à ses frères. Ils s'apprêtaient tous trois à sortir par la porte-fenêtre qui ouvrait sur le jardin que quelques photophores éclairaient déjà, bien que le soir n'eût pas encore obscurci la campagne. Une voix les arrêta net sur le pas. « Où allez-vous ? » Les trois enfants se retournèrent. C'était Henri qui les appelait du piano, les mains sur ses cuisses, son pantalon trop court remonté sur ses chaussettes. « Venez, disait-il en les appelant à lui par des flexions de ses phalanges. Venez donc, que je vous présente. » Christiane, Vianney et Pierre s'approchèrent de leur père. « Eh bien, mes garçons… », annonça Henri en posant ses mains sur les épaules des jumeaux. Il parlait de plus en plus fort, si bien que tous les invités qui se tenaient dans la pièce cessèrent leurs discussions pour se retourner vers le piano.

Henri regardait tour à tour ses fils et les dames, la bouche ouverte, sans plus savoir que dire. Les dames attendaient la suite, souriantes. Vanessa, qui s'était aussi approchée par curiosité, voyant le visage d'Henri se pétrifier, ajouta : « Ils sont jumeaux, de vrais jumeaux. »

257

Les exclamations fusèrent, des mêmes lèvres qui tout à l'heure s'étaient moqué des enfants dans le jardin. Pierre et Vianney rougirent et tentèrent d'échapper à la prise paternelle. « Viens sur mes genoux », dit Henri à Vianney en le tirant par la manche. Vianney, sans cesser de regarder le sol, résista. « Non », gémit-il. « Quel capricieux tu fais, murmura Vanessa à son oreille. Vas-y, et vite », ajouta-t-elle en le poussant vers les bras de son père. À treize ans, Vianney était déjà un garçon d'un mètre soixante-cinq. Un fin duvet lui tenait lieu de moustache, ce qui lui valait en classe les moqueries de ses camarades. Mais il n'avait pas osé demander à sa mère qu'elle lui achetât un rasoir. Malgré sa pilosité brune, sa tignasse épaisse était blonde. Ses yeux bleu délavé lui donnaient quelque chose de féminin. Il s'approcha des jambes serrées de son père et s'assit sur ses genoux, comme Henri l'y invitait par les mêmes tremblements des doigts avec lesquels il les avait convoqués près de lui. Son père le saisit par la taille et serra ses fesses contre son ventre. Vianney baissait les yeux. On aurait vu un condamné à quelque ancienne peine afflictive, en partie dénudé. « Et voici ma fille », dit Henri en montrant Christiane. Il serrait la taille de Vianney qui, les bras ballants, s'abandonnait à son humiliante posture. Christiane regarda son père et les invités autour d'elle. On ne manifesta pas le même enthousiasme à sa vue qu'à celle des jumeaux. On demanda son âge et où elle était scolarisée. « Notre-Dame-de-l'Incarnation, un excellent établissement », soulignait-on dans un confus murmure.

Vianney, libéré des regards, glissa des genoux d'Henri et, dans un coin de la pièce, ferma furtivement le col de sa chemise. Un masque de tristesse recouvrait son visage. « Ne me touche pas », dit-il en rejetant la main affectueuse que Pierre posa sur son épaule.

Le dîner était servi dans l'immense salle à manger qui ouvrait sur le bassin du parc. On avait ajouté à la longue table d'acajou six petites tables rondes. Malgré leur proximité d'âge, Madame de Plessis n'avait pas placé Charles et Christiane à la même table : il était en compagnie de cinq jeunes gens, elle était assise avec ses frères à une table séparée que l'on appelait la « table des enfants ». Charles faisait la conversation aux jeunes gens avec aisance. Il savait déjà s'entretenir de maisons, de jardins, de meubles anciens, d'investissements immobiliers, et ponctuait le tout de courtes références littéraires ou politiques qu'il glanait dans les mondanités. Christiane, de sa place, pouvait l'observer.

Un chef à haute coiffe avait annoncé que le dîner, servi par une nuée de maîtres d'hôtel en queue-de-pie, serait italien. On apporta en entrée un risotto aux fruits de mer, puis des écrevisses, du veau au parmesan, des glaces. Pierre, Vianney et Vincent s'exclamaient à chaque plat, tentaient de deviner ce qu'il y avait dans leur assiette. Ils finissaient par manger de bon appétit ; leur faim n'attendait pas la saveur du savoir. Christiane, bien qu'elle se sentît affamée, fut rassasiée dès les premières bouchées. Elle observait la table, voisine de la leur, où son père et sa mère étaient assis en compagnie de trois autres couples. Vanessa était la moins habillée des femmes de la soirée. Les tentatives qu'elle avait faites pour arranger ses cheveux en chignon et se maquiller les yeux la vieillissaient. Les coutures usées et le col à la teinte passée de son tailleur noir en trahissaient l'âge.

Henri, à côté d'elle, n'avait pas perdu sa verve. À la lumière de la bougie qui éclairait la table, il paraissait plus massif encore. Christiane le vit poser sa main sur la cuisse de Vanessa. Il la pétrissait comme une pâte, discrètement, sans cesser de s'adresser aux convives. Vanessa semblait regarder ailleurs, comme si rien à l'instant ne suscitait son attention. « Tiens-toi droite, ou papa va te filer une rouste », s'exclama Pierre en voyant Christiane affaissée sur ses coudes. Elle avait repoussé son assiette pour mieux prendre appui sur la table. « Papa…, avait dit Vianney. Papa… Je le hais. » Mais personne ne l'entendit.

Après le dîner, les invités passèrent au salon ; le maître d'hôtel offrait cafés et digestifs. Une odorante boîte à cigares circula entre les hommes. Charles, un verre de cognac à la main, quitta les jeunes gens avec lesquels il avait continué la conversation, et alla vers Christiane. Elle s'était assise près de la cheminée sur un tabouret en bois qui servait de hausse-pieds.

« Viens », dit Charles à Christiane. Son ton était impérieux. « Que veux-tu ? lui dit-elle. – Je veux te montrer quelque chose, viens donc », insista-t-il. Ils sortirent par une porte qui donnait sur une pièce sombre. Elle paraissait étroite à cause de ses teintes vertes dont Madame de Plessis se vantait d'avoir retrouvé toutes les nuances, du vert anglais au vert anis, en passant par le véronèse, l'amande, le bouteille, l'eau, le gris, et bien d'autres encore dont elle savait sans hésiter reconnaître le modèle. Christiane trouva l'ensemble légèrement écœurant.

Elle regarda une gravure, au-dessus du canapé, qui représentait l'incendie de Plessis. Des petits personnages au premier plan, accoudés à des balustrades, costumés et masqués de loups, observaient la vallée en flammes dans les brèches desquelles on apercevait un pan de mur, une meurtrière, un fragment de rempart. Charles s'était placé à son côté et regardait avec elle. « C'est pas mal fait, observa-t-il.

– Pourquoi sommes-nous ici ? dit-elle. Retournons au salon. » Elle était fatiguée et impatiente.

« Non, pas tout de suite, répliqua Charles. Viens. » Il sortit d'un tiroir de la coiffeuse qui faisait face à la gravure un collier de diamants présenté dans un coffret de velours bleu. Les diamants étaient sertis dans des chatons de fleurs obliques, qui, de l'une à l'autre, formaient un ruban serpentin. « Touche-le, tu verras », dit Charles en prenant le bijou entre ses doigts.

« Non », murmura Christiane. Elle recula. Charles s'approcha d'elle, lui prit la main, puis la taille. « Tu me dois quelque chose, non ? » lui murmura-t-il en l'attirant à lui. Elle se laissa faire. Elle était un peu plus petite que lui. Elle sentit sa poitrine toucher la chemise de Charles. Elle lui donnait raison de son étrange commerce. Il l'embrassa sur l'oreille, glissa ses lèvres contre sa joue. « Ça suffit, gémit-elle.

– Allons, on voit que tu aimes ça, derrière tes airs de souillon. » Il soufflait à son oreille, la retenait. Il l'embrassa sur le coin de la bouche, puis sur la bouche entière dont il essaya d'entrouvrir les lèvres.

« Laisse-moi », cria-t-elle en le repoussant.

On ouvrit la porte du boudoir. C'était Vianney. Il se tint sur le seuil, surpris. « Tout le monde vous attend. C'est l'heure du concert », dit-il enfin. Christiane sortit la première. Dans le salon de musique, elle s'assit à proximité de la fenêtre. Elle ne se retourna pas, attendant que son cœur se calme avant d'observer la pièce autour d'elle. Charles, un sourire flottant aux lèvres, se tenait debout près de la cheminée. Vianney, assis à quelques chaises d'elle, regardait les instrumentistes accorder leur violon ou leur violoncelle sur la note que leur donnait le pianiste. L'assemblée était concentrée et, malgré l'attente qui se prolongeait, restait silencieuse. Lorsque le pianiste attaqua le premier accord, Christiane ferma les yeux.

La semaine vit alterner les concours et les récompenses, les buffets féeriques et les repas luxueux. Charles était parti deux jours après la tentative du boudoir. Christiane ne lui avait plus parlé, il ne lui avait plus proposé de nouvelles découvertes. Il avait fait comme si elle n'existait plus, la saluant à peine. Elle l'avait surpris, en entrant discrètement dans le salon comme à son habitude, riant grassement parce qu'un invité disait à son propos qu'elle ressemblait à une fermière des Vosges et que, « dans un passé pas si éloigné, elle aurait fini dans le lit de son seigneur. Que voulez-vous, ces Argentières, il n'y a plus grand-chose à en attendre. C'est, comme on dit, *une fin de race* ». Charles avait hoché la tête sans cesser de rire. « Je crois que les cousines sont buvables. Et ce sont elles qui ont le château, n'est-ce pas ? » Il avait ri de nouveau. C'était la seule fois qu'elle avait perçu chez lui un mouvement naturel. Elle était ressortie aussi discrètement, avait couru jusqu'au jardin, était restée devant les rosiers en attendant que son cœur reprenne son rythme.

Henri, malgré la bonne humeur qu'il avait manifestée le premier soir, retomba dans une mélancolie qui lui fit garder la chambre le reste du séjour. Vanessa, dans la bergère, le veillait. Il arrivait qu'elle s'endorme et qu'ils se réveillent au même instant, peut-être lointainement alertés par l'affleurement de l'autre à la conscience. Madame de Plessis tenta à plusieurs reprises de voir son fils, mais Vanessa, suivant en cela les ordres d'Henri, s'opposa à ses velléités. « Tout cela est votre faute, disait Madame de Plessis. Vous avez fait de mon fils… Comment dirais-je… Une loque, oui, une loque ! Quant à vos enfants… », ajoutait-elle méchamment du bas de l'escalier dont Vanessa lui barrait le passage. Elles se tenaient l'une en face de l'autre. Vanessa serrait les dents, regardait frontalement sa belle-mère, cherchait audacieusement ses yeux maquillés et ne disait rien. « Ils me font honte », ajoutait Madame de Plessis en battant retraite. Elle avait appuyé chaque syllabe avec soin.

Vanessa, tremblante, la voyait repartir. Son regard la suivait jusqu'à ce qu'elle disparaisse derrière un retrait de mur ou dans un reflet de miroir, laissant le couloir, le renfoncement obscur de la cage d'escalier, les marches de bois où Vanessa se tenait, à leur intimité silencieuse. À pas menus, Vanessa remontait à la chambre.

Janville s'enfonçait dans des brumes prématurément automnales lorsque Henri et Vanessa s'en allèrent. « Il va pleuvoir », dit seulement Vanessa en regardant le clair-obscur des nuages amoncelés au-dessus des bois. Et puis elle se tut, laissant les enfants à leurs causeries. Quelques jours après leur retour, sans doute du fait du long voyage, Vanessa accoucha prématurément d'une petite fille, que l'on appela Madeleine.

17

En cette année 1966, Marguerite tomba dans l'escalier. On ne sut jamais si elle avait trébuché par inattention ou par fatigue, ou si elle avait pu avoir un malaise. Elle-même se refusait à parler de l'incident autrement que d'une « bêtise ». La « bêtise » voulut qu'elle eût la hanche fracturée. On l'opéra, il y eut des complications. Elle resta plusieurs semaines dans une maison de repos en Normandie où, écrivait-elle dans des lettres à ses amies, « mêmes les mouettes ont des pulsions suicidaires ». Elle rentra chez elle un soir, sa fine silhouette penchée sur une canne, plus hautaine que jamais. « Voilà l'ancêtre », disait-elle pour annoncer son entrée dans les salons où elle reprit ses visites. « Un pied dans la tombe, une main dans les macarons », ajoutait-elle à l'intention des serveurs qui approchaient aussitôt leurs plateaux. Il fallut engager une vieille dame de compagnie du nom de Violette, que Marguerite baptisa sournoisement Duduche, parce qu'elle était aussi grosse et maladroite que Violette Leduc, dont Marguerite avait lu tous les livres, était gracile et intense. Tout le monde finit par appeler la pauvre créature Duduche, à l'exception d'André et Jeanne qui louaient le dévouement de cette femme à qui Marguerite n'épargnait aucune humiliation. « Passez donc devant moi, Duduche, si je tombe, ce sera au moins sur quelque

chose de mou », disait-elle chaque fois qu'elle entre-
prenait de descendre les escaliers.

André eut l'idée de fêter Noël à la Villa car Marguerite n'avait pu partir pour Biarritz avec Vanessa, Henri
et leurs enfants, comme elle en avait l'habitude. « Avec
tous ces gamins, ce sera compliqué », protesta Jeanne.
Mais André ne voulut rien entendre. En échange, il assura
que les choses seraient « simples ». Il demanda à Jules
d'ouvrir pour l'occasion les salons d'apparat qui ne
l'avaient pas été depuis la vente de la bibliothèque, il y
avait déjà plus de vingt ans. Jeanne n'aimait pas ces
pièces. Elle les trouvait froides, malcommodes. La cuisine, qui servait d'office, n'avait pas non plus été utili-
sée depuis le temps de Jean-André. Félicité et Thérèse
passèrent de longues heures à en chasser la poussière,
les cadavres de cafards et les odeurs de renfermé.
L'ensemble exhalait une odeur incommodante. Quelques
cafards bien vivants se promenaient entre les vieux torchons accrochés au buffet immense dans lequel la vaisselle était rangée, enveloppée dans du papier journal.
« Boudiou ! » s'exclama Thérèse, en constatant le travail qu'il lui restait à faire.

Jeanne avait acheté de longs rouleaux de papier cadeau,
des assiettes en carton, des couverts en plastique, et
quelques décorations qu'elle accrocha au lustre à l'aide
de Thérèse. « Ça va être joli », disait Thérèse perchée
sur une chaise, en attrapant les guirlandes et les boules
que lui passait Jeanne.

Pour que les choses soient « simples », Jeanne donna
congé pour la première fois à Félicité et Thérèse. Les
deux femmes n'avaient pas d'autres amis que les domestiques du faubourg Saint-Honoré, qu'aucune mesure
sociale interne au quartier n'avait encore soustraits au
service de la Nativité. Dépitées, elles passèrent la soirée dans leur chambre à regarder la télévision en mangeant des chocolats qui leur avaient été offerts longtemps

auparavant, et qu'elles avaient conservés dans une malle, avec toutes sortes d'objets inutiles, dont certains dataient même de leur enfance.

La salle à manger était décorée des peintures que Pierre de Cortone avait réalisées pour le palais d'un noble florentin. Elles représentaient les scènes les plus poignantes du *Roland furieux*. Peu de catalogues en faisaient mention dans les œuvres du maître, car elles étaient toujours restées aux mains de riches propriétaires qui n'avaient jamais ouvert leurs intérieurs au public. Elles étaient entrées en possession des Argentières par le mariage, en 1801, du jeune marquis avec une Italienne descendante du condottiere mécène de Cortone, et qui, dans sa dot, avait apporté tout le salon du maître, acheminé de Florence à Paris par un convoi spécial de dix voitures surveillées chacune par deux cavaliers.

Le père de Jean-André avait fait restaurer les peintures et avait souvent reçu des amateurs dans cette pièce, sûr que ses hôtes sauraient apprécier l'enthousiaste vigueur de ces toiles dans lesquelles on sentait réunis le vibrato joyeux de Titien, le coloris du Tintoret et la dramaturgie du Caravage. Depuis, plus personne ne s'était intéressé à elles. Jean-André, comme ses filles, n'aimait pas le XVIIᵉ siècle. « Le XVIIᵉ a un triste goût de Rancé », disait malicieusement Marguerite, guettant l'étincelle d'indignation qui passerait dans les yeux de son interlocuteur. Tout juste un riche industriel américain féru d'art français avait-il demandé à voir les toiles dix ans auparavant, à l'étonnement d'André qui l'avait laissé seul dans la salle à manger le temps de terminer un dossier, puis l'avait invité à déjeuner dans une brasserie pour parler cours du dollar et investissements américains.

Jeanne fit elle-même réchauffer, dans les grands fourneaux de la cuisine, les dindes farcies achetées chez le boucher. Elle avait commandé des salades de pommes de terre à l'huile, des boîtes de marrons en conserve chez l'épicier, et des bûches individuelles chez la boulangère, faites d'un mélange de pâte d'amande et de biscuit. Elle avait décliné l'aide de Vanessa et Jacqueline sous le même prétexte que les choses seraient « simples », parce qu'elle ne souhaitait pas voir ses nièces fouiner dans sa maison. Chantal et Tancrède scotchèrent le papier aux motifs de houx sur la table d'acajou à laquelle on avait accolé ses rallonges, et Odile mit le couvert avec les assiettes en carton rouge et les coupes à champagne en plastique.

Marguerite arriva la première au bras de Duduche qui, en plus de soutenir son pas défaillant, portait des sacs volumineux de cadeaux. « Mon Dieu, ma pauvre Jeanne, auriez-vous donné tout le service Habsbourg aux Petits Frères des pauvres ? » s'exclama-t-elle à la vue de la table de plastique et de papier. « Comme c'est charmant ! On se croirait dans un conte d'Andersen », ajouta-t-elle en s'asseyant. Puis Vanessa surgit avec ses cinq enfants. Christiane avait les bras chargés d'une multitude de petits paquets qu'elle alla poser dans le salon, au pied de l'arbre qui déployait ses courtes branches artificielles et enneigées vers le plafond. Elle portait une courte robe en laine et d'épais collants, les trois garçons des blazers au blason doré et des cravates à motifs écossais que Vanessa avait achetées dans quelque braderie d'association pour la noblesse française. Tous regardaient timidement Jeanne. « Eh bien, dites bonjour à votre tante, et merci, car sans elle, il n'y aurait pas eu de Noël », s'écria Vanessa. Chaque enfant s'exécuta et déposa un baiser sur la joue de Jeanne. Vanessa ajustait, d'un air agité, plis de jupe et nœuds de cravate.

L'entrée de Jacqueline et Georges contrasta avec cette scène familiale. Jacqueline était enveloppée d'un long châle indien, Georges était en smoking parce qu'il arrivait d'une réception à l'Élysée offerte aux proches collaborateurs du Président, dont il faisait depuis peu partie. « Quel dommage, vous n'avez pas amené les enfants ! » dit Vanessa en interrompant le baiser furtif qu'elle donnait à sa sœur pour allonger une tape à Vincent qui se curait le nez devant *Suzanne sortant du bain*, sculptée par Canova. « Ils sont chez des amis », répondit Jacqueline en lançant dans la salle le regard de braise avec lequel elle considérait chaque occasion sociale avant de s'y engager. Ses deux fils, Jacques et Serge, passaient les vacances loin du foyer familial, chez des camarades de classe. « Loin des yeux, loin du cœur », dit Vanessa, mais Jacqueline, qui déposait son châle sur un fauteuil, ne répondit pas.

Le curé de la Madeleine entra dans la salle à manger. Il venait de terminer la messe de six heures et demie et avait juste le temps de dîner avant de reprendre celle de onze heures. « De mon temps, le curé n'interrompait pas les messes pour dîner, il enchaînait les messes basses, je vous le dis, lança André en boutade avant de serrer la main du curé.

— C'est l'un des avantages du concile, s'il en est, répondit le curé de cet air sinistre qu'il affectait pour parler des affaires de l'Église.

— Mon cher curé, je ne comprends rien à ces réformes, dit André en allumant une cigarette, le coude sur la cheminée. La religion est justement faite pour ne pas réfléchir. Pour nous faciliter la vie ! Tout a changé, et je ne m'y reconnais plus. Il n'y a plus un seul chant en latin, il faut se serrer la main, s'embrasser même. Mon Dieu, je ne les connais pas, tous ces gens ! »

André rit en servant un porto au curé. Celui-ci regardait son verre avec soulagement.

« Je suis bien de votre avis, monsieur le marquis, mais que voulez-vous… L'Église pense qu'elle doit être moderne, évoluer avec son temps… C'est une ineptie. L'Église est éternelle et intemporelle. » Le curé soupira et but une gorgée de porto en prolongement de son soupir. « Il y a même des enragés pour dire qu'il y aura des femmes prêtres ! »

Vanessa et Jeanne, qui écoutaient la conversation, s'exclamèrent avec gourmandise : « Des femmes prêtres ? Mon Dieu ! Quelle horreur !

— Mais parfaitement, mesdames, je n'invente rien, ajouta le curé dont l'un des sourcils se souleva. Et je ne vous dis pas toutes les folies que l'on peut entendre en ce moment.

— Passons à table », suggéra Jeanne en voyant Jacqueline revenir du salon avec des sacs vides. Les enfants de Vanessa, regroupés à un bout de la table, firent bientôt un joyeux brouhaha qui succéda à la gêne du début. On fit circuler les saladiers de pommes de terre au persil, et deux plats de foie gras enrubanné d'une gelée peu engageante.

« Ce n'est pas à la Ligue pour la défense de la famille que l'on manifesterait pour avoir des femmes prêtres, se rengorgea Vanessa en dépliant sa serviette sur ses genoux.

— C'est certain, approuva Marguerite.

— Vous êtes contre les femmes prêtres, maman ? répliqua Jacqueline.

— Ah, j'y suis fermement opposée ! »

On lui posa la question qu'elle avait souhaité susciter. « Pourquoi ? répéta Marguerite, soudain sèche. Imaginez donc ! Un bon prêtre peut faire tous les enfants qu'il veut, ça ne se verra jamais. Une mutation au Saint-Siège, et tout est oublié. Mais une femme qui prêche enceinte, cela fait vraiment *bad girl*.

— Je crois que nos conversations ennuient monsieur le marquis, dit le curé en voyant André étouffer un bâillement.

« – Pas le moins du monde, mais mon frère n'aime pas que l'on évoque les choses du sexe », expliqua Marguerite en plongeant sa fourchette dans son assiette. Les dents de plastique ne résistèrent pas à sa poigne et se brisèrent sur le fond graisseux qui tapissait le carton. « Dieu, Jeanne, j'ai cassé un couvert de votre service ! » s'exclama-t-elle. Tous les enfants se mirent à rire de leurs voix rauques. Vanessa rapporta de la cuisine une fourchette en argent.

En réalité, André n'écoutait pas ce qui se disait autour de la table. Depuis longtemps il avait pris l'habitude de s'absenter des conversations en prolongeant le cours de ses réflexions matinales, ou, ce qui arrivait de plus en plus souvent, en suivant le fil de rêveries décousues qui l'emmenaient parfois au bord d'un sommeil éveillé. Il dissimulait ses voyages mentaux par des expressions réflexes et des gestes familiers qui donnaient l'impression de sa présence, bien qu'il arrivât fréquemment que son interlocuteur se trouvât obligé de répéter ce qu'il venait de dire. Mais personne n'osa demander quoi que ce soit à André après la réflexion de Marguerite.

Lui ne l'avait simplement pas entendue. Il pensait au contrat qu'il avait signé chez Deniau l'après-midi même, par lequel lui avaient été cédés, pour la somme d'un million de francs, les cent hectares de vignes de la Belle France. Le duc de La Vrillière, qui se mourait d'un œdème au poumon, les lui avait vendues *in articulo mortis*. André savait qu'il en avait donné trop pour ce qu'elles valaient, mais il n'avait pas eu la patience de les négocier. Il savait qu'avec le neveu, une fois le duc mort, les affaires auraient été encore plus difficiles. Il revoyait les collines mordorées qu'il apercevait de sa chambre lorsqu'il était enfant, ces collines inaccessibles que son père avait dédaignées. Et pourtant, elles avaient fait partie du territoire d'Argentières, elles avaient été leur bien. Il les voyait déjà regorgeant de fruits.

Vanessa continua : « À la Ligue pour la défense de la famille catholique, nous sommes obligées de nous intéresser aux "choses du sexe". Il faut trouver des armes contre la société, contre l'"esprit du monde". » Elle fit une pause, tout le monde se taisait. « La loi pour la contraception par exemple, rendez-vous compte ! Maintenant il sera permis qu'un simple préservatif protège de la grossesse, et bientôt même une pilule ! »

Chantal et Odile, assises l'une à côté de l'autre près de leur père, lançaient des regards interrogateurs en guettant les réactions de Jeanne qui sauçait son assiette avec un bout de pain, seule infraction à ses bonnes manières. Le curé observait les visages autour de la table, il ne savait si l'humeur était à ce qu'il intervienne. Il préféra finalement se concentrer sur son foie gras.

Jacqueline rompit les bruits de mastication. Elle ne s'adressait à personne en particulier, son regard voguait au-dessus des têtes tournées dans sa direction avec une politesse empruntée. « Au Planning familial, nous avons une tout autre approche des choses. Nous pensons qu'il vaut mieux qu'une jeune fille se protège et n'ait pas à avorter au risque de mourir. Comme d'ailleurs une mère de famille qui ne peut plus assumer une naissance. Les méthodes que tolère l'Église sont obsolètes. Le *coïtus interruptus* n'est efficace qu'à soixante pour cent, par exemple. »

Le curé se gratta la gorge. Mais il ne dit rien, si bien que, lorsque Marguerite s'adressa à lui, il avait la bouche à moitié ouverte comme un enfant : « Cela ne doit pas beaucoup vous émouvoir, cher curé, car parmi vos ouailles, il n'y a finalement pas grand-chose à interrompre. »

Jeanne demanda à Christiane ce qu'elle allait faire de ses vacances. « Un stage à la radio, répondit-elle sans lever le nez. On m'a même promis de m'embaucher après mon bachot.

– À la radio ? s'enquit Jeanne. C'est un curieux milieu, non ? »

Vanessa intervint : « Oui, je ne sais comment lui enlever l'idée de la tête. » Christiane, que rien ne semblait plus intéresser que le contenu de son assiette, ne répondit pas.

Jeanne regarda autour de la table. « Les enfants vont peut-être nous faire un petit spectacle maintenant, quelqu'un a-t-il quelque chose à présenter ? Un poème, une chanson ? » Chantal, malgré ses vingt-quatre ans, se leva et récita « Mon père ce héros », d'une voix trébuchante. Christiane pouffa de rire. Elle poussa Tancrède du coude en chuchotant : « Vas-y, vas-y, toi, avec une chansonnette ! » Tancrède riait nerveusement et sifflait entre ses dents : « Laisse-moi tranquille. » Il donna un coup de coude à Christiane pour la faire taire, terrifié à l'idée de vexer sa mère.

Odile se leva à son tour et chanta un court lied qu'elle avait appris chez son professeur de musique. Elle avait une jolie voix de soprano. Quand elle eut terminé, Jeanne passa en revue les visages autour de la table. Les enfants de Vanessa, assis l'un à côté de l'autre comme un chapelet de gousses d'ail, regardaient devant eux, terrifiés à l'idée de devoir se lever et se produire, mais ce fut sur Tancrède que Jeanne jeta son dévolu. « Eh bien, Tancrède, tu pourrais nous dire ton poème, là, ton poème que tu aimes tant et que l'on t'entend réciter derrière la porte de ta chambre en pleine nuit, réciter, je devrais dire déclamer, car il s'agit bien de ça ! On dirait un acteur, la Comédie-Française ! Fais-le-nous ! »

Tancrède ignorait que sa mère se cachât derrière les portes, derrière la sienne en particulier, et qu'elle l'eût entendu répéter « Le cimetière marin » quand il croyait tout le monde endormi. Il avait parié avec un ami qu'il l'apprendrait par cœur, ils se le répétaient ensemble après les cours du lycée en rentrant chez eux. Il admirait ce poème qui, tel un barbare, brûlait tout sur son passage, le monde, l'espérance, pour ne laisser que l'appel à la vie. Non, jamais il ne pourrait dire ces mots sans les faire mourir dans l'instant même, sans les arracher à leur intransigeante beauté, là où tout était médiocre et bavard.

« Non, maman.

– Comment cela, non ?

– Non, maman.

– L'héritier se défile », chuchota Odile à Chantal. Elles gloussèrent derrière leurs serviettes froissées.

« Voyez-moi ça. Non ! Tout ce qui l'intéresse, ce garçon, ce sont ses archives. Ses papiers, ses livres, toute la journée, au grenier ou dans sa chambre. Le grenier, la chambre, la chambre, le grenier… Agréable compagnie, vraiment ! »

Chantal et Odile apportèrent les dindes, on posa des questions sur leur provenance, on loua la qualité de la cuisson. Tancrède regardait Clorinde et Tancrède au combat. « Au moins eux, ils se battent », se disait-il en détaillant les armures des héros qui laissaient deviner avec plus de force la chair de leur désir. C'était la première fois qu'il voyait les tableaux de si près. « La haine, c'est de l'amour blessé, se souvint-il d'avoir lu, ou entendu, quelque part. Mais nous, sommes-nous même capables de nous haïr ? » Les enfants avaient fini les plats de salade, on mangea dindes et marrons, fromages, bûches, on but château-margaux et Taittinger qu'André lui-même avait été chercher à la cave.

Jeanne, ses filles et Vanessa ne cessaient de se lever, s'asseoir, se relever, apporter, nettoyer, ranger dans la petite cuisine les plats et les assiettes qui avaient été utilisés. La course au service provoqua de menues querelles, et même un incident à la fin du repas. Chantal tenta de retirer un plat de dinde à sa mère. « Je vais le rapporter, dit-elle en le saisissant.

– Mais non, va t'asseoir, ordonna Jeanne, je ne suis pas impotente.

– Mais, maman, vous en faites trop », renchérit Chantal et, à force de « mais si, mais non », le plat finit par tomber sur le parquet avec fracas, en déversant un petit massacre de sauces et de bouts froids de viande sur lesquels tout le monde se précipita avec force mouchoirs et torchons.

Une fois le parquet nettoyé, on passa dans le salon. Tous les souliers étaient disposés côte à côte devant la cheminée, chacun débordant de paquets. Les enfants entrèrent les premiers et ouvrirent ceux qui leur étaient attribués. Vanessa leur avait répété tout l'après-midi qu'il faudrait remercier chaque personne après chaque cadeau avec un sourire. Sa plus grande crainte était qu'on les trouvât mal élevés. Chacun se levait donc avec son cadeau et l'agitait au-dessus de la tête en demandant d'une voix poussive : « Qui m'a offert ça ? » et puis allait remercier avec un grand sourire triste, improvisant d'un ton poli sur les vertus de la chose offerte : « Merci beaucoup, cette poche de bonbons, je suis sûr qu'il n'y en a pas de meilleurs. » Puis l'enfant repartait vers son soulier avec le moral d'un soldat qui ayant tué un ennemi et s'étant dit « un de moins », se retourne et en voit encore quatre le menacer. On fit remarquer qu'il était grand temps d'aller à la messe et qu'il ne fallait pas mettre le curé en retard. Chacun s'éclipsa, pendant qu'Odile et Vanessa terminaient la vaisselle, fières de leur travail qui leur donnait la jouissance exaltante de l'humilité.

18

Jacqueline et Georges formaient avec leurs deux fils, Jacques et Serge, une famille calme et intellectuelle, sans fantaisie autre que celle du langage, auquel ils n'appliquaient pas les mêmes limites morales que celles dans lesquelles ils tenaient rigoureusement leur vie. Malgré ses sympathies de gauche, Jacqueline avait toujours soutenu la carrière de son mari dans les différents cabinets ministériels où il avait travaillé, comme conseiller et directeur, aux Finances, aux Affaires étrangères et à l'Intérieur. Georges y avait promené sa silhouette affairée mais jamais inquiète, peu courtisane, assez cynique pour anticiper les disgrâces. On l'avait baptisé le « prince des chats », en souvenir de l'autoportrait de Balthus dont on disait qu'il lui ressemblait, quoiqu'il n'eût pas la méchanceté du directeur de la Villa Médicis. Mais les disgrâces n'étaient pas venues.

Le christianisme de Georges, qui avait pris Jacqueline au dépourvu au début de leur mariage, avait redoublé de ferveur après les conclusions du concile. Un espoir nouveau avait soulevé les âmes, une aspiration à l'émancipation et à l'intériorité, à un Dieu plus proche et universel. Les fidèles chantaient à tue-tête en tapant dans leurs mains, s'asseyaient par terre dans les églises, écoutaient des prêches nouveaux qui touchaient la vie dans sa quotidienneté. Les prêtres célébraient la messe avec des femmes, certains se déguisaient en clown, rappelant les figures protéiformes du Christ dans l'iconologie chrétienne. L'heure était à la rupture, Jacqueline s'y était engouffrée avec passion. Elle avait pris la tête de plusieurs associations de femmes et de groupes de parole qui poursuivaient la réflexion de Vatican II. Mais le régime de rigueur avait atteint de plein fouet l'Église de France. La sortie d'*Humanae Vitae* lui assena, comme à toutes ses amies engagées, un coup de massue digne du concile de Trente. Quant à la cause des femmes prêtres, que le pape et ses conseillers avaient semblé caresser avec bienveillance, elle se heurtait à une fin de non-recevoir. « Nous sommes trahies », pensaient les femmes dans leurs clubs, leurs réunions, leurs innombrables discussions autour d'un thé. Et Jacqueline, qui pourtant ne s'était réveillée chrétienne qu'en 1964, se sentit, en 1967, aussi trahie que les autres. Elle s'était tournée vers le Planning familial.

Mais elle ne comprenait pas que Georges ne l'eût pas suivie. Souvent elle engageait la conversation avec lui sur ce sujet : « Le christianisme est une religion de l'économie divine, pas du commerce dans son sens premier d'entretien, de conversation entre les hommes. Non, il n'y a d'économie que du salut, et de commerce que trinitaire. Il faut être individualiste, misanthrope, même, pour entrer dans cette sainte intimité des Personnes. Ou alors castré pour devenir membre de l'Église, elle-même grand corps du Christ. Mais moi, je ne suis pas mystique. Et comment veux-tu devenir membre, quand tu n'es même pas certain d'avoir un corps ? »

Elle s'en voulait aussitôt de s'être exprimée à la deuxième personne, et que cette substitution découvrît avec tant de clarté ce qu'elle disait. Elle pensait qu'au fond, pendant toutes ces années, elle n'avait été que le corps de Georges, ou son ombre. Il lui répondait avec un sourire amusé. Il pensait qu'elle était de nouveau lancée dans une de ces tirades loufoques dont elle avait l'habitude.

« Je suis heureux d'entendre de ta bouche cet éloge du commerce, si cher aux Lumières. Et tu sais que je n'ai jamais cru qu'il y eût d'incompatibilité entre le christianisme et les Lumières », disait-il.

Elle s'irritait : « Je ne te parle pas du commerce des biens… Tu ne veux pas comprendre. »

Il répliquait qu'il la comprenait : « Mais tu confonds tout. Tu parles en termes humains de choses spirituelles. Seul Dieu compte. Enfin, quelle importance… Tu travailles au progrès de l'humanité. Laisse donc la théologie aux autres. »

Elle continuait comme s'il n'était plus en face d'elle, perdue dans ses pensées, le front sillonné de traits horizontaux : « La fraternité… C'est de la servilité, oui, que l'on travestit en fraternité ! Être pauvre parmi les pauvres, ça n'a jamais sorti personne de la misère. Et il n'y a rien d'admirable dans la misère. La pauvreté, c'est un fantasme de riches. Les pauvres ne sont ni meilleurs ni pires que les autres, enfin, si… Souvent, ils sont pires. La pauvreté n'est bonne qu'à en sortir.

– C'est justement mon métier », disait Georges calmement.

Son ton pédagogue exaspérait Jacqueline. Elle aurait voulu qu'il se mette à crier qu'elle avait tort, qu'il sorte enfin de lui-même. « Je ne comprends pas pourquoi tu es chrétien.

– C'est peut-être la métaphysique qui convient le mieux à mon psychisme », répondait-il en boutade.

Il pensait aux kilomètres qu'avait parcourus le prêtre pour lui faire répéter sa grammaire hébraïque au fond de la grange, à la lueur d'un bout de bougie, derrière un tas de ferraille.

Le regard de Jacqueline se faisait méprisant. Quand il prenait le ton de la moquerie légère, elle voyait en son mari un homme mou qui se contentait d'harmoniser ce qui lui semblait moralement inconciliable, le christianisme et son libéralisme moral, le capitalisme et le souci des pauvres, Dieu et le mal.

« Écoute-moi, Jacqueline, tu n'as pas la foi, c'est tout. Et alors ? N'avons-nous pas toujours été d'accord ? N'avons-nous pas toujours eu les mêmes convictions, les mêmes engagements ? Chacun sa vocation, son charisme, comme dirait le vieux Paul. Et tu es sûrement plus mystique que tu ne le penses. Mais n'avons-nous pas toujours fait qu'un seul homme ? » disait-il en espérant qu'elle sourirait.

« *Un seul corps et un seul esprit…* », pensait-t-elle invariablement. Elle se taisait.

19

Quelques semaines après Noël, Vanessa rendit visite à Jeanne. C'était assez exceptionnel pour que Thérèse courût au garage en informer Jules. Mais Jules manifesta un médiocre intérêt et se contenta de lever les yeux au ciel en rouvrant l'eau du jet qui nettoyait la Bentley.

« Eh bien, voilà longtemps que je ne vous ai vue », remarqua Jeanne en dévisageant sa visiteuse de haut en bas, ainsi qu'elle le faisait dès que reparaissait chez elle une connaissance après une longue éclipse, jaugeant la mesure de pardon qu'elle pourrait lui accorder. Comme à son habitude envers les infidèles, Jeanne laissa Vanessa sur le palier, une main sur la tranche de la porte, l'entrebâillant juste assez pour entendre le message qui lui était adressé. « Je souhaiterais vous voir, vous entretenir d'un sujet… qui me tracasse… », avait fini par lâcher Vanessa. Jeanne ouvrit la porte de mauvais gré, en soulignant qu'elle n'avait que peu de temps, et l'introduisit dans le salon qui venait d'être nettoyé et dégageait une forte odeur de dépoussiérant.

« Eh bien, que se passe-t-il ?

– Je suis inquiète pour Christiane, répondit Vanessa qui tentait maladroitement de prendre le ton de la confidence. Voyez-vous, elle est très brillante, mais elle n'est pas équilibrée. Elle dit des choses étranges. Elle ne veut plus aller à la messe, par exemple. Et le samedi soir, elle rentre toujours plus tard que je ne l'avais autorisé. Quand je la gronde, elle regarde ailleurs. Avec Henri, c'est pareil, ses discours n'ont aucun effet sur elle.

– C'est une enfant bizarre, que voulez-vous. Elle n'a peut-être pas reçu l'éducation nécessaire », assena Jeanne sèchement.

« Les autres se portent très bien. Je suis venue vous voir parce que j'ai entendu que Tancrède aussi vous inquiétait, il est solitaire, intellectuel… » Elle avait terminé sa phrase en relevant le ton, initiant une question.

« Je suis très fière de Tancrède. C'est un garçon indépendant, et il s'intéresse à ce qui touche à la famille. Non, vraiment, il ne m'inquiète pas. »

Vanessa ne dit rien.

« Je pense que Christiane devrait passer moins de temps à ses études. C'est mauvais pour une fille, ajouta Jeanne.

– Mais Christiane n'étudie pas trop…, protesta Vanessa timidement, elle est curieuse et intelligente. Elle a trouvé toute seule ce stage à la radio, ils ont été si contents d'elle qu'ils la reprendront en juillet. Elle donne des cours particuliers, fait des petits travaux, pas grand-chose, mais c'est déjà ça. Nous ne lui donnons aucun argent. Elle a même obtenu une bourse pour ses études d'art, l'an prochain. Non que nous en ayons besoin, nous ne manquons de rien pour élever nos enfants. »

Jeanne s'était redressée et attendait le moment, les yeux fixes, les mains posées sur sa jupe. « Je persiste à penser que, dans notre milieu, les femmes ne devraient pas se compromettre dans des lieux semblables. Christiane aurait avantage à sortir aux soirées, Odile et Chantal seraient ravies de l'emmener, si elle ne faisait pas tant de mauvais esprit. »

Vanessa rougit de nouveau. Elle savait que Jeanne était présente quand, rentrant d'une soirée chez des amis de ses filles, Christiane s'était exclamée en remontant l'escalier avec Odile et Chantal qui l'interrogeaient, qu'« il y avait quatre cents particules pour deux esprits bien faits ».

Vanessa plissa le front, elle parut absorbée par une pensée. « Vous savez sans doute que Chantal est au mieux avec un jeune homme, Charles Schlecher ? »

Jeanne décroisa les jambes et posa ses mains sur les bras du fauteuil. Elle s'enfonça plus profondément dans le bourrage, en faisant grincer le bois.

« Tout le monde le sait ! renchérit Vanessa maladroitement. Il vient la chercher le soir après les cours, ils vont au café. Ils ont les mêmes amis, sortent au spectacle, au cinéma. » Elle savourait son triomphe qu'incarnait la mine défaite de Jeanne, visible derrière son maintien sévère. « Mais vous devez être au courant, lâcha-t-elle enfin, en ultime grâce.

— Certainement, je suis au courant. Je vous remercie de la peine que vous prenez à m'informer, mais sachez que ce n'est en rien nécessaire.

— Je voulais tout de même vous avertir, car… vous devez savoir que les Schlecher sont une famille… d'un autre genre.

— Que voulez-vous dire ?

— Eh bien, c'est ce que l'on appelle une famille de nouveaux riches… De parvenus, si vous préférez. Ils roulent sur l'or. Leur famille a fait fortune il y a un siècle. Imaginez, je crois qu'avant c'étaient des paysans du Caucase, ou des Balkans, bref je ne sais plus, une région comme ça, des paysans en somme ! »

Jeanne se mit à rire doucement, à courts sursauts saccadés, si bien que Vanessa crut qu'elle avait le hoquet et proposa de lui apporter un verre d'eau. Jeanne balaya son empressement d'un geste de la main.

« Enfin, Vanessa, ne soyez pas impressionnable. Tous les gens qui ont un peu de fortune ne "roulent pas sur l'or" ! Quelle expression… Ce n'est pas parce que vous-mêmes êtes… disons, dans le besoin, qu'il faut voir des Rothschild partout autour de vous. »

Vanessa baissa les yeux en rougissant. Elle persista, aussi têtue que la petite chèvre de M. Seguin.

« On raconte qu'il a, comment dire ?, une "amie" – vous savez comment s'expriment les jeunes gens aujourd'hui –, elle s'appelle Violaine de Saint-Éloi, la fille du député. Elle est, à ce que l'on dit, sans principes, du point de vue de la morale, j'entends. C'est peu étonnant, à voir la famille… Son père a été mêlé à des affaires de blanchiment et de pots-de-vin dans sa circonscription, on dit qu'il devra bientôt démissionner… Quant à sa mère… C'est, je crois, une vraie "gourgandine" ! Elle a couché, si vous me permettez l'expression, avec toute la Chambre. Ils sont d'ailleurs sur le point de divorcer, et tous deux sont sans fortune ni biens.

– Vos histoires, chère Vanessa, si pittoresques soient-elles, ne m'intéressent pas. Je ne vois pas le rapport entre ma fille et cette… demoiselle. Si elles ont des amis communs, que voulez-vous que j'y fasse ? Occupez-vous plutôt de vos enfants, je me charge des miens, et vous aurez plus de travail que moi. »

La petite chèvre résista de nouveau.

« C'est-à-dire que… l'on raconte que le jeune Charles a des vues sur Chantal, auxquelles elle ne serait pas insensible… Elle a pourtant six ans de plus que lui. On dit que l'histoire avec Violaine ne durera pas. Le jeune Charles épousera une fille d'une famille irréprochable, moralement et financièrement, si vous voyez ce que je veux dire… Il a un faible pour les noms et les propriétés de vieilles familles. »

Jeanne éclata cette fois d'un rire franc et provocateur. « Il est certain que Schlecher, c'est plutôt, comment dire… un nom de boucher, de cordonnier ou de biscuitier alsacien ! Allons, ma chère Vanessa, craignez moins les bouchers allemands que les rodomontades de votre fille. »

Jeanne se leva. Vanessa restait assise, effrontée, elle regardait Jeanne debout devant elle. « Charles Schlecher est un jeune homme charmant et, ce qui ne gâte rien, il est très beau. Mais… c'est ce qu'on appelle un *playboy*. Il aime séduire. Il passe d'une femme à l'autre, ça tourne, si je puis dire. » Elle avait été trop loin, mais le plaisir était tel qu'elle ne le regretta pas. Jeanne blêmit.

« Vous me ferez gré, la prochaine fois que vous daignerez venir me voir, d'éviter d'apporter dans mon salon toutes les cochonneries que l'on ramasse à Paris. Maintenant, pardonnez-moi mais je dois vous mettre à la porte. J'ai une grosse journée. »

Vanessa se leva et sortit du salon sans un mot. Elle sentait que cette fois, elle n'était pas complètement défaite.

20

Vanessa ne s'occupait plus de sa maison. Elle passait ses journées à la Ligue française pour la défense de la famille catholique, rentrait tard le soir et, après un dîner sommaire avalé avec ses enfants, elle les abandonnait à leurs disputes et leurs cris sauvages. Henri restait dans son bureau, la porte fermée à clé. Quand les cris devenaient trop forts, il bondissait de sa cage, frappait fort sur qui lui tombait sous la main, hurlait, menaçait et retournait s'enfermer. Comme personne ne leur intimait les règles minimales d'hygiène, les enfants étaient malpropres et portaient toujours les mêmes habits. Ils n'avaient pas de manteau l'hiver, pas de vêtements légers l'été, ils avaient sans cesse trop chaud ou trop froid.

Seule Christiane avait changé. Elle avait commencé à manifester une obsession de la propreté. Elle se lavait plusieurs fois par jour, les mains, le visage et le corps, elle nettoyait ses vêtements elle-même à la main pour qu'ils ne se mélangent pas au linge familial. La première fois qu'elle eut ses règles, elle cacha avec terreur ses culottes tachées sous son matelas, jusqu'à ce que sa mère, les découvrant, lui expliquât maladroitement de quoi il s'agissait. « Tu as grandi », dit-elle à Christiane, qui n'avait envie ni de grandir ni de saigner.

Elle craignait par-dessus tout que l'on remarque le duvet sombre qui recouvrait sa lèvre supérieure et accentuait sa silhouette androgyne. À cause des faibles ressources familiales, elle était toujours vêtue de pantalons trop courts, de pulls tricotés qu'elle avait hérités de sa mère sans que cela lui déplaise. « Je flotte », se disait-elle en passant une main dans ses cheveux pour éprouver la lâcheté de la laine sur son coude. Elle se regardait dans les miroirs et les glaces de la rue, dans les yeux des passants, elle essayait d'attirer les regards des hommes sur elle, elle voulait voir s'ils se retourneraient sur ses reins quand ils la croiseraient. Plus que tout elle craignait les odeurs, se parfumait de déodorants et d'eaux de toilette bon marché.

À Notre-Dame-de-l'Incarnation, le collège de religieuses où elle était une excellente élève, les professeurs notaient sur ses bulletins des remarques sévères à propos de son regard fuyant, son expression malaisée et son isolement. Bien qu'elle ne comptât pas d'ennemie parmi ses camarades, elle leur portait une affection globale et distante, sans s'attacher à aucune en particulier. On l'aimait, non pas tant pour ses qualités propres que parce qu'elle n'hésitait pas à passer ses devoirs, à laisser ses voisines regarder ses copies pendant les examens et à souffler une réponse dans le dos d'une paresseuse interrogée. À plusieurs reprises la mère supérieure, mère Marie de la Sainte Face, la convoqua dans son bureau pour lui rappeler l'importance de la vie en communauté et de la rencontre humaine, valeurs précieuses de la foi catholique. « La solitude n'est pas une bonne chose, nous sommes appelés à vivre entre sœurs, et non égoïstement. Ouvrez votre cœur, Christiane », lui disait-elle d'une voix douceâtre. Christiane repartait, toujours aussi silencieuse, le dos légèrement voûté, vers les toilettes où elle se lavait les mains avec soin comme pour se défaire de toute la crasse accumulée dans le bureau de la mère Marie, qu'elle avait remarquée sur les images saintes, les crucifix et les livres de prières.

Un jour, mère Marie de la Sainte Face la fit venir, interrompant un cours de mathématiques. « Il paraît que vous restez silencieuse pendant le bénédicité, et que vous faites de l'esprit après les cours de religion. Vous auriez affirmé que l'enfer n'existait pas, lui reprocha-t-elle d'un ton matois.

– Ah non, ma mère, protesta cette fois Christiane, j'ai seulement dit que l'enfer c'était ici et maintenant, et pas après la mort, qu'il suffisait de regarder la vie, le massacre quotidien de l'amour, de la beauté, de l'idéal. En tout cas, pas les diablotins aux oreilles poilues. D'ailleurs ce n'est pas moi qui le dis…

– Cela suffit. Vous n'êtes pas compétente en théologie pour soutenir de telles absurdités. Et nous sommes ouvertes, ici », susurra la mère Marie en arrondissant les mains devant sa poitrine, comme le faisait sur une icône suspendue au-dessus de sa tête un Jésus multicolore présentant son cœur saignant. « Nous avons autorisé la lecture de Voltaire pour le baccalauréat, et même celle de Camus. Nous recevons des plaintes. »

Christiane ne répondit rien. Elle fixait le Sacré-Cœur de Jésus, les gouttes de sang qui perlaient comme des écailles de poisson, propres et glacées.

« Vous aurez deux heures de retenue et vous irez vous confesser. Je m'en assurerai auprès du père abbé.

– Oui, ma mère », dit Christiane en baissant les yeux.

Elle n'alla pas se confesser car elle était révoltée à l'idée d'avoir des péchés à avouer.

« Vous n'avez pas été vous confesser, Christiane, la réprimanda mère Marie d'un ton sévère à la rencontre suivante.

– Cela ne vous regarde pas, cela regarde Dieu et moi », répliqua Christiane, et la mère Marie se vit dans l'obligation de convoquer Vanessa.

« Êtes-vous sûre, madame, que l'on pratique une religion pure, pieuse et modeste, dans votre foyer ? demanda la vieille religieuse à Vanessa qui, affolée, se contorsionnait dans son fauteuil.

– Mais, ma mère, je suis directrice de la Ligue… Comment pouvez-vous douter de… que…

– Comment votre fille en est-elle venue à nier l'existence de l'enfer ? À refuser de se confesser ? C'est un péché mortel que de mettre en doute les dogmes fondamentaux de la foi.

– J'en suis désolée, effondrée…

– Si cela se reproduit, je serai dans l'obligation de la renvoyer. En attendant, elle m'écrira une lettre d'excuses, sans quoi elle sera privée du voyage que nous faisons chaque année à Rome avec les élèves de terminale. Et je vous conseille de mieux surveiller ses fréquentations. »

Vanessa était rentrée impressionnée de sa visite chez mère Marie dont la face, dans cette ultime menace, n'avait rien de saint. Christiane rédigea donc une lettre adressée à la mère Marie dans laquelle elle apostasiait sa non-croyance à l'enfer, rappelait les principes fondamentaux du *Credo*, et se montrait pleine d'empressement à admirer bientôt, dans le *Jugement dernier* de Michel-Ange à la Sixtine, l'éclatante représentation de la Justice divine.

Mère Marie trouva le vocabulaire compliqué, mais n'en soupçonna pas l'ironie. Elle inscrivit le nom de Christiane sur la liste des élèves qui partaient en voyage. Elle ne pouvait imaginer que ce voyage ferait, dans la vie de Christiane, œuvre rédemptrice, si elles n'étaient encore appelées à avoir, sur la rédemption, une opinion très différente.

En décembre, une nouvelle élève arriva à Notre-Dame, du nom de Ludivine d'Abricourt. Elle avait un nom de chevalier du XIVe siècle, portait des kilts avec des chaussettes en laine à carreaux, « hiver comme été », disait-elle. Elle n'essayait pas d'être jolie et pourtant, malgré son allure de garçon manqué, elle l'était, grande avec des cheveux soyeux et un visage de porcelaine. Elle fut la voisine de Christiane. Celle-ci ne l'aima d'abord pas beaucoup parce qu'elle était la fille d'un putschiste connu, qui, contrairement à Henri, avait été sévèrement condamné. Ludivine recevait parfois, sous le manteau, les regrets et les marques d'admiration des parents et parfois des élèves elles-mêmes. Mais elle ne semblait pas s'en soucier ni en tirer gloire, elle affichait toujours un air serein et condescendant.

Ludivine lisait tout le temps, au moins un livre par jour, dès qu'elle le pouvait, en classe, dans la rue, à la récréation. Elle conseilla des écrivains à Christiane, et lui prêta bientôt des ouvrages que Christiane dévorait dès qu'elle rentrait chez elle. Faulkner, Steinbeck, Céline, Sartre, Genet passèrent ainsi à la Villa des nuits fiévreuses dont Christiane ne se remettrait pas. Les liens entre les deux jeunes filles se limitèrent à cette aimable complicité littéraire, jusqu'au cinquième jour du fameux séjour romain.

Il faisait très froid ce jour-là d'avril. Les élèves avaient passé la matinée à l'audience pontificale, mère Marie leur avait fait brandir des chapelets en plastique au moment de la bénédiction finale pour que chacune reparte avec un objet consacré par la Sainte Main. Après quatre jours sur les persécutions, le programme était au « christianisme baroque ». Vers quatre heures, Christiane et ses comparses étaient agglutinées au pied de l'autel de l'église Santa Maria del Popolo, plantées comme des colonnes branlantes, et subissaient les commentaires animés de la professeure de latin, flottant dans les morceaux de plastique bleu qui devaient être les restes d'un K-Way et ressemblaient davantage à un sac poubelle éventré que surmonterait une petite tête d'oiseau. La professeure avait appris à l'occasion de ce voyage toute l'histoire de l'art chrétien, mais après Fra Angelico les choses devenaient plus confuses. Elle expliqua que la conversion de Paul figurait la conversion du peintre lui-même. La violence, le réalisme servaient la représentation de la lutte de l'artiste contre ses mauvaises pulsions. Les élèves se demandaient quand elles verraient le fichu tableau. Elles ne pouvaient pas y aller toutes en même temps, il fallait attendre que le groupe de Siciliens soit passé dans la chapelle exiguë où le tableau était exposé. Pour les faire patienter, mère Marie s'était lancée audacieusement dans la récitation d'un chapelet, mais elles n'en étaient qu'au troisième « Je vous salue, Marie » quand le prêtre vint les avertir que, le groupe étant parti, elles pouvaient y aller, sans s'attarder car d'autres visiteurs attendaient après elles. Mère Marie n'avait pas interrompu la prière pendant qu'elle écoutait le prêtre, on lisait sur ses paupières mi-closes que Dieu ne passait pas après la bande de jeunes touristes dégénérés qui s'aspergeaient d'eau bénite au fond de l'église en attendant leur tour. On termina le chapelet derrière elle, les jeunes filles se signèrent, puis mère Marie les partagea en trois groupes pour rendre visite au Caravage.

Christiane avait déjà remarqué l'agitation de Ludivine, qui fronçait les sourcils et regardait de tous côtés comme si elle cherchait une issue pendant les explications de la professeure. Quand le premier groupe s'ébranla sous la conduite dynamique de leur guide, Ludivine s'approcha d'elle et lui dit à haute voix qu'elle avait oublié l'importance de l'homosexualité du Caravage dont ce tableau, notamment le monumental arrière-train de la monture du saint, était la représentation, qu'il ne s'agissait pas d'une lutte manichéenne entre le bien et le mal, mais de la découverte du divin au cœur des tribulations humaines qui portaient toutes les signes du salut. Mademoiselle Vignard balbutia que l'on n'avait pas le temps pour ces sottises indécentes et rappela à l'ordre le groupe qui commentait la remarque de Ludivine avec une rapidité sans égale dans toute leur histoire scolaire.

Ludivine resta les bras croisés près de l'autel, et Christiane vint se mettre près d'elle pour lier conversation. Ludivine soupira qu'elle ne comprenait pas comment, dans une école catholique qui prétendait à l'ouverture d'esprit, on pouvait étudier la peinture de la Renaissance avec émotion tout en condamnant l'homosexualité et les relations préconjugales comme de graves péchés moraux.

« Tu comprends », lui dit-elle en lui prenant le bras, d'un ton pincé dont Christiane ne décela pas la pédanterie car elle l'interpréta comme un signe d'une maturité supérieure, « on ne peut pas faire un commentaire sur la sensualité féminine dans *Les Fleurs du mal* en cours de français et interdire aux garçons d'attendre les filles devant les grilles du lycée. »

Christiane fut comblée pendant une seconde d'un bonheur qu'elle n'avait alors jamais éprouvé. Elle resta près de son amie, à regarder les ailes déployées, les corps tourmentés et les roses en stuc, dont l'inquiétude sucrée la dégoûtait. Elle fit part de son sentiment à Ludivine. « Regarde, lui répondit-elle, regarde, emplis-toi de dégoût. » Christiane avait l'impression que le monde s'ouvrait devant elle. La main de Ludivine contre son bras la pressait douloureusement pendant que leurs yeux erraient entre les lignes brisées du plafond, la profondeur du dôme, mais Christiane n'osait le lui dire tant elle aimait sentir sa chaleur. La nuit, elle souffrit d'une crampe au biceps et ne put dormir.

À leur retour, Christiane ne se sentait plus la même. Elle attribuait ce changement à Ludivine, car sans cesse lui revenait en mémoire la pression douloureuse du bras de son amie, et ce souvenir l'embarrassait quand elle se retrouvait seule avec sa voisine. Ludivine n'avait pas changé, elle était toujours aimable, mais ne manifestait d'intérêt et d'enthousiasme à voir Christiane que lorsqu'elles parlaient de littérature. Sinon elle restait réservée et courtoise derrière ses lunettes aux verres épais.

Un jour, Ludivine invita Christiane à l'opéra. Elle avait eu des places peu chères pour assister à la première des *Noces de Figaro*, et lui proposa de venir dormir chez elle après la représentation. Christiane avait d'abord refusé parce qu'elle était intimidée, mais, devant l'insistance de Ludivine, elle accepta. C'était la première fois qu'elle entendait la musique de Mozart. Ludivine lui expliqua, dans le hall de l'Opéra, avant que le spectacle commence, les subtilités du livret qu'elle connaissait par cœur. Christiane l'écouta, secrètement déçue de la leçon que son amie lui infligeait, vexée de cette distance qu'elle maintenait entre elles. Pendant la représentation, Ludivine lui fit part de ses réflexions, et Christiane approuvait, le cœur battant, sentant le visage de son amie contre son oreille. Une seule fois, Ludivine se tourna vers elle sans paroles, simplement pour la regarder, au moment où Christiane, frissonnant de bonheur en entendant l'affrontement de Suzanne et Marcelline, s'était appuyée sur l'accoudoir de son fauteuil. « C'est beau », avait dit Christiane, et Ludivine, dans le noir, avait acquiescé.

Le soir, elles regagnèrent la chambre de bonne qu'occupait Ludivine au dernier étage de l'immeuble où vivaient ses parents. C'était une petite chambre avec deux meubles en bois, un placard et une coiffeuse, un lit étroit. Le sol était jonché de livres et de papiers qu'il fallait enjamber pour gagner le lavabo où elles se rafraîchirent. Christiane se déshabilla entre le matelas que Ludivine avait déplié pour elle et le lit à barreaux.

Elle enfila sa chemise de nuit et s'allongea sur le matelas, la couverture rabattue sur son corps.

Ludivine prit son temps pour nettoyer son visage. Elle mit une crème sur ses yeux, ses joues. Christiane n'aurait jamais pensé qu'elle fût si coquette. Elle se déshabilla lentement sans cesser de parler des *Noces*, elle se moquait de montrer ses seins, son ventre, ses fesses, elle était ronde de toutes parts, gorgée de mots, elle s'aperçut que Christiane la regardait. Elle posa sa serviette sur le lavabo, elle était entièrement nue et sèche, somptueuse dans la lumière de la seule ampoule qui éclairait le plafond, son sexe noir et épais se reflétant dans le carreau de la fenêtre. Elle brossa ses cheveux, les lissa, les caressa avant d'éteindre la lumière. Christiane l'entendit se retourner deux fois, et puis elle respira doucement. Elle dormait.

Christiane s'assit sur le carrelage froid à côté du matelas et posa sa tête entre ses genoux. La fraîcheur la calmait. Au moment où elle s'assoupissait, une main se posa sur son épaule : « Viens près de moi, chuchotait Ludivine, viens près de moi. » Elle se dressa juste assez pour se glisser sous la couverture moite et Ludivine la serra contre son corps, l'enfouit contre ses seins et son sexe chaud, entrouvert par le sommeil, la caressa jusqu'à ce qu'elles s'endorment.

Christiane et Ludivine sortaient ensemble une fois par semaine. Elles prenaient un billet pour un opéra ou un concert, puis rentraient dormir dans la chambre de Ludivine, qui l'avait rangée et parée. Elles s'endormaient l'une contre l'autre, leurs jambes enlacées, leurs mains glissées sous leur tête en guise d'oreiller.

Parfois elles comparaient leurs taches de rousseur, la couleur de leurs cheveux et de leurs poils. Christiane avait comme une ligne de points blonds qui allaient d'une épaule à l'autre en passant par le dos, que Ludivine s'amusait à retracer avec son doigt. « Les épaules en arrière, les épaules en arrière ! » ordonnait-elle, parce qu'elle aimait sentir le sentier chaotique aux arêtes des omoplates. Christiane faisait semblant de se fâcher. Le doigt reprenait sa course, il serpentait entre les taches d'or qui brillaient comme des astres sur la peau laiteuse, il volait sur les crêtes et dévalait les pentes, se roulait dans la sombre tiédeur des creux, explorait comme un orographe expert les voies de traverse vers le cou et les hanches, et rebroussait chemin, appelé par la courbe splendide de l'épaule, éclatante, solaire.

Christiane soupirait, baissait la tête. Quand elle sentait que son amie voulait changer de position, Ludivine posait sa main à plat sur son dos et murmurait : « Ne bouge pas », et Christiane se tournait d'un coup, offrant ses seins lourds, elle attirait Ludivine à elle. Elles se caressaient, et leurs gestes étaient comme une conjuration du mal qui les cernait, de la séparation que le sommeil qui les pressait d'obéir annonçait. Puis elles s'endormaient sans bouger, comme si le temps avait fondu sur leurs paupières blondes.

Encore avant, elles s'étaient embrassées en se déshabillant, elles s'étaient poussées en riant sur le lit, échevelées et roses, elles avaient écarté leurs cuisses, s'offrant aux caresses de l'autre, posant leurs mains sur leurs seins et leurs fesses chaudes, jusqu'à ce qu'elles se refusent à la jouissance. « Assez », se disaient leurs mains tremblantes. « Assez », répétaient leurs tendresses. C'était l'accalmie.

Elles avaient eu leur baccalauréat et s'apprêtaient toutes deux à passer en première année à la Sorbonne. Christiane informa ses parents qu'elle travaillerait en même temps pour payer le loyer d'un petit studio qu'elle voulait louer avec Ludivine. Henri mit un veto sans appel au désir de sa fille, en jurant ses grands dieux qu'elle ne quitterait pas la maison familiale avant d'être mariée, qu'une fille ne vivait pas seule ni ne travaillait pour payer ses études. Christiane répliqua calmement qu'il n'en serait pas autrement, que c'était ça ou elle se jetait sur les rails du métro. Henri tonna encore. Christiane n'ajouta pas un mot, Vanessa donna son accord et persuada Henri de la bonne convenance du projet : « Elles sont deux, deux amies, et le travail n'aura rien de dangereux. » Elles allaient travailler pour une petite maison d'édition de livres scolaires que possédait un oncle de Ludivine. Elles y feraient de tout, corrections, relectures de manuscrits, coups de téléphone, livraison de colis, indifféremment selon la demande, pour une somme raisonnable qui leur permettrait de payer leur loyer et leurs dépenses quotidiennes. « Et puis cette petite est d'une très bonne famille. »

Henri marmonna que désormais il ne se sentait plus responsable de personne, que Christiane ne serait qu'à peine sa fille, qu'elle pouvait faire ce qu'elle voulait tant qu'elle ne l'emmerdait pas, et il avait claqué la porte du bureau sur ses talons. « Je ne t'emmerderai plus, mon cher papa », avait dit Christiane à voix basse. Vanessa avait feint de ne pas l'avoir entendue, et avait dressé une liste des affaires qui lui seraient nécessaires dans son nouveau logis.

21

« Maman, je ne pourrai jamais la mettre. Cette robe n'a pas de taille, elle ne fait pas un joli dos.

– C'est celle que ton père m'a offerte pendant notre voyage de noces.

– On ne voit pas ma silhouette, et cette couleur me fait un teint atroce. »

Jeanne et Chantal étaient dans le salon, au milieu d'une masse de robes déployées. Un miroir en pied était posé contre la table de travail et Chantal se regardait, de dos, la tête tournée par-dessus son épaule.

« Non, je voudrais en faire faire une par Maggy. Je n'ai plus une robe à moi, Odile prend les miennes maintenant. Et puis c'est ma soirée, je veux être la mieux habillée ! »

Maggy était la couturière de Jeanne depuis qu'elle était jeune femme. Jeanne soupira en attrapant la robe à mesure qu'elle glissait du corps froid de Chantal.

« Je veux bien, mais le bal est dans deux semaines maintenant, je ne sais pas si elle aura le temps…

– Vous n'aurez qu'à la payer davantage ! »

La voix autoritaire de Chantal avait transpercé le calme du salon.

Depuis quatre mois, on ne parlait plus à la Villa que du bal de Chantal et Odile. Elles recevaient pour le rallye auquel elles étaient inscrites depuis leurs dix ans. Elles continuaient à y sortir tous les samedis, bien

qu'elles ne fussent plus des jeunes filles depuis longtemps. Le rallye était une institution issue de la paupé-
risation des classes aristocratiques. Les familles ne
pouvant plus recevoir somptueusement dans leurs maisons comme autrefois, toutes générations assorties, on
rassemblait les jeunes gens de bonne famille, triés sur
leur arbre généalogique ou le cas échéant sur leur fortune, chez soi ou quand on ne le pouvait pas, dans des
salons loués à l'heure, et l'on espérait que la petite
demoiselle de Bannay épouserait le petit La Ferron-
nière. En ce mois de juin 1968, on essayait d'étouffer
le tourbillon insensé des révolutions qui avaient éclaté,
à force de salons cirés et de jupes courtes censurées qui
donnaient l'impression tenace que rien ne changerait
jamais, tandis que la cacophonie du monde emportait
la jeunesse.

Maggy livra à la Villa, deux heures avant l'arrivée
des invités, une robe longue en mousseline vert d'eau,
près du corps, qui tombait sans grâce sur les hanches
plates de Chantal. Elle fut largement rétribuée de ses
nuits blanches. Odile portait elle aussi une mousseline
rose qu'elle avait commandée des mois auparavant. À
neuf heures, Odile et Chantal se placèrent dans le vestibule auprès de leurs parents, parmi les bouquets que
René Veyrat avait livrés dans la journée et qui, pour
certains, montaient jusqu'à mi-hauteur des murs.

Les premiers invités arrivèrent à l'heure, et malgré
tous les frais dont on les entoura, ils furent considérés
comme des mal élevés. Marguerite descendit de chez
elle au bras de Duduche. Elle était vêtue d'une longue
robe blanche rebrodée de diamants, étroite et sans
manches. Elle avait tellement maigri depuis son accident qu'elle ressemblait aux travestis que l'on voyait
photographiés dans les albums de police des années
1930.

Marguerite alla de jeunes gens en jeunes gens, appuyée sur une canne en peuplier qui avait appartenu à son père et qu'elle avait réclamée à André pour l'occasion. Elle avait été rangée dans un grenier dont il avait la clé. « Je vais bientôt passer la canne à gauche et vous me la refuseriez ! On ne vous a quand même pas appris à radiner avec les mourants », avait-elle déclaré devant son air réticent. André était descendu lui-même avec la canne, en faisant promettre à sa sœur qu'elle la lui rendrait le lendemain matin.

Tancrède avait pris le bras de sa tante et la présentait aux jeunes gens qui étaient déjà présents et bavardaient en petits groupes près du buffet. Les filles portaient de longues robes à manches courtes et de volumineux bijoux au cou et aux poignets. Les garçons étaient en smoking, les cheveux aplatis sur le front. Marguerite serrait les mains avec volupté, riait, devisait, complimentait, faisait quelque tentative généalogique. « Vous êtes un Bonnemain. Le fils d'Antoine ? J'ai bien connu votre oncle Sylvain. » Le Bonnemain junior souriait, flatté, et Marguerite repartait au bras de Tancrède en lui glissant à l'oreille : « De la pire espèce d'abrutis, ces Bonnemain. Celui-ci n'a pas l'air plus éveillé que son oncle. » Tancrède souriait.

« Tiens, le cher Schlecher ! » s'exclama-t-elle. Elle avait aperçu un garçon à la pâle figure, au crâne déjà dégarni et aux yeux d'un noir profond. Sans un corps sculpté par des années de tennis et de nage qui lui donnaient une beauté de vestiaire, il aurait paru falot, égal à tous les jeunes gens qui occupaient les lieux, aux gestes policés, voire affectés, et « bien nourris », comme disait Félicité en les observant de l'office. « Bonjour, madame », dit le jeune homme en baisant la main de Marguerite. « Toujours *galant* », dit-elle en le regardant avec ironie.

Charles Schlecher n'était autre que le jeune homme dont Christiane avait fait la connaissance à Janville. Ce que Christiane ignorait lorsqu'elle avait essuyé ses avances, c'est qu'il était l'héritier d'une des plus grandes fortunes de France, accumulée grâce à l'avarice d'une famille huguenote. À la table de son grand-père, le petit Charles n'avait mangé que des fruits avariés et des légumes défraîchis, car on ne laissait pas de restes. Chez les Schlecher, on avait toujours eu faim. Mais le grand-père était mort, et le père de Charles avait hérité d'un empire qui prospérait chaque jour. Il avait décidé que son fils, devenu adolescent, en jouirait comme il le voudrait. Le petit Charles était un noceur international sous prétexte d'études de sociologie à Oxford, matière dont il n'avait jamais ouvert le premier livre ; les sommes considérables dont son père honorait l'université, et qui avaient permis la rénovation d'une bonne partie de la bibliothèque de lettres, enfouirent dans l'oubli ses résultats exécrables de l'année. Pendant que la secrétaire de Christ Church inscrivait dans la colonne « missions de terrain » de son dossier ses déplacements dans une usine parisienne, une université allemande ou un village suisse, il dansait au bal de la marquise de la Tour, buvait du champagne à la garden-party de Sofia de Bavière ou baisait la main de la jeune princesse von und zu Luxemburg, tout juste mariée au prince de Habsbourg. Charles avait cette prétention des riches à qui une bonne fée n'a pas accordé le don corrosif de l'angoisse, et il la cultivait parce qu'il en avait constaté les effets sur les femmes, quel que fût leur âge. Il ne séduisait que des aristocrates et des grandes bourgeoises, goûtait les femmes mariées qui le lui rendaient bien parce qu'il déguerpissait au matin, sans menacer de provoquer en duel l'époux cocu pour tous les malheurs qu'elles lui auraient confiés entre deux coïts.

Comme Vanessa, personne n'ignorait l'aventure qu'il avait eue avec Violaine de Saint-Éloi, ni qu'il la dédaignait maintenant pour rechercher les faveurs de Chantal d'Argentières.

« Vous êtes très en beauté ce soir, avait ajouté Charles en regardant Marguerite dont il avait gardé la main dans la sienne par affectation.

– Mon petit Charles, ne vous fatiguez pas, je suis mourante. Dans mes soixante-huit ans de vie, j'ai eu ma part de flatteries. Gardez-les donc pour les petites oies que voilà. Elles sont délicieuses. Qui sont-elles ? Présentez-les-moi ! dit-elle en se tournant vers Tancrède.

– Les sœurs Watson », annonça Tancrède. Marguerite l'entraîna résolument vers un groupe de filles enchignonnées à chaussures plates, qui buvaient du jus d'orange en faisant des messes basses.

« Bonjour, mesdemoiselles », claironna Marguerite. Chacune s'inclina devant elle avec une révérence. Marguerite les auscultait sans vergogne.

« Vous êtes le portrait de votre mère, remarqua-t-elle.

– Vous connaissez maman ? » demanda celle qui devait être la plus âgée. Elle avait aussitôt rougi car elle craignait toujours que son léger accent américain ne fasse rire.

« Et comment, notre chère Hilda... Nous ne nous sommes jamais revues depuis la guerre. Elle a quitté si vite le pays. »

Marguerite s'appuya sur sa canne sans nul besoin, mais elle voyait que sa grande taille affaissée faisait beaucoup d'effet aux jeunes filles. Elle caressa la joue de celle qui semblait être la plus jeune, un petit bout de fille ravissante dans une robe courte, coiffée de deux nattes, et qui portait en guise de parure une chaînette au bout de laquelle pendait une colombe de l'Esprit-Saint.

« *Et mettez près de moi toutes les filles blondes…* Vous connaissez Apollinaire ? » demanda-t-elle d'un ton qui n'attendait pas de réponse. Elle se redressa d'un coup et plongea de nouveau son regard dans les yeux de l'aînée.

« La première fois que j'ai vu votre mère, c'était en boîte de nuit, à L'Éléphant bleu. Vous ne pouvez pas connaître, la boîte a fermé. Elle était au bar avec deux hommes. Ils riaient et buvaient du champagne. J'étais venue saluer Gérard, le couturier, il faisait beaucoup de choses pour moi à l'époque, mais je ne connaissais pas le couple qui était avec lui. Je trouvais la femme… éblouissante. Elle était brune, si frêle qu'on craignait de la casser rien qu'en la touchant. Elle buvait plus vite que ses voisins, mais elle avait l'air moins ivre qu'eux.

« Gérard me présenta à elle. Elle avait un accent indéfinissable en français, entre l'italien et l'anglais, en tout cas rien qui ressemblât à l'allemand. Elle me dit qu'elle était ravie de me connaître, me serra longuement la main. Elle se tourna vers ses amis : "Voici Gérard et Grégoire. Gérard m'habille… Et Grégoire me déshabille." Je lui ai répondu : "Et parfois vous vous y perdez un peu." Et nous avons beaucoup ri, il a fallu qu'Antoinette, qui m'accompagnait, nous glisse un glaçon dans le cou pour que nous nous calmions. »

Marguerite s'esclaffait avec contenance dans un petit mouchoir qu'elle avait sorti de sa poche, et qui bientôt porta deux longues traces du rouge qu'elle avait appliqué à ses lèvres. Elle regarda chacune des jeunes filles, semblables à des cariatides dans des poses prosaïques, l'une la main à la taille, l'autre à la clavicule après s'être légèrement palpée, une troisième un verre à la main dont on aurait cru qu'elle ne sentait plus le contact. « Une merveille ! Votre mère était une merveille ! continua Marguerite. Dieu, cette musique m'accable. Conduis-moi donc au salon et puis amuse-toi », finit-elle par dire à

Tancrède qui salua les jeunes filles. Il emmena sa tante jusqu'au salon et l'aida à s'asseoir. « Allez, va, va ! » dit-elle en le chassant d'une main vigoureuse. Tancrède s'exécuta.

La salle à manger était maintenant pleine de jeunes gens. Le bruit emplissait Tancrède d'une langueur décourageante. Il passa rapidement dans le vestibule et ne put se soustraire à quelques rencontres qu'il aurait préféré éviter. En raison du bruit, la conversation tournait vite court, on se promettait de se revoir plus tard et on se séparait avec un sourire forcé, pressé d'aller voir ailleurs.

Dans le hall, trois groupes dansaient le rock, encerclés d'yeux qui les observaient avec indifférence ou jalousie. Se sachant regardés, les danseurs essayaient toutes sortes de passes acrobatiques qui dévoilaient les cuisses épaisses des jeunes filles et leur faisaient pousser des petits cris de peur qui rappelaient à Tancrède la dernière portée de la truie des Frèrelouis.

« Ce serait si beau, un menuet », dit-il à son voisin de droite qui buvait un mélange de vodka et d'orange. Le voisin fronça les sourcils pour signifier qu'il n'entendait pas et approcha son oreille de la bouche de Tancrède. Il sentait l'alcool. Tancrède répéta, en ajoutant quelques considérations sur les ballets de Louis XIV, que le garçon interrompit en hochant la tête d'un air convaincu. Tancrède en conclut qu'il n'avait pas plus entendu que la première fois.

Le garçon s'en alla et Tancrède rejoignit deux jeunes filles qui bavardaient avec animation. C'étaient Violaine de Saint-Éloi et Roselyne Desprées. Violaine de Saint-Éloi était une très jolie fille brune aux yeux d'ébène, dotée d'une absolue confiance en soi. Sa voix terrassait les amplificateurs des basses quand elle parlait d'elle ou de politique, bien que chaque jour les journaux dévoilassent un nouveau scandale lié aux magouilles de son père. Elle portait ses bijoux de famille avec des vêtements à la mode qu'elle allait acheter à Londres et à New York, et se vantait d'être une « aristocrate moderne ». À ses heures perdues, elle faisait du secrétariat pour le Centre national des indépendants et paysans. Son look plaisait beaucoup au CNI parce qu'il donnait une touche de jeunesse à leur conservatisme.

Roselyne Desprées, au contraire de Violaine, était petite, grosse, et souffrait d'une acné sévère qui lui avait mangé les joues à l'adolescence. Malgré ses difformités, Roselyne était fiancée à un jeune militaire qu'elle devait épouser dans l'année, confirmant cette loi étrange qui veut que, dans les milieux catholiques, les plus laides se marient en premier. La future mariée expliquait, à l'instant où Tancrède les rejoignait, qu'il lui faudrait porter quelque chose de bleu, quelque chose de vieux et quelque chose qu'on lui aurait prêté, pour assurer son mariage d'un bonheur sans nuage. « Ah, bien je pourrais me marier ce soir, répliqua Violaine, je porte une vieille culotte bleue que m'a prêtée ma sœur. » Elle espérait que ce détail intéresserait Charles Schlecher qui, à quelques centimètres d'elle, s'entretenait avec Chantal. Mais rien ne semblait le distraire de la contemplation du visage luisant de la jeune femme. Chantal jouait de ses mains pour lui raconter une histoire qu'il écoutait avec une concentration trop intense pour être honnête.

Tancrède salua les jeunes filles. Au moment où il sortait du salon, il vit Christiane, assise dans un coin, sur un repose-pieds, les coudes sur les genoux, le menton entre les paumes ouvertes, sa robe en toile de Jouy, cousue par Vanessa pendant des nuits, négligemment étendue, froissée autour d'elle. Tancrède s'accroupit à ses côtés comme si elle avait été malade. Elle le regarda au fond des yeux. « Eh bien, toi, on croirait que tu n'as pas dormi depuis des siècles, lui dit-elle enfin d'une voix morne.

– Ce doit être ça, répliqua-t-il en se relevant, je vais prendre l'air. »

Jeanne était arrivée dans une robe de soie bleu nuit qui mettait en valeur ses yeux gris discrètement maquillés. Les jeunes gens et les jeunes filles, apprenant qu'elle était la maîtresse de maison, s'empressaient pour se présenter à elle et lui faire compliment de sa soirée : « Vos filles sont ravissantes, quelle belle soirée, et quel bel endroit ! – Mais allez donc vous amuser », disait-elle d'un ton faussement modeste après avoir recueilli, telle une déesse hindoue, les paroles de consécration. Lorsqu'elle reconnaissait un nom, elle interrogeait : « Qui êtes-vous par rapport à… ? » Et la jeune personne retraçait la subtilité des liens familiaux qui l'affiliaient, ou pas, à la personne évoquée, jusqu'à ce que Jeanne la congédie en voyant s'allonger la file des orants.

Dans leurs robes légères comme des songes, Chantal et Odile auraient ressemblé à des Ophélie en allées si elles n'avaient été aussi pesamment vivantes. Le visage allongé, que la chaleur et l'excitation avaient rougi aux pommettes en petites taches disgracieuses, les yeux brillants, elles se tenaient avec un maintien solennel qui leur donnait la démarche d'impératrices hautaines et l'apparence de blocs de glace dérivant sur un océan blanc, le regard planant au-dessus de la multitude.

Charles Schlecher suivait Chantal. Il l'invita à danser plusieurs fois, lui apportait à boire et l'entretenait longuement. Elle montrait sa joie en riant aux éclats, ce qu'elle trouvait « seyant au décolleté ». Quand ils n'étaient pas ensemble, il lui envoyait des baisers du bout des doigts. Leur intimité n'échappait à personne. « Elle est bien tombée, Chantal, dit Roselyne à Odile, c'est le fils Schlecher. » Elle avait chuchoté pour que

Violaine ne l'entendît pas, mais celle-ci se retourna vers elle et la regarda avec une animosité telle qu'Odile baissa les yeux. Jeanne, à qui leur manège n'avait pas échappé non plus, s'approcha d'André : « Qui est-ce donc, ce garçon ? Je ne vois pas qui sont ses parents, demanda-t-elle à voix basse.

– L'héritier du sucre. » André avait hésité mais il l'avait dit, et son hésitation avait enlevé toute authenticité à son détachement.

Jeanne ne comprit pas tout de suite. Elle pensa un instant à un homme entouré de boîtes de sucres en morceaux – collection fantaisiste d'un original comme il y en a dans certaines familles – et puis elle revit sur le gros paquet de poudre qu'utilisait Thérèse, les lettres du nom Schlecher, et un frisson lui parcourut la colonne vertébrale. « L'héritier du sucre ? » répéta-t-elle en regardant son mari, mais André était entré en discussion avec une jeune fille qui s'était présentée à lui comme la fille d'une certaine Hilda Watson. « Drôle de chose qu'elle a autour du cou », se dit Jeanne, et elle traversa la foule des jeunes gens pour avertir ses filles que les buffets sucrés allaient être dressés et que les mini-religieuses au chocolat de chez Dalloyau étaient fameuses.

André s'assit dans un coin du salon avec Paul, venu de Buenos Aires pour l'occasion, sans Joy qui organisait le mariage de sa fille aînée. Paul n'avait pas revu André depuis la fantasia à Argentières. Ils n'avaient pas beaucoup changé, s'assurèrent-ils en se frappant les bras de tapes affectueuses et embarrassées. En réalité, chacun trouva l'autre vieilli. Tous deux avaient maintenant une chevelure blanche et fine, presque soyeuse. Ils se courbaient. Cela était moins visible chez André, dont la haute taille compensait l'affaissement des trapèzes. Ses rides, quoique rares, s'inscrivaient en profondeur dans sa peau, comme si les grands événements de sa vie, bien que peu nombreux, l'avaient marqué au fer. Paul parlait français avec un léger accent espagnol. Parfois, il s'arrêtait pour chercher le mot ou la règle de grammaire qui lui manquait pour construire correctement une phrase. André en était agacé.

« J'ai rencontré la fille de Hilda, dit André, tu savais qu'elle était à Paris ?

– Oui, je le savais. Son mari a obtenu une mission d'envergure. »

André demanda du whisky à un serveur qui passait. « Tu l'as vue, n'est-ce pas ?

– Oui, je l'ai vue.

– Alors ?

– Alors, mon vieux, quoi, elle a changé.

– Ah.

– Tu devrais la revoir.

– Non, je ne pense pas.

– Tu seras peut-être heureux de la retrouver », insista Paul, imperturbable, en secouant son verre dans lequel trois glaçons fondaient l'un contre l'autre.

André observait les couples qui s'agitaient en dansant, provocants et guindés à la fois, les garçons frénétiques, les filles transpirantes. « Regarde ça, Paul, nous ne pouvons pas comprendre, et c'est normal. »

Paul haussa les épaules. André se leva, demanda à son ami de l'excuser et s'empressa vers la duchesse de Bourbon-Vassay qui lui faisait des petits signes d'une main gantée pour lui signaler l'imminence de son départ.

« Regarde-moi celle-là, fruit des coucheries d'un vieux Bourbon avec la gouvernante Vassay. Elle a l'air d'une poissonnière déguisée », s'exclama Paul quand André s'assit de nouveau près de lui. Mais André ne rit pas. Il observait avec l'inquiétude du maître de maison les allées et venues à la porte du salon.

« Laisse donc tomber tout ça. Viens en Argentine avec moi, tu y seras très bien. C'est la nature ! Le soleil te fera du bien, vieux, tu es pâle comme un navet, transparent, oui, viens donc au soleil ! » dit Paul d'une voix persuasive, pour faire oublier sa moquerie. André sourit. Paul voyait précisément son long profil, son œil bleu étiré, sa bouche fine, ses oreilles légèrement décollées, sa poche plissée sous l'œil comme une boursouflure de peau.

Les invités partirent vers deux heures du matin. À quatre heures, il n'y avait plus personne. Les buffets étaient presque tous rangés, les chaises empilées, les serveurs rentrés depuis longtemps.

Au matin, Jules retrouva, en balayant l'escalier de service, une culotte bleue dont le bord avait un petit trou « de lassitude » comme il disait des vêtements usés, avec une étiquette cousue marquée « Églantine de Saint-Éloi » en lettres anglaises. Il la jeta dans la poubelle et n'en dit rien à personne.

22

On sonna vers neuf heures. Jacqueline supportait mal d'être dérangée après le dîner. Elle profitait de ses soirées pour écrire, taper du courrier ou lire. Elle attendait Georges qui rentrait toujours tard de ses séances de travail au ministère, ou des réceptions auxquelles elle l'accompagnait rarement. Elle veillait à ce que ses fils éteignent la lumière à dix heures, et s'installait à son bureau ou dans le canapé, les jambes relevées par un coussin. Ce temps de silence lui était aussi indispensable que le whisky qu'elle buvait en rentrant de ses permanences dans les salles de réunion froides que quelques âmes compatissantes prêtaient à la cause des associations qu'elle dirigeait.

Jacqueline leva un instant la tête d'un air ennuyé, vit que la lumière du couloir était éteinte et ne bougea plus. « On verra qu'il n'y a personne », se dit-elle.

En entendant sonner une deuxième fois, Jacqueline posa son stylo. Au moment où la sonnette stridait pour la troisième fois, elle ouvrit la porte.

Elle vit d'abord une petite forme avec un manteau rouge et un bonnet de laine chamarré aux couleurs criardes, semblable à un bonnet péruvien qu'on aurait plongé dans une teinture pour vêtements de la scène rock londonienne, un foulard de soie autour du cou. Après quelques secondes noyées dans cet ensemble disparate, Jacqueline vit deux petits yeux apeurés et déterminés la dévisager sans rien dire. Elle reconnut le visage émacié de sa sœur. « Je peux entrer ? » demanda Vanessa à voix basse. La silhouette fine de Vanessa paraissait encore plus écrasée et maigre dans la lumière du couloir qui coulait sur le palier. On aurait dit qu'elle s'était enfuie de prison et avait volé sur les éventaires de marché de quoi au moins se couvrir. Son visage creusé, sa tête qui commençait à blanchir et dont elle ne prenait aucun soin, semblaient encore plus vieux. Elle entra et, de ses doigts engourdis, défit les boutons de son manteau l'un après l'autre. Jacqueline traversa le salon en serrant contre elle les pans de sa robe de chambre. Vanessa la suivit. Elle marchait maladroitement et sembla flotter jusqu'à la cuisine.

Vanessa n'osa pas s'asseoir. Elle regardait Jacqueline arpenter la pièce une casserole à la main, transformer en agitation l'agacement qu'elle avait à être ainsi dérangée et la culpabilité qu'elle ressentait à être agacée. Elle sortit d'un placard une boîte en fer-blanc, lâcha un « Ah » qui se voulait soulagé, posa la casserole sur la plaque de la cuisinière, y versa du chocolat en poudre, du lait, des morceaux de sucre blanc qu'elle mélangea avec une cuillère en bois. Vanessa était adossée au réfrigérateur et observait sa sœur d'un air gêné. « Je ne lui ai pas demandé un chocolat, pourquoi me fait-elle un chocolat ? » songeait-elle.

« Assieds-toi », lui ordonna Jacqueline. Elle avait fini par la regarder.

« J'ai mis des vêtements de Christiane, s'excusa Vanessa.

– Tu passais dans le quartier ?

– Comment pourrais-je à cette heure-ci, les enfants sont couchés, je n'habite pas à côté. »

Vanessa regardait maintenant à travers la fenêtre de la cuisine, loin au-dessus des immeubles, vers la lune qui croissait depuis deux jours. Elle triturait les ongles de ses pouces, et sa voix était lasse et proche, infiniment proche. Jacqueline eut l'impression de l'entendre pour la première fois. Le chocolat aux volutes brunes frémit dans la casserole et des gouttes apparurent sur le métal chaud, aussitôt évaporées. Jacqueline le retira du feu, versa le liquide crémeux dans deux bols, en poussa un vers Vanessa, qui s'était assise sur une chaise de paille. Cette dernière posa ses mains sur les bords de la tasse, comme si elle se livrait à des incantations secrètes. À petits lapements de lèvres, elle se mit à boire en fermant les yeux.

Jacqueline observait sa sœur, séduite par l'animalité naïve et suave qui émanait d'elle, par ses bruits de gorge. C'est à peine si elle entendit la phrase qui déchira soudain l'instant, même la seconde fois après qu'elle lui eut demandé de répéter, sans l'intention de l'effrayer, simplement pour reprendre pied elle-même.

« Je suis enceinte, lui disait Vanessa, je veux avorter. » Elle enrobait sa cuillère de chocolat qu'elle léchait à petits bouts de langue. La lune, la fenêtre, les immeubles, le silence et la lumière faiblissante de l'ampoule électrique du plafonnier se précipitaient dans le bol qu'elle touillait laborieusement, le visage concentré, puis dans les lignes brunes quadrillées qu'elle traçait.

« Henri me frappe. Il me force. Il ne respecte pas quand… Tu sais. Quand il ne faut pas. Il me fait mal. » Vanessa releva la tête et regarda froidement sa sœur. « Je ne veux pas de cet enfant. Je ne peux pas, j'ai honte », chuchota-t-elle.

Jacqueline s'était levée, avait poussé sa chaise sous la table de la cuisine et s'était assise sur le meuble rouge où elle gardait la vaisselle. Elle essayait de contenir le flux de voix qui sortait de ses lèvres serrées, d'en neutraliser l'émotion. « En as-tu parlé à quelqu'un ?

« – À qui veux-tu que j'en parle ? » répondit Vanessa en souriant, comme l'on sourit d'une évidence.

Jacqueline rougit. « Ce n'est pas rien, un avortement. C'est illégal, et tu risques une hémorragie. Certaines femmes en meurent », dit-elle en pensant : « Je parle comme une maîtresse d'école. Je suis lâche, j'ai peur. »

« Je sais ce que je veux, j'ai quarante-cinq ans, Jacqueline. Pour une fois dans ma vie, ne pourrais-je pas faire ce que j'ai vraiment choisi ? » Vanessa se leva et noua son écharpe autour de son cou.

« Reste, dit Jacqueline, reste. » Elle n'avait plus peur de ce qu'elle allait devoir accomplir, ni des mots qu'elle avait craints, faiseuses d'ange, avortement clandestin, voyage à l'étranger, hémorragie, mort, et qui se présentaient maintenant à elle avec la puissance apaisante de la réalité qu'elle avait toujours préférée aux élaborations morbides du fantasme. « Reste », répéta-t-elle. Jacqueline laissa Vanessa à la cuisine et passa deux coups de téléphone du couloir de l'entrée. Elle griffonna sur un papier collant un nom et un numéro. « Que diras-tu à Henri ? demanda-t-elle à Vanessa en entrant dans la cuisine.

– Que je pars me reposer. Je ne suis pas partie depuis dix ans.

– Rentre chez toi. Dans trois jours c'est les vacances. Tu diras à Henri que je t'emmène en Espagne. Je t'accompagnerai chez le médecin, à Paris, rue Lafayette. Il est cher, mais fiable.

– Chez le médecin ? » répéta Vanessa.

Sur le seuil de la porte, Jacqueline embrassa sa sœur.

23

Tout se passa comme Jacqueline l'avait prévu, jusqu'à ce que Vanessa s'allonge sur le lit recouvert d'un drap blanc. Le docteur Mallart accepta des honoraires plus convenables que ceux communiqués d'abord à Jacqueline. Il ne fit aucune remarque aux deux sœurs, ne manifesta aucun reproche. Il examina consciencieusement Vanessa.

« Tu resteras près de moi, toujours », dit Vanessa à sa sœur avant de s'allonger sous la grosse lampe suspendue du cabinet dont les volets et les rideaux avaient été tirés. Jacqueline lui sourit sans laisser paraître son angoisse, s'assit sur une chaise près du fin visage de sa sœur, exagérément pâle sous la lampe, et prit sa main.

Une femme du nom de Rosa donna un café brûlant à Jacqueline et de l'eau à Vanessa. Elle était brune, assez forte, et avait ouvert les deux boutons supérieurs de sa chemise, laissant apparaître une gorge musculeuse et une ossature saillante. Elle regardait le médecin et, d'une voix rauque, s'inquiéta : « Ça va aller, docteur, pour la petite ? » et le médecin grommela une phrase incompréhensible.

« Depuis combien de temps êtes-vous enceinte ? » demanda-t-il à Vanessa dont les yeux, éblouis, se perdirent dans le halo de la lampe. « Quatre mois, docteur », murmura-t-elle. Il palpait son ventre habilement. « Bien, c'est votre premier ? » Vanessa se redressa sur ses coudes et regarda Jacqueline d'un air apeuré. « Oui, docteur », intervint Jacqueline en le regardant. Le docteur quitta la pièce. Rosa s'approcha de Vanessa. « Ouvrez les jambes. » Vanessa écarta les genoux, elle tremblait. Le médecin était revenu, il était au-dessus d'elle. « Ouvrez bien », et elle sentit qu'il glissait quelque chose en elle, de dur, froid et long, si long qu'elle eut l'impression qu'on lui transperçait le ventre jusqu'au thorax. Elle gémit. Puis le médecin sortit. Rosa et Jacqueline s'assirent d'un côté et de l'autre du lit. Elles savaient qu'il n'y avait plus qu'à attendre.

Deux heures passèrent. Le docteur montrait sa tête de temps en temps, constatait que le col ne s'ouvrait pas, repartait en laissant Jacqueline et Rosa rassurer Vanessa. Vanessa avait mal, mais bientôt elle eut peur, une peur sauvage, irrépressible, qui la faisait se dresser soudain sur le lit. Les deux femmes avaient le plus grand mal à l'allonger de nouveau. L'hémorragie commença lentement comme des règles, et puis le flux de sang devint plus fort et tacha les linges d'une couleur presque noire qui terrifia Jacqueline. Vanessa serrait les poings contre le lit, elle tentait de se redresser pour voir ce qui se passait entre ses jambes et les femmes n'avaient plus à la repousser car, sans force, elle retombait d'elle-même en arrière. Elle se sentait absorbée dans le halo de la lampe.

Rosa faisait boire Vanessa. Elle déposait les linges tachés dans une bassine avant d'en sortir des propres d'un tiroir. Jacqueline regarda entre les cuisses ouvertes de sa sœur, dans le duvet noir où le sang avait séché en mèches rouge carmin. Le sang se remit à couler sur le linge continûment, vivant et généreux, chaud et avide de se répandre. Jacqueline voulut appeler le médecin, mais Rosa la fit asseoir en chuchotant : « Il n'y peut rien. Il faut attendre. »

« Elle va mourir, elle va mourir », se disait Jacqueline terrifiée en serrant la main de Vanessa, en plongeant ses yeux dans les rides de son visage, dans les sillons douloureux qui couvraient ses pommettes. Elle sentait contre son doigt qui tenait le fin poignet de Vanessa les coups sourds de son pouls qui accélérait. Il lui semblait que leur rythme la prenait tout entière, s'emballait par saccades, et elle n'osait mesurer jusqu'où cette course l'emportait au-delà des lois simples qui, selon elle, gouvernaient l'existence, vers un champ de ruines dont elle ne savait si elle sortirait un jour.

Vanessa lui attrapa le poignet. Elle avait la main brûlante. Elle voulut se pencher sur le côté, vers le tas de linges sales que Rosa faisait tremper dans la bassine. Ses lèvres étaient desséchées, mais elle refusa de boire. « Je vais mourir », articula-t-elle faiblement. Rosa posa un doigt sur sa bouche. « Mais non », dit-elle. Elle se rassit aux pieds de Vanessa, dans l'ombre.

Le corps de Vanessa fut alors pris de violentes secousses qui soulevèrent son bassin. Rosa s'approcha et posa sa main sur la hanche de la jeune femme. Vanessa se mit à gémir comme une enfant possédée par un cauchemar, ses mains battaient le lit, le frottaient, le caressaient. Elle saisit son ventre, l'enserra, le regarda comme une boule de voyante. Recroquevillée, le dos plié en deux, elle s'enveloppait de ses bras comme si elle avait retenu une masse énorme et mouvante. Et puis elle se rallongea, son souffle se calma, elle reprit le bras de Jacqueline. Entre ses jambes, Rosa avait recueilli dans le linge le fœtus déjà formé.

Elle le posa dans la bassine. Avec une éponge elle nettoya le corps de Vanessa, la frottait, la massait, la caressait, la pressait. Elle rinçait l'éponge dans la bassine, changeait l'eau rougie, et de nouveau la lavait en lui parlant doucement. Cette mélopée dont Jacqueline ne comprenait pas un mot donnait l'impression d'une étrange cérémonie funèbre et amoureuse. « Peut-être a-t-elle déjà avorté, elle aussi », se dit Jacqueline en regardant Rosa. Le corps lourd de Rosa semblait avoir vécu quelque chose qui ressemblait à cette immense secousse, cette violence qui avait laissé Vanessa épuisée et hâve, respirant à peine.

L'hémorragie cessa. Le médecin vint ausculter Vanessa et observer le fœtus. Il regretta auprès de Jacqueline, en quelques mots rugueux, que la grossesse fût aussi avancée. « Il y aura un supplément », dit-il. Il demanda que tout fût laissé en ordre dans son cabinet et les autorisa à rester deux heures encore, le temps que Vanessa reprenne quelques forces. Jacqueline lui donna les billets qu'elle avait gardés dans un portefeuille bleu, il les compta un à un, et quitta la pièce. Il avait interrompu son déjeuner.

24

Un matin d'octobre à Hauteville, Rosine et Jeannot, du haut du camion dans lequel ils parcouraient le parc, virent sortir des taillis une dizaine d'êtres vivants chevelus et barbus, dans des robes élimées, leurs pieds couverts de plaies serrés dans trois sangles de cuir qui servaient de sandales.

Jeannot regarda avec étonnement Rosine les engager à grimper dans la remorque, en agitant sa fourche. L'un des hommes, élancé et étique, les épaules augustement rejetées en arrière malgré son allure fourbue, s'avança jusqu'en bas du tracteur. Levant un doigt sévère au ciel, il dit : « Nous vous remercions de votre hospitalité. » Puis il se retourna vers ses compagnons et leur fit signe de suivre l'invitation. Tous montèrent à l'arrière du camion, l'un après l'autre, avec peine, comme s'ils y laissaient leurs dernières forces.

C'étaient des moines qui, à la suite d'un désaccord avec le supérieur de leur monastère du Morbihan, avaient pris la route, guidés par le seul Seigneur à travers la campagne, nourris par les bonnes âmes qui les tenaient en pitié ou, quand ils se retrouvaient dans la solitude des côtes ou des bois, soutenus par les baies sauvages, les feuilles bouillies, les fruits qu'ils ramassaient, car ils ne mangeaient pas de viande, comme ils le dirent à Rosine aussitôt qu'elle leur proposa de partager son déjeuner, « la viande étant fruit de la violence ».

Rosine mit à leur disposition toutes les éponges, les savons et les bassines de la maison, et Eugénie courut de salle de bain en salle de bain, balançant des brocs d'eau chaude au bout de ses poings noueux comme des racines, jusqu'à ce que les dix hommes fussent entièrement décrassés de leurs jours et de leurs nuits d'errance.

L'autorité naturelle du frère Antoine, l'homme à la silhouette de sage hindou, plut immédiatement à Rosine. Tous ses gestes étaient empreints d'une retenue amène. Il s'exprimait lentement, avec une élocution soignée, en des termes brefs. Sa figure et son crâne, une fois rasés, laissèrent voir ses yeux bleus, étonnamment petits et perçants. Ils animaient son visage parfois glacial d'une perspicacité fouilleuse et incommodante dont ni corps ni âmes ne sortaient indemnes.

Avant le déjeuner, Rosine invita le frère Antoine au salon, en attendant que les moines à l'étage terminent leur toilette. Répondant à ses questions, il lui raconta comment il en était venu à quitter le monastère de Saint-Gwenaël. « Comprenez bien les temps que nous vivons, madame », commença-t-il, les jambes croisées, le coude posé sur le bras du fauteuil. Le père supérieur de Saint-Gwenaël avait décidé d'appliquer à la lettre les recommandations du concile concernant la vie monastique. La discipline avait subi un relâchement regrettable, expliqua le frère Antoine à Rosine qui l'écoutait, penchée en avant, les yeux plissés en raison de sa myopie, comme s'il lui révélait des secrets atomiques. Le silence n'avait plus été obligatoire pendant les repas, la durée du sommeil avait été allongée, les travaux physiques allégés. Le supérieur avait fait installer le chauffage central et, avec les dons des visiteurs, il avait changé le mobilier du monastère. Beaucoup de moines étaient partis, emportés par le désir du monde, la paresse et la chair.

À ce mot, Rosine se redressa sur son fauteuil en dissimulant une toux légère derrière la paume de sa main. Tout ce confort, ajouta le frère Antoine après quelques secondes où il avait interrompu le cours d'une insipide douceur de son discours pour plonger son regard d'eau froide dans les yeux de son auditrice, n'était pas en accord avec la vie évangélique. « Moi-même, je n'ai jamais toléré de dormir dans un lit. J'ai toujours dormi à même le sol, enroulé dans ma couverture dont je souhaite qu'elle soit un jour mon suaire, comme elle l'était pour mes frères du Moyen Âge. »

Rosine félicita le frère Antoine pour la rigueur et la pureté de sa pratique. Elle lui fit visiter la chapelle qu'il trouva abîmée. « Mes frères et moi-même pourrions la remettre en état, si vous acceptiez de nous accueillir chez vous quelque temps… Mes compagnons sont épuisés et ne supporteront pas que nous reprenions trop vite la route. Nous dormirons dans votre grange. Pendant qu'ils se reposeront, je chercherai un monastère dans la région où nous pourrions rester, si du moins il pouvait satisfaire nos attentes. Les temps sont obscurs, madame », disait-il en levant le doigt au ciel, comme s'il était l'agent d'une révélation. Elle baissait des yeux misérables.

Rosine accepta avec empressement de loger l'« ordre », comme elle appelait les moines, mais elle se refusa à les installer dans une grange. « Je ne mettrai pas des hommes de Dieu dans le foin. Ma maison est vide. Le premier étage est à votre disposition. Il y a suffisamment de pièces pour que vous y constituiez quelques cellules. – Madame… », protesta mollement le frère Antoine. Le soir, les moines prirent leurs quartiers dans le château de Hauteville.

Rosine s'habitua vite au rythme monacal que l'« ordre » impulsa bientôt dans la maison. Après les matines puis les laudes, que les moines chantaient dans la cour, transis dans leurs robes rapiécées auxquelles ils avaient refusé qu'Eugénie ajoute une doublure, le frère Antoine parcourait la campagne à la recherche d'un monastère, conduit par Jeannot, qui grommelait à la cuisine que « c'était pas son emploi » quand Rosine ne pouvait pas l'entendre, en donnant des coups de pied aux cageots de légumes. Les moines, pendant ce temps, avançaient le chantier de la chapelle. À prime, sexte et none, ils posaient leurs outils sur le sol et, dans le plâtre et les pierres, ils chantaient, les mains jointes.

Rosine fut enchantée de la présence de ces nouveaux voisins. Elle ordonna d'abord à Eugénie de bien les nourrir aux repas qu'ils prenaient dans la grange, à quelques mètres de la maison, attablés à une large planche de chêne. Mais le frère Antoine lui fit reproche de ces repas copieux qui, disait-il, nuisaient à l'élan spirituel et à la perpétuité de la contemplation. Rosine limita les menus à un plat de graines et de légumes, et un fruit. Eugénie grommela que « c'était pas son emploi, de faire bonne de moine », surtout pour cuisiner des mets aussi grossiers.

Rosine finança les ambitieux projets que le frère Antoine concevait pour la chapelle. Il ne fut plus question de seulement la repeindre. Les deux moines charpentiers dressèrent la liste des travaux à effectuer afin qu'elle fût en parfait état : réparation des moulures et des vitraux, rénovation du carrelage et de la sacristie. « Rien n'est trop beau pour Notre Seigneur », dit frère Antoine à Rosine en lui présentant le résultat de l'expertise dont le montant s'élevait à une somme rondelette. Dès le lendemain matin, Rosine commanda le matériel aux meilleurs fournisseurs du Cotentin. « Vous êtes un homme qui savez entreprendre, frère

Antoine. Vous me rappelez mon oncle », dit Rosine sans dissimuler sa satisfaction.

Les moines voletaient dans la chapelle, se tenaient en équilibre sur des échelles branlantes, couraient en tous sens, s'affairaient si bien que la chapelle fut terminée en un mois. Il aurait été difficile à l'œil novice d'imaginer ce qu'elle avait été tant elle était changée. Les velours, les coussins rembourrés des fauteuils et des prie-Dieu, la vaisselle en argent, les vêtements brodés avaient disparu. À la place des statues maniéristes de saintes colorées qui habillaient le mur, un immense crucifix en bois noirci pendait au-dessus de l'autel nu. Une fine grille redessinait l'espace consacré au sacrifice du prêtre. Les chaises austères étaient disposées en lignes. L'ensemble, malgré son dépouillement, avait coûté plus cher qu'on ne l'avait prévu, en raison de la grille que Rosine avait fait faire chez un ferronnier renommé à Paris. « Rien n'est trop beau pour Dieu », avait humblement murmuré frère Antoine, en suggérant cette dépense. Mais Rosine en apprécia beaucoup le résultat. « Que c'est vide, et beau », dit-elle en contemplant l'étroit rayon qui perçait le mur par un vitrail allongé et éclairait les pieds du Christ en croix. « À l'image de Notre Seigneur », répondit le frère Antoine, près d'elle.

Aucun monastère dans la région, et même au-delà, car frère Antoine n'avait pas hésité à faire franchir à Jeannot les frontières de la Basse-Normandie, n'avait su entendre la cause des moines dissidents. Tous renvoyèrent frère Antoine à son absolu, le laissant amer et plus avide de pureté que jamais. Rosine engagea aussi des démarches auprès des monastères qu'elle connaissait, mais aucun n'émit le désir de rencontrer frère Antoine, sans lui opposer de raison claire. Elle tenta de le réconforter en l'assurant qu'il trouverait un lieu digne de son idéal. « Madame, répondait-il seulement, le doigt en l'air, résigné, je crois que notre Église est en grand péril. Elle n'a pas entendu ce que lui soufflait l'Esprit, elle n'est pas restée fidèle à ses Pères. Elle a voulu suivre l'appel du monde, mais il n'y a rien de bon dans le monde. » Ses yeux bleus semblaient parcourir un ciel inquiétant. « Sans votre hospitalité, répétait-il en plongeant ses petits yeux dans ceux de Rosine, nous ne serions que des mendiants, bons à mourir. » Rosine protestait : « Ne dites donc pas cela, frère Antoine. N'ayez pas de pensées noires. Votre présence est un réconfort pour notre maison. »

Mais elle était la seule de cet avis. « Vous rendez-vous compte ? s'exclamait Eugénie quand elle allait au village, et que les curieux la questionnaient. Ils ne mangent que de l'herbe, des graines et de l'eau bouillie. Bah, le Seigneur n'a jamais dit qu'il fallait s'affamer ! Et puis ils ont leurs exigences ! L'eau chaude à quatre heures, que je dois leur porter… Ils ne parlent jamais, c'est comme s'ils ne voyaient personne. Sauf Madame Rosine ! Ça, pour sûr, ils la voient, et ils lui parlent… Forcément, puisque c'est elle qui les loge et les nourrit. Je vous le dis, elle est trop bonne, Madame. » Quant à Jeannot, il n'ouvrait plus la bouche que pour gémir : « C'est-y pas triste », en secouant la tête d'un air désolé.

L'inauguration officielle de la chapelle eut lieu. Les villageois y furent conviés, et la moitié d'entre eux s'y rendit. Il était de tradition de placer les visiteurs qui n'entreraient pas dans la chapelle sous des bâches tendues entre des poteaux de bois. Rosine fit monter ces installations, en se souvenant de son oncle encore jeune guidant les manœuvres des ouvriers, quand elle était enfant, collée contre sa jambe. Mais la chapelle put accueillir tout le monde. « Les jeunes ne vont plus à la messe », constata Rosine avec aigreur. La plupart étaient en effet des anciens qui avaient connu le temps des grands-parents de Rosine et Jeanne, le temps où l'on se rendait à la chapelle du château pour les fêtes religieuses, selon une tradition qui remontait aussi loin que la mémoire de l'archiviste de Saint-Thomas.

« Il n'y a plus rien ! », « On ne dirait pas une chapelle », chuchotaient les femmes entre elles. « On se croirait à la morgue », dit même la femme du maire, que ses pensées mélancoliques amenaient régulièrement en clinique. « Plus de lustres, de bougeoirs, ni les tables sculptées… C'est dommage ! » murmurait-on en se faisant des signes.

Les moines entrèrent par la sacristie. Ils s'assirent en cercle autour de l'autel, les mains sur les genoux. La sandale de l'un d'eux était détachée. La lanière en tombait sur le côté, comme une plante malade. Frère Antoine dardait du regard le négligent, et comme celui-ci ne se rendait compte de rien, il y eut un rire aussitôt étouffé dans les rangs des fidèles. L'office commença. L'assemblée se réjouit de chanter en latin et de communier à genoux, bien que l'on trouvât sévère la mine des moines, et que l'on n'entendît pas ce que disait frère Antoine, qui marmonnait dans sa chasuble d'incompréhensibles exhortations, tourné vers l'impressionnante croix. « Qu'est-ce qu'il dit ? » criait Eugénie à l'oreille de ses voisins qui, absorbés dans leurs dévotions, ne lui répondaient pas. Elle finit par sortir, de son pas pesant, en lançant une main agitée au-dessus du crâne. À part cet incident, chacun repartit heureux de sa sortie au château, vaguement dubitatif.

25

L'arrivée des moines dans la maison familiale accrut les encouragements à se rendre à Hauteville que prodiguait régulièrement André à sa femme. Après leur mort, Jeanne n'avait jamais exprimé le désir de revoir la maison de ses parents. « Après tout, Jeannette, c'est aussi chez vous, lui dit-il un jour. Vous possédez cette maison au même titre que votre cousine, je vous le rappelle. Bien sûr, c'est elle qui en a la gestion. Il est juste qu'elle jouisse de certains bénéfices… Toutefois il serait bon que vous sachiez à quoi vous en tenir sur votre fortune. Aucune source de revenus n'est négligeable, de nos jours. Et il ne faudrait pas que pour une poignée de moinillons… »

Jeanne accepta, à la condition qu'il l'accompagnerait. Les récits que Rosine lui avait faits, dans ses lettres, de la sainteté de cette communauté, et surtout du frère Antoine, l'avaient ébranlée. Mais son sentiment fut tempéré par la tiédeur d'André à s'enthousiasmer de l'événement. « Oui, tout cela est vraiment incongru, c'est l'avis d'André », se plaisait-elle à répéter, se convainquant elle-même qu'il n'y avait rien d'admirable à accueillir une bande de moines. Toutefois une légère morsure lui blessait le cœur dès qu'elle pensait à la nouvelle aura spirituelle de Hauteville.

André ne trouvait pas l'événement tant incongru qu'inquiétant. Les mois précédents, il avait observé une baisse notable dans les comptes d'Argentières. Il avait pensé qu'il pourrait tirer avantage de certaines cultures de Hauteville, encore qu'il ne sût rien de ce qu'elles rapportaient. Il avait cherché à s'informer auprès de sa femme, mais Jeanne ignorait tout de ce qui touchait à ses biens. « Si vous avez besoin d'argent, vous pouvez utiliser mes revenus sur Hauteville, mes comptes vous sont accessibles », lui avait-elle dit un jour. André l'avait remerciée, sans oser lui dire que depuis longtemps, il s'était donné la liberté de ponctionner ses comptes en assurant à son banquier qu'elle en était d'accord.

Peu après la soirée de leurs filles, ils partirent donc un matin par le train de Cherbourg. Ils gagnèrent ensuite Hauteville en taxi car Rosine était trop occupée, leur avait-elle dit, pour venir les chercher elle-même en voiture, comme elle en avait auparavant l'habitude. Ils arrivèrent à l'heure des vêpres. Ils virent, au moment où le taxi, sortant des bois, débouchait sur le lac, malgré la nuit déjà tombée, les ombres fines et penchées des moines qui traversaient la cour. Jeanne manifesta l'excitation qu'ont les enfants, au zoo, à découvrir des espèces inconnues d'animaux sauvages. Les silhouettes disparurent les unes après les autres par la porte étroite de la chapelle, comme des passe-murailles.

André et Jeanne descendirent devant la maison. Rosine les attendait sur le seuil, les bras croisés. « Dépêchez-vous donc, l'office va commencer. Jeannot montera vos bagages », ordonna-t-elle sans chercher à voiler l'agacement de sa voix. Ils voyaient mal son visage à cause de l'obscurité.

André n'avait pas pensé qu'il aurait l'obligation d'assister aux offices. La messe et les vêpres du dimanche lui semblaient d'habitude amplement suffisantes. Il s'était toujours montré sceptique envers les excès de dévotion qu'il avait toujours attribués à un certain mépris de la vie.

Il regarda Jeanne. « Nous ne sommes pas dimanche… À moins que la Normandie n'ait pas le même calendrier que nous ? » ironisa-t-il, mais la plaisanterie mourut sur ses lèvres crispées. Jeanne serra ses bras contre elle. « Nous y allons », dit-elle à Rosine. Ils la suivirent à travers la cour. L'air océanique donna à Jeanne un léger vertige. Elle s'appuya au bras d'André. « Tout cela est grotesque », murmura-t-il.

Ils entrèrent dans la chapelle derrière Rosine. Elle était éclairée de petites bougies qui faisaient le tour de l'autel. Les moines, en cercle, avaient déjà commencé leurs prières. Ils s'étaient rabattu les capuches de leurs robes sur la tête, pointées vers l'arrière du crâne comme vers le passé douloureux que leurs anamnèses évoquaient, pointe funèbre de la Passion dont leur âme rejouait le drame. Rosine, André et Jeanne restèrent au fond, contre le mur de la porte, bien que les bancs fussent libres. Le frère Antoine, raide, la silhouette allongée par son ombre qui grandissait sur les murs blancs, menait la prière. Il se tenait sur la gauche, la taille ceinte d'une épaisse corde brune qui soulignait l'étroitesse maladive de ses hanches. Les moines ne bougeaient pas, leur visage tourné vers le plafond, certains la main sur le cœur, les pieds rapprochés, les jambes toujours tendues ne manifestant pas la fatigue, les mains sans poids, parfois jointes.

André voulut s'asseoir, mais Rosine le retint au moment où il tirait la chaise à lui. Il croisa les bras et demeura près de la porte, la jambe fléchie, sans plus contempler la scène sacrée. Son regard parcourait les lieux, comme celui d'un touriste découvrant une église dans un pays étranger, observant les murs, le plafond, le sol carrelé de petites croix noires.

Jeanne, près de Rosine, essayait de rappeler à sa mémoire la chapelle de son enfance à laquelle elle avait prodigué tant de soins, les fleurs dans les vases de cristal épais que l'on posait de chaque côté du tabernacle doré, maintenant disparu. Elle se revoyait nettoyer les chaises de velours, frotter les lustres en grimpant sur l'escabeau, quand elle eut la taille de les atteindre, les tissus des aubes, des bonnets, des étoles et des chaussons, qu'elle secouait délicatement pour en délivrer la poussière, et sur lesquels elle passait un chiffon doux qui en ravivait les couleurs et les éclats. Elle enduisait le sol de cire chaude, s'asseyait sur une chaise de paille et en inspirait les inhalations jusqu'à ce que la tête lui tourne.

Mais tout avait disparu, même l'odeur d'encens froid et d'insectes qu'elle essayait de convoquer en fermant les yeux, ses doigts entrelacés sur le bas du ventre. Les moines tournaient maintenant autour de l'autel sans cesser de chanter. Aucune polyphonie ne venait altérer la profondeur des voix. On aurait dit qu'une seule ligne pure ondulant des Enfers jusqu'au ciel montait sans heurts le long d'une échelle graduée. Rosine s'était agenouillée, mais Jeanne n'osa pas la suivre. Elle sentait contre elle la désapprobation monolithique d'André, elle voyait l'agacement du bout de ses doigts qui frappaient l'un après l'autre la poche de son pantalon comme des baguettes de xylophone.

Rosine baissait la tête vers le sol, les yeux ouverts, les mains sur les genoux. Par intermittence, en même temps que les moines, elle se frappait la poitrine du poing, bien que Jeanne ne reconnût pas les paroles de pénitence. D'ailleurs, ce n'était pas le rituel des vêpres dont elle avait l'habitude. « Le frère Antoine a recréé une liturgie propre à son ordre. Car il veut fonder un ordre. Nulle part il n'a pu trouver de lieu à la hauteur de sa vocation. » Jeanne se souvenait d'avoir lu ces lignes dans les courriers de Rosine.

Puis après quatre tours lents et réguliers, les moines s'arrêtèrent à leur place. Ils inclinèrent le buste vers le centre de l'autel, restèrent prosternés quelques secondes et se redressèrent à l'unisson. En file indienne, ils sortirent par la sacristie dont la porte était restée entrouverte.

« Le frère Antoine a-t-il vraiment fondé un ordre ? demanda Jeanne à Rosine en traversant la cour, une fois l'office terminé, pour se rendre à la salle à manger.

– Oui, l'ordre du Paraclet, répondit Rosine sans ralentir le pas. Il en a écrit la règle. C'est un ordre indépendant de Rome, bien sûr… Le concile a fait tant de mal à l'Église. Nous sommes en grand péril », souligna-t-elle, essoufflée.

Elle avala sa salive et reprit : « Je dînerai avec vous. D'habitude, je déjeune et dîne avec les moines, mais pour ce soir, je ferai une exception. Demain nous prendrons nos repas avec eux, dans la grange.

– La grange ? dit Jeanne.

– Oui, ce sont eux qui ont insisté. Je leur aurais évidemment laissé la salle à manger, mais ils l'ont trouvée trop luxueuse.

– Mais où avez-vous mis le fourrage ? Et le matériel ? demanda André.

– Je les ai placés chez le voisin, en échange d'une location modique.

– Ce sont des frais supplémentaires, ajouta André.

– Mes frais ne vous regardent pas », rétorqua Rosine à Jeanne, comme si c'était elle qui avait émis la remarque.

D'un seul coup, une forte chaleur monta au visage de Jeanne. Elle regarda vers les vitres convexes et colorées de la cuisine, mais aucune tache lumineuse n'y transparaissait.

« Eugénie n'est pas là ?

– Elle sert les moines. Nous n'avons pas besoin d'elle », répondit Rosine.

Ils dînèrent tous les trois dans la salle à manger. Jeanne s'empressa pour aider Rosine au service, si bien qu'André se trouva souvent seul à table. Dans la vaste cheminée, en face de lui, les mèches rougeoyantes du feu grignotaient les bûches qui parfois s'effondraient dans d'effrayants craquements. À mesure qu'il observait les incessants mouvements de la flamme, sa lutte inutile pour son expansion, sa prétention dérisoire à la survie, il se sentait lui-même plus transi de froid.

Lorsqu'on en vint aux fruits, et que tous trois se trouvèrent ensemble à table, André se tourna vers Rosine. « Nous souhaiterions, Jeanne et moi, en savoir plus sur la gestion que vous menez à Hauteville. Bien sûr, vous êtes la seule à vous en occuper… Je veux dire, de manière directe. Toutefois, Jeanne en est propriétaire autant que vous. Il est légitime qu'elle puisse avoir accès aux dossiers et aux livres qui concernent Hauteville. Les derniers résultats, à en croire ses… relevés, n'ont pas été excellents. En tout cas, nous a-t-on dit, ils sont moins bons que ceux des cinq années précédentes. Je vous accorde que les temps ne sont pas faciles. Mais je pourrais vous aider. J'ai moi-même une propriété… »

Rosine n'avait pas cessé de découper au couteau la peau d'une pomme blette, avec tant d'empressement que Jeanne craignit qu'elle ne se blesse.

« *Andy*, occupez-vous donc d'Argentières. Vous avez assez à faire. Tout le monde sait que vous jetez votre argent par les fenêtres, épargnez au moins celui de Jeanne.

– Ce n'est pas ce qu'André veut dire », répliqua Jeanne maladroitement, blessée du ton condescendant que Rosine avait employé envers son époux et du diminutif qu'elle n'entendait jamais de sa bouche sans en ressentir une violente envie de la frapper. « J'ai le droit de savoir ce qui se passe ici. Dans le fond, je suis chez moi », ajouta-t-elle.

Sa voix incontrôlable trembla aux aigus. Elle chercha confirmation de son audace dans le regard de son mari. Mais André ne la voyait pas. De nouveau il était concentré sur le feu de bois, et semblait s'être absenté. « Il recommence », se dit Jeanne avec inquiétude. Pourtant André répondit d'une voix aussi profonde que celle des moines : « Jeanne a raison, Rosine. C'est une question légale. Et rappelez-vous qu'elle est la fille de sang de ses parents. Vous avez été adoptée, et n'avez de droits sur cette maison, comment dire, que ceux que l'on a bien voulu vous offrir, par générosité… »

Rosine n'avait pas compris ce qu'André avait voulu dire, mais elle avait eu l'intuition qu'il convoquait dans sa maison une autorité qui n'était ni celle de ses ancêtres, ni la sienne, ni celle du frère Antoine – une autorité qui l'insultait. Elle se leva, les mains appuyées sur la table.

« Mon ami, si ma cousine veut mettre le nez dans les affaires, qu'elle s'installe à Hauteville et montre de quoi elle est capable. »

Elle sortit de la salle à manger d'un pas raide. Jeanne desservit en silence. Elle se retint de pleurer, car elle se sentait encore coupable de la lâcheté avec laquelle elle avait quitté cette maison, bien qu'aujourd'hui encore elle eût laissé là les couverts empilés, le chiffon et la crème à bois, son mari debout face au foyer brûlant, les mains dans le dos, pour courir jusqu'à la route, jusqu'à la ville, si André ne lui avait pas dit, sans se retourner : « Ne vous en faites pas, Jeannette. Je vais arranger ça. »

Le lendemain, elle se leva à deux heures pour les matines. Elle n'était pas fâchée que la chapelle ait autant changé. Elle appréciait l'impersonnalité de l'ensemble. Elle le fit remarquer timidement au frère Antoine quand Rosine la présenta à lui après l'office. Il garda quelques secondes sa main dans la sienne. Son contact mou et tiède causa chez Jeanne une répulsion qu'elle s'efforça de dissimuler en se laissant examiner par les yeux pénétrants du moine. « Votre époux n'est pas venu », dit-il seulement.

Jeanne remarqua sa voix fluette, aussi inconsistante que sa poigne. « Il se repose. Il n'a pas l'occasion de dormir comme il en a besoin, lorsque nous sommes à Paris, répondit-elle.

– Le besoin, dit le frère en souriant vaguement et en inclinant la tête vers son épaule, est une création de nos appétits. Le besoin se module selon notre volonté. Il est bon de s'exercer à lutter contre ce qui nous semble nécessaire. Souvent l'on découvre que ce que nous croyions tel est encore à purifier. Dites cela à votre époux de ma part. Le Royaume est à ceux qui veillent. » Il avait ouvert sa main moite, laissant glisser celle de Jeanne.

André et Jeanne déjeunèrent dans la grange avec les moines, en silence, ainsi que le voulait la règle. Le frère Antoine observait André du coin de l'œil sans que celui-ci paraisse s'en apercevoir. Il était en costume et regardait sa montre de temps en temps, mais ne touchait rien de la nourriture qu'on lui servait. Jeanne, à côté de lui, tentait de lui faire comprendre par des signes de tête qu'il était régulier de terminer son assiette, il ne comprenait pas et continuait à marteler le bord de la table du bout de ses ongles courts. À la fin du repas, le frère Antoine exprima à Rosine son souhait de voir Jeanne en tête à tête. Elle laissa André retourner seul à la maison et suivit le frère Antoine.

Ils marchaient lentement vers le fond du jardin, à travers les plates-bandes nues, suivaient la courbe douce des pelouses. Jeanne voyait la lisière du parc qui avançait, plus sombre et plus opaque que jamais elle ne lui était apparue. Elle se taisait. Le frère Antoine, les bras le long du corps, glissait sur les graviers. Jeanne était embarrassée du frottement de ses souliers contre les cailloux, qui faisait comme un bruit gênant de chasse d'eau.

« Dites-moi, ma fille, depuis combien de temps êtes-vous mariée ? » demanda-t-il enfin.

Jeanne rougit. « Depuis vingt-sept ans, mon père. »

Le frère Antoine ne répondit rien. Jeanne vit sa pomme d'Adam avancer dans le col de sa robe et retrouver sa place dans le renfoncement du cou.

« Et votre union, m'a appris votre sœur, a été féconde, grâce à Dieu », reprit-il. Il ralentit, suspendit son silence à la semelle de ses sandales, et poursuivit : « Vous savez que nous avons été créés à l'image de Notre Père, et que toute notre vie doit aspirer à lui ressembler davantage.

– Oui.

– Ma fille, la pratique même quotidienne de la messe et des sacrements ne suffit pas à combler notre Père », dit-il sévèrement.

Jeanne leva les yeux. Ils étaient maintenant à quelques mètres des premiers pins. Ils dressaient vers le ciel gris leurs fins troncs puissants, cherchant leur sève dans la terre, impérieux.

« Bien sûr, le Seigneur, Loué soit-Il, se réjouit du mariage, analogue à l'union du Christ et de son Église. Mais l'état de chasteté du religieux est celui qui lui plaît le mieux, car les pulsions de la chair, qui ne sont que des aiguillons du diable, en sont arrachées pour toujours. Nous nous rendons semblables aux anges », continuait le frère Antoine.

Jeanne sentait sur elle, avec une douce terreur, l'ombre des arbres dans laquelle elle s'avançait. Le frère Antoine s'était immobilisé après les derniers rosiers.

« Mais cet état, ma fille, n'est pas interdit aux couples humains. De grandes femmes mariées ont vécu dans la chasteté, mues par leur seul désir de Dieu, après avoir mis au monde des enfants. La vénérable Margery, par exemple… Elles ont su convaincre leur mari de la nécessité de la chasteté. »

Frère Antoine avait encore un peu avancé. Il se trouvait au pied des pins. Il regardait Jeanne avec ses mêmes yeux inquisiteurs.

« Me comprenez-vous ? » lui dit-il impatiemment.

Jeanne avait baissé les yeux. « Oui, mon père », répliqua-t-elle.

Elle voulait rentrer. Son esprit fut traversé de brèves représentations dont aussitôt elle rougit, des étreintes que sans un mot André exigeait d'elle quand ils avaient éteint la lumière de leurs lampes de chevet et auxquelles elle se soumettait comme un cadavre d'animal à l'outil du dépeceur.

« Oui, mon père », répéta-t-elle avec précipitation, comme pour éviter qu'il devine à quoi elle pensait.

Elle ne supportait plus la hauteur des pins au-dessus d'elle, les profondeurs du parc qui menaçaient comme une armée derrière ses chefs, l'odeur du bois mort humide qui le perçait de toutes parts, si semblable à celle des pierres tombales du cimetière de Saint-Thomas, quand, enfant, elle se penchait sur elles pour les fleurir.

« Bien, ma fille, rentrons. » Le frère Antoine jeta un regard rapide vers le parc, fit une moue, se détourna et marcha vers la maison. Jeanne se plaça résolument à son côté en plongeant les mains dans les poches de son manteau.

« Mais comment le dirai-je à mon mari ? » demanda-t-elle une fois qu'ils furent près des rosiers. Frère

Antoine avait pris une feuille entre ses doigts, il l'avait pressée jusqu'à ce qu'une goutte de sang perlât sur une épine. « Vous saurez, mon enfant, dit-il en se redressant vers elle, le visage soudain pâle. Vous saurez, faites confiance à l'Esprit. »

En rentrant, Jeanne rapporta à André les propos que lui avait tenus le frère Antoine, par acquit de conscience, et parce que secrètement elle espérait, avec assez d'énergie pour violer sa pudeur, qu'elle pourrait le convaincre de la décharger d'une tâche dont elle n'avait jamais tiré qu'un grand déplaisir, bien qu'elle se persuadât qu'elle aimait son mari. Elle essaya de retrouver les mots qu'il avait employés, mais ils échappaient à sa mémoire. Elle évoqua la sainte qui avait marché sur les corps suppliants de ses enfants pour entrer au monastère, Margery qui avait obtenu que son mari libère son corps pour Dieu.

André l'écouta, immobile, debout au milieu de la chambre. Elle aperçut la possibilité d'avoir dépassé la mesure, mais cette possibilité même lui donna une trop grande jouissance pour qu'elle sût à temps y renoncer.

Elle acheva son discours. Elle se sentit aussi nue devant lui qu'à son dernier accouchement, quand elle n'avait pas eu la force de lui dire de sortir de la chambre, et qu'elle avait subi comme un viol les regards du docteur et d'André entre ses jambes, mais pour la première fois de sa vie elle avait exprimé, vêtue de la respectabilité des métaphores du frère Antoine, un désir qui lui était propre.

André ne répondit pas. Il attrapa une valise qu'il avait posée sur le lit, la remplit pêle-mêle des vêtements accrochés la veille dans la penderie pour les huit jours qu'ils avaient prévu de rester, et, quand il eut fermé la valise, sous les yeux effrayés de Jeanne qui serrait ses bras croisés contre elle dans un geste coupable de protection, il lui dit : « Avertissez Rosine que nous partons ce soir. »

La route fut longue. André ne parla plus. Jeanne craignit que sa colère ne fût sans retour. Cette hypothèse la combla d'une irrésistible angoisse. Elle aperçut combien serait vide et solitaire sa vie si son mari venait à s'en absenter encore davantage. Elle sentit l'amour qui l'attachait à lui, comme la peur d'être englouti accroche le coquillage à la roche de toute la surface de sa matière. La crudité des mots qu'elle lui avait dits résonnait à son oreille. Dans le train, profitant qu'il s'installait à sa place, à côté d'elle, elle posa sa main sur celle d'André. Il la regarda, pressa à son tour sa main. Ils conversèrent comme si tout ce voyage avait été de soi, en son ordre, et que rien de mieux n'eût pu se produire.

André ne retourna pas à Hauteville comme il avait imaginé le faire. « Mon père me l'avait dit. Des rustres », se dit-il en pensant à Rosine. Mais Jeanne comprit, au silence d'André lorsque Hauteville était incidemment évoqué dans la conversation, qu'il ne lui serait plus permis d'en parler, ni même, elle s'en était fait une raison, d'y retourner.

26

Il l'attendait au bar de l'hôtel Raphaël. Il ressentait l'envie soudaine de s'en aller et l'inquiétude qu'elle ne viendrait pas. Il se reprocha d'avoir accepté un rendez-vous dans un lieu où n'importe qui aurait pu les reconnaître et rapporter la nouvelle à Jeanne. Hilda arriva en retard de quelques minutes.

« Cela fait si longtemps… » André se leva avec précipitation. Il renversa le vase de cristal qui contenait des iris violets maigrelets, que le serveur s'empressa de nettoyer. Il baisa la main de Hilda, mais elle observait plutôt l'affairement du garçon auprès des fleurs écrasées, comme si seule comptait la résolution du petit accident domestique. Quand tout fut arrangé, elle ôta son manteau qu'elle donna au serveur.

« Ah, voyons, dit-elle en s'affalant sur la banquette et en passant un doigt derrière son oreille pour y replacer une mèche de cheveux, cela fait bien… », et elle leva les yeux en tirant légèrement la langue. De toute évidence, elle n'était pas dans la disposition de se mettre à estimer le temps depuis lequel ils ne s'étaient pas vus.

« Trente ans, répondit aussitôt André.

– Tant que ça… », fit-elle d'un air grave.

André trouva son comportement affecté : le débit de sa voix, son élégance parisienne, son accent américain, sa froideur même, sa fine silhouette que les grossesses n'avaient pas altérée. Son visage luisait légèrement et ses lèvres étaient très rouges, elle sentait fort un parfum capiteux qui lui donnait mal à la tête.

« C'est la honte qui a fait d'elle une bourgeoise, pensat-il en l'observant, une grande bourgeoise défraîchie. » Elle n'y pouvait rien, elle avait subi.

« Trente ans exactement, depuis ce jour où tu as quitté Deauville, avec armes et fracas ! » répondit-il ironiquement, comme pour lui rendre avec cruauté ce qu'il sentait en elle d'indifférence.

« Armes et fracas… » Elle rit bruyamment, la gorge nouée.

« Mais certainement, ma chère », appuya André qui décidait de prendre à la légère la douleur qui l'envahissait progressivement, et dont il craignait qu'elle n'aille au-delà de la mesure que depuis des années il lui avait imposée.

« Tu en fais trop, vraiment, tu n'as pas changé. »

Elle décroisa les jambes et approcha sa bouche de la carte que lui présentait le serveur. Elle commanda un champagne, « pour fêter ça ». André se contenta d'un double whisky. Il se demanda ce qu'elle entendait par « ça ».

« Alors, tu es de retour en France ?

– Oui. Walter a obtenu un poste important à l'Unesco. Je suis heureuse de revenir à Paris. Mes filles sont ravies, elles se font vite à la vie parisienne. »

André hocha la tête. Hilda regardait par la fenêtre. Il la trouvait sans charme avec ses bijoux outrageusement voyants, son maquillage, la chirurgie esthétique qui lui avait visiblement abîmé le nez. Il avala d'un seul coup son verre et redemanda un double. Il commençait à avoir chaud.

« Tes filles sont charmantes. C'est drôle, elles ne te ressemblent pas…

– Ah, tu trouves ? » répondit-elle brutalement. Il l'avait vexée. « On me dit pourtant le contraire.

– Je voulais dire que… Elles sont très blondes. »

Il observa Hilda, son visage de morte peinte, il essayait de la revoir nue, à la plage, en colère, mais il ne lui venait que des vestiges dont il tentait de refaire des impressions.

André savait qu'il avait voulu la blesser, et il regrettait d'y être parvenu, sans bien comprendre comment. Hilda sirotait son champagne, un petit doigt en l'air.

« C'est drôle… Ne sommes-nous pas venus ici un soir, avant la guerre ? »

André réclama un autre whisky, bredouilla l'excuse que le whisky lui était recommandé par son cardiologue, bien que Hilda ne lui eût rien fait remarquer. Il posa une main sur la table, se pencha légèrement en avant. Hilda, surprise, recula et s'adossa nonchalamment au dossier du fauteuil.

« Pourquoi m'as-tu quitté ? » demanda soudain André en tremblant de son audace, d'une voix à peine audible, en même temps que tout son corps se détendait sous l'effet de l'alcool.

« André, nous n'étions pas du même monde. Au fond, tu n'attendais qu'une occasion de revenir à Argentières sur tes terres, de prendre la suite de ton père. Le prétexte, ce fut la guerre. Pour moi, la guerre fut tout le contraire, une chance de fuir. Je ne voulais pas m'installer avec toi et, de ton côté, tu n'aurais pas fui avec moi, tu le sais. Tu voulais conserver le monde ancien, je voulais du neuf. Qu'aurions-nous fait ensemble ? Nous avons été honnêtes l'un envers l'autre. »

André entendit une voix protester en lui : « Pourquoi "nous" ? C'est elle qui m'a quitté, c'est elle qui pense avoir été honnête. »

Elle posa une main maladroite, déjà marquée de traces rousses, près de la sienne. Elle sentit la gêne d'André et se rétracta en continuant de parler, comme si de rien n'était.

« Je n'ai été qu'un dérivatif à tes devoirs ancestraux, à la voix paternelle dont tu espérais qu'enfin elle t'appelle.

J'ai apaisé ta déception, je t'ai donné l'illusion que, si les choses n'allaient pas comme tu le désirais, il y avait une autre vie possible, mais qui n'aurait été qu'un ersatz de bonheur. Tu n'avais pas besoin de moi.

– Bien, n'en parlons plus. Ces sujets sont lointains à présent… », conclut-il en feignant l'aisance. Il avala d'une traite le liquide qu'il commandait toujours sans glace.

« Ne t'irrite pas, André, tu ne peux pas comprendre. La guerre nous a anéantis, nous les Hoffenberg, peux-tu comprendre cela ? À cause de mon père, Dieu ait son âme… Qui pourrait comprendre ce que nous avons vécu ? Même Walter s'irrite de mon inconfort à revenir en Europe. Bien sûr, je n'ai jamais rien soupçonné des activités de mon père au sein du Reich. Quand j'ai su, je suis partie au plus vite, mais la honte, elle, ne m'a jamais lâchée. Qui peut comprendre ce que c'est que de payer une faute que l'on n'a pas commise ? Pour un homme, mon père, que j'ai aimé malgré tout, tu le connaissais, n'est-ce pas ? Un père bon, affable et cultivé, de la vieille école allemande… Rongé par l'esprit de vengeance. Oui, pour lui, en souvenir de lui, j'aurais même aimé être une paria, mais je n'en ai pas eu le courage. Aux États-Unis, on m'a accueillie comme un nouveau-né. La vie y était large. »

« Mais non », protestait André en silence, de tous ses membres, sans qu'un frémissement abîme ses lèvres closes, les yeux plissés, la stature imperturbable de son dos, l'élégance avec laquelle il jouait avec son verre. « Mais non, je n'attendais plus rien, pensait-il. Tu m'avais sauvé. Je t'aurais suivie n'importe où, où tu aurais aimé que je t'accompagne, aux États-Unis, si tu l'avais voulu. »

« Au fond, constata-t-il d'une voix neutre, tout cela n'a comme… pas existé.

– Pour toi, peut-être », répondit-elle. Elle penchait drôle-
ment la tête sur l'épaule, il ne lui avait jamais vu cette

pose de séduction, elle n'en avait jamais eu besoin. Pourquoi en usait-elle, maintenant ?

« Laisse-moi te dire que tu es resplendissante. » Il pensait exactement l'inverse. Elle esquissa un remerciement contraint.

« Tu sais que Gustave est mort ? reprit-il soudain.

– Oui. Il n'y avait personne à son enterrement.

– On te l'a dit ?

– J'y étais. Je pensais même t'y voir. »

André prit soin de ne pas relever la remarque.

« Il a tout laissé… à cette association pour jeunes artistes. Il a fait croire qu'il était ruiné, tu sais ? Alors que tout était au garde-meubles ! »

Il pensait être amusant, mais Hilda ne souriait pas.

« Beaucoup de ses objets personnels sont partis aux enchères, reprit André en terminant son verre.

– J'ai acheté un tableau, dit Hilda dont le doigt se promenait sur la table, devant sa coupe, machinalement.

– Ah ? » André ne comprenait pas pourquoi il était à cet instant si important pour lui de savoir de quel tableau il pouvait s'agir, lui qui avait bien connu la collection de Gustave, et pourtant, son cœur battait en attendant que Hilda le dise, sans qu'il osât lui-même le demander.

« Il s'agit du *Marié*. Une autruche à fine tête de pélican, au bec ensanglanté, avec des seins cerclés d'yeux de poisson. Il a sa comparse, mais je ne pouvais pas acheter les deux. Un beau tableau, abîmé par son séjour dans l'Hadès de Gustave. »

André rit aussitôt, il craignait le regard de Hilda.

Elle appela le garçon pour demander le compte, elle avait un rendez-vous à l'ambassade.

« Tu as l'air triste, lui confia-t-elle en le quittant.

– Pas moi. C'est le monde qui devient triste. » Il lui baisa la main.

Mais il se demanda si son empressement à la contredire n'était pas le signe qu'elle avait vu juste.

27

Il était huit heures. Marguerite était entrée dans le salon en robe de chambre, un petit carton d'invitation crème à la main, aux bords dentés, imprimé par les soins d'Henri. Elle venait d'y lire l'annonce des fiançailles de Chantal avec Charles Schlecher, et l'invitation à un cocktail qui devait sceller la rencontre des deux familles.

« Tu veux l'argent des Schlecher, bougre d'âne, mais tu n'en as nul besoin ! » cria-t-elle en agitant sa main au bout de laquelle pendait le frêle bout de papier. « À moins que tu ne te sois commis dans des aventures malheureuses.

– Avec l'âge, tu deviens commune, répondit André qui ne s'était pas levé de son bureau et continuait de ranger compulsivement des dossiers dans les tiroirs.

– Tu as raison. Oui, je suis commune, je l'ai toujours été, vois-tu. Soixante-dix ans de vie commune, mon cher, avec moi-même, c'est-à-dire avec le commun des mortels, car au moins, je n'ai jamais prétendu être quoi que ce soit d'autre. Malgré mes "grands airs", comme tu dis ! Je suis fière, tu m'entends, d'être commune. Je préfère être commune plutôt qu'hypocrite.

– À l'avenir, tu te mêleras de ce qui te regarde, Marguerite.

– Ah ça, certainement, Argentières ne me regarde pas ! On ne l'oubliera pas !

« – Charles est un garçon bien élevé, charmant. Chantal est heureuse. Un père ne peut rien souhaiter d'autre.

– C'est un petit con, tu le sais aussi bien que moi ! Il te prendra Argentières, parce que ça le flattera !

– Tu perds la raison, Marguerite. Tancrède héritera d'Argentières, comme prévu. »

André posa une main sur le bord du bureau et soutint le regard furieux de Marguerite, mais sa voix n'était plus aussi ferme que son maintien.

« Comme prévu, répéta Marguerite en levant les yeux au ciel. Mais ce n'est pas toi qui prévois, tu laisseras l'argent décider, et cela te conviendra parfaitement.

– Calme-toi, veux-tu, et évite-moi tes divagations. » La main d'André tremblait.

« Même papa, même papa n'aurait pas laissé faire ça ! » hurla Marguerite. Elle déchira le vélin en menus morceaux qui s'éparpillèrent sur le tapis. Puis elle quitta la pièce en claquant la porte.

Deux heures plus tard, André recevait de la part de sa sœur, porté par Jules, un petit carton crème au grain pelucheux, aux bords dentés, sur lequel elle écrivait la joie qu'elle avait à assister au cocktail qui présenterait les familles des fiancés. Elle souhaitait par avance tout le bonheur à sa nièce.

Troisième partie

Odile était renfrognée. Elle avait d'étranges sautes d'humeur. Elle partait parfois en claquant la porte, ou n'ouvrait pas la bouche et traînait, telle une Eurydice aux Enfers, dans l'appartement de ses parents. Elle s'arrêtait parfois devant la porte du salon et écoutait. Chantal subissait les essayages de sa robe, entourée d'un bataillon de couturières qui s'affairaient autour d'elle comme les canards des Tuileries sur du pain dur ; la future mariée en tirait grande satisfaction.

Le mariage devait avoir lieu le 15 août. « Un mariage le jour de l'Assomption de la Vierge », avait dit Marguerite à Jeanne en l'apprenant.

Jeanne tentait de regagner les grâces de sa belle-sœur. Elle l'invitait à prendre le thé, lui proposait ses services. Depuis son accident, la santé de Marguerite ne s'était jamais vraiment rétablie. André lui-même commençait à penser à son testament. « On ne sait jamais », répétait-il souvent. Pour Marguerite non plus, on ne savait jamais. On ne perdait rien à être aimable, s'était dit Jeanne. Marguerite n'était pas dupe de ce retour d'affection. Elle jouait subtilement le jeu de son mieux, se faisant tour à tour tendre et confidente, souriante et attentive auprès de Jeanne, sans jamais aller à l'excès, juste assez pour s'amuser.

Le jour où la robe de la mariée fut prête, il fallut l'essayer avec le voile de famille. André fut dépêché auprès de Marguerite pour l'aller chercher. Il trouva sa sœur en grande conversation avec Duduche en larmes. La vieille femme expliquait à sa patronne qu'elle venait de perdre sa sœur, âgée et depuis longtemps malade, et qu'elle ne se sentait pas d'humeur à travailler l'après-midi. Marguerite, assise à sa table de travail, compatissait. « Ma pauvre Duduche, nous n'avons pas de chance aujourd'hui. Moi, j'ai perdu mon carnet ! » Elle lui laissa son après-midi et la congédia en apercevant son frère.

« Que me vaut le bonheur de ta visite ?

– Je viens chercher le voile de famille.

– Le voile de famille… Pourquoi chez moi ? » dit-elle d'un air narquois.

André crut à une de ces absurdes plaisanteries dont sa sœur avait le secret, et sourit.

« Parce que c'est toi qui l'as.

– Et pourquoi l'aurais-je ?

– Marguerite…

– Dis-moi donc pourquoi je l'aurais ?

– Parce que Père te l'a laissé dans son testament.

– Ah voilà !

– Où veux-tu en venir ? Ce cirque est fatigant.

– Eh bien, ce voile était à moi, et il n'est plus à moi.

– Comment cela ?

– Comment cela ? imita-t-elle sur le ton essoufflé d'André. Par la plus simple des manières… Je l'ai vendu. »

André devint tout pâle. Il s'assit dans le fauteuil le plus proche.

« Vendu ? Mais, c'est impossible, c'est… ignoble !

– Ignoble ? On ne peut pas dire que ce voile ait porté chance à celles qui lui ont abandonné leur tête. Et je ne vois pas en quoi vendre un objet qui m'appartient serait un acte ignoble.

– C'est un objet de famille, tu n'avais aucun droit…

– Ne t'es-tu pas senti tous les droits de vendre la bibliothèque ?

344

– C'était une nécessité.

– Pour moi aussi, c'était une nécessité de vendre ce voile. Et d'autres choses encore, dit Marguerite en chaussant ses lunettes et en feignant de revenir à la lettre qu'elle était en train d'écrire.

– D'autres choses ? » Le son s'étouffa dans la gorge d'André.

« Eh oui, d'autres choses. En fait, tous les souvenirs que j'ai reçus de papa. Les lettres, les manuscrits, la paperasse, quoi. Les bijoux, les portraits… tous de piètre qualité, j'en ai eu pour très peu. La vaisselle aussi. Mais je me suis acheté un magnifique Bonnard qui devrait m'être bientôt livré…

– Je n'ai pas de mots pour qualifier ce que tu as fait, rugit André en se levant d'un bond. Pas de mots ! Tous les souvenirs de famille ! Et Chantal qui ne se mariera pas dans le voile qu'ont porté nos mères et nos tantes depuis trois siècles ! C'est une honte, un déshonneur !

– Depuis quand t'intéresses-tu à nos ancêtres, toi qui laisses les archives pourrir dans ton château ? Depuis quand te passionnes-tu pour ton héritage, quand tu laisses Argentières s'abîmer sans y faire les moindres travaux, et dépenses ton argent dans des vignes inexploitables ? Quand tu laisses un garçon comme cet escroc de Schlecher entrer chez toi ? » Marguerite tremblait de rage. « Je n'ai que faire maintenant de ta famille ! Ce n'est pas la mienne. La mienne, c'est celle de mes amis, de ceux que j'ai aimés. Alors laisse-moi tranquille. Et récolte ce que tu as semé. »

André prit sa tête dans sa main. Il resta prostré dans cette posture de longues secondes, légèrement penché vers la droite comme s'il allait s'effondrer. Marguerite était gênée de le voir ridicule ; elle se remit à sa correspondance comme s'il n'existait plus. Quand elle leva le nez, pensant sentir encore sa présence, il avait disparu.

Tancrède imaginait qu'on installerait les tables du déjeuner sous les marronniers comme on l'avait fait en 1860 pour le mariage d'Albin d'Argentières avec la fille d'un baron de Motte. Il en avait retrouvé des descriptions dans les lettres de remerciement des invités, enfouies dans des cartons que l'on avait entreposés dans la salle des archives, sans que, depuis, personne les ait ouvertes. Il tenta de les lire à table un soir, notamment la lettre d'une princesse de Monchy qui commençait ainsi : « Mon cher Albin, Étonnante féerie, ce mariage ! Je pense encore aux rayons de soleil agrippés aux branches, et votre Geneviève était si jolie, bien plus que la jeune princesse de Bourbon-Parme que j'ai vue en mariée il y a à peine deux mois. Vous allez faire de moi une orléaniste ! » Suivaient de nombreux détails sur les couleurs des nappes, la taille des bouquets et les personnalités invitées, ponctués de considérations générales sur la valeur du mariage, « pacte indissoluble entre deux familles ».

« Encore l'héritier qui nous embête avec ses histoires », s'exclama Odile à haute voix. Chantal rit nerveusement, inquiète de la réaction d'André, mais ce dernier ne releva pas l'insolence de sa fille. De fait, personne ne s'intéressait à la princesse de Monchy. Odile rappela qu'on était en 1970, Chantal revint à la couleur des rubans des enfants d'honneur.

Tancrède plia ses papiers jaunis et les remonta aux archives. Il suivait d'une oreille morne les conversations sur les faire-parts à adresser, le nombre d'invités, ceux à qui on envoyait une invitation à déjeuner, ceux à qui on ne l'envoyait pas, ceux avec qui on était en froid ou brouillés sans retour. Il finit par rêver au prochain article qu'il avait eu l'idée d'écrire pour la revue *Historia* sur les réceptions en Anjou au Second Empire.

Ce fut le 15 août. Une tente avait été dressée sur le flanc du château pour accueillir les invités. Elle donnait sur la vue de Souzay, et l'on souhaita fort, en voyant les nuages s'amonceler dans le ciel, que le temps fût assez clément pour laisser les portes ouvertes.

Au petit matin, André inspecta les abords. Les pelouses étaient parfaitement tondues, les buis et les arbres taillés, la cour ratissée. Il fit un tour dans le parc avec Jennie, la chienne de Lefranc. Les allées ressemblaient à des chemins de jardins à la française. Il se demanda s'il ne préférait pas un peu plus de naturel et de laisser-aller, mais il se rappela que son père lui avait dit un jour qu'il valait mieux « être trop soigné que pas assez ». Ces lignes épurées, ces contours sans dissimulation le rassuraient. Il avait le sentiment du devoir accompli.

Dans la touffeur des bois, l'obscurité fut bientôt telle qu'il ne distinguait pas bien les carrefours des allées. Il apercevait seulement le derrière heureux de Jennie, excitée par l'orage qui menaçait sur les collines. Il leva la tête. À travers les cimes des arbres, il apercevait le ciel marbré de gris. L'air était lourd, André se sentait transpirer plus que d'habitude. Il se souvint du jour où, enfant, il s'était perdu dans le parc. Il avait couru une heure qui lui avait semblé une nuit, sans retrouver son chemin, en s'écorchant aux ronces, en écrasant les mûres qui faisaient des tachetures rubicondes sur ses mollets. Il avait fini par s'arrêter pour écouter. Il n'avait pas eu peur. Les déchirures végétales dans la lumière, les persiennes des branchages, le silence vivant lui procuraient une joie qu'il n'aurait su nommer. Il avait la sensation d'être dans une alcôve aux plaisirs discrets. Il avait entendu le son rond des clarines d'animaux, avait suivi leurs éclats riants, s'arrêtant pour bien écouter d'où ils venaient, et avait trouvé à l'orée du parc les vaches de Frèrelouis qui rentraient à la ferme.

Une envie violente le prit de rester là sous les arbres, dans la chaleur, à attendre la pluie. Il ferma les yeux. La cloche du petit déjeuner rompit l'air, elle insistait. Il rouvrit brusquement les yeux, et marcha vers la maison d'un pas pressé.

À huit heures, Alexandre, qui était venu de Paris le matin même, coiffait et maquillait Chantal dans la salle de bains de ses parents. Il décida de lui faire un chignon *à la Grace*, en souvenir de celui qu'il avait fait pour la princesse de Monaco. Mais Chantal, saisie de remords, en préféra un autre à peine le premier achevé, qui ressemblait davantage, lui dit Alexandre lorsqu'elle eut précisément exprimé son désir, à celui de la duchesse de Westminster qu'il avait également dressé quelques mois auparavant. Une fois le chignon terminé, Alexandre vit qu'il ne s'agissait pas de celui de la duchesse, mais évidemment de celui de la malheureuse reine Astrid le soir de son dernier bal à la Cour.

À dix heures, une jeune couturière vint habiller la mariée dans le grand salon : il fallait qu'il y eût assez de place pour déposer sa robe sur le sol. Chantal posa ses pieds dans l'ouverture du corset et la couturière remonta la robe sur elle avec délicatesse. « Comme vous êtes belle », dit-elle. Chantal se sentait en effet très belle. La robe avait une longue jupe de taffetas blanc cassé qui se prolongeait en une immense traîne. Le buste était en fine dentelle de Calais. Les deux petites manches bouffantes sur les épaules tranchaient avec la dignité du reste, et lui donnaient l'air, plutôt que de la reine Astrid, d'un personnage de dessin animé.

Les parents de Charles arrivèrent et attendirent sur le perron de l'aile sud que l'on vienne les accueillir mais, personne ne les ayant entendus, c'est Jules qui s'entretint avec eux pendant que Thérèse parcourait les couloirs de la maison en clamant : « Madame et Monsieur Schlecher ! » d'une voix criarde dont Jeanne la réprimanda avant de descendre les escaliers à la rencontre des arrivants. Elle invita les parents de Charles à entrer dans le salon et à s'asseoir quelques instants seuls, car elle était très occupée. Monsieur et Madame Schlecher, déjà meurtris d'avoir dû attendre en compagnie de Jules, arpentèrent la pièce de long en large en s'exclamant qu'on était fort mal reçu, de nos jours, dans les salons aristocratiques.

Charles était déjà à la mairie. Il avait passé la nuit au Grand Hôtel de Saint-Amand, qui n'était qu'une maison de maître trapue couverte de lierre, ouverte de plain-pied sur un champ que paissaient des vaches languissantes. Peut-être inspiré par ses ruminants voisins, il avait excellemment dormi et avait eu le plus grand mal à sortir de son lit. Il s'était aspergé d'eau fraîche pendant de longues minutes, et la suite des événements qui l'attendaient s'était peu à peu rappelée à son esprit, jusqu'à lui laisser une vague inquiétude que le solide petit déjeuner paysan servi à la table de la salle à manger, face aux collines du Saumurois, avait aussitôt dissipée. Il avait avalé fromages de chèvre, tartines, œufs et café au lait avec alacrité. « Je suis magnifique », se dit-il devant la glace en pied en ajustant l'œillet rouge, encore humide, que la fermière lui avait donné pour sa boutonnière. Il était descendu dans la cour où son chauffeur l'attendait déjà.

Quelques mois auparavant, lors d'un dîner à la Villa, André avait suggéré que Jules conduise la Bentley qui emmènerait les mariés de l'église à Argentières. Monsieur Schlecher avait hoché la tête d'un air pensif. À l'invitation de Jeanne qui avait souhaité lui présenter une partie de sa parentèle, il était revenu à la Villa quelques jours plus tard dans une longue Rolls Royce noire rutilante qu'il avait acquise l'année précédente à Londres, lui qui, habitant la rue Cambon, venait toujours à pied. La machine énorme était conduite par un étrange échalas aussi roux que les fauteuils de cuir, la bouche dédaigneuse, l'œil las, agitant de longues et fines mains d'artiste dont on voyait les veines, et que terminaient des ongles impeccables. Il était vêtu d'une tenue rose et grise frappée aux épaulettes du chiffre des Schlecher. En descendant délicatement de son siège, il demanda à Jules un verre d'eau. « En voilà une demoiselle », avait marmonné Jules en prenant soin de bien se faire entendre de Thérèse dont il avait remarqué l'expression curieuse devant la mine de l'étranger.

Il fallait dire qu'à côté de Jean, l'élégant chauffeur des Schlecher, Jules, avec sa mine rougie et son embonpoint, ses mains noircies par le nettoyage matinal, son costume noir trop large, ressemblait plus à un patron de bar montmartrois qu'à un chauffeur de maître. Le contraste avait sauté aux yeux d'André quand il avait jeté un œil dans la cour à l'invitation négligée de son hôte qui, anecdotiquement, avait placé dans la conversation « la nouvelle voiture qu'il avait justement sortie aujourd'hui », en tirant légèrement le rideau du salon qui se situait à portée de main. On avait convenu que les mariés quitteraient l'église dans la Rolls Royce et l'on s'était aimablement séparé. Jules avait manifesté pendant quelques jours un dédain absolu de toute chose humaine. Pour le consoler, Marguerite lui avait offert une cape copiée sur le modèle de celle que portaient les cochers des Argentières du temps d'Albin, rouge et noire, avec un aigle brodé sur la poitrine.

Au moment où Charles montait à l'arrière de la Rolls, un cortège de voitures quittait Argentières, l'une après l'autre, en frémissantes arabesques. La mariée attendait dans le vestibule, un bouquet de lis blancs et roses à la main, qu'André donnât les dernières instructions à Maurice, qui, malgré ses quatre-vingt-cinq ans, avait tenu à présider le service. « J'ai bien compris, monsieur le marquis. Vous pouvez compter sur moi », répétait-il d'une voix cahotante, assez souvent pour faire penser à André qu'il n'entendait ni ne comprenait rien, mais André s'en moquait. Il était ému de voir devant lui le vieux domestique de son père. Il avait l'impression de réparer une faute passée, dont la culpabilité ne l'avait jamais quitté. « Tout n'est donc peut-être pas mort », murmuraient sous les mots efficaces sa voix autoritaire et douce, son regard net, sa stature qui n'avait jamais été aussi imposante et qui rappelait, à ceux qui l'avaient connu, celle de Jean-André en son âge d'homme. André le voyait dans les yeux de Maurice, il en tirait une gloire qu'il savait usurpée, mais pour ce jour, cet unique jour, il en abuserait, car il en avait un urgent besoin.

Enfin André prit le bras de sa fille et ils descendirent les marches du perron avec précaution, montèrent dans la voiture où Jules, tel un suisse papal, enroulé dans sa cape, attendait solennellement.

Les voitures se garaient dans le pré face à la mairie. La foule des villageois en tenues bariolées attendait sur le côté, et applaudit en voyant apparaître au virage la voiture de la mariée qui sortait de la route du sous-bois. Charles, devant la porte, tripotait son chapeau d'un air embarrassé, visiblement gêné par les exclamations et les vivats populaires, lui qui de la foule ne connaissait que les publics des grands prix d'Auteuil et de Longchamp.

Chantal descendit de la voiture, aidée par Félicité, et s'avança d'un pas chaste vers Charles. Un grondement qui venait d'au-delà des collines fit trembler l'air lourd en de multiples vibrations, puis se tut. « L'orage, il ira à l'est, je vous le dis », tonitruait Lefranc en reluquant la mariée. André longea le mur du bâtiment et entra par une porte qui donnait dans l'arrière-salle de la mairie, où l'on entreposait chaises et vieux papiers, les fournitures de bureau ainsi que les bouteilles pour les apéritifs du conseil municipal. Il glissa la main sur une étagère, de fines particules de poussière envahirent le rayon de soleil comme un feu d'artifice. Il en tira une petite clé avec laquelle il ouvrit un placard rempli de vieilleries hétéroclites d'où il extirpa une longue écharpe tricolore qui semblait ne pas finir, étonnamment propre au vu du lieu douteux dont elle provenait. Il l'ajusta sur sa jaquette en passant un doigt méticuleux le long de sa poitrine, et replaça sur son front la mèche que les gouttes de transpiration avaient un peu collée.

Il hésita puis rapidement il avala quatre longues gorgées d'un whisky ocre qui lui chauffa aussitôt l'œsophage, à même le goulot d'une bouteille qu'il avait rapportée d'un déplacement à Édimbourg. Il s'essuya la bouche du dos de la main et, engourdi par l'alcool, il entra à pas lents dans la salle de mairie où mille yeux impatients l'attendaient.

Devant le bureau que la secrétaire de mairie avait tenté de décorer de quelques fleurs, les visages moites de sa fille et de son futur gendre semblaient faits d'attente anxieuse et d'une mièvre émotion. D'une voix solennelle, il commença la lecture des articles du code. L'alcool coulait dans ses veines comme un mauvais esprit qui le prenait à la gorge et le menaçait des pires inconvenances : ricaner brutalement, balbutier, cracher à la figure des époux, lire, au lieu des pieux articles du code de la famille, l'arrêté de condamnation à la peine de mort dont il avait relevé le sinistre contenu dans le journal, à l'occasion d'une exécution.

Rien ne paraissait pourtant de ce désordre intérieur dans son apparence, sinon une légère rougeur aux pommettes qui, si elle avait été remarquée, aurait été attribuée à l'excessive chaleur qui pesait dans la pièce exiguë.

Le rituel administratif une fois effectué, André prononça quelques mots sur l'émotion d'un père à engager sa fille sur la noble voie du mariage, indispensable à l'unité, à la prospérité et à la moralité d'une nation. Il fut fort applaudi. Puis ce fut l'heure de marcher, en cortège étudié, jusqu'à l'église.

Une vingtaine de couples formés par les membres de la famille s'acheminèrent vers le parvis où le père Calas, dans une chasuble dorée rebrodée de motifs agrestes, était apparu quelques minutes auparavant. Le père Calas vieillissait. Avec le temps, il était plus émotif. Cela déplaisait à Jeanne et gênait André. Le curé avait des gestes d'affection et des mots qui lui semblaient déplacés. Il lui tapait sur l'épaule, serrait sa main entre les siennes. Parfois même il le tutoyait, sans que les toussotements d'André suffisent à l'avertir.

L'église se remplissait d'un mélange caquetant de queues-de-pie, d'habits sombres, de robes longues, de voilettes et de chapeaux, de fourrures même, qui se toisaient, s'admiraient, se miraient, se médisaient. L'ensemble donnait l'apparence d'une remuante basse-cour. L'air frais avait redonné à André la certitude de sa dignité. Il entra au bras de Chantal, avec le sérieux qu'exigeait à cet instant l'ordonnance sociale.

À les voir ainsi, père et fille, dans l'aura de lumière sale qui éclairait l'église, l'assemblée se tut, saisie par le spectacle grandiose de son indéfinie régénérescence à laquelle le passage du temps n'avait su porter atteinte. Tant que le père soutiendrait le bras neigeux de sa fille, tant que la fille aérienne flotterait sur le bras de son père, tant que ce spectacle serait possible, et il le serait à jamais, puisqu'il était déjà passé, déjà comprimé dans l'épaisseur du temps, alors rien ne pourrait cesser. Tous les Argentières derrière le couple évanescent traversaient l'allée dans leur pure essence, suivant leur destin, celui de cheminer éternellement sur les dalles de l'église où tous avaient été baptisés, mariés et enterrés, en traînant la robe mélancolique des nuits, des amours, des secrets perdus.

La messe fut morne. Le père Calas prononça une homélie sur l'importance du mariage chrétien, homélie oratoire que la princesse de Monchy eût pu prononcer si elle n'eût été morte. À peine l'assemblée fit-elle entendre quelques grincements de chaise et éclaircissements de voix quand vint l'échange des consentements.

Un seul instant eût pu faire croire à l'existence de Dieu. À l'offertoire, alors que le père Calas, embarrassé dans les manches de sa chasuble, gêné par l'incompétence de son jeune enfant de chœur, s'adonnait à un étrange jeu de burettes, les vitraux vibrèrent sous un tonnerre crépitant de pluie, de sifflements, d'éclairs soudains qui traversèrent l'église comme des langues de feu. « Mes chaussures ! Mon chapeau ! » gémissait en lui-même le commun des fidèles, tout en regardant avec dévotion le curé marmonner ses paroles de consécration au-dessus des saintes offrandes. Il eût fallu le regard intérieur et bienveillant de la foi pour voir, au moment de la présentation de la Sainte Hostie, alors que la pluie redoublait de vigueur contre les vitraux, la longue tige que finissait un bouton de fleur blanche glisser délicatement contre le mur de l'église pour tomber sur la tête blonde de l'enfant de chœur prostré contre l'autel. Dans sa surprise, il en oublia de sonner la cloche pour saluer le Saint Sang, créant dans l'assemblée, habituée en ces lieux à courber l'échine à la moindre sonnette, un léger désarroi.

C'était une branche de cerisier qui, en se cassant, avait penché sa tête duveteuse à l'endroit où un précédent orage avait ouvert un trou de quelques centimètres, juste ce qu'il fallait pour faire passer les signes de la promesse divine.

La pluie fut moins forte et cessa enfin, laissant la terre inondée. La noce sortit de l'église, les yeux au ciel. Chacun se précipita vers sa voiture sur la pointe des pieds, sans attendre que les mariés montent dans la Rolls que le prévoyant et impassible Jean avait garée dans la grange d'un villageois pour qu'elle ne soit pas salie. Jules maugréa encore. La Bentley était éclaboussée de boue. « C'est pas une voiture, ça, c'est une porcelaine », disait-il à voix haute en observant la Rolls, mais personne ne pouvait l'entendre, puisque Jules n'avait personne à raccompagner.

Deux cents voitures environ se suivaient pour se rendre à la réception. Des petits kiosques avaient été disposés autour du château. On pouvait s'y asseoir autour de quelques tables et y boire une coupe de champagne en attendant le déjeuner offert pour la famille et les villageois, selon une coutume qui remontait à l'engagement catholique et social des Argentières. Certains invités avaient refusé de venir, fâchés de se trouver attablés avec leurs gens. Ils avaient été sobrement rayés des lourds registres d'Argentières, où l'on consignait, depuis 1700, la liste des personnes que fréquentait la famille.

L'habilleuse de la mariée était accompagnée de son époux, un jeune homme imberbe aux cheveux gominés et coupés ras. Quelques âmes persifleuses les prirent pour les Argentières de la branche cadette qui s'était installée dans une vallée du Massif central au XVIIIᵉ siècle après avoir été déshéritée à la suite d'un trouble viol incestueux. Leurs descendants s'étaient enfoncés dans une vie fruste, gérant des terres insalubres dont ils avaient su tirer, à force d'ingéniosité et de travail, un rendement suffisant pour en faire l'un des domaines les mieux exploités de la région. Les Argentières de Paris n'en avaient pas moins continué à entretenir un dédain compatissant envers leurs cousins qu'ils invitaient à toutes les fêtes familiales, avec le même plaisir qu'ils prenaient à payer largement, leur semblait-il, le denier du culte.

Les persifleurs posèrent au jeune couple sans défense quantité de questions auxquelles ils répondirent à mots confus tout en devinant qu'elles ne leur étaient pas vraiment adressées, ce qui permit aux mêmes âmes de divulguer, en moins de temps qu'il fallut à Achille pour rattraper la tortue, que la branche cadette était tombée si bas que leurs rejetons n'étaient rien moins que couturière et garagiste.

Les vrais Argentières « auvergnats » étaient pourtant bien présents, en la personne d'un couple d'une quarantaine d'années, d'un physique agréable, petits et minces, accompagnés d'un garçon de quatorze ans au visage bronzé, habillé à l'allemande car sa mère était bavaroise. Ils avaient accaparé toute l'attention de Marguerite qui trouvait plus d'intérêt à les tourmenter qu'à faire des frais aux amis de son frère qu'elle jugeait stupides, pour la seule raison qu'ils étaient les amis de son frère. Elle les interrogea longuement sur le prix de la viande et du maïs, sur les températures de la région et la distribution de l'eau, sur les difficultés à se chauffer dans les régions froides et isolées. Le couple eut beau lui répéter que la famille avait quitté le Massif central dans les années cinquante pour reprendre une usine de colorants à Montpellier dont elle avait fait l'une des plus dynamiques de la région – ce que Marguerite savait fort bien pour avoir été très jalouse de lire dans une revue d'art que ces Argentières-là étaient les premiers mécènes de la région Languedoc-Roussillon –, elle haussait les épaules et levait les yeux au ciel en soupirant : « Dieu, quelle abnégation, la vie champêtre ! » « Cet accent montagnard, murmura-t-elle plus tard, alors que ses lointains parents parlaient un français purement parisien, ils pourraient faire un effort. »

On sonna l'heure du déjeuner et, en groupes paresseux, les invités s'approchèrent de la tente. Thérèse et Félicité l'avaient entièrement tapissée de lierre et de branches qui tombaient en cascades. Des fleurs ouvertes décoraient les tables. Cette fois, Jeanne avait refusé que l'on use de la vaisselle familiale. Maurice, près de la porte qui donnait sur la cuisine, les mains derrière le dos, le regard vague, attendait que les invités prennent place pour lancer le service. Sa présence n'était pas moins incongrue que celle d'un majordome anglais sous le tipi d'un chef indien. « Du temps de Monsieur… », avait-il commencé à souffler la veille, lorsque Jeanne lui avait montré la tente et les assiettes en porcelaine blanche, banale, dressées par le traiteur. Il s'était aussitôt interrompu, foudroyé par l'œil noir de Jeanne. Depuis, il n'avait plus rien dit, mais parfois, quand son regard se posait sur un être ou un objet, quelque chose de lumineux y flottait, avant de le replonger dans l'absence.

Tout le monde s'assit finalement dans un brouhaha général qu'interrompit la voix profonde d'André réclamant l'attention. Il adressa quelques remerciements aux invités pour leur venue, rendit hommage à Jeanne, la mère de ses enfants. Puis il se rassit dans un silence suspendu, car l'on attendait une suite, mais il n'ajouta rien. Alors Paul, qui avait déjà pas mal bu pendant l'apéritif, et qui était assis à la table d'André, leva haut son verre : « Eh quoi, rien d'autre ? Ne buvons-nous pas à l'avenir du monde, au progrès, à la modernité ? À la beauté des villages de France, pour un métèque comme moi ? Aux temps qui viennent ? » Tout le monde, d'abord surpris par l'audace de ce personnage à l'étrange costume blanc relevé d'un col parme, dont certains, qui n'avaient pas reconnu Paul, avaient relevé l'incongruité avec désapprobation, bruyait gaiement. « Eh bien, oui, un discours, un discours ! » Encouragé par la rumeur qui s'amplifiait, Paul sourit, leva plus haut son verre, bomba le torse et improvisa en criant : « À Argentières, chers amis ! À la beauté de ses terres, à l'éclat de son vin, à la beauté de ses femmes ! » Il était chaque fois plus acclamé, si bien qu'il continua à lancer toasts et exclamations jusqu'à ce qu'André lui-même, se levant, lui demande d'un geste de s'arrêter. L'excitation se poliça, on engagea la conversation avec ses voisins, et le service commença. On mangea du foie gras, du canard aux airelles, du fromage de chèvre, le tout arrosé de vins du Layon, ainsi que d'un graves bouchonné.

L'orchestre s'était installé et commença à jouer des chansons que tout le monde reprenait. Il exécuta ensuite des bourrées, et les danseurs envahirent la piste, joyeux, légèrement vacillants. André les regardait en battant la mesure avec son pied. L'orchestre se tut puis il entama la « danse de la ferme ». André écrasa sa cigarette et s'avança au centre de la piste. Les danseurs s'écartèrent. Avec une parfaite maîtrise, il descendit sur ses talons, agrippa ses mains à ses genoux, le dos droit, et, d'une démarche rythmée, sans déhanchement malgré ce qu'il avait bu, il se mit à avancer, appelant derrière lui les personnes qu'il apercevait et qui se placèrent en file, haletantes sur le parquet mal fixé, hilares. Tancrède, qui buvait un café à la table où il avait déjeuné, vit André avancer, traînant sa trébuchante portée, et se tourner brusquement face à lui sans le regarder. Le maintien martial et déterminé de son père, son regard fixe, son air de chef dérisoire le firent frissonner. « Il y a des courants d'air », dit-il à sa voisine.

3

Le café terminé, les invités commencèrent à quitter Argentières. Chantal et Charles les saluaient, parfois les raccompagnaient jusqu'à la grille. Le ciel était troué de nuages gris mais il ne pleuvait plus. Seul le vent passait par rafales brusques, arrachant ce qui restait à arracher de la noce, écharpes, foulards, légers couvre-chefs. Tellier, profitant que sa femme s'était attardée à discuter avec Tancrède, s'approcha d'André qui était retourné à sa table auprès de Madame Schlecher et lui faisait grand compliment des succès de ses chevaux en Angleterre. En voyant Tellier, André se leva.

« Vous partez déjà, cher ami ? Merci d'être venu nous honorer de votre présence.

– Je me souviens d'être venu ici enfant lors d'une fête, une kermesse, me semble-t-il, c'était l'été, répondit Tellier. La fête d'aujourd'hui n'a rien à envier à celles du passé. C'était encore du temps de Monsieur votre père et de Madame votre mère.

– Ma mère était-elle encore de ce monde ? » demanda André en dévisageant Tellier, comme si à l'instant il n'y eût pas de question plus essentielle.

Interloqué, Tellier se ravisa : « Pour tout dire, je ne sais plus très bien. Vous insinuez un doute…

– Cela n'a pas d'importance. Comment vous portez-vous, cher Tellier ?

– À vrai dire, fort bien. Oui… Quelques soucis de santé, bien sûr… Rien de grave ! » Il hésita avant d'ajouter : « Je serais heureux de m'entretenir avec vous, une fois les festivités passées bien sûr. Il y a un temps pour tout.

– Vous désirez un rendez-vous ? demanda André. Je serais très flatté de pouvoir vous aider.

– Non… », répondit Tellier en rougissant. Il tournait le dernier bouton de sa veste entre ses doigts.

« De quoi s'agit-il donc ?

– Je crois que ce n'est ni le lieu ni le jour de nous entretenir de… Non, vraiment…

– S'agirait-il d'une affaire… privée ? » demanda André en saisissant le bras de Tellier. Le ton familier d'André, inhabituel, résonna aux oreilles de Tellier qui dégagea son bras aussi vite qu'il avait été saisi.

« Permettez-moi de prendre congé, implora-t-il d'une voix fuyante.

– Certainement pas. Si vous avez quelque chose à me dire, c'est maintenant ou jamais. Venez avec moi. »

André s'excusa auprès de Madame Schlecher et, suivi à pas maladroits par Tellier, il marcha vers Argentières, ouvrit la porte de la maison, introduisit son compagnon dans le salon frais et sombre. Tellier, impressionné, resta bouche bée devant le portrait de Napoléon.

« Qu'avez-vous donc à me dire ? s'enquit André en se tournant vers les étagères de la bibliothèque comme s'il y cherchait un titre, avec nonchalance.

– Monsieur le marquis, implora Tellier, ne m'en tenez pas grief… Je vous parle en voisin, et presque… en ami. » Son ton était obséquieux.

André ne dit rien, il inspectait avec un œil précis les volumes de l'*Encyclopædia Britannica*, comme si de l'enchaînement morne de leurs numéros pouvait surgir quelque vérité.

« Les derniers investissements que vous avez faits pour vos vignes de Belle France me semblent trop importants pour que je ne vous mette pas en garde. Voyez-vous… Vous aurez beau dépenser toute la fortune imaginable, ces terres ne donneront jamais les fruits que vous attendez d'elles. Elles sont mal exposées et trop rocailleuses. Si vous m'aviez demandé… » Tellier prit un air triste. « Si vous m'aviez demandé, je vous l'aurais dit et je vous aurais conseillé, par exemple, d'acheter plutôt les terres à Saint-Amand que Lefranc a raflées. » Il fit une pause. « Monsieur le marquis, si je tenais les gredins qui vous ont encouragé à faire cet achat, je leur donnerais une sacrée leçon ! »

Tellier, dans sa colère, avait crié. André se retourna vers lui en souriant : « Voyons, Tellier, ne vous mettez pas dans des états pareils. C'est une opération convenable. J'ai eu ces terres pour une bouchée de pain, un expert les a arpentées pendant une journée afin de m'en garantir la bonne exploitation. Avec de l'effort… N'avez-vous donc pas lu l'Évangile ?

– Je me fiche de l'Évangile, monsieur le marquis, pardonnez-moi ! Mais vous ne tirerez rien de ce tas de cailloux, même avec toute la bonne volonté du monde. Qu'avez-vous eu en trois ans ? Des orages, de la grêle, de la piquette que même vos fermiers ne boiraient pas. Et puis, s'il n'y avait que ça, si c'était votre caprice… Mais il y a aussi les peupliers, les peupliers dont vous n'avez que le mot à la bouche, et qui "feront votre fortune"… Soyez raisonnable, monsieur le marquis, vous ne savez pas ce qui peut leur arriver à vos peupliers, c'est votre père qui me l'a appris. Pourquoi avoir coupé pour ça des arbres qui dans cinq ans vous auraient rapporté le double, peut-être même le triple ? Pourquoi avoir saccagé votre parc avec des plantations d'arbres fruitiers et de plantes exotiques que personne ne vous achète, vos champs avec des graines qui poussent mal ici et ne vous rapportent que des dettes ? Peut-être dans le Midi, peut-être à Acapulco si cela vous chante, monsieur le marquis ! Mais ici… Toutes ces belles machines que vous avez achetées ces dernières années, toute cette main-d'œuvre, cet investissement technique comme vous dites, pourquoi ne les mettez-vous pas au service d'une production équilibrée, d'une gestion sûre ? Vraiment, monsieur le marquis, je dois vous le dire, je suis malade moi-même de vous voir gaspiller ce que vous avez pour des choses que vous n'aurez jamais. »

Il y eut un silence. André s'était de nouveau tourné face à la bibliothèque, mais il ne regardait plus les livres, son dos tremblait légèrement.

« Est-ce tout, Tellier ? dit-il enfin sans se retourner.

– Oui.

– Je vous remercie. Vous pouvez vous en aller. » Tellier eut l'impression qu'une voix sortait du dos d'André comme du corps du prêtre dans le temps où il était encore tourné face à l'autel, en colloque particulier avec Dieu.

Tellier fit un geste vers André puis, frappant sa cuisse du plat de la main, poussa un soupir. Le choc fit un bruit mat dont l'écho immédiat et court claqua dans la fraîcheur de la pièce. « Ah ça ! » lança-t-il.

Quand tous les invités furent partis, on rassembla les cadeaux qui avaient été déposés dans le vestibule. Félicité prit les cartes et les donna à Jeanne, qui commença à rédiger des remerciements sur des cartons imprimés. Chantal et Charles préparèrent les valises de leur voyage de noces, ils partaient le lendemain pour l'Italie. Odile et Tancrède erraient sans but dans la maison, une coupe de champagne à la main, ce qui faisait, remarqua leur mère, « très mauvais genre ». Ils jouèrent au billard et aux échecs, ce fut une fin d'après-midi dolente dont on n'aurait pas gardé le souvenir si le soir, on n'avait remarqué l'absence d'André lorsqu'il fut l'heure de passer à table. On envoya Jules à sa recherche, mais on ne le trouva nulle part, ni dans les communs ni à la chapelle. Frèrelouis sillonna le parc avec Tancrède jusqu'à onze heures du soir, pendant que Charles, Odile et Chantal faisaient le tour des fermes pour vérifier qu'il ne s'y était pas attardé. Jeanne attendait dans le salon, debout près de la fenêtre, même quand le soleil eut disparu. « On ne va tout de même pas les déranger pour cela, s'exclama-t-elle lorsque, à minuit, ses enfants suggérèrent d'appeler les gendarmes, ils vont croire à je ne sais quoi, un scandale, les gens parleront... »

Mais elle n'eut pas à résister davantage, car tout le monde reconnut le pas large et dynamique d'André monter du vestibule vers le salon. Ses bottes étaient boueuses et ses vêtements de chasse humides. Il avait l'air fatigué comme s'il avait marché des heures. « J'ai faim », dit-il en entrant dans le salon devant les mines ébahies, et Félicité qui avait veillé près de Jeanne, morte d'inquiétude, se précipita aux fourneaux pour réchauffer le poulet aux morilles auquel personne n'avait eu le cœur de toucher.

4

Depuis le mariage de sa sœur, Odile se comportait de la manière la plus étrange. Elle avait déjà terminé ses études d'attachée de presse et ne faisait plus rien depuis de longs mois, sinon traîner ses regards soupçonneux et sa triste humeur où qu'elle allât. Jules s'en était froissé et l'avait baptisée l'« impératrice », ce qui allait bien à son expression de martyre, hautaine et dédaigneuse, consciente de la vastitude de son destin. Mais le destin ne venait pas, et l'errance d'Odile se transforma vite en un caprice d'enfant gâté. Une robe, un objet qu'elle convoitait, un gâteau qu'elle voulait manger, tout devenait objet de réclamation auprès de ses parents qui préféraient céder. Odile réclama finalement de faire un stage à la radio comme Christiane. Jeanne crut à un nouveau caprice, mais Odile insista. André téléphona à Georges qui téléphona à son ami, président d'une antenne réputée. Odile fut engagée pour un stage de deux mois auprès d'un jeune pigiste du nom de Robert, dont elle aurait à aider le travail de recherche. Elle promit à ses parents qu'elle ne tenterait jamais d'y faire carrière.

Ledit Robert était issu de la bourgeoisie nantaise. Il portait des costumes froissés et, à force de fumer des cigarillos, il avait des dents grises et une permanente odeur de chien mouillé. Il arborait une barbe, des cheveux clairsemés qui, sur son visage allongé, n'auraient pas pu le faire mieux ressembler à Lénine. En dépit de cette étonnante similitude, Robert se disait trotskiste, sans beaucoup d'autres raisons qu'un mépris inné pour le pouvoir qu'il n'exerçait pas et une névrose de persécution qui l'amenait à voir dans toute institution médicale, scientifique ou politique, une imposture conçue pour son extermination. « Ils ne sont pas sérieux, ceux-là, martelait-il à longueur de journée, ils ne font pas bien leur travail », en jetant ordonnances, feuilles d'impôt et courriers administratifs à la poubelle. Il se fendait ensuite d'une longue lettre aux intéressés pour expliquer sa propre position, ce qui le rendait politiquement plus proche d'une extrême droite autiste que de l'extrême gauche généreuse dont il se réclamait.

Robert était l'assistant de Mademoiselle Fangeux, une vieille fille dynamique, passionnée de musique classique. Elle buvait du thé à longueur de journée et faisait des petits bruits comme des couinements d'oisillon quand elle entendait un enregistrement qui lui plaisait. Les connaissances musicales de Robert, qui dans son CV allaient du « genre diatonique grec à la dodécaphonie contemporaine », étaient en réalité cacophoniques. Robert avait été deux fois à l'opéra, où il avait entendu *Don Juan* et *Madame Butterfly* avec son père de passage à Paris. Il en avait élaboré une théorie sur la différence entre le phrasé mozartien et le vibrato puccinien qu'il ressassait à ses amis lors de ses soirées politiques, dans les cafés du Quartier latin. Ses discours étaient aussi abscons pour ses amis que la conception trotskiste de la révolution, mais ils finissaient par entendre « Mozart fasciste » et « Puccini bourgeois », qu'ils répétaient avec une énergie mystique.

Mademoiselle Fangeux avait d'abord été impressionnée par la capacité de Robert à s'emparer de n'importe quel sujet et à en discourir avec une verve et un vocabulaire qui l'avaient séduite. Et puis elle s'étonna de voir revenir, dans les fiches qu'il préparait sur les disques dont il devait faire le compte rendu, des mots comme « dilatoire », « déceptif », « structure d'attente », « prolapse », « métatexte » et « métesis », auxquels elle n'entendait rien, mais dont Robert lui avait expliqué qu'ils étaient indispensables à l'exégèse contemporaine. Lui-même les avait appris de sa petite amie de l'époque, une brillante étudiante en lettres dont il ne comprenait pas la moindre phrase lorsqu'elle parlait, sauf quand elle lui disait « Baise-moi » pour prouver qu'elle était sexuellement libérée.

C'était sans compter avec la précision d'une vieille fille imbibée de Darjeeling. Elle alla chez Gibert acheter elle-même un manuel de stylistique écrit par le professeur Dhombes, recteur de l'université d'Amiens, ami de Barthes et de Zumthor, et, un chiffon mouillé sur la tête, une bouillotte aux pieds, dans sa chambre noire car toute lumière la fatiguait lorsqu'elle avait une telle migraine, elle se fit lire par la gardienne de son immeuble la totalité de l'ouvrage dont elle assimila la moindre ligne avec la capacité digestive d'un boa. « Le petit gredin », marmonnait-elle en s'endormant. Le lendemain matin, elle convoqua Robert dans son bureau et lui envoya toutes ses fiches à la figure en le traitant d'imposteur.

Odile arrivait à point pour servir la paresse de Robert. Dès le premier jour, il la fascina. Elle laissait couler ses paroles en elle avec délectation. Elle pensait qu'elle comprenait ce qu'il lui disait et que ce qu'il lui disait était beau, libre, vrai, parce que c'était compliqué. Elle n'avait jamais entendu personne parler ainsi et connaître tant de choses. « Mon Dieu… Trotski, Staline, Mozart, Puccini… Je ne connais rien de tous ces gens ! Quelle imbécile je fais ! Mes parents ne m'ont donc rien appris », se désespérait-elle. Elle avalait sa rancœur et, gratifiant de son sourire le plus aristocratique Robert qui s'enhardissait, parlait de Sartre, de Camus, ces « idiots d'intellectuels », elle répétait après lui, « ces idiots d'intellectuels, des gens pas sérieux, qui ne font pas leur travail », et puis à qui voulait l'entendre, « des gens pas sérieux, qui ne font pas leur travail », sauf à ses parents pour lesquels elle avait converti sa mine hautaine en un mutisme obstiné parce qu'elle ne les estimait pas dignes d'accéder au savoir qu'elle avait acquis « par son propre mérite ».

Tôt le matin, Odile écoutait les disques que Robert devait recenser. Vers midi il arrivait endormi et la cravate défaite, elle lui donnait ses impressions sur ce qu'elle avait entendu, il prenait quelques notes en lâchant des « hum » inspirés, avant de broder des commentaires verbeux qu'il rédigeait en buvant son café et en fumant frénétiquement. Puis il parlait du « travail rédempteur dans une société sans exploités », du « peuple contre le clientélisme et le népotisme », ou de l'« absurde division du travail en système capitaliste ». Tout époustouflée qu'elle était par Robert, Odile n'en perdait pas la conscience de sa supériorité sociale et sentait bien qu'elle l'impressionnait. « Ma famille est l'une des plus anciennes de France, mes ancêtres ont tous été ministres », lâchait-elle parfois. Robert invectivait contre la monarchie, la noblesse et les privilèges, mais son ton se faisait moins passionné. Il posa des questions à Odile, il sut bientôt où elle habitait. Il se moqua d'elle, lui demanda comment elle osait encore vivre dans un hôtel particulier. L'orgueil d'Odile était blessé, mais elle se disait que, s'il l'humiliait, c'était qu'il s'intéressait à elle. Elle souriait en se donnant du mystère, pensait-elle, comme un chat, signifiant à la fois « Vous avez raison », « Quelle importance » et « Regardez-moi sourire », elle accommodait son expression d'un rire enfantin. Parfois ils allaient déjeuner ensemble dans une brasserie près de la radio. C'était toujours Odile qui l'invitait. Robert ne déboursait jamais un sou de plus que ce qui lui était indispensable, par radinerie, car son père lui envoyait chaque mois une somme coquette pour son quotidien. Elle le traitait comme un gigolo, lui offrant disques et livres qu'il recevait avec nonchalance, sans protester.

Elle le présenta à ses amies de rallye ; elles le trouvèrent « extravagant ». Lui les trouva « pimbêches ». Elle prit le parti de Robert et décida de ne plus les voir. Elle n'aurait su dire si ce qu'elle éprouvait pour Robert était de l'ordre du sentiment, qu'il fût amical ou amoureux. Lui non plus n'éprouvait pas de sentiment pour elle. Ils se glissaient parfaitement dans les béances de leur caractère respectif et s'y pétrifiaient.

Après l'expérience malheureuse auprès de ses amies, Odile n'osa pas présenter Robert à Tancrède, ni à Chantal et Charles. « Ils ne comprendraient pas. Ils sont tellement engoncés… Ils ne connaissent rien à rien. » Mais elle voulut voir Robert à la Villa. « Venez chez moi », lui dit-elle un matin en lui apportant son café. Elle ne savait pas pourquoi elle ressentait cette nécessité. « Passez chez moi, mes parents seront absents samedi, cela me ferait plaisir », avait-elle ajouté en souriant, le cœur emballé.

Le samedi arriva. Robert se présenta à la porte de la Villa. Il avait dû être en avance car il tenait un bout de cigarillo entre ses doigts.

Personne ne fumait à la Villa. L'odeur de feuille et de feu froid qui émanait de Robert avait d'abord étonné Odile, et puis elle s'y était habituée. Mais en la sentant ici, sur le seuil du hall de marbre glacé, sans parfum autre que celui de la poussière levée le matin même par Félicité, elle sentit monter en elle une émotion neuve, une émotion qui réchauffait des îlots mystérieux de son corps et la fit brusquement rougir, sans raison. Ce n'était pas l'émotion qu'elle avait éprouvée les jours et les nuits précédents en s'exaspérant à imaginer la maison vide, les trois heures qui frapperaient à l'horloge du hall, la tenue qu'elle allait porter, à contempler jusqu'à s'en épuiser les yeux la légère robe blanche à boutons pression et col chemisier qu'elle avait accrochée devant la porte de son armoire. C'était une excitation qui la projetait au-delà de la réalité et la protégeait de la déception, en construisant, fantasme après fantasme, transgression après transgression, le domaine dont elle était reine et sujette à la fois, pleinement solitaire, de son désir.

Ils montèrent ensemble les marches du perron. Robert ne disait rien, il avançait, une main dans la poche, et, de l'autre, tirait sur son cigarillo en plissant de l'œil. Odile à côté de lui glissait, exultante. « Voulez-vous un café ? demanda-t-elle d'une voix trop forte. – Volontiers », répondit-il en regardant les plafonds et les boiseries. Odile demanda à Félicité d'apporter deux cafés au salon. Robert feuilleta un magazine d'antiquaire qui traînait sur la console au fond du vestibule. « Il y a de quoi nourrir du monde, avec tout ça », lança-t-il à Odile en parcourant rapidement la pièce du regard. Elle fit son sourire de chat. « Passons au salon. » Elle le devança. Il vit la couture de sa robe, les creux poplités de ses genoux dénudés à la peau presque bleue, ses épaules molles et sa fine taille. Ils s'assirent à côté d'un guéridon sur lequel Odile avait posé un bouquet de fleurs blanches. Robert, debout, les doigts pressés contre son cigarillo, demanda un cendrier. Odile ouvrit le tiroir du guéridon d'où elle sortit un cendrier de verre rectangulaire et le mit sur la table.

Félicité apporta le plateau du café. Robert avait croisé ses jambes et, les mains serrées sur ses genoux, il regardait autour de lui, l'air dubitatif, presque anxieux. Odile l'observait. Puis elle se releva, passa les mains sur ses cuisses pour défroisser sa robe et prit le plateau. « Venez ! » s'exclama-t-elle. Ils traversèrent le salon, montèrent l'escalier jusqu'à la chambre d'Odile. « Nous serons plus au calme », glissa-t-elle en poussant la porte. Les rideaux étaient tirés. La pièce avait l'atmosphère confinée d'une journée de forte chaleur. Elle posa le plateau sur le bureau, sortit deux chaises en osier, servit le café. Cette fois, Robert était resté debout, la tasse à la main, en face de la fenêtre, une main dans la poche. Odile s'était assise et ne le regardait pas, elle resservit le café. Robert posa sa tasse sur le plateau. Elle sentit qu'il allait parler. Elle se leva, se plaça devant lui et lui dit : « Touchez-moi. » Le visage de Robert était si pâle qu'elle crut qu'il allait se trouver mal. « Touchez-moi », répéta-t-elle d'une voix minérale, sans souffle. Robert recula, la regarda méchamment. Elle sentait l'odeur du tabac sur ses vêtements, mêlée à celle de la transpiration, elle voyait le détail de ses yeux pâles, ses cheveux courts où brillaient quelques particules blanches.

Elle ferma les yeux, s'approcha, se colla contre lui. La main de Robert se posa sur son épaule nue, son bras, sa taille. Sa peau se tendit. L'autre main descendait, moins lente, moins circonspecte, sur son sein, sur son ventre. Il la saisit à la taille. « Caresse-moi », chuchota-t-il. Elle approcha ses mains de son dos comme si elle craignait de se brûler, les passa sur sa veste, de haut en bas, elle sentit avec effroi contre elle le sexe raide qui la cherchait. Elle ferma de nouveau les yeux, avança la main vers la saillie de son pantalon, l'entendit respirer comme un chiot. Il souleva sa jupe et la poussa contre le bureau en soufflant plus fort dans sa nuque. Elle imaginait que c'était la mer, le roulis de la mer, le plaisir de la mer, mais une sorte de bruit d'eau sale la rappela soudain à elle, c'était Robert qui déglutissait bruyamment et haletait maintenant. Il se déboutonna devant elle et, malgré sa peur, elle regarda le sexe violacé sur une toison de poils roux qu'il serrait entre ses doigts.

Elle ferma très vite les yeux, s'assit sur la table. Il écarta ses jambes, plaqua brusquement son bassin contre son ventre, la serra en enfonçant ses doigts dans son dos alors qu'elle tentait de se dérober. Elle cria, il glapit aussitôt contre elle, d'une voix asexuée. Elle tenta de ne pas hurler davantage, parce qu'elle savait que Félicité se serait précipitée, aurait grimpé les escaliers quatre à quatre, et, même si Odile avait pris soin de fermer la porte à clé, elle aurait frappé fort, elle aurait deviné, insisté. Toute la douleur qu'Odile ne hurlait pas lui frappait le crâne, les cuisses, lui déchirait le ventre. Elle s'appuyait contre le bureau en haletant doucement. Dans le coin de la chambre, dos à elle, Robert rajustait la ceinture de son pantalon. Elle se recoiffa devant le miroir. Ses jambes tremblaient. Elle passa rapidement un mouchoir entre ses cuisses et le jeta dans la poubelle, en veillant que Robert ne la voie pas.

Il se retourna. « Vous l'avez voulu, dit-il, je tiens à ce que ce soit clair. » Il ouvrit la porte et sortit.

Ils se retrouvèrent plusieurs fois par semaine, chez lui ou à la Villa quand André et Jeanne étaient absents. Odile préférait qu'il vienne chez elle. Elle éprouvait plus de plaisir à faire l'amour dans sa chambre de jeune fille. Parfois même, elle emmenait Robert dans les chambres voisines, dans celles de Tancrède et de Chantal. Leurs étreintes étaient courtes et mutiques. Le corps de Robert la dégoûtait. Elle le repoussait, le frappait, pour le reprendre ensuite brutalement. Elle avait du plaisir à le voir nu, son sexe dressé, énorme et couvert de veines, elle l'observait, il la pénétrait avec une violence de moins en moins contenue.

Quand ils avaient fini, Robert se mettait à parler comme si rien ne s'était passé. Il parlait de ses visions politiques et métaphysiques.

Personne ne devina leur liaison jusqu'à ce que Mademoiselle Fangeux, pour qui l'ignorance et la paresse de Robert ne firent bientôt plus de doute, le renvoie. Le même jour, elle convoqua Odile dans son bureau. « Je sais que vous êtes sérieuse et compétente. Je suis contente de votre travail. La place de Robert est pour vous. C'est un poste intéressant, qui vous permettra de vous former au sein de la radio et d'aspirer un jour à des fonctions plus importantes et, pourquoi pas, à une émission. » Odile regardait Mademoiselle Fangeux d'un air perdu, en triturant le bord de sa chemise. « Vous réfléchirez, reprit la directrice en se levant. Mais vite ! ajouta-t-elle.

– Je vais partir, assena Odile, je quitte la radio.

– Ce n'est pas à cause de Robert ? »

Odile ne répondit pas, elle regardait le masque africain accroché au-dessus du bureau, un masque allongé aux pommettes saillantes, avec des lignes rouges sur le front, des yeux étirés dont on ne voyait pas le fond.

« Odile, ce Robert ne vaut rien, c'est un prétentieux qui brasse du vent. Ici vous aurez toutes les possibilités d'une belle carrière. Ne faites pas de bêtises. »

Odile baissa la tête comme une enfant punie. « Je vais partir, mademoiselle.

– Bien, dit Mademoiselle Fangeux en se retournant vers son bureau, soyez sotte, mais ne revenez pas gémir ! »

Odile sortit du bureau. Elle termina sa journée, ramassa ses affaires, salua les gens avec qui elle avait travaillé, et quitta la radio.

André et Jeanne ne dirent rien quand Odile leur apprit, d'un ton détaché, que son stage était terminé un mois avant la date prévue. Tout juste s'étonnèrent-ils. La vraie raison de son départ revint aux oreilles de Georges qui s'en ouvrit à Tancrède. Celui-ci l'écouta non sans répulsion. Il n'aimait pas les histoires sentimentales, encore moins lorsqu'elles concernaient ses sœurs, il trouvait cela répugnant et vulgaire. Lui-même n'avait jamais eu de petite amie. Il avait, bien sûr, été amoureux de femmes, plus pour ce qu'elles promettaient que pour ce qu'elles étaient, comme il pouvait aimer un lieu, une couleur, une odeur, qui lui rendaient le monde moins hostile.

Il alla voir Odile, lui parla, non de Robert, il en eût été incapable. Il la dissuada de quitter prématurément son emploi. Elle poussait de longs soupirs, s'enfermait dans un silence obstiné. « Tu ne m'intimides pas », répliquait-elle d'un ton aigre. Elle finit par le laisser en prétendant un rendez-vous. Tancrède comprit que sa sœur avait franchi une ligne dont il n'aurait su dire le nom, une ligne sur laquelle elle lui disait adieu avant de s'enfoncer dans quelque terre de malheur.

Tancrède partit au service militaire. Odile demanda à ses parents qu'ils lui aménagent un appartement séparé dans la Villa, maintenant qu'elle était la seule enfant à y vivre. Il suffisait, disait-elle, de concevoir une petite cuisine et une salle de bains indépendante, et de transformer la chambre de Chantal en salon où elle pourrait recevoir ses amis. André fit venir des ouvriers et, en une journée, toutes les cloisons nécessaires furent abattues. Odile marchait dans les gravats, dans le plâtre, les enduits et les pots de peinture, telle une Cléopâtre sur ses champs de bataille. Une semaine plus tard, elle aménageait ses trois pièces indépendantes, désormais dérobées à la vie familiale par une serrure qu'elle fermait à double tour en les quittant. André et Jeanne ne soupçonnaient pas les rendez-vous qu'Odile donnait à Robert dans son appartement, presque chaque week-end. Ils se demandaient quel intérêt pouvaient avoir pour elle une cuisine et une salle de bains, puisqu'elle continuait à prendre ses repas et ses bains chez eux, mais ils ne disaient rien, de peur de la fâcher. Une fois seulement, en rentrant d'Argentières, alors que Jules allait pousser la porte cochère devant la voiture ronflante, ils virent Robert sortir de la Villa, les dévisager d'un air surpris, et détaler comme un voleur en rabattant sur ses jambes son immense imperméable marron. Ils crurent à un cambrioleur et se précipitèrent dans la maison. Odile lisait paisiblement. Ils l'interrogèrent sur le jeune homme, elle répondit sans lever les yeux qu'il s'agissait d'un ami avec qui elle avait travaillé et qui était passé la voir en se promenant dans le quartier. André et Jeanne furent rassurés et n'en demandèrent pas davantage.

En rentrant pour sa première permission, Tancrède découvrit la nouvelle indépendance d'Odile et en devina la raison. Cette fois, il lui parla de Robert. « Il veut t'épouser ? » lui demanda-t-il. Elle ne lui répondit pas plus que la première fois. « Tu veux l'épouser ? » ajouta Tancrède en la saisissant par le bras et en la secouant jusqu'à ce qu'elle ait mal et proteste. « Fiche-moi la paix ! » hurla-t-elle en le regardant avec des yeux féroces. Mais il ne voulait pas lâcher prise cette fois, il voulait aller jusqu'au bout. « Tu lui donnes de l'argent tous les mois ? » Elle baissa les yeux. « Tu es folle, Odile. Folle ! Ce type est un voleur et un menteur. » Elle se mit à hurler de plus belle, qu'il sorte de chez elle, qu'il lui fiche la paix, mais il restait devant elle à attendre. Alors elle se jeta sur le canapé, prostrée, et il finit par sortir.

La vérité était qu'au moment de la permission de Tancrède, Robert était parti. Il avait quitté Paris du jour au lendemain sans donner d'adresse ni à sa gardienne, ni à ses amis, ni bien sûr à Odile. Elle le chercha partout, dans les bars où il avait ses habitudes, dans les librairies, les cafés, chez les vendeurs de journaux, en vain. Une semaine passa sans qu'elle sût rien de lui, jusqu'à ce qu'un ami de Robert, qu'elle avait croisé boulevard Saint-Michel, émette l'hypothèse, avec le ton de l'évidence, qu'il était parti pour Nantes voir son fils, un enfant d'environ trois ans, il ne se souvenait plus très bien, qui vivait chez sa mère, un amour éphémère, visite qu'il faisait tous les six mois pour se donner bonne conscience.

Un matin, peu après cette rencontre, Félicité trouva Odile inconsciente dans son lit. Les pompiers l'emmenèrent à l'hôpital, elle subit un lavage d'estomac bien que les médecins n'eussent pas de crainte pour sa santé. Jeanne resta la journée dans la salle d'attente, son petit sac bleu à motif métallique sur les genoux, les yeux sur les massifs étiques de fleurs tristes qui accueillaient les voitures aux urgences. Puis elle subit un désagréable rendez-vous avec le chef du service, un jeune beau de trente-cinq ans, « qui a l'air d'un Indien bien qu'il porte un nom très français, Dutronc », raconta-t-elle à André en rentrant. Il lui posa quelques questions sur Odile, lui demanda d'un ton clinique si elle avait eu des problèmes professionnels ou affectifs, si elle vivait dans un cadre familial et amical heureux. Jeanne répondit que sa fille allait très bien et qu'elle avait seulement abusé de somnifères car elle avait du mal à trouver le sommeil. Elle inventa qu'Odile avait toujours eu des difficultés à s'endormir, qu'elle avait été une enfant vive, et qu'elle ne voyait en cela qu'une preuve de parfaite santé. Pendant qu'elle parlait, Dutronc écrivait dans un grand dossier blanc marqué au feutre du nom d'Odile, mais Jeanne n'aurait su dire si cela avait un rapport avec ce qu'elle affirmait tant il paraissait absent. « Au revoir, madame », marmonnat-il en se levant devant son bureau sans la raccompagner à la porte. Elle s'en alla.

« Ma fille dormait mal, c'est dans la famille. » Pendant un mois, Jeanne le répétait à qui l'interrogeait. Odile était rentrée à la Villa, Jeanne avait retrouvé sa petite fille. Elle la soignait, la nourrissait plus que de raison, retrouvait ses inquiétudes impérieuses, la voix autoritaire qui, chez elle, était ce qu'il y avait de plus proche de la tendresse. « Odile dort mal », disait-elle à André, à Félicité, à Thérèse. Odile confirmait la thèse de sa mère. Elle expliquait qu'elle avait paniqué en ne s'endormant pas, qu'elle était fatiguée, épuisée même, et avait abusé des cachets que lui avait donnés le docteur, suffisamment pour s'empoisonner. Tancrède essaya de parler de Robert à Jeanne, mais elle ne voulut rien entendre. « Je ne vois pas de qui il s'agit, interrompit-elle sèchement, si elle ne dit rien, c'est qu'il n'y a rien. » Odile resta de longs mois à se laisser nourrir et choyer par Félicité. On démonta la serrure de son appartement pour qu'on puisse y entrer librement, ranger ou préparer sa chambre. Odile tricotait, cousait et lisait avec sa mère. Elle regardait la télévision avec André quand il rentrait. Jeanne venait souvent vérifier, le matin, que son sommeil était normal. Elle entrait dans la chambre obscure, s'asseyait au pied du lit de sa fille, caressait la couverture et jetait un œil sur la table de nuit. Elle cherchait les tablettes de cachets vides qu'elle avait trouvées dans la salle de bains d'Odile, le jour de l'accident, des tablettes qu'elle n'avait jamais vues et qu'elle avait aussitôt jetées dans la poubelle, mais il n'y avait rien sur la table qu'une bande dessinée ouverte sur la reliure cassée. Elle tirait la couverture sur l'épaule d'Odile qui se tournait machinalement sans se réveiller, et elle quittait la pièce. Il lui arrivait parfois, lorsque Odile était sortie, de fouiller les placards, les tiroirs de sa chambre et du salon, elle cherchait ce qui avait pu lui échapper, mais ne trouvait rien que des vêtements, des bibelots, des objets sans valeur, des épingles à cheveux et quelques lettres adolescentes entre amies, assez bêtes.

5

Pendant la convalescence d'Odile, Robert ne donna pas signe de vie. Elle ne chercha pas à prendre de ses nouvelles, ni ne tenta de le joindre par téléphone. Elle n'écrivait pas de lettres, comme le rapportait chaque soir Félicité à André, qui en échange lui donnait un peu d'argent qu'elle empochait sans remercier. Odile ne parla jamais de Robert à ses parents.

Elle recommença à sortir. Certains soirs elle revenait plus tard que d'habitude, vers minuit. André et Jeanne ne pouvaient pas dormir avant son retour. Ils l'attendaient en robe de chambre au salon. André somnolait et Jeanne cousait en jetant des regards furtifs par la fenêtre. En rentrant, Odile les grondait d'avoir veillé, les embrassait. Ils allaient se coucher. Elle ne parlait plus ni de stage ni d'emploi, André et Jeanne se gardaient bien d'aborder de tels sujets.

Un jour, Chantal, qui déjeunait chaque semaine chez ses parents, arriva essoufflée d'avoir couru. Elle s'effondra dans un fauteuil et dit qu'en achetant des timbres, elle venait de voir Odile dans un café de la rue du Faubourg-Saint-Honoré, attablée avec un homme, un homme assez banal disons, un homme barbu, grand, avec un imperméable, un chapeau gris, qui buvait de la bière. Jeanne répliqua qu'elle avait dû se tromper, car Odile était à sa leçon de piano et devait incessamment rentrer. Chantal assura que c'était bien elle, que certes le couple était installé au fond du café et à moitié caché par un paravent, mais qu'elle les avait très distinctement vus à travers les vitres, en sortant. Jeanne s'apprêtait à téléphoner à la professeure de piano quand Odile apparut, ses partitions sous le bras, et embrassa joyeusement sa sœur, avec une légèreté qu'elle ne lui avait plus vue depuis longtemps.

« Où étais-tu, dis-moi ? lui demanda Jeanne en répondant du bout des lèvres à ses baisers.

– À ma leçon de piano, répondit Odile en embrassant sa mère.

– Chantal t'a vue dans un café avec quelqu'un, dit Jeanne en regardant sa fille retirer son manteau et ébouriffer ses cheveux.

– Ah ! s'exclama Odile. C'est donc que j'ai le don d'ubiquité ! » Elle posa ses partitions sur la console et s'approcha de sa sœur. Elle était un peu plus petite qu'elle, le cou tendu, les yeux dilatés : « J'ai travaillé comme une damnée sur la *Fantaisie* de Bach que je dois présenter à la fin de l'année, soupira-t-elle. Pas le temps d'aller au café ! J'ai faim ! » lança-t-elle en se retournant comme une vrille.

Jeanne, soulagée, regarda Chantal d'un œil qui disait « Tu vois ! » et elle renonça à appeler la professeure de piano. Elle se contenta de constater, en payant la facture des cours qu'elle recevait chaque fin de mois, que ce jour-là avait bien été compté. Elle oubliait, avec une facilité étonnante pour une femme qui ne laissait pas passer ce type de détails, que la professeure lui avait dit le jour du premier cours, d'un ton qui n'admettait pas la critique : « Un cours manqué, un cours payé. »

Odile semblait heureuse et calme. Elle s'appliquait à de menus travaux de couture en échange desquels elle recevait un peu d'argent. Elle était aussi câline et douce qu'une enfant de cinq ans. Jeanne ne voulait pas voir ce qu'il y avait de retors dans ce comportement infantile, elle ne souhaitait pas chercher ce qu'il dissimulait. On eut beau lui faire entendre à plusieurs reprises, lors des visites qu'elle recevait, que l'on avait croisé Odile avec un homme, dans la rue, au café, au cinéma même, elle ne voulait rien en croire. « Ma fille ne ment pas », répondait-elle d'un ton sec en mettant poliment, quoique sans délai, les mauvaises langues à la porte. « Qu'importe, si elle est bonne pour nous, et reconnaissante », se disait-elle.

Dans le quartier on prit donc l'habitude de croiser le jeune couple et même parfois de le saluer. Il ne cherchait pas à se cacher. Même André les vit en traversant les Tuileries, assis l'un à côté de l'autre sur un banc, au pied de l'Arc. La première fois, il prit soin de rebrousser chemin et de prendre une autre allée. La deuxième fois, Odile l'aperçut. Elle se leva et lui présenta le jeune homme comme un ami avec qui elle se promenait. André salua l'être dégingandé à la main molle, inquiet de son regard soupçonneux, et puis il repartit. Il ne dit rien de cette rencontre à Jeanne. On convint tacitement qu'Odile avait une double vie dont les portes de la Villa marquaient le passage. Odile s'y retrouvait, elle pensait concilier ce qu'elle savait inconciliable.

6

Pendant une journée où la Villa était restée déserte, seulement gardée par Jules qui travaillait au garage en écoutant la radio à tue-tête, des cambrioleurs s'introduisirent dans le bureau par une fenêtre. Ils dérobèrent les quatre paysages de Ruysdael, passèrent sans hésitation dans la salle à manger, découpèrent au couteau deux toiles de Cortone, *Clorinde au bain* et le *Combat de Tancrède*. Ils laissèrent là les cadres dorés trop volumineux pour être emportés.

Lorsque Jules, après avoir entendu du bruit dans la maison et nonchalamment traversé les pièces, ouvrit la porte du bureau en pestant qu'il y faisait un froid de chien, les gaillards avaient déjà déguerpi. Il ne restait plus, sous le regard hagard de Jules, que les fenêtres battantes contre le mur.

André fut accablé par cet événement. Mais la valeur des œuvres volées n'en fut pas la seule cause. André se sentit personnellement menacé. Il ne parvenait pas à voir dans cet accident qu'une suite hasardeuse d'événements. Il lui semblait qu'une fatalité néfaste s'y manifestait. Quelque chose, ou quelqu'un, avait l'intention de l'empêcher d'être l'héritier des Argentières et de conserver ce qui lui avait été confié en dépôt. Il soupçonna bientôt chez les êtres qu'il côtoyait, même les plus proches, des intentions hostiles. Il accepta de placer une alarme dans la Villa, à la demande insistante de Jeanne. « Bien sûr que c'est utile. Les sœurs en ont posé une au couvent… C'est évidemment une mesure de prudence », insista-t-elle de son ton pincé. Mais ni elle ni André ne pensèrent à retirer des murs les cadres désormais vides des tableaux, si bien qu'ils restèrent pendus là, aussi dérisoires que des corps sans tête ou des fleurs tombales.

Quelque temps après le cambriolage, Tancrède rentra du service militaire. Le jour même où il posa ses bagages dans le vestibule de la Villa, il annonça à André qu'il renonçait à sa carrière d'ingénieur et allait préparer le concours des conservateurs. André se contenta d'allumer un cigare et dit « Soit », un mot que Tancrède ne l'avait jamais entendu prononcer et qui le combla d'une étrange tristesse.

« Tu déçois ton père », lui dit Jeanne plus tard, mais rien ne pouvait plus affecter Tancrède que ce « Soit » qui résonna longtemps dans son esprit, tour à tour absurde, presque comique, obscène ou terrifiant comme une sentence d'échec. Il se mit au travail avec une assiduité qu'il n'avait jamais eue, se levant et se couchant tôt, mangeant peu, buvant beaucoup de thé, et ne sortant qu'un quart d'heure pour courir aux Tuileries, en cravate et mocassins, dépenser l'inquiétude qu'il accumulait au cours de ses heures d'étude. « Tu travailles trop », le réprimanda Jeanne.

Quant à André, il n'adressait que très peu la parole à son fils. Une fois seulement il lui demanda de faire la comptabilité des bois d'Argentières. Jusque-là, jamais il n'avait parlé à Tancrède du domaine ni ne lui avait confié la moindre tâche. Tancrède n'osa pas refuser. Après une matinée, André lui retira la liasse de dossiers qu'il lui avait mise entre les bras et que Tancrède avait commencé à dépouiller laborieusement, nerveux de voir l'heure tourner et de ne rien savoir encore des antiquités étrusques qu'il avait mises au programme de sa journée. André prétexta qu'il pourrait les donner à

Lefranc qui avait finalement moins de travail que prévu, et réussit à s'en convaincre lui-même. Jamais il ne se serait avoué qu'il avait souhaité que son fils échoue à la tâche.

À la même époque, Tancrède reçut une lettre tapée à la machine d'une femme prénommée Denise. Quand il n'eut plus la lettre sous la main, Tancrède fut incapable de se rappeler son nom. Cette femme se présentait comme une ancienne amie de la famille, et disait qu'elle désirait vivement le rencontrer pour des raisons qu'elle lui exposerait en temps voulu. Elle souhaitait avant toute chose que Tancrède, pour le moment, ne parlât pas d'elle à son père. Elle lui demandait de l'excuser pour ces mystères, lui assurait qu'il comprendrait et que cela ne saurait nuire à leur rencontre, elle en était certaine.

Il ne pensa pas un instant, malgré la jubilation coupable qu'il avait ressentie à la lecture de cette lettre, qu'il pût ne pas y répondre. Il appela la signataire d'une cabine téléphonique avec un sentiment mêlé d'excitation et d'embarras. Il avait été étonné de la voix chaude et tranchante qui lui répondit, moins policée qu'il ne l'avait imaginée au style de la lettre. Il déclina l'invitation qu'elle lui fit de venir chez elle, lui proposa plutôt qu'ils se retrouvent au Louvre où il révisait son concours. « Très bien », dit seulement la voix.

Tancrède se rendait chaque après-midi au Louvre. Il se retrouvait seul dans les salles immenses des figures égyptiennes, dans les galeries de sculpture romaine et grecque. Il éprouvait une crainte presque sacrée devant les corps grandioses de marbre blanc, qui vivaient d'une vie pure et violente, et l'observaient.

À l'heure convenue, Tancrède entra dans la salle des Antiquités orientales. Une femme attendait devant la première vitrine. Elle était d'un âge indéterminé, vêtue élégamment, les cheveux courts et bouclés comme ceux d'une adolescente, au-dessus de ses sourcils à la ligne parfaite. Elle s'avança vers lui, dans un parfum d'encens et de musc, et le salua. Il fut troublé, au point qu'il se demanda s'il ne l'avait pas déjà vue ou s'il n'avait pas entendu le nom qu'elle lui avait répété, Denise Colin. Ses sonorités le plongeaient dans une nappe brumeuse qui lui demandait de s'abstraire plus encore du moment présent pour la percer, ce à quoi il ne tenait pas. Il laissa donc le nom à la brume.

« J'ai bien connu votre père et vos sœurs, commença Denise. Mais peut-être vous suis-je importune », ajouta-t-elle soudainement en regardant le cahier de Tancrède couvert de fines lignes parallèles d'écriture. « Pas du tout », assura Tancrède en glissant son carnet dans la poche de son manteau.

La dame regardait d'un côté et de l'autre, comme si quelqu'un pouvait les entendre. Il n'y avait que le gardien assis sur son tabouret au fond de la salle et les silhouettes bleues des lions sassanides.

« Je les ai connus avant la guerre, bien avant. Surtout… votre tante Antoinette, que vous n'avez pas connue vous-même, n'est-ce pas ? » dit-elle d'une expression soudain inquiète, comme si elle n'était plus sûre de l'âge de Tancrède ou des dates précises des événements dont elle parlait.

Tancrède n'arrivait pas à décider si cette rencontre lui était agréable ou non.

« Oui, vous êtes si jeune, évidemment, corrigea-t-elle. Vous savez sans doute que votre tante est morte dans un accident, son écharpe s'est prise dans la roue de sa voiture. Sa mort a été si semblable à celle d'Isadora Duncan que l'on a cru à un suicide, un suicide qui aurait copié la mort de l'artiste qu'elle admirait par-dessus toute autre. »

Elle parlait lentement, comme si elle ordonnait ses pensées au fur et à mesure, les palpait, leur redonnait corps et vie.

« Mais ce n'était pas un suicide. Antoinette était la femme la plus joyeuse que l'on puisse rencontrer. Elle n'avait pas la joie facile, mais celle, profonde, des vrais désespérés. Elle avait ses abîmes, bien sûr, mais elle s'en sortait toujours, grâce à sa force, à son étonnante force. »

Tancrède voyait qu'il n'était que le prétexte à la mise en forme orale d'un chant intérieur qui ne cessait pas, qui trouvait sa source en un temps qui ne méritait plus qu'on le nomme. Il ne comprenait pas bien ce que lui disait Denise. Il choisit que la rencontre lui serait agréable.

« Voulez-vous que nous prenions un café ? » proposa-t-il d'un ton aimable.

Denise le regarda en souriant. « Mais certainement. »

Toute la gravité de ses propos s'était évaporée et avait laissé place à la voix posée d'une femme répondant à une invitation.

Tancrède emmena son étrange compagne dans un café du Palais-Royal. Bien qu'il fût trois heures de l'après-midi, Denise demanda un whisky. Tancrède voulut prendre un jus d'orange, mais il se ravisa en voyant Denise allumer une longue cigarette au papier brun. « Un porto », commanda-t-il au serveur. Denise sourit : « Antoinette raffolait du porto. » Tancrède se demanda ce qu'il faisait au café alors qu'il aurait dû arpenter les salles du rez-de-chaussée et griffonner sur son cahier. Le concours était dans deux mois, il lui restait très peu de temps, le programme était océanique. « Que faites-vous au Louvre en plein après-midi ? » s'enquit Denise en soufflant la fumée de sa cigarette sur le côté. Elle souriait en l'écoutant. « Je vous souhaite de réussir. Si ce n'est pas cette fois, ce sera la prochaine. »

La pose de Denise, un coude sur la table, ses bracelets en or aux poignets, la façon nonchalante et dure qu'elle avait de porter son verre à ses lèvres, sa blouse entrouverte qui laissait passer un fort parfum d'église orientale, tout cela emmenait Tancrède loin de son étroit bureau de travail, de ses livres, de ses cahiers, de ses horaires réglées à la suisse. Denise alluma une autre cigarette et s'appuya en arrière sur le dossier de sa chaise.

« Votre père n'a plus voulu me rencontrer après la mort d'Antoinette, c'est pour cela que vous ne m'avez jamais vue et que, sans doute, vous n'avez jamais entendu parler de moi. J'ai rendu visite à votre tante Marguerite pendant un temps, à la Villa. Et puis j'ai cessé de venir. Je ne sais pas si elle avait vraiment de l'affection pour moi. Et nous n'avions pas le même âge. »

Tancrède se demanda quel âge Denise pouvait bien avoir. Son visage était peu ridé mais, sous la crème et le maquillage qui le faisaient luire, il semblait légèrement tuméfié. Ses cheveux étaient d'un noir d'encre bien qu'elle fût très blanche de peau. Elle l'observait. Il n'avait toujours pas touché à son verre de porto et pressentait dans les mots de Denise quelque chose qui le comblait de la même crainte qu'il avait à contempler, seul, la grandiose stature des sarcophages et le regard fardé des pharaons.

Denise but son whisky d'une traite. Elle posa le verre et regarda Tancrède.

« Saviez-vous que votre tante Antoinette était une grande artiste ? » Tancrède se souvint des portraits de son père et de ses sœurs enfants, tracés au pastel rouge par un jeune portraitiste. Ils étaient accrochés dans le couloir qui menait à sa chambre, dans l'obscurité. Il ne parvint pas à retrouver avec exactitude les traits de la sœur aînée.

« Non, avoua-t-il en buvant une gorgée de porto.

– Elle était l'amie de Cocteau, de Picasso, de Soutine, oh… de bien d'autres encore. Elle avait son propre atelier à Montparnasse, un très joli atelier qui donnait sur un jardin et que Gustave lui avait offert. Elle était connue, peut-être pas autant que ses amis, mais elle vendait très bien. »

Tancrède remarqua qu'elle avait un très léger accent anglais qui se faisait plus audible lorsqu'elle citait des noms connus. Il se dit que c'était seulement une snob. Il but une seconde gorgée de porto, et puis il vida son verre d'un seul coup. « Je n'ai jamais rien vu d'elle », murmura-t-il en humectant ses lèvres pour en enlever le sucre.

« Tout est dans des collections privées. Mais parfois il y a des œuvres en vente, surtout des dessins. Vous n'achetez pas ? » demanda-t-elle d'un ton mondain.

Tancrède n'aimait pas ce genre de questions, « des questions de riches », pensa-t-il. Il répliqua qu'il ne gagnait pas encore sa vie.

Elle haussa les épaules. « Dommage », et il ne comprit pas ce qu'elle voulait dire. « Si vous venez chez moi, je vous montrerai ce que j'ai d'elle. Beaucoup de choses… Nous étions proches, très proches », ajouta-t-elle, mais Tancrède ne l'entendit pas à cause du vent qui se déchaîna par rafales. Les oiseaux s'étaient envolés. « Pardon ? dit-il en se penchant vers Denise.

– Je dis que nous étions très proches », répéta-t-elle, et elle lui sembla lasse comme une vieille dame.

Tancrède ne parla pas de sa rencontre avec Denise, ni de l'invitation qu'elle lui avait faite à passer la voir le samedi suivant. Il téléphona chez elle d'une cabine pour confirmer l'heure de sa visite. Il ne s'expliquait pas les précautions qu'il prenait à cacher ce rendez-vous. « Cette femme sait quelque chose d'indispensable à ma vie », croyait-il au fond de lui-même, en repoussant toutes les raisons que son intelligence déployait à sa conscience pour le persuader de ne pas aller chez Denise.

La Denise qui lui ouvrit la porte ne ressemblait en rien à celle qui lui avait parlé devant la vitrine des Antiques, ni à celle qui buvait un whisky. Elle portait une longue tunique japonaise, une ceinture aux motifs floraux. Elle était nu-pieds ; à peine maquillé, son visage ne paraissait pas si ridé que la crème luisante l'avait suggéré à la terrasse du café.

« Voulez-vous du thé ? » proposa-t-elle en faisant entrer Tancrède. Il était trois heures de l'après-midi. Denise lui avait mentionné au téléphone qu'elle se couchait vers quatre heures du matin, se levait vers midi, et qu'elle ne voulait voir personne avant trois heures. « Je vous dérange, dit-il d'un ton gêné, je suis venu trop tôt. » Le regard de Denise se durcit. « Je vous ai demandé trois heures, cher ami. Il est trois heures. Êtes-vous embarrassé de ma tenue ? Cessez donc vos

politesses, monsieur d'Argentières, et asseyez-vous. »
Elle ouvrit une porte dissimulée dans une fresque de
papillons aux ailes disproportionnées.

Tancrède s'assit sur un sofa couvert de coussins aux
vifs coloris. Il se demanda ce que Denise avait voulu
signifier en parlant de politesses, sûrement pas quelque
chose de très gentil. Elle revint avec un plateau, déposa
une théière, deux tasses, un sucrier et quelques biscuits
sur la table. Tancrède eut envie du porto qu'il avait bu
au Palais-Royal, mais il n'osa pas en demander. Il but
du thé dans une tasse prune, jaune et verte, qui rappelait la couleur des porcelaines Qing.

Denise se leva et Tancrède comprit qu'il fallait la
suivre. Ils traversèrent une salle à manger dont le décor
français n'avait rien à voir avec celui du salon, et un
petit bureau au mobilier art déco. Denise poussa une
porte au fond du bureau et ils entrèrent dans une pièce
que quelques néons éclairaient à peine. Sur les murs, des
toiles étaient exposées, serrées les unes contre les autres,
« comme dans les galeries du palais Doria Pamphili »,
se dit Tancrède qui les avait vues en photographie.
Les néons les éclairaient faiblement. Le clair-obscur
confiné qui s'installait dans la pièce contrastait avec la
fraîcheur et l'éclat des motifs des tableaux : bouquets,
paysages, plages et jardins sur la mer, regards vides et
formes mortes de joueurs de tennis, de baigneurs sous
des chapeaux, engloutis par une nature luxuriante et
vorace, aux coloris agressifs. Au fond de la pièce, seule
sur un mur, une danseuse, un pied retiré contre le
genou, vertigineuse dans les éclats rouges et roses de
son costume, fondus dans la grisaille du décor, la tête
penchée, était sur le point de tomber, fascinée par son
mouvement que soulevaient les applaudissements et
les exclamations qui traversaient la toile, venues des
quelques silhouettes confuses assises au premier rang,
devant la scène.

Denise se tenait tout près de Tancrède. Il apercevait ses brillants dont les reflets passaient sur le verre qui protégeait le tableau. « C'est Nijinsky », dit-elle en se tournant vers lui. Tancrède eut du mal à trouver de la virilité à la figure peinte. Une image lui revint soudainement : Denise était jeune, sa beauté musclée, aux côtés d'Antoinette qu'elle serrait dans ses bras aux bords des vagues de Biarritz qui les dépassaient de quelques mètres. « Je vous ai déjà vue en photo, chez mon oncle Gustave. Il y a longtemps.

— Gustave a gardé des photos ?

— Elles étaient dans la chambre… de sa femme quand il me les a montrées. Maintenant qu'il est mort, je ne sais pas ce qu'elles sont devenues. »

Denise ne dit rien. Elle se retourna et sortit de la pièce. Ils regagnèrent le salon. « Voulez-vous un verre ? » Mais Tancrède déclara qu'il allait partir. Denise n'insista pas et l'accompagna jusqu'à la porte. Pendant que Tancrède la remerciait, elle l'écoutait d'un air pensif, puis l'interrompit : « À sa mort, Antoinette m'a laissé tout ce qu'elle avait. Elle avait eu l'accord de Gustave, parce que, disait-elle, j'étais pauvre, jeune et sans emploi, et qu'il était riche. J'ai tout hérité d'elle. J'ai cherché à partager avec votre père et votre tante, à m'entendre avec eux, mais ils n'ont jamais voulu me recevoir. Je leur ai envoyé des souvenirs de leur sœur, ils m'ont tout retourné par la poste, sans un mot ni une lettre. »

Tancrède, la main sur la porte, avait envie de s'enfuir. « Merci, Denise. À bientôt peut-être », dit-il en sortant dans le couloir. « Au revoir », ajouta-t-il en descendant les escaliers.

8

André et Jeanne invitèrent Vanessa, Henri et leurs
enfants en vacances à Argentières. Vanessa ne la crut
pas lorsque Jeanne lui en parla brusquement, comme si
cela ne faisait pas vingt ans qu'elle ne l'avait pas proposé, tout en sachant que Vanessa passait l'été à Paris
avec ses enfants, faute d'argent pour partir en vacances.

Cette année-là, Jeanne n'avait personne à Argentières. Odile était partie en Italie rendre visite à une
amie, Chantal et Charles faisaient un voyage d'affaires
aux États-Unis, et Tancrède travaillait pour le concours.
Elle s'était sentie esseulée et inutile.

Vanessa et Henri arrivèrent au milieu du mois de juillet.
Les premiers jours furent agréables pour tout le monde.
Jeanne courait dans la maison, organisant chambres
et repas, grondant les enfants qui se levaient tard ou
ne rangeaient pas leurs affaires. André vaquait dans les
bois avec Henri, qui s'était remis à marcher, à prendre
l'air, et se passionnait pour le moindre bout d'herbe ou
la moindre clématite que lui montrait son hôte. Les
garçons passaient leur temps à courir dans les champs,
à jouer et construire des cabanes avec le matériel qu'ils
volaient à Lefranc sans que celui-ci en prenne ombrage.
Madeleine, la dernière-née âgée de sept ans, allait au
jardin avec Madame Lefranc, à la ferme, au moulin, elle
regardait pendant des heures les animaux et les plantes,
de ses yeux avides, sans les toucher.

Depuis plusieurs jours on attendait l'orage, mais le ciel était aussi opaque et sans relief, prisonnier des platanes et des champs brûlés qui le serraient dans leurs tenailles. Après le déjeuner, Vianney et Pierre, les deux aînés, partirent faire la sieste dans leur chambre de la tour, sous les toits. Ils retirèrent leur pantalon et s'allongèrent sur le lit, à même la couverture, ils plaisantèrent, rirent d'un rire déjà ralenti et languissant. Pierre, le premier, s'endormit. Vianney écouta sa respiration ouatée, lointaine comme le fond de la vie organique. L'espace se soulevait et descendait avec elle, les chemins de terre, les tracteurs arrêtés au bord des champs, l'horizon de bois qui traversait la fenêtre, arrêté par les murs blancs de la chambre auxquels étaient accrochées des gravures d'ours et de chamois, triomphants sur les sommets de montagnes.

Vianney se tourna sur le côté, les genoux repliés. Il sentait bondir son cœur dans sa poitrine comme le matin, lorsqu'une incompréhensible inquiétude l'avait envahi. Il se concentra sur le souffle de son frère, mais en vain. Il se tourna et se retourna, le traversin le gênait. Il le jeta sur le sol, s'étira de tout son long, les pieds contre les barres de métal froid qui fermaient le lit. Il roula sur le bord du matelas et se retrouva debout devant Pierre qui dormait profondément, les mains ouvertes, lâches, les pieds abandonnés vers l'extérieur, son caleçon trop court entrouvert. Vianney marcha sur la pointe des pieds, tourna la poignée de la porte en retenant de sa paume le grincement des gonds.

L'été accablait la maison d'un silence uniforme. Il pensa d'abord prendre un vélo et faire un tour dans la forêt, rentrer quand la maison serait de nouveau vivante. Mais il renonça quand, au moment d'ouvrir la porte sur la cour, la chaleur l'enveloppa, comprimant ses pensées, figeant son sang, l'enjoignant de ne pas lutter. « La piscine », se dit-il. C'était en réalité un

bassin qu'André avait fait remplir d'eau pour les éven-
tuels baigneurs, un bassin long et étroit, au fond noir,
au bout duquel trônait une fontaine surmontée d'un
triomphant Neptune au sourire noirci par l'humidité. Il
était situé près des communs, au bout d'une charmille,
à côté d'une grange où l'on rangeait d'anciennes voitures à cheval, vétustes et déjà couvertes de poussière,
entre lesquelles on pouvait se changer à l'abri des
regards. Vianney y enleva ses chaussures bateau, et
posa ses pieds nus sur le sable mêlé à de fins résidus de
bois, qui recouvrait le béton du sol. Il se déshabilla lentement, posa ses vêtements un à un sur le montant de
bois du coche.

Pierre s'étonna de voir les draps froissés du lit de son
frère, le traversin par terre et la porte entrebâillée. Il ne
se rappelait pas avoir entendu Vianney se réveiller et
sortir. D'habitude il était bruyant et ne se gênait pas
pour secouer Pierre, le malmener en le tirant du lit
jusqu'à lui faire mal au bras. Pierre se leva et, rhabillé,
descendit les escaliers à pas glissés. Vianney n'était
pas à la cuisine, ni au salon, ni au bureau. Tout le
monde avait maintenant terminé sa sieste. Pierre demanda
à ses parents, puis à ses frères et à Madeleine qui émergeaient du sommeil, s'ils n'avaient pas vu Vianney. On ne
pensa pas tout de suite à chercher dehors tant la chaleur
anéantissait toute velléité d'action. Puis l'on se décida à
sortir. Jeanne, qui faisait des bouquets au jardin,
n'avait vu personne. On envoya les garçons inspecter
l'atelier et la remise. André, qui dormait rarement
après le déjeuner, était à la mairie. On l'appela pour lui
demander si Vianney n'y était pas, peut-être sur la
place de l'église ou sur les chemins vicinaux.

Madeleine courait en tous sens, rouge de chaleur, en
clamant : « C'est moi qui le trouverai ! C'est moi qui le
trouverai ! » ; « Vianney ! Vianney ! » appelait-on en
perçant l'air de brefs cris inquiets. André rappela pour

dire que personne n'avait vu Vianney à Argentières. Jeanne, revenue du jardin, demanda si, par hasard, il n'était pas aux vignes. Elle avait un regard fiévreux et ses mains tremblaient, sans doute d'avoir trop long-temps usé du sécateur. Son panier était plein de roses fuchsia. On envoya une voiture aux vignes.

Pierre marcha vers les communs, un bâton à la main, aux côtés d'Henri. Ils ne s'étaient pas dit que Vianney était peut-être au bassin parce qu'ils savaient qu'il n'avait jamais appris à nager et que la veille, quand tous les enfants sautaient joyeusement dans l'eau, des bouées aux bras, et l'éclaboussaient, il était resté transi de peur au bord du bassin, incapable de rien faire que regarder le fond noir où s'ébaubissaient quelques têtards. Par la porte de la grange, Pierre aperçut le tas beige que formaient les vêtements de Vianney sur la vieille voi-ture. Ils faisaient comme un chiffon incongru qui aurait servi à nettoyer l'attelage. Il marcha plus vite, entra dans la grange. Près de la porte du fond qui ouvrait sur le bassin, devant l'eau calme qui clapotait, il vit les yeux écarquillés de Madeleine, appuyée contre le mur, qui passaient à travers lui. Il se retourna. Henri courut vers la porte, sortit dans le soleil éclatant et se mit à hurler, les mains proches de sa bouche. Pierre les vit vibrer comme des tympans.

Il se précipita à son tour et aperçut le dos de son frère, flottant sous la fontaine, la tête contre les pieds de Neptune qu'elle frappait à petits coups réguliers. Le caleçon rouge gonflé d'eau faisait comme une large tache de sang sous la surface de l'eau. Elle pénétra toute l'âme de Pierre. Chaque fois que le souvenir de cette journée se rappellerait à lui, c'était la tache rouge qu'il verrait, informe, monstrueuse.

Il fallut pratiquer une autopsie à Tours avant que le corps pût être conduit à Paris. Les médecins conclurent à l'hydrocution, même s'ils découvrirent une faiblesse au cœur, sans doute congénitale. On mit immédiatement le corps en bière. Vanessa aménagea son salon à la Villa pour que l'on y installe le cercueil. Les parents d'Henri exigèrent qu'il fût recouvert d'un grand drap bleu ciel brodé aux armes des Plessis, un mélange tarabiscoté de couronnes et de fleurs de lis qui donnait à l'ensemble un tour vaniteux. Vanessa posa deux cierges au pied du cercueil dans de simples bougeoirs en bois qui contrastaient avec la solennité du spectacle. Elle tira les rideaux, s'assit ensuite sur une chaise, les jambes serrées dans sa jupe noire, les mains sur les genoux. Son visage était lisse et sans rides, comme si un calme surnaturel l'avait saisi.

Dès le retour de Tours, Henri s'était enfermé dans sa chambre. Les yeux rougis, sentant l'alcool et la nicotine, il n'en sortit que pour voir le cercueil dans le salon. Il se mit à côté de Vanessa, en face des deux flammes vacillantes, une main sur le dossier de la chaise, chancelant comme un mât dans une brise de port. Il frappa trois fois le bois de la paume de la main, comme un acte comminatoire, il marmonna en dodelinant de la tête, en se balançant d'un pied sur l'autre. Et puis il soupira et regagna sa chambre en traînant les pieds sur le tapis, sans tomber, d'un pas d'une étonnante sûreté.

Christiane, Vincent et Pierre accueillaient les visiteurs à la porte. Des curieux, des voyeurs, des éplorés, des paroissiennes, des inconnus qui se découvraient une parenté avec la famille, des dépressifs et des exhibitionnistes venaient apporter leurs pleurs et leurs doléances. Ils asseyaient leur jouissance minable sur le malheur des autres. Les uns venaient voler un peu de la souffrance pour la faire leur, donner un regain d'intensité à leur émotivité émoussée par des années de bien-être ; les autres venaient déposer leurs propres deuils aux pieds de Vanessa comme à ceux d'une déesse aux yeux pers. Et Vanessa, droite sur sa chaise, le regard fixe, les cheveux relevés en un chignon sauvage, ressemblait à Minerve, à la sombre déesse des combats, prête à rugir aux pieds de son fils mort, à leur donner à tous un coup de patte qui les enverrait aussitôt croupir dans l'Oubli en compagnie des âmes mortes qu'ils étaient déjà. Elle n'en faisait rien et restait là, respirant à peine, cataleptique.

Il fallut chercher des chaises chez Jeanne pour que tout le monde pût s'asseoir. On saluait Vanessa, on lui parlait. « Vous êtes un modèle. Vous allez susciter des vocations », disaient les paroissiennes ; « Le Seigneur vous le rendra en grâces », assuraient les exhibitionnistes ; « Quel malheur, comment est-ce arrivé ? » demandaient les voyeurs ; « Nous avons perdu un enfant aussi, un bébé, il y a longtemps », entendait-elle comme du fond d'un puits où elle se serait jetée elle-même, sans chercher à en sortir.

Même pour les sœurs du couvent de Saint-Roch, elle ne se leva pas. Elles vinrent à quinze environ, la tête recouverte d'un voile blanc, en longues tuniques grises, chaussées de sandales. Elles s'assirent en cercle tout près du cercueil. La mère supérieure commença un chapelet. « Ô Marie, conçue sans péché, priez pour nous qui avons recours à vous. » Et les quinze voix tristes répétaient en chœur. Certaines fermaient les yeux, d'autres regardaient du coin de l'œil l'assemblée qui reprenait les prières. Christiane et Pierre s'étaient assis au fond de la pièce et parlaient à voix basse. La mère supérieure, légèrement penchée en avant, dirigeait d'une voix de plus en plus ferme et lente, faisait traîner les phrases monotones, sans inflexion, aussi dépourvues de relief qu'un terrain vague aux voisinages des agglomérations. Et puis elles terminèrent avec un « Ô Marie », un « *Regina Cæli* », un « Amen », s'inclinèrent et repartirent à la queue leu leu visiter une autre famille endeuillée.

Le lendemain elles revinrent. Vanessa ne se leva pas, mais cette fois elle les regarda s'installer en cercle, elle observa la mère supérieure qui ouvrait son livre de prières et donnait l'ordre à ses sœurs, d'un coup d'œil directif, de se préparer à chanter. Elle vit les visages des visiteurs autour d'elle prêts à reprendre d'une voix traînante ce qu'on leur indiquerait de dire ou de psalmodier, comme des chiots attendant la pâtée.

« Toi qui nous donnes la vie, Toi qui nous sauves du mal, prends pitié de nous, pécheurs », commença la mère supérieure, et les sœurs reprirent en un susurrant bourdonnement. Vanessa se leva. Elle était debout entre les deux bougeoirs, si proche des flammes qu'elle les touchait presque. « Je ne veux pas vous voir ici. Veuillez vous en aller », dit-elle distinctement. Elle se tenait face à la mère, vibrante, les mains contre son corps, prêtes à frapper s'il avait fallu.

La mère supérieure lui parla doucement, tenta de l'asseoir. Devant la résistance de Vanessa, elle durcit le ton. « Il faut faire les prières. C'est votre devoir de chrétienne, lui assena-t-elle, menaçante.

– Sortez, répéta Vanessa, les lèvres serrées, les poings raides. Sortez d'ici, je ne veux plus vous voir. »

Les sœurs se tournèrent vers Jeanne qui venait d'entrer dans la pièce, allait vers Vanessa, lui prenait le bras, lui parlait à l'oreille. Vanessa se laissa faire, mais au premier mot de Jeanne elle se dégagea brusquement. « Vous aussi, sortez ! Je ne veux plus vous voir ! Je ne peux plus voir personne ! » Et d'un geste elle embrassa l'assemblée des visiteurs qui se levaient les uns après les autres, hébétés. « Quel scandale, nous traiter ainsi », murmuraient-ils en rassemblant leurs affaires et en sortant dans le couloir de la maison où ils pouvaient laisser éclater leur indignation. Jeanne sortit la dernière. Il ne resta plus dans la pièce que Christiane et Vanessa. Pierre et Vincent, effrayés, avaient quitté la pièce dès que la scène avait commencé. Vanessa se rassit sur la chaise comme une petite dame fatiguée sur un banc public. Le dos voûté, les bras ballants, elle regarda le parquet rayé, le tapis élimé sur lequel pas moins de cinquante personnes avaient marché dans la journée. Puis elle leva les yeux vers sa fille. Tout doucement, les larmes glissèrent sur ses joues, des larmes qui portaient tous les naufrages.

Il y eut moins de monde que prévu à l'enterrement. « S'il y avait eu un cocktail, on aurait vu le double de parasites funèbres », dit Marguerite en rentrant à la Villa. Depuis la mort de Vianney, elle marchait très mal. Duduche certifiait qu'elle avait eu une sorte d'attaque, ce que Marguerite démentait avec toute la grâce qui la caractérisait : « Duduche est idiote, je vous en prie. Je n'ai rien du tout. » Mais sa santé se dégrada. Elle ne mangea presque plus et rechignait à s'exercer à la marche dans le hall. Elle était irascible et se plaignait auprès de ceux qu'elle estimait le plus, c'est-à-dire auprès de Georges, de Jacqueline et de Tancrède, de n'être pas encore morte. On s'inquiéta pour elle, on se dit que le choc avait été trop dur pour une femme de son âge.

À la surprise de tout le monde, ce fut Vanessa qui apporta le réconfort dont la santé de Marguerite avait besoin. Deux mois après la mort de Vianney, elle annonça à sa mère qu'elle allait divorcer. « Enfin ! » s'exclama Marguerite qui ne cessa jusqu'au soir de pleurer les larmes qu'elle avait retenues. Dès qu'elle avait annoncé la nouvelle, Vanessa avait quitté la maison avec les trois enfants et s'était installée chez Jacqueline, le temps de trouver un appartement. Elle avait des économies qui lui permettaient de vivre en attendant le procès.

Henri accepta le divorce. Sa famille vint témoigner contre Vanessa. On dit qu'elle était folle, excentrique, qu'elle avait réduit son mari, courageux combattant de l'Indochine et de l'Algérie, à l'état d'une loque sans volonté. On suggéra qu'elle avait eu des relations adultères. Henri se présenta au tribunal en costume. Il était sobre mais semblait ne rien comprendre à ce qui se passait. Il répétait d'un ton mécanique qu'il consentait au divorce et renonçait à la garde des enfants, puis replongeait dans un état de tétanie. « Ne l'écoutez pas, criait Monsieur de Plessis en agitant sa canne à pommeau, ne l'écoutez pas, monsieur le juge, elle l'a encore drogué. » Le docteur Bradessus, en glorieux octogénaire, fit une impression définitive sur le juge. Il évoqua la dépendance à l'alcool d'Henri qui le rendait incapable de garder une famille sous sa responsabilité. Le tribunal statua que Vincent et Madeleine seraient confiés à Vanessa jusqu'à leur majorité, et que leur père pourrait leur rendre visite, en accord avec la mère, quand il le souhaiterait, à la condition de suivre une cure de sevrage en clinique et une thérapie psychiatrique.

Henri triturait la tête d'un clou qui dépassait du banc sur lequel il était assis. « Tu as vu, dit-il à Vanessa en se tournant vers elle, de l'autre côté de l'allée centrale, tu as vu, ce sont les mêmes clous qu'à l'église. » Ce fut le seul moment où il parut à peu près vivant.

« Je dois partir », dit Vanessa à Jacqueline quelques jours après le divorce. Elles prenaient un thé dans la cuisine où elles s'étaient retrouvées, cinq ans auparavant. « Je dois m'en aller.

– Où ça ? » demanda Jacqueline, en comprenant que sa question n'avait pas de sens. « Et les enfants ? »

Vanessa la regarda longuement de ses petits yeux que prolongeaient de longues pattes d'oie. « Je dois partir, Jacqueline. J'ai besoin de me reposer. Regarde-moi, regarde-nous tous…

– Que veux-tu dire ? »

Vanessa soupira. Elle détourna les yeux.

« Il n'est même pas sûr que tout s'achève à cause de nos difficultés matérielles. Non… Notre décadence économique n'est qu'une apparence dont notre pudeur, ou notre fierté, habille notre décadence morale. Nous mourons, vois-tu, de la haute idée que nous avons de nous-mêmes, de notre supériorité intellectuelle que rien ne saurait entamer. Pourtant nous ne sommes ni cultivés ni curieux, nous ne sommes capables ni d'un sentiment spontané ni de réelle affection. Notre politesse nous pousse à des ridicules dont nous ne sommes pas même conscients. Nous pensons faire croire à l'autre que nous l'exhaussons par notre humble déférence, et nous nous flattons de nos stratagèmes. Nous sommes seulement incapables de sincérité et de justesse. Nous sonnons faux. »

Vanessa pétrissait ses phalanges et ses ongles rongés contre ses paumes. Elle observait les tasses de porcelaine blanche, le café noir dans le pot d'étain. Jacqueline regardait sa sœur passer le pouce le long de la tranche de la table.

« Nous mourons de notre peu de recul historique, nous qui nous rengorgeons tant d'histoire, continuat-elle. Nous sommes les otages de l'idée que nous nous faisons de notre mission… Nous voulons nous répandre comme un principe généreux, sans nous demander si nous avons quelque chose à recevoir. Nous nous croyons les conservateurs de valeurs dont, disons-nous, le monde a besoin, sans même nous interroger sur leur pertinence. Nous sommes persuadés d'éprouver les douleurs les plus vives quand elles ne sont que celles de l'humaine condition. Nous gémissons sur notre vie quand nous sommes heureux, nous n'avons plus ni larmes ni mots quand le malheur s'abat sur nous. Nous vivons avec plus de plaintes et moins de profondeur que nos voisins. Nous voulons transformer le monde, sans penser que c'est nous qui avons besoin d'être transformés. »

Sa tasse de café dans sa main tremblante, Vanessa tourna le dos à sa sœur, comme s'il lui fallait l'infini des toits de la ville pour continuer.

« Nous nous asseyons sur les fantasmes de la gloire familiale, sur les morts accumulés des générations passées, en pensant qu'ils nous élèvent, qu'ils nous donnent du monde un vaste panorama ; nous ne sommes assis que sur un tas de ruines.

« Nous compulsons les livres qui citent notre nom, collectionnons les objets marqués à nos chiffres, recherchons les portraits qui sont passés dans nos maisons, dressons des généalogies, nous sommes d'avides nécrophiles, des idolâtres. »

Elle ne se retourna pas. Il sembla à Jacqueline, quand elle reprit, que sa voix venait du ciel découpé par la fenêtre.

« Nous ne haïssons pas le monde, ni les gens qui ne nous ressemblent pas. Pire, nous les prenons en pitié de n'être pas comme nous. Quant aux autres qui nous ressemblent et dont les noms sont cousins du nôtre, nous les craignons car ils menacent notre supériorité. Nous haïssons le changement, nous voulons que chacun joue son rôle dans notre cosmogonie mortifère, que l'on s'empêche de croître, que l'on se pétrifie. Nous sommes des insomniaques, incapables de sommeil et de repos, car nous attendons de revivre notre passé, nous voyons en toute naissance la marque obsolète de notre histoire, nous ne savons pas oublier. » Elle se retourna vers Jacqueline. « Mais moi, je veux dormir. Je veux dormir, maintenant, ne penses-tu pas que ce soit simple ? »

Sa main tremblait tant que le café se renversa sur sa chemise, et lui fit une tache sur le sein gauche.

Comme Jacqueline ne pouvait pas prendre en pension trois enfants en plus des siens, Vanessa demanda à Marguerite si elle garderait Madeleine. Marguerite accepta, bien qu'elle n'eût pas une affection particulière pour la petite fille de dix ans, elle avait l'impression que, pour la première fois, elle faisait quelque chose pour sa fille. Après avoir parlé à chacun de ses enfants, Vanessa partit un matin. Elle promit de donner des nouvelles. Personne ne savait où elle s'en allait.

Madeleine était une étrange enfant. Elle se levait la nuit pour vérifier que sa grand-mère était toujours vivante. Elle se penchait sur le visage de cire de la vieille dame, verni du sérum qu'elle avait appliqué en légers tapotis, à peine éclairé par la lumière du couloir, auréolé par quelques maigres cheveux, et elle imaginait de toutes ses forces qu'il était celui d'un mort, jusqu'à ce qu'elle voie un cadavre et s'enfuie en courant. Une nuit qu'elle était ainsi penchée au-dessus de sa grand-mère, en pleine méditation, tels ces vieux stoïciens qui tarissaient la source imaginaire de leur désir en décomposant son objet en ses plus simples éléments de matière jusqu'à ce qu'il disparaisse en fumée, les yeux de Marguerite, gros comme des cuillères, s'ouvrirent d'un seul coup. Surprise, Madeleine recula. Marguerite se redressait lentement sur ses coudes maigres et regardait la petite fille intensément, la bouche fermée, les cheveux en bataille. Madeleine s'enfuit en courant, mi-terrifiée, mi-exaltée, en hurlant : « Elle est ressuscitée ! Elle est ressuscitée ! » Il s'en fallut de peu qu'elle n'aille chercher Duduche, profondément endormie sous son bonnet, en témoignage de ce miracle.

Cela faisait plusieurs nuits que Marguerite avait remarqué les visites impromptues de sa petite-fille. Elle n'en avait rien laissé paraître car elle cherchait un moyen d'impressionner définitivement l'enfant. Elle n'avait pas raté son coup ; Madeleine ne s'aventura plus dans la chambre la nuit. Elle se contentait d'observer la respiration de la vieille dame et de dire chaque matin à Duduche, perchée sur le tabouret de la cuisine devant sa tasse de chocolat chaud, le regard perçant : « Son souffle est court. Elle ne va pas tarder à mourir. » Et la pauvre femme qui croyait tout ce qu'on lui disait, levait les bras au ciel en gémissant : « Ah, madame la marquise, ah, madame la marquise ! » « Cette enfant est folle », conclut Marguerite après deux mois de cohabitation, et elle décida de ne plus s'en occuper.

Jeanne conçut au contraire une tendresse sans égale pour Madeleine. La petite venait souvent lui rendre visite, pour des raisons proches de celles qui l'avaient conduite la nuit à la chambre de sa grand-mère. Madeleine, qui traînait des oreilles bien ouvertes partout, était au courant des derniers drames survenus dans le quartier. Elle les racontait à qui voulait l'entendre, et avait trouvé en Jeanne un public plus que bienveillant. Elle prenait une voix de tragédienne pour mieux exciter l'attention de ses auditeurs : le cancer de la bibliothécaire, la mauvaise chute de Madame de Beffand qui vivait seule au bout de la rue avec ses quatre-vingt-dix ans, la malheureuse concierge du 32 que son mari avait quittée avec ses trois enfants, la mort accidentelle de la duchesse de La Trémoille qui s'était pris les pieds dans le tapis en courant répondre à l'appel de la princesse de Montmorency. Madeleine avait un sixième sens pour les catastrophes.

Elle n'avait pas son pareil pour décrire un détail sordide en un récit informé et précis, les vers qui avaient eu le temps de ronger la plaie avant qu'on ne découvre le cadavre, l'étouffement, la gangrène. Lorsqu'elle n'avait plus de mots, elle mimait. Elle rejetait la tête en arrière, devenait toute pâle, serrait sa gorge jusqu'à faire entendre des râles de mourant ou les cris de souffrance d'un condamné, l'autre bras rejeté en arrière. Tout cela faisait beaucoup d'effet à Jeanne qui restait enfoncée dans son fauteuil, les yeux brillants, et ponctuait la conversation de « ah bon », de « mon Dieu », et de « la pauvre femme » pleins de volupté.

Madeleine fut invitée aux thés de Jeanne, qu'elle agrémentait de ses talents de conteuse. Elle eut bientôt une belle renommée, de la rue du Faubourg-Saint-Honoré à la rue de Grenelle. « Elle met de l'animation », disait Jeanne en souriant à ses cousines qui la félicitaient d'avoir une petite-nièce « exquise ».

Il n'y avait qu'un seul sujet pour lequel Madeleine eût des secrets, c'était celui de sa mère. « Maman est partie », répondait-elle sobrement à qui l'interrogeait sans discrétion. Chaque semaine, elle recevait, comme promis, une lettre de Vanessa que Jules lui apportait en repoussant péniblement les marches de l'escalier de ses genoux pleins d'arthrose, mais il tenait à la lui remettre en mains propres. Madeleine s'enfermait à triple tour dans sa chambre pour la lire. Elle en sortait trois heures après, les yeux rouges et tuméfiés. Marguerite, en la voyant, se demandait si elle avait bien fait d'encourager Vanessa au départ, et si le repos d'une vie ratée valait le chagrin d'un enfant. « Billevesées ! se disait-elle aussitôt, Cette enfant est bien plus solide qu'elle n'en a l'air. » Et elle envoyait Madeleine au cinéma avec Duduche et une liasse de billets pour rapporter des gâteaux de chez Ladurée, qu'en rentrant Madeleine dévorait à grosses bouchées dans la salle à manger, comme pour étouffer sa peine, sous l'œil de sa grand-mère.

Pierre et Vincent s'étaient de mauvais gré installés chez Jacqueline et Georges, et ils manifestèrent dès le premier jour que cela ne saurait être que provisoire. Ils parlaient peu et n'interrogeaient jamais. Ils se couchaient tôt pour ne pas participer aux conversations du soir, et chuchotaient dans leurs lits, toutes lumières éteintes, jusque tard dans la nuit, en concoctant des complots vengeurs. Après une semaine de cet ostracisme volontaire, Georges et Jacqueline avaient retenu les deux garçons dans le salon un soir. Ils y étaient restés trois heures. Pierre et Vincent en étaient sortis avec un air soulagé, et ils s'étaient laissés aller à la vie.

Vincent demanda à quitter son collège privé pour entrer à Louis-le-Grand avec Jacques et Serge, ses cousins âgés de quinze et treize ans. Tous les jeudis après-midi, ils partaient nager à la piscine municipale. Ils rendaient parfois visite à Georges à l'Élysée, qui les emmenait déjeuner dans une brasserie. Une fois par semaine, ils allaient au théâtre avec Jacqueline et sortaient le samedi soir. Ils découvraient une vie calme, confortable, joyeuse et intellectuelle.

Jacques et Serge étaient de grands garçons solides à la bonté discrète, à la conversation élégante, à l'expression châtiée. Ils furent d'abord heurtés par la violence et le cynisme de leurs grands cousins, leur apparent mépris de tout et leur ironie méchante. À force de patience, de discours maîtrisés, ils comprirent la sensibilité de leurs nouveaux frères, qu'avait dissimulée un fiel maladif. Ils s'aperçurent qu'à mesure que leurs cousins domptaient la violence de leur langage, eux, Jacques et Serge, empruntaient les traits de leur esprit abrasif. Les quatre garçons formèrent bientôt un quatuor d'intelligences à vif qui faisaient parfois de l'appartement de la rue des Écoles, quand une dispute ou un désaccord instillait sa passion, un vaste champ de bataille.

Marguerite aimait ses quatre petits-fils qu'elle invitait à déjeuner chez elle. Madeleine n'était pas en reste devant ces garçons, à qui sa vivacité et sa vigueur plaisaient.

Elle essayait de reconstituer l'unité de la vie familiale passée, mais elle voyait bien que ses frères étaient ailleurs, dans un monde où le malheur était devenu banal et le bonheur une possibilité. Elle perçait au fond de leurs propos ironiques une indifférence, une retenue qui les prévenaient de plonger dans le pire, une sorte de légèreté et de douceur – oui, de douceur, c'est ce qu'elle supportait le moins – qui la révulsaient. Elle aurait voulu qu'ils gardent l'acuité, la vivacité de la douleur, mais il n'en était rien. Ses frères avaient changé. Ils pensaient à leurs études, parlaient de leurs sorties, de leurs voyages où ils voulaient qu'elle les accompagne ; mais elle ne voulait rien de tel. Sa vie, ce n'était pas *Don Carlo* ni le midi de la France. « On ne peut pas être heureux », criait en elle une petite voix que son esprit tentait de saisir.

11

Tancrède traversa le parc Monceau, passa devant le
conservatoire Vigny, s'arrêta un instant sous les fenêtres
de l'école de musique qui laissaient passer quelques
notes de *La Truite*, interrompues par les reprises du
professeur. La voix qui chantait était claire, celle d'une
jeune fille qui fredonnait un air sans souci de paraître
bien chanter. Cette simplicité retint Tancrède quelques
minutes sous la fenêtre. Mais les interruptions du professeur coupaient la mélodie dès qu'elle s'envolait vers
la Beauté. Comme une vague rejetant le nageur étourdi
sur le rivage après avoir manqué le noyer, sa logorrhée,
charriant des *presto*, des *piano* impatients, finit par
repousser Tancrède vers le boulevard Malesherbes
dans lequel il tourna. Alors, il se rendit compte qu'il
était en retard.

Il se faufila à travers la foule impatiente et sans yeux
qui descendait la rue, essaya de ne pas perdre le rythme
de sa marche, joua parfois des coudes quand les couloirs humains se rétrécissaient devant lui. Il ne pensait
à rien, guettait le moindre espace par lequel il pourrait
passer d'une masse à une autre et, glissant ainsi tel un
avion de nuage en nuage, il parvint aux marches de
l'édifice. Il était déjà huit heures et demie.

Il vit la grosse dame. Son porte-monnaie rempli de
billets, sa canne qui soutenait son obésité, ses cheveux
blond platine, ses doigts cernés d'anneaux. Tancrède se

plaça derrière elle au guichet. Le guichetier lui fit signe qu'il allait fermer sa caisse. Tancrède protesta qu'il avait acheté sa place, qu'il n'avait plus qu'à la retirer. « Ah, monsieur c'est trop tard ! Elle a été vendue, votre place ! » répliqua l'homme. Son billet à la main, la grosse dame se retourna et regarda Tancrède de haut en bas. Et puis elle se dirigea, cahin-caha, vers l'escalier dont elle amorça la pénible ascension. Le guichetier ferma brutalement le store de sa caisse.

Tancrède allait pousser la porte à tambour pour ressortir du théâtre, quand une voix le héla. C'était une petite femme brune, ou une jeune fille, il n'aurait su dire. Son visage rond, presque poupon, lui donnait l'air d'une enfant, mais sa tenue était féminine. Il ne savait pas d'où elle venait, il n'avait vu personne dans le hall. « Extraordinaire », pensa Tancrède en examinant la jeune femme, sa jupe aux plis parfaits, son chemisier blanc à col cassé, dont les boutons étaient fermés jusqu'au cou.

« J'ai un ami qui ne viendra pas, il me reste une place », annonça la jeune femme en tendant un billet à Tancrède. Il remercia, promit qu'il paierait la place. « Dépêchez-vous », répondit-elle seulement en courant dans les escaliers avec une légèreté d'oiseau. Indifférente à ses politesses, elle se contenta de se retourner vivement vers lui en ouvrant la porte de l'orchestre, et de rire, de tout son visage rond et sain, pas spécialement joli, mais ravi par une clarté qu'il ne connaissait pas. Il entendit les derniers accords de l'ouverture. « Pardonnez-moi, chuchota-t-il, je vous ai fait manquer le début. » La fille ne l'entendit pas, elle filait déjà dans l'allée. « Venez ici ! » Elle attrapa Tancrède par la veste et le poussa dans un méli-mélo de jambes qui résistaient pudiquement ou protestaient avec raideur. À l'instant où les voyageurs du train de Trouville débarquaient sur le quai de *La Vie parisienne*, Tancrède

410

s'effondra dans son fauteuil, rouge de honte. La jeune fille était assise à côté de lui. « Eh bien, lui dit-elle à l'oreille, on voit que vous n'avez pas l'habitude ! » Elle posa sa main sur son bras, une main amicale qu'elle retira aussitôt. Tancrède fut étonné de sentir, encore quelques secondes après, la chaleur se dissiper dans son bras.

Plusieurs fois il croisa et décroisa les jambes, plusieurs fois son pied rencontra sans qu'il y prît garde celui de la jeune fille. Il ne savait jamais comment placer ses longues jambes, c'était toujours très embarrassant, il y avait juste la place pour une boîte à chaussures, entre ces sièges. Et puis il ne comprenait pas comment le corps de la jeune femme pouvait dégager une telle présence, qui le mettait mal à l'aise. Son propre corps lui semblait importun, il craignait de respirer trop fort, de faire du bruit en bougeant. Plus il redoutait d'indisposer sa voisine, plus il était bruyant. Des « chut » et des « oh » répondirent à ses contorsions d'invertébré sur son fauteuil, mais elle, absorbée par le spectacle, ne se rendait compte de rien. Elle avait posé son coude sur le bras du fauteuil et frappait la mesure avec ses doigts. Tancrède aurait trouvé cela vulgaire chez une autre personne. D'habitude, il ne supportait pas les manifestations bruyantes des rythmes intérieurs, qu'ils soient joyeux ou tristes. Mais il avait l'impression que c'était l'âme même de la jeune femme qui animait ses doigts fins.

Il n'y eut pas d'entracte. À la fin du spectacle, ils applaudirent longuement. Tancrède ramassa son manteau, aida sa voisine à remettre le sien. Elle babillait, lui demandait ce qu'il avait aimé, il ne savait quoi dire parce qu'il ne se souvenait pas de grand-chose sinon d'avoir été dans une position inconfortable pendant deux heures, et parce qu'il n'avait pas l'habitude qu'on lui pose ce genre de questions. En général il allait

toujours seul au spectacle, lui répondit-il. « Ah bon ? »
Elle se mit à rire. Il l'invita à boire un verre de vin dans
un café. Elle accepta, toujours en riant, et il pensa
qu'elle devait un peu se moquer de lui. « Je m'appelle
Victoire », dit-elle en lui tendant la main.

Au café où ils s'étaient retrouvés après avoir erré
longtemps pour éviter les brasseries bondées des bou-
levards, un petit café où seule une vieille dame trop
maquillée mangeait un steak-purée près de la vitrine,
du bout de sa fourchette, Victoire demanda qu'on lui
apportât un thé, « parce que je fais attention à ma
ligne », dit-elle en rougissant, d'un ton de petite fille
dont la seule parade était de séduire. Tancrède entama
une longue litanie, précise et descriptive, des formes
avantageuses des maîtresses royales, des seins exotiques de Gabrielle au double menton savoureux de
Louise, en passant par les mollets tendres de la Montes-
pan, le ventre mou de la Saint-Germain et les cuisses
potelées de la Pompadour, au bout de laquelle, à court
d'inspiration, il se pencha vers les yeux brillants de
Victoire, lui prit le menton et ses lèvres charnues, si
charnues qu'il eut la sensation de mordre dans une
figue très mûre.

Quatrième partie

1

Au printemps de 1974, Chantal mit au monde un enfant. On l'appela Gabriel. Le petit garçon se vit offrir par colis spéciaux des paquets de vêtements brodés et de jouets en bois d'Amazonie que Joy avait fait empaqueter pour le nouveau-né et expédiés de Buenos Aires. Jeanne relégua aussitôt au grenier ces « exotismes », comme elle les appela en les découvrant. Henri étant retourné chez ses parents après le départ de Vanessa, le second étage de la Villa était inoccupé ; Chantal et Charles voulurent s'y installer. André fit repeindre les pièces, changea la plomberie, l'électricité, installa des chauffages. Chantal dessina elle-même les tapisseries, fabriqua les rideaux et choisit les meubles. « Mon Dieu, il fallait bien un coup de neuf, et du goût… », soupirait-elle en présentant son nouveau foyer à ses amies.

Ce même été, Henri mourut dans la clinique où il avait été interné. On ne savait toujours pas où se trouvait Vanessa, bien qu'elle continuât chaque semaine d'envoyer de longues lettres à ses enfants, à sa sœur et à sa mère. Elles venaient de Lyon, de Grenoble, de Marseille, d'Aix-en-Provence. L'une portait un tampon italien, mais il n'était pas certain que Vanessa fût restée longtemps en Italie. Elle ne disait jamais ce qu'elle faisait et écrivait simplement : « Je voyage. » On ne put l'informer de la mort d'Henri, mais elle l'avait apprise, peut-être par le journal, car dans ses lettres suivantes elle avait glissé des petites fleurs séchées et des cœurs rouges en papier, qui laissèrent Madeleine pleurer dans sa chambre cinq heures de suite, jusqu'à ce que Duduche osât franchir le sanctuaire que devenait la pièce quand Madeleine y lisait les lettres de sa mère, la prenne dans ses bras et pleure à son tour en gémissant : « Ma pauv' petite, ma pauv' petite. »

Une autre mort perturba la vie de la Villa bien plus que celle d'Henri. Ou plutôt une autre morte, dont la notice nécrologique, en une vingtaine de lignes, se trouvait sur la page de gauche du carnet du jour du *Figaro*, en face de l'annonce du décès d'Henri, qui, elle, se réduisait à quelques mots.

L'article regrettait le décès de la mécène Denise Colin. Elle avait contribué, paraît-il, à la création d'une fondation qui offrait bourses et récompenses à de jeunes artistes talentueux. Elle-même avait été une figure mi-mondaine, mi-artistique de l'entre-deux-guerres. Elle avait un temps dessiné, des dessins « fantasques, intéressants par leur facture surréaliste et pourtant très personnelle », disait le texte. Elle comptait parmi ses amants et amantes de nombreux artistes de toutes nationalités, comme, parmi les plus connus, Edmonde Beyer, Alphonse Kremer, Salomon Stein, Simon Watson. La photo, en noir et blanc, montrait le visage d'une jeune femme aux cheveux coupés courts, lissés, un collier de perles autour du cou, souriante, aux petits yeux rapprochés, avec de grandes incisives légèrement de travers, et des fossettes.

Tancrède la découvrit en ouvrant au hasard le journal à la terrasse d'un café de la place des Terreaux, à Lyon. Il avait été rencontrer le conservateur du musée pour une exposition Fragonard à laquelle on lui avait demandé de participer. « Denise », murmura-t-il. Elle semblait plus jeune que sur les photos qu'il avait vues chez l'oncle Gustave, « et pourtant, se dit Tancrède, je ne suis plus très sûr de m'en souvenir ». Il regarda les dents de la jeune femme de la photo, tombant sur la lèvre comme des guillotines. Il en conclut qu'elle les avait fait arranger depuis. C'était certain. Elle aurait pu être vêtue d'une aube de communiante, cela n'aurait pas déparé, se dit-il encore en examinant la photo. Il finit son café, jeta le journal dans la première poubelle qu'il trouva, puis marcha vers le musée d'un pas pensif.

Un mois plus tard, Tancrède reçut la lettre d'un notaire du nom de Jouxe, place de la Madeleine, lui annonçant que, à la suite du décès de Madame Denise Colin, il se trouvait, après ouverture du testament, l'héritier de tous ses biens de nature artistique. Suivait la liste d'une centaine d'œuvres dont bibelots, paravents, chinoiseries, biscuits, marbres et bronzes, et la collection des toiles d'Antoinette d'Argentières, répertoriées une à une sous des noms dérisoires tels que « Pique-nique », « La plage », « Danseur », « Fleurs », évoquant soudain pour Tancrède une forte odeur d'encens qui ne le quitta plus de la matinée. Le courrier indiquait que Tancrède devait se présenter au cabinet de Maître Jouxe avant la date du 4 novembre, sous peine de ne pas toucher l'héritage qui reviendrait alors à un musée national, selon les volontés de la défunte.

Tancrède laissa passer une semaine avant de prendre rendez-vous chez Jouxe, et attendit la veille du jour où les œuvres devaient être livrées à la Villa en deux camions pour en parler à son père. Pour une fois, au nom de « Denise Colin », André posa le stylo avec lequel il gribouillait comme à son habitude dans un grand cahier de comptes, et il écouta Tancrède jusqu'au bout lui raconter sa rencontre au Louvre, le verre de porto et le verre de whisky, la robe de chambre japonaise, les tableaux d'Antoinette exposés comme à la Doria Pamphili, et la dernière phrase de Denise sur le dédain d'André et Marguerite envers elle. Tancrède se tut, il observa la physionomie d'André, fermée à toute interprétation, les yeux abîmés dans des lieux inexplorables. Soudain André frappa une main gigantesque sur son bureau, une main de forgeron ou de blanchisseuse, et sans regarder son fils, s'exclama : « La garce ! » Il reprit son crayon, son cahier de comptes et ne fit plus attention à Tancrède qui sortit sans bruit.

Celui-ci alla chercher une explication chez Marguerite. Elle l'écouta avec autant d'attention qu'André et, de temps en temps, elle rit d'un petit rire perlé et un peu aigre. Quand il se tut, elle se pencha et, l'œil errant dans la pièce, du miroir accroché au-dessus de la cheminée à la fenêtre où une branche d'arbre se balançait, de bibelot en bibelot, lui jetant de temps en temps un regard furtif, elle parla. Antoinette, lui apprit-elle, avait eu plusieurs amants et amantes, tout comme Gustave. C'était leur mode de vie. Cela ne les empêchait pas de « s'adorer », dit-elle en ouvrant largement le « o », ni de vivre ensemble. La dernière amante d'Antoinette fut Denise Colin, une très jeune fille d'environ dix-sept ans, musicienne, qu'elle avait rencontrée chez Léonide Massine. La gamine tourna la tête d'Antoinette. Elle était intelligente, une sorte de feu follet drôle et capricieux. Comme cela se passait d'ordinaire, elle rencontra Gustave et passa du temps avec eux rue du Bac, puis en vacances en Normandie à Honfleur, ou sur la Côte d'Azur, ou à l'étranger, au Maroc et en Tunisie. L'idylle dura trois ans, jusqu'au jour où, à Antibes, elles se disputèrent violemment. On le sut grâce aux serveurs de l'hôtel Bellevue qui les séparèrent ce jour-là. Elles menaçaient d'en venir aux mains. Antoinette, plus tard dans la soirée, demanda même qu'on lui donne une chambre à un autre étage que son amante. Sortie seule vers onze heures, Denise était revenue vers quatre heures, au dire du veilleur de nuit, au bras d'une jeune dame blonde, complètement ivre, qui était sa cousine à ce qu'elle prétendit, et qui ne pouvait pas rentrer chez elle dans cet état.

Le lendemain, Antoinette et Denise devaient aller ensemble rendre visite à un de leurs amis peintres qui vivait dans la montagne. Elles se retrouvèrent toutes les deux devant la porte à tambour de l'hôtel, apparemment réconciliées. En tout cas, dit le portier, elles rirent avant de monter en voiture. C'était au cours de ce voyage que l'accident s'était produit, à quelques kilomètres d'Antibes. La route était déserte. Il n'y eut aucun témoin. La police vit revenir la voiture. Cette fois Denise était au volant, en pleine crise de nerfs, à côté de ce que le médecin légiste allait appeler un quart d'heure plus tard le cadavre d'Antoinette, la gorge rougie, d'où pendait le bout en lambeaux d'un long voile rose transparent.

Le portier de l'hôtel Bellevue, la deuxième fois qu'il fut interrogé par l'inspecteur chargé de l'affaire, oh, pas bien longtemps, soupira Marguerite, seule infraction à l'objectivité de son récit, ne se souvint pas d'avoir jamais vu Antoinette avec cette écharpe. Lorsqu'elle était partie le matin au volant de la voiture, il était certain qu'elle ne portait rien, pas même un collier. D'ailleurs, il ne lui avait jamais rien vu autour du cou depuis le début de son séjour. « Ce n'était pas son genre, à madame la marquise », ajouta-t-il avec un dédain sur lequel l'inspecteur ne prit pas la peine de s'attarder. Un groom prétendit avoir vu l'écharpe sur Denise, et puis il se rétracta en disant qu'il voyait tant de vêtements qu'il était difficile de s'y retrouver. Le médecin confirma qu'Antoinette était morte étranglée par un tissu tiré par une force qui dépassait les capacités humaines, et qui, vu l'état de

419

l'écharpe, pouvait tout à fait être une roue tournant à soixante kilomètres à l'heure. Bref, tout confirmait – à part l'écharpe dont elle assurait à la fois qu'Antoinette la portait dès le début du voyage et qu'elle l'avait achetée la veille dans une boutique sur le port – le récit que Denise fit à la police du sinistre accident.

Et pourtant, dit Marguerite, quand on ouvrit le testament d'Antoinette et que l'on découvrit qu'elle faisait don de tous ses biens à sa maîtresse, sauf l'immeuble de la rue de Lille et le mobilier des pièces de leur vie commune qu'elle abandonnait à Gustave, lorsque André comprit qu'elle ne leur avait rien laissé, et qu'une aventurière de vingt ans hériterait de tous les objets de famille, les souvenirs, de valeur ou non, les tableaux, les portraits et la propre collection d'Antoinette, il fut pris d'une telle colère que rien ne put le dissuader que c'était elle, Denise, qui l'avait assassinée. Il voyait Denise l'étranglant avec son écharpe de sa poigne de boxeuse, déchirer elle-même le bout de tissu en l'accrochant à la roue. « Personne ne l'a vue. Comment croire les paroles d'une femme pareille ? » disait-il, à tel point qu'autour de lui, on eut aussi des doutes.

On dissuada cependant André de lancer la machine judiciaire contre Denise, dans une affaire qui avait été classée après deux jours d'enquête. Mais Gustave eut beau affirmer qu'Antoinette avait rédigé son testament en toute liberté, on échafauda d'invraisemblables hypothèses. On attribua à Denise des préméditations et même des antécédents, qui dressèrent autour d'elle les marais infranchissables de la suspicion. Le petit milieu d'artistes et d'écrivains dans lequel elle vivait se détourna momentanément d'elle, par affection envers Antoinette, mais cela dura peu. Elle rentra en grâce avec l'aura sulfureuse de la meurtrière. Le temps passant, André s'apaisa. L'affaire prit la teinte des drames sans réelle importance. Ils avaient bien reçu des lettres

420

de Denise, confirma Marguerite, mais elle ne se souvenait pas qu'elle y proposait un quelconque partage. « Non, c'étaient des lettres de condoléances. Sans grâce et sans style », railla-t-elle.

Le lendemain, un notaire et un expert vinrent assister à l'arrivée du curieux héritage de Tancrède. Le jeune homme rangea une partie du grenier afin d'y entreposer les bibelots, les sculptures et les bronzes, mais il fallut encore pousser de vieilles malles pour que tout pût être disposé. Tancrède dégagea deux murs de sa chambre et y accrocha les tableaux d'Antoinette. L'expert examina chaque peinture l'une après l'autre, et les garantit toutes signées et authentiques. « Leur valeur a triplé en trente ans, dit-il à Tancrède, votre tante a sa notoriété, dans le milieu. » Tancrède ne répondit rien.

« C'est insupportable ! C'est injuste ! » Chantal se précipita chez ses parents une fois les camions partis. Elle avait appris la nouvelle de l'arrivage par Odile, qui avait elle-même été informée en entendant André et Jeanne s'entretenir assez vivement la veille au soir dans leur chambre. Jeanne reprochait à André d'avoir laissé son fils accepter un héritage de l'immoralité. André se défendait sans grande énergie d'avoir été au courant de l'histoire. La dispute avait avorté en un silence chargé de rancœur.

« Évidemment, c'est encore Tancrède qui a tout ! D'où sort-elle, cette femme ? Je suis sûre que ces tableaux valent des fortunes », protesta Chantal, les mains sur les hanches, devant sa mère effrayée. « Elle a raison, commenta Jeanne à l'intention d'André. Ce n'est pas juste », et André haussa les épaules. Jeanne obtint de lui qu'il léguât à Chantal le mobilier Louis XVI du bureau d'Argentières, ainsi que quelques verres du service en cristal rose. Longtemps, même une fois que Tancrède eut tout donné au musée de Marseille, où Antoinette était née, à la condition qu'une exposition lui fût prochainement consacrée, Chantal continua de parler avec aigreur, quand elle se sentait moins considérée que son frère, des « tableaux de Tancrède ». Tancrède, pour sa part, se mit à la rédaction du catalogue de l'exposition.

2

Deux mois après leur rencontre fortuite à l'opéra, Tancrède sut que Victoire serait sa femme. « Sinon personne », se promit-il même d'un ton serein, comme si au fond cette éventualité ne l'affectait pas. Victoire était pianiste d'accompagnement pour un excentrique ténor italien, qui maîtrisait aussi bien l'opéra que le chant français, ce qui était, selon la jeune fille, très rare. « Très peu d'artistes, surtout parmi les étrangers, chantent bien en français », lui assura-t-elle. Comme il n'y connaissait rien, il se contenta de hausser un sourcil interrogateur.

Il rencontra un soir le ténor dans sa loge, après un concert au Châtelet. L'homme imposant à l'épaisse moustache de crin noir, dont la chemise humide pendait sur sa ceinture parce qu'il venait de se rafraîchir, le serra dans ses bras en exultant avec un fort accent : « Le chéri de Victoire ! »

Ils dînèrent avec l'agent de l'artiste, le directeur de la maison de disques qui le produisait, et une blonde juchée sur des talons immenses, qui semblait amoureuse du ténor et qu'il ne cessait de tripoter. La soirée fut sympathique et arrosée. Le lendemain matin, le ténor mit sa chambre à sac, déchira ses partitions et éclata en sanglots dans les bras du responsable d'étage du Crillon parce que la blonde était partie avec son portefeuille et des pastilles italiennes pour la gorge qu'il passait ses journées à sucer afin d'apaiser sa nervosité. Victoire se précipita à l'hôtel et l'emmena manger un foie gras chaud chez Maxim's devant lequel il se consola aussitôt. Il poussa quelques vocalises à côté du pianiste, humiliant le malheureux chanteur qui tentait de gagner trois sous en braillant du Luis Mariano, se laissa applaudir par le public improvisé des dîneurs qui se poussaient du coude en chuchotant : « T'as vu, c'est Morena », et il sortit sous les vivats et les rappels, en lançant des baisers, prêt à recommencer le soir même.

Tancrède repoussait le moment de demander Victoire en mariage, et ne l'avait jamais présentée à la Villa. Elle l'emmena pourtant plusieurs fois dans sa famille en Dordogne, dans une ferme où vivaient ses parents et sa sœur. Son père était maître de chœur et sa mère chanteuse, sa sœur jouait du violon. Tous les quatre, ils formaient un petit ensemble dont Tancrède était un inlassable auditeur pendant les soirées qu'il passait avec eux, dans le salon de chaux pigmentée, en se disant qu'il n'y avait peut-être pas de bonheur plus parfait. La nuit se déployait par la porte-fenêtre, il écoutait les grillons, devinait la présence des rongeurs et des bêtes qui venaient boire à l'étang. Il voyait le visage de Victoire incliné sur le piano, les yeux clos, ses épaules hautes et ses doigts arqués, son air sévère d'acteur japonais quand elle abordait les tempêtes, maternel et tendre dans les traversées heureuses, méditatif dans les soupirs de la musique française. Il la demanda finalement en mariage au milieu du parc qui entourait la maison familiale, avec gaucherie parce qu'il craignait d'être repoussé, mais elle dit oui aussi simplement que la pomme de pin était tombée au même instant de l'arbre sous lequel ils se tenaient.

« Je vais me marier, annonça-t-il un soir à ses parents. Elle s'appelle Victoire Carré, elle est musicienne. » Jeanne pleura toute la nuit, sans faire de bruit, le visage collé à son oreiller, par petits sanglots. André partit le lendemain matin à Argentières sans dire un mot à son fils. Tancrède leur présenta Victoire un mois plus tard. Elle portait une ravissante robe de coton à motifs floraux qui plut beaucoup à Jeanne, pas autant cependant que la petite révérence dont elle la flatta et qui lui fit gagner en estime plus que les titres de noblesse qu'elle aurait pu excaver tant bien que mal de son histoire familiale. À table, elle raconta toutes sortes d'histoires drôles et convenables qui divertirent fort André, à tel point que Tancrède se demanda quand il avait vu son père rire de cette manière pour la dernière fois, et conclut que c'était lorsqu'il avait sept ans, devant la télévision où l'on passait un film des Marx Brothers. Quand Harpo avait enfoncé dans sa bouche, les yeux exorbités, le combiné du téléphone, son père en avait pleuré dans son mouchoir de batiste. À la Villa, on n'eut plus aux lèvres que les noms de Morena, de Fauré et de Rossini, dont jusque-là on n'avait jamais rien su ou très peu, sauf Odile qui maugréait « Fauré, bourgeois » d'un air supérieur, après avoir dit que, bien sûr, elle connaissait tous ces noms, en réponse à une question de sa mère.

André prit des places pour l'opéra. Une joie immense l'envahit quand, entendant l'air de Figaro devant Chérubin armé de pied en cap, il eut le sentiment de reconnaître une mélodie familière, presque intime. Pendant trois jours il chercha d'où cet air lui était connu, il le fredonnait sans cesse, dans la rue, à son bureau, jusqu'à ce qu'il se trouve doublé, un matin, alors qu'il quittait la Villa, par une belle voix chaude, celle de Jules qui ratissait la cour. Chaque matin il chantait le générique de l'émission de musique qu'il avait écoutée la veille, à neuf heures, sans en comprendre les mots, ce qui donnait quelque chose comme « Nonpiodraille, farcharogne,

425

amorosso », avec une énergie dont Morena aurait pu être jaloux.

Tancrède et Victoire se marièrent à Paris. Ils partirent aussitôt pour Rome où Victoire donnait des concerts. Tancrède avait à y faire des recherches sur le séjour italien d'Antoinette, au cours duquel elle avait fait de somptueux et sinistres palais fantastiques, sortes de Piranèse cauchemardés, assaillis d'insectes sous un ciel bleu sale. Les tableaux étaient en possession d'un célèbre collectionneur d'art contemporain du nom de Salomon Stein. Le nom avait été familier à Tancrède, mais il ne l'avait pas tout de suite lié à l'obituaire du *Figaro*. D'habitude, Stein ne recevait chez lui que ses intimes et les spécialistes d'art qui lui étaient recommandés par les mêmes intimes. Tancrède n'avait pas les relations nécessaires. Il écrivit donc une lettre déférente et détaillée à Stein, lui expliquant l'intérêt qu'il portait aux œuvres d'Antoinette d'Argentières et l'importance, pour lui, de les examiner *de visu*. À son étonnement, Stein répondit favorablement à sa demande. Il dépêcha même une voiture chez Tancrède, au pied de la Trinité-des-Monts, qui le conduisit jusqu'à sa villa dans les hauteurs romaines.

Il s'avéra que Stein possédait d'Antoinette bien plus que les « Palais assaillis ». Il montra d'abord à Tancrède de nombreux dessins. Ce dernier tenta de savoir comment Stein avait acheté autant d'œuvres d'une artiste considérée alors comme secondaire, mais il l'avait interrompu sèchement : « Elle n'est pas, elle n'a jamais été, une artiste secondaire. » Dans une pièce adjacente, au rez-de-chaussée, qui donnait sur les champs d'oliviers du Latium, Stein lui montra encore sa collection d'ivoires et de boîtes japonaises. « Vous êtes son neveu, n'est-ce pas ? »

Tancrède acquiesça et donna, par habitude académique, quelques indications sur l'histoire de la famille, des éléments historiques et biographiques. Stein l'écouta avec une expression lointaine et l'interrompit en l'introduisant dans la galerie qui faisait le tour du patio au premier étage. C'était la galerie des « Palais ».

« Seul son père avait reconnu son don », expliqua Stein, comme s'il n'avait rien entendu de ce que Tancrède avait raconté.

« Elle l'adorait. Sans doute, en retour de l'admiration qu'il lui vouait, elle lui portait un amour sauvage. Elle l'appelait le Quichotte, se moquait de lui, de ses tenues, de sa vie luxueuse et oisive, mais rien au monde ne comptait plus que lui. Même en société, elle se blottissait à ses pieds, la tête sur ses genoux, ses jambes

427

repliées sous sa jupe. Lui était une sorte d'athlète luna-
tique, furieux qu'on ne reconnaisse pas le talent de sa
fille. Et la seule chose qui la persuadait de continuer,
c'était que son père approuvât ce qu'elle faisait. "Je ne
te jugerai jamais", lui avait-il pourtant dit quand elle
avait commencé, adolescente, dans l'atelier qu'il lui
avait aménagé à Argentières, d'un ton bourru que souvent elle a imité pour moi. Pourtant, elle a toujours
craint son jugement, sans cesser de le provoquer. Elle
aurait été au blasphème pour éprouver son amour. À sa
mort, paraît-il, l'atelier est redevenu ce qu'il était, un
poussiéreux mouroir à plantes.

« La première fois que j'ai vu des tableaux d'Antoinette, c'était avec la bonne société du faubourg, dans
une vente de charité de Saint-Pierre-du-Gros-Caillou,
le genre d'endroits où elle montrait alors ses œuvres.
Personne ne se rendait compte de son talent. Ma
femme m'y avait entraîné, l'une de ses rares amies
catholiques y vendait des broderies. J'y avais été par
respect pour cette femme qui nous avait gardé son amitié, malgré les caricatures infâmes qu'on faisait de
nous et dont en ce genre de lieux on continuait à rire
sous le manteau. J'ai tout de suite remarqué les trois
tableaux de votre tante, accrochés sur un pan de mur
sombre, près d'un voile blanc sale qui dissimulait un
petit autel de faux marbre, dans la salle mitoyenne de
l'église. Antoinette se tenait à côté de ses toiles, impassible, avec un orgueil qu'elle dissimulait sous une
expression contrainte de jeune fille rangée. Les gens
qui passaient devant elle souriaient avec condescen-
dance, sans oser la regarder, ni même s'arrêter. On la
prenait pour une amatrice, de l'espèce de ces femmes
qui peignent pour tromper leur ennui. Et puis ses œuvres
choquaient. On les trouvait "tristes et sombres", on ne
voyait pas vraiment ce que cela représentait, sinon des
formes à peine achevées de paysages.

428

« Le néant, voilà ce qu'elle savait peindre, le vide dont toute forme accouche. Cet instant où le temps glisse sur l'âme, où le monde lui devient incertain, où un sentiment de transcendance, quelle qu'elle soit, s'évanouit. Elle rendait palpable le lointain, et cela sans mélancolie. Elle l'expliquait par des expériences intimes qu'elle avait : "Soudain, vois-tu, il m'est donné de franchir le souci, d'un seul coup, je suis de l'autre côté. Parfois le voyage est jubilatoire, parfois il est trop violent pour le raconter. C'est si bref que je dois peindre pour continuer le voyage, sans quoi je sombrerais dans un abîme dont je sais que je pourrais ne pas revenir."

« Ses sujets étaient toujours simples, des silhouettes, des lacs, des bords de mer, des montagnes, des forêts, dans lesquelles elle insinuait la lumière lucide de son regard pâle et myope. Elle était plus abstraite encore que tous ceux de sa génération, parce qu'elle avait compris que l'abstraction ne consistait pas à échapper à la forme, mais à la traverser. "Qu'est-ce que c'est, me disait-elle, la chair du monde, le grand corps du monde ? Ce que l'on touche, ce que l'on palpe impatiemment de nos grandes pattes malaisées, ce que l'on pense avec notre haute intelligence, notre esprit de finesse ? Rien, rien que des mots. Non, Salomon, le monde n'a pas plus de chair qu'un cadavre, le monde, c'est une peau retournée, secouée de violences sismiques, de ruptures, de failles, d'abîmes et de quelques éternités."

« Elle eut un succès unanime lors de sa première exposition dans ma galerie. Elle obtint les compliments de tous, même des plus grands, et elle, elle attendait son père. Elle tremblait de peur. Il est arrivé le dernier, dans son costume de dandy, les cheveux gominés, il a jeté un œil sombre sur l'assemblée des visiteurs qui étaient encore là, il a parcouru du regard les tableaux, il a froncé les sourcils, a soupiré, il m'a donné une claque dans le dos, lui qui ne m'avait pas encore adressé la parole depuis qu'il savait que sa fille exposerait chez moi. "Mon pauvre Stein", m'a-t-il seulement dit. C'était sans doute le plus beau jour de sa vie.

« C'est seulement quand elle a fait cette série des "Palais assaillis" qu'elle a craint réellement son père, au point qu'elle a pensé annuler l'exposition. Vous les voyez ici ces palais, ces Argentières dupliqués à l'infini dans leurs pastels rouges et jaunes, cernés de coléoptères, de mouches, de guêpes agonisantes, de doryphores et de nèpes, qu'elle déclinait de manière obsessionnelle, des plus petits à de gigantesques formats. »

Salomon montrait à Tancrède la suite croissante des pastels qui s'étalait sur le mur ouest de la galerie, autour du patio, striée de rais lumineux.

« Je l'avais dissuadée d'annuler l'exposition, elle avait été maintenue. Elle est morte un mois avant la date prévue. Jean-André les a vus pourtant, chez moi, un an plus tard. Il est venu voir les derniers tableaux de sa fille, avec Marguerite. C'est ainsi que j'ai connu votre deuxième tante. »

Salomon s'était arrêté un instant face à la verrière qui donnait sur le patio, il observa les mouvements du jardinier qui taillait les rosiers le long des murs ensoleillés. Il se redressa d'un air satisfait. Tancrède regardait les palais. C'était Argentières, il n'y avait pas de doute possible, sans même une modification ou un ajout qui eût pu faire croire à une simple inspiration. Il était intimidé devant les traits gras et épais, la monstruosité des insectes agglutinés tantôt aux fenêtres qu'il reconnaissait comme étant celles de sa chambre d'enfant, celles de ses sœurs et de ses parents, tantôt, à mesure que les toiles grandissaient, aux toits d'ardoises, formant une cloche de bronze sinistre au-dessus des tourelles identifiables à leur lourdeur si atypique dans cette région habituée aux dentelles délicates des châteaux de la Loire.

« Sur le moment il n'a rien dit, comme d'habitude. Il a regardé chaque pastel, l'un après l'autre, en traînant un pas fatigué, il soupirait. Je crois qu'en réalité il ne regardait pas, qu'il pensait à sa fille, qu'il souffrait de voir ces traces d'elle et de sa vigueur physique. Mais, lorsqu'il est parti, il m'a seulement dit, en me serrant longuement la main sur le pas de la porte, d'un ton neutre : "C'est ce qu'elle a fait de mieux, n'est-ce pas ? C'est ce qu'elle a fait de mieux." Et il m'a tourné le dos d'un seul coup. »

Tancrède et Salomon étaient arrivés au bout de la galerie. « Passons au salon un instant », dit Salomon hâtivement en invitant Tancrède à redescendre le large escalier de marbre. Ils entrèrent dans une pièce quasi nue, si sobre que Tancrède en fut étonné.

« J'ai revu Marguerite, reprit Salomon en s'asseyant sur la table basse. Pas par hasard. J'ai cherché à la revoir. Quand je l'avais rencontrée chez moi, avec votre père, je m'étais dit qu'elle était bien différente d'Antoinette. Elle était habillée avec soin, le menton haut, coiffée parfaitement, enrobée d'un vison, éclatante.

« La seconde fois que nous nous sommes vus, dans un bar, à mon invitation, elle m'a dit qu'elle pensait que j'avais eu une liaison avec Antoinette, et que d'ailleurs tout le monde l'avait cru, jusqu'à Gustave, qui m'en avait haï, même une fois qu'il eut la conviction de son erreur. Vous savez, Antoinette ne m'avait jamais attirée.

« Le sexe, d'ailleurs, ne comptait pas pour elle. Seul son travail l'intéressait vraiment. L'amour la passionnait certainement, elle avait des aventures, mais "l'amour, me disait-elle souvent au sujet de ses prétendants, te mène au seuil, et seule la vérité te fait entrer. La douleur de l'amour n'est rien au regard de celle de la vérité. L'une aliène, l'autre libère. Mais quand la vérité apparaît-elle vraiment ? Quand le monde devient-il lucide ? Quand l'objet apparaît-il sans pourquoi, sans la souffrance qui m'a fait le peindre ? Quand la souffrance cesse-t-elle d'offusquer la réalité ? Quand il n'y a plus ni affections, ni attentes, ni déceptions, ni colères, mais des lignes, des équations, des angles, des circonférences, et qui sait ? – Stein haussa des épaules dubitatives – un centre".

« Elle était d'ailleurs une amie fidèle. Elle n'avait besoin de personne. Les seuls êtres qu'elle aimait vraiment, c'étaient son père et Gustave, parce que celui-ci l'admirait et lui offrait la vie libre dont elle avait besoin. Et moi, également, je pense, même si j'en ai – ô combien – douté. Elle avait pour moi la tendresse de l'élève reconnaissante.

« C'est pourquoi sa liaison avec Denise nous a tous étonnés. Denise était une aventurière, jeune, plutôt inculte, fascinée par la vie libre d'Antoinette et de Gustave, par leur confort dont elle bénéficiait largement. Pour la première fois depuis leur mariage, Gustave, dont les liaisons étaient aussi multiples, avait mis sa femme en garde contre une amante. Mais Antoinette aimait Denise. Celle-ci l'amusait, elle était gaie, naïve et perverse. Antoinette n'ignorait rien du danger de ces relations où l'argent et la dépendance entrent dans le jeu amoureux. Au fond elle voulait, pour une fois dans sa vie, comment appeler ça... la fureur de l'amour ? Votre tante Marguerite vit toujours, n'est-ce pas ? conclut brusquement Salomon en se retournant vers Tancrède.

– Oui, bien sûr », répondit Tancrède, surpris dans sa rêverie.

Salomon sourit.

« Elle était moins mystérieuse qu'Antoinette, plus drôle et vive. Antoinette était une sorte de vestale silencieuse, aussi peu généreuse que Marguerite se répandait, même en méchanceté. Antoinette était plus belle, elle avait une beauté brune et légèrement dissymétrique, des yeux allongés noirs, une bouche charnue, elle était mal dégrossie dans ses mouvement. Elle était lascive, où qu'elle fût elle avait l'habitude de s'étirer, de bâiller sans souci des convenances, parce qu'elle mettait la discipline et la maîtrise de soi seulement au service de son travail. Cette apparente volupté trompait hommes et femmes, car en réalité elle était sèche et peu sensible au contact, indifférente à la séduction quand elle outrepassait les civilités du langage.

« Les traits de Marguerite étaient au contraire réguliers, presque fades quand elle ne se maquillait pas – je l'ai vue, en effet, sans maquillage –, assez semblables à ceux des Anglaises névropathes de 1900. Mais elle était plus intense, plus inflammable et humaine qu'Antoinette, plus sensuelle, même si elle considérait que cette sensualité n'était pas pour elle. Elle avait une gaieté cynique, ravageuse. Les gens l'intéressaient, contrairement à Antoinette. Je me suis rendu compte, avec le temps, de leurs ressemblances, que leur père avait défaites. Jean-André avait donné à Antoinette la permission d'être libre, et ce fut pour elle peut-être une trop lourde permission. À Marguerite, il n'avait rien permis. Elle a dû déserter. »

Il devait se souvenir, à cet instant, des pieds nus de Marguerite, de ses ongles courts, bien limés, mats, dans la fourrure du tapis du Bristol, mais cela, Tancrède ne pouvait le savoir.

« Elle nous a sauvé la vie, à mon épouse et moi, lorsqu'il a bien fallu fuir. »

Le cœur de Tancrède se mit à battre si fort qu'il crut qu'il avait un malaise. Il déposa la tasse de café soigneusement sur la table de verre, en contrôlant ses gestes, comme s'il craignait que son système nerveux ne lui fasse défaut.

« Deux mois, nous sommes restés dans les caves de la Villa, entre les tas de charbon, à manger des foies gras en conserve et à lire des poèmes. »

433

Un rire éclatant secoua la poitrine de Salomon. Tancrède le regardait avec inquiétude.

« Vous savez, mon cher ami, ce que Socrate a fait avant de boire la ciguë ? »

Salomon avait repris la voix affable et courtoise d'une conversation mondaine.

« Il a composé des poèmes, et rappelé que l'on fît sacrifice d'un coq à Esculape. »

De nouveau il éclata d'un rire tonitruant. Puis il se leva.

« Et maintenant, si vous le voulez bien, cher Tancrède – vous acceptez que je vous appelle ainsi ? –, je vais vous raccompagner. Vous êtes certainement un jeune homme fort occupé. »

La voiture attendait en bas de la longue allée plantée de pins qui montait à la Villa. Stein avait laissé Tancrède descendre à pied les quelques mètres pentus. De la grille, il avait observé son pas malaisé qui glissait parfois sur les gravillons et évoquait la démarche désarticulée d'une girafe. Ce ne fut qu'en bas de sa descente que l'exacte mémoire visuelle de Tancrède, cherchant à attraper mentalement l'écho du nom de Stein qui rôdait dans sa mémoire, le situa au milieu de la notice nécrologique de Denise, à la dixième ligne exactement, avec le prénom « Salomon » qui le déséquilibrait et l'écrasait contre le bord gauche de la photo, contre l'épaule quasi nue de Denise sous le chemisier.

4

Cette même année 1974, sur laquelle s'abattirent, comme une huitième plaie d'Égypte, l'embargo arabe, la grêle puis la chaleur, les pertes d'Argentières furent si fortes qu'André dut engager des prêts auprès des banques pour payer ses ouvriers, le chais somptueux qu'il avait fait construire derrière les communs, ainsi que les fûts de chêne qu'il avait commandés au meilleur menuisier du Bordelais. Il ne put compter sur aucune coupe de bois, car toutes avaient déjà été faites. Il fallait attendre dix ans pour que les nouvelles plantations soient productives. Il emprunta de l'argent à Monsieur Schlecher père en prétextant un raté de trésorerie, rien de grave, une simple erreur de la banque qui paralysait ses comptes pendant un mois, en promettant un prompt remboursement dont Schlecher ne vit pas le début, André ayant pensé que le milliardaire oublierait aussitôt l'affaire. Mais Schlecher n'oubliait jamais un sou et fit parvenir, six mois plus tard, une lettre tapée dans un style courtois et ferme, exigeant un remboursement dans les plus brefs délais.

André ne parla à personne de ces emprunts. Tancrède s'inquiéta pourtant, lors d'une visite à son père, des conséquences de la crise sur les finances d'Argentières. « Vous sous-estimez les pertes d'aujourd'hui et leurs effets sur les années à venir, papa. Ne vous semble-t-il pas qu'il faudrait revenir à des cultures plus stables ? Avez-vous besoin de tant de machines pour quelques sarments qui ne vous ont rien rapporté en dix ans ? » André jouait avec un stylo qu'il lançait en l'air et tentait de rattraper du bout des doigts. Au moment où Tancrède finissait sa phrase, le stylo termina sa course aux pieds de la chaise. « Tiens, ramasse-moi mon stylo, je te prie », dit André en pointant un doigt impératif vers le sol. Tancrède se pencha tout en continuant à parler. Le stylo n'était pas à portée de sa main et lui échappa à deux reprises. « Lève-toi donc ! » s'exclama André d'une voix irritée. Tancrède se leva, ramassa le stylo, le mit dans la paume tendue de son père et se rassit. Le stylo dansait de nouveau devant lui sans qu'il puisse en détacher les yeux. Il essaya de retrouver le fil de ses pensées. « Pour la commune également… À quoi bon ce stade où personne ne viendra ? Nos villages se vident de leurs habitants… Il n'y aura bientôt plus d'élèves, et les villes construiront des stades bien plus attractifs que le vôtre », osa-t-il ajouter. Le stylo rouge s'agitait devant lui comme une lumière maléfique. Il se tut. « As-tu quelque chose à ajouter ? » demanda rudement André à son fils. Tancrède fit signe que non. Il se leva et sortit. Une tache rouge dansa sur sa rétine quelques minutes, nerveuse.

5

Tancrède rentra à temps à Rome pour assister à l'accouchement de Victoire à la clinique des Bons Enfants. « Jean », dit Tancrède à la dame du consulat qui nota le nom de l'enfant dans les registres. « Jean Herbert Gustave d'Argentières. – Et pourquoi pas Robin des Bois ? » répliqua la dame d'un ton hostile, en frottant vigoureusement sa gomme sur un papier à moitié déchiré. Tancrède eut envie de lui casser la tête contre la vitre de son bureau.

Jeanne émit le désir de venir voir son petit-fils à Rome. Les billets étaient pris et le séjour organisé dans un petit hôtel de la via Manzoni quand, au dernier moment, il fallut tout annuler. Marguerite était tombée dans les escaliers en allant marcher dans le hall, comme elle en avait l'habitude. Elle n'était pas tombée sur quelque chose de mou, car Duduche se tenait derrière elle, mais contre le coin de la marche en pierre, et avait roulé jusqu'en bas, « comme un escargot », avait expliqué Duduche qui n'avait pas cessé de hurler jusqu'à ce que Jules arrive.

Pendant deux jours, Marguerite resta alitée. Elle essaya avec bonne volonté de manger ce que Duduche et Madeleine lui donnaient. Madeleine, quand elle n'était pas dans la chambre de sa grand-mère, répétait : « Elle va mourir, elle va mourir. » Puis elle allait près du lit de la malade, apportant une compresse, un bouillon, ou simplement pour lui tenir la main en silence. La malade ne semblait plus reconnaître personne. Quand André vint la voir, elle le dévisagea d'un air mauvais et se tourna vers Duduche en maugréant : « Depuis quand fait-on entrer les fermiers ? » Ce furent les derniers mots qu'elle prononça.

« Notre petite Madeleine s'occupe si bien de sa grand-mère, disait Jeanne, nous n'avons pas besoin de médecin. » Mais le troisième jour, Marguerite secoua la tête quand on voulut la redresser sur les coussins de son lit. Elle repoussa la nourriture que Duduche tentait de lui faire avaler et le verre d'eau qu'on lui portait aux lèvres. Elle resta les yeux ouverts sur le plafond, sans bouger, ses longues mains veinées, maigres, posées sur la couverture, qu'elle essayait de soulever quand elle entendait un bruit ou sentait une présence près d'elle. À six heures du soir, après que Jacqueline fut venue la voir, elle poussa un grand soupir de soulagement. « On aurait dit qu'elle avait très sommeil, qu'elle allait s'endormir », raconta Duduche qui était alors à son chevet, et quand la dame de compagnie lui prit le poignet, elle constata qu'il ne battait plus.

Chantal s'empressa d'apporter de l'eau de Lourdes dans une Vierge en plastique. Odile disposa quelques fleurs dans un vase sur la table de nuit. Tout le monde quitta la pièce lorsque André entra. Il ferma la porte derrière lui et s'agenouilla, les mains jointes. Puis il leva les yeux et osa examiner le corps ratatiné de sa sœur, maigre dans sa robe de chambre beige, la tête minuscule légèrement penchée sur le côté. Des pensées mauvaises le harcelaient. « Te voilà donc, tiens. Où est ta fierté ? » disait en lui une voix insidieuse. Mais la voix avait beau se moquer du petit cadavre, André avait l'impression que sa sœur, la tête penchée, les lèvres closes et les paupières à peine posées sur les yeux, le considérait encore avec une expression de légère moquerie. Il se signa rapidement et sortit aussitôt de la pièce.

Madeleine veilla sa grand-mère toute la nuit, assise sur une chaise, à ses pieds. De temps en temps elle se levait, se penchait au-dessus du visage et vérifiait que rien ne sortait des lèvres serrées de la vieille femme, que rien ne bougeait entre ses sourcils. Parfois elle frissonnait et courait se rasseoir sur sa chaise parce qu'elle avait cru apercevoir, au coin de la paupière ou au creux de la joue, un tic, un souffle, un frémissement, et elle attendait, en priant pour que la morte n'ouvre pas les yeux et ne se redresse sur ses coudes, en la regardant, pour que surtout elle ne ressuscite pas.

André reçut peu de lettres de condoléances. Il se rendit compte que la plupart des amis de sa sœur étaient déjà morts, même Éva du Breuil qu'elle n'avait jamais revue depuis les fiançailles de Jacqueline. Seul Paul avait pris la peine de lui écrire une longue lettre. « C'était une belle garce, va, ta sœur. Mais une grande dame. Chère Marguerite… » Il lui racontait ensuite le mariage de la seconde fille de Joy, la hacienda en fête, les danses, les chants, les couleurs, les soûleries, les courses de taureaux. « C'est un autre monde », lui répondit André, qui n'osait pas écrire : « Ce n'est pas la réalité. » Pourtant, jamais à ce point il n'avait éprouvé le sentiment que quelque chose l'avait abandonné, l'avait laissé dériver loin de ce qui lui apparaissait par instants comme la vie, et par éclats douloureux comme la vérité du monde.

Duduche quitta la Villa et regagna son Massif central natal où vivait son frère. Elle pleura à chaudes larmes dans les bras de chacun des habitants de la Villa. Seule Madeleine lui prodigua quelques paroles de réconfort qui lui furent comme un viatique avant qu'elle monte dans la voiture qui l'emmenait à la gare. Bien que Jacqueline lui eût proposé d'habiter avec ses frères, Madeleine annonça avec fermeté qu'elle resterait avec André et Jeanne. Mais les événements en décidèrent autrement.

6

Quelques jours après le décès de Marguerite, Christiane, Madeleine, Pierre et Vincent reçurent une lettre de Vanessa. Elle exprimait sa tristesse de n'avoir pu être présente à l'enterrement de sa mère, elle prodiguait des paroles consolatrices à ses enfants. Les mots pour Madeleine étaient les plus tendres. Vanessa y déployait une affection sans retenue, elle écrivait « ma chérie », « ma puce », « ma petite fille adorée ». Les paroles à l'intention des garçons étaient plus sobres et concrètes.

Après deux paragraphes de condoléances, Vanessa annonçait son prochain passage à Paris. Non pas un retour, écrivait-elle avec clarté, mais une simple visite. Madeleine resta assise sur son lit, sans pleurer, la lettre à la main, et pendant de longues minutes elle essaya de retracer les traits du visage de sa mère, sans succès. Il lui manquait toujours quelque chose qui lui rendrait son expression propre, sa familiarité, mais elle ne savait pas quoi. Le visage qui lui apparaissait était froid et sans vie. Madeleine posa la lettre pliée dans le tiroir de sa table de nuit, et l'ouvrit chaque soir qui précéda le jour annoncé par Vanessa, pour vérifier qu'elle était toujours là.

Pierre et Vincent n'exprimèrent pas plus de joie que leur sœur en lisant la lettre de leur mère. Au début de la séparation, ils avaient bien attendu son retour, de toutes leurs forces. Jacqueline les surprenait guettant aux fenêtres, courant au téléphone ou à la porte à la moindre sonnerie, même imaginaire. Peu à peu, l'espoir s'était estompé en une hypothèse vague, « si maman revient… », qui avait d'abord trouvé place dans une série d'autres hypothèses à caractère pratique, comme « si j'ai une bonne note », ou « si je m'achète un vélo », et qui à force de mois passés tirait vers les plus utopiques, comme « si je vivais aux îles », ou « Si nous achetions un yacht », ce qui n'était qu'une manière d'en faire un événement impossible et, dans le fond, peu souhaitable.

« Faudra-t-il retourner vivre avec elle ? » demandèrent-ils à Jacqueline, inquiets. Elle-même n'avait pas reçu de lettre, mais Vanessa lui avait téléphoné. Elle avait trouvé la voix de sa sœur plus mélodieuse, presque musicale. Vanessa avait exprimé le désir de voir ses enfants ensemble chez Jacqueline. Elle avait redit à sa sœur ce qu'elle avait répété dans ses lettres, qu'il ne s'agissait que d'une visite, qu'en rien elle ne voudrait perturber la vie des siens.

Jules emmena donc un soir Madeleine chez Jacqueline. Elle s'assit près de ses frères, ils se chamaillèrent, Madeleine bouda. Christiane arriva avec un peu de retard, encore haletante d'avoir couru. On sonna à la porte vers six heures et demie. Jacqueline alla ouvrir avec l'appréhension soudaine de voir apparaître devant elle une petite fille en haillons péruviens ou une vieille en costume bariolé, mais c'était une femme ravissante qui entra dans le couloir, vêtue d'une robe bleu marine rehaussée d'une broche en or, les cheveux attachés en un chignon d'où quelques mèches sortaient, harmonieusement disposées sur les tempes, chaussée de ballerines plates, un sac à main au bras.

Madeleine, Pierre et Vincent, Christiane aussi, restèrent assis, incapables de reconnaître leur mère. Même lorsqu'elle dit : « Bonjour, mes chéris », hésitante sur le seuil de la porte comme si ses pieds ne savaient plus s'ils avaient vraiment le droit d'entrer, ils n'y arrivèrent pas. Cette voix ne leur rappelait rien.

Vanessa entra dans le salon. Elle était légèrement maquillée, avait souligné ses cils d'un trait de crayon du même bleu que sa robe, ce qui lui donnait l'air d'une danseuse ou d'une actrice. Elle se tenait là, son sac entre ses deux mains, ses pieds légèrement écartés, regardant chacun de ses enfants comme des êtres qui ne lui appartenaient plus et dont elle s'émerveillait, alors qu'elle eût pu aussi bien repartir à l'instant, telle qu'elle était arrivée, aérienne, sans mémoire.

Madeleine, la première, se leva et dit gravement, comme si elle pouvait à présent certifier devant tout le monde qu'il s'agissait bien de leur mère : « Maman. » Les deux garçons répétèrent en se levant à leur tour, hébétés. « C'est toi ? demanda Pierre, timidement. – C'est moi », répondit simplement Vanessa, et une larme coula sur sa joue qu'elle avala du bout de la langue.

Vanessa raconta à ses enfants qu'elle avait d'abord parcouru la France d'ouest en est avant d'aller vers le sud. Elle, qui n'avait jamais voyagé de sa vie, ou alors très peu pour des obligations familiales, avait vu Quimper, Brest, Rennes, elle s'était baignée à Saint-Malo, avait visité le mont Saint-Michel, et puis elle avait traversé vers l'autre bout, en Alsace, à Strasbourg et à Metz. Elle avait été à Chartres, à Reims, à Bourges, pour voir les cathédrales, avant de descendre à Lyon, puis à Marseille. Quand elle n'avait plus eu d'argent, elle s'était installée à Toulon où elle avait trouvé un emploi de secrétaire. Chaque fin de semaine, elle prenait le train et découvrait un lieu qu'elle ne connaissait pas, pique-niquait devant des églises, le nez vers les montagnes, dans des calanques ou sur des plages de criques. Et puis elle avait voulu partir. Elle avait repris le train, six heures pour aller à Carcassonne, puis quatre heures jusqu'à Moissac. « Ici », s'était-elle dit dans le cloître de l'abbaye. Elle avait posé ses bagages dans un petit appartement au balcon fleuri qui donnait sur la place du village. Elle était employée chez un négociant, un veuf de son âge, qui était aussi le maire. D'une bonté paternelle, il avait pris grand soin de son installation. Étonné d'apprendre qu'elle était plus âgée qu'elle ne paraissait, il ne l'avait pas crue, et puis avait trouvé cela amusant. Il l'emmenait partout avec lui, lors de ses rendez-vous avec les exploitants, lui confiait des responsabilités. Ils étaient allés au restaurant et au cinéma à Toulouse, et à l'opéra. Et puis il l'avait demandée en mariage. « Tu as l'air si heureuse », dit seulement Christiane en finissant une cigarette qu'elle écrasa dans un cendrier de porcelaine, et Madeleine éclata en sanglots. Les garçons, gênés, sourirent à leur mère, d'un sourire qui ne souhaitait pas en savoir davantage.

« Il y a de la place, à Moissac, dans notre future maison », dit Vanessa à ses enfants, puis elle rougit. Elle savait par Jacqueline que ni Pierre ni Vincent ne quitteraient Paris. Ils avaient eu de bons résultats à l'université et allaient chercher du travail. Christiane partait pour Londres où elle avait obtenu un emploi dans une galerie avec Ludivine. Quant à Madeleine, elle était impressionnée par la belle dame un peu distante qu'était devenue sa mère. Quand Vanessa vint à la Villa voir André et Jeanne, Madeleine passa la journée dans sa chambre à sangloter en déchirant la lettre, qu'elle avait sortie du tiroir, en morceaux minuscules qui jonchèrent bientôt le lit. Sa mère monta la voir dans sa chambre et lui parla, une main sur son dos, et sa voix fit surgir un temps où il n'y avait ni morts, ni crucifié, ni malheureux, ni étouffés, et Madeleine, serrée contre

443

sa mère, l'écouta d'un air grave, suspicieux et irrésolu, puis elle leva son nez morveux en disant, sur le même ton que le dimanche elle récitait son *Je crois en Dieu* : « Maman, je t'aime. »

Le surlendemain, Madeleine fit ses bagages, deux valises noires et un petit sac rouge, elle dit au revoir à Jules, à Thérèse et Félicité, à Jeanne et André, en répétant à chacun, avec solennité : « Je reviendrai. » Juchée sur ses demi-pointes, elle descendit les marches du perron avec la grâce d'une impératrice partant pour l'exil, délaissant les cimetières pour aller vers le soleil.

7

En 1981, Georges fut renvoyé du jour au lendemain de la banque dont il était le président depuis qu'il avait quitté l'Élysée. Un matin, il trouva son successeur embarrassé dans son bureau, l'un de ses anciens amis de l'Éna, ex-SFIO, avec lequel il n'avait jamais entretenu de relations inamicales. Le camarade lui demanda s'il n'avait pas été informé de la « mutation ». Georges assura d'une voix blanche qu'il n'était pas au courant, mais qu'il souhaitait au moins emporter ses affaires. L'homme l'aida avec zèle à rassembler ses dossiers et ses papiers. Ils fourrèrent le tout dans des cartons qui se trouvaient, par un hasard qui relevait de la coïncidence perverse, dans le couloir. « Eh bien…, dit l'homme en soufflant, avec un sourire timide, en lui serrant la main, au fond, c'est chacun son tour ! »

Même à Argentières, la rose de 1981 porta ses vifs pétales, et certains ne furent pas loin de penser, comme le nouveau président de la banque, que c'était « chacun son tour ». Tellier annonça qu'il conduirait l'opposition contre André, ce qui ne manqua pas de provoquer de graves remous au sein du village. Il rallia les propriétaires les plus prospères. « Notre argent passe dans des fleurs, des néons qui aveuglent nos rues quand toutes nos maisons ne sont pas salubres et que l'on délaisse notre patrimoine. Le stade, et maintenant la piscine, sont en déshérence, ils ont enlaidi les abords de la commune, pollué les nappes phréatiques et créé une dette massive alors que nos campagnes perdent leurs habitants. Il est temps de mettre fin à cette politique ruineuse et irresponsable », reprenaient-ils en chœur quand ils se retrouvaient dans la cuisine de Tellier, autour d'un verre de blanc, pour parler politique.

Beaucoup de villageois affirmèrent immédiatement leur soutien à André. « Moi, monsieur l'marquis, j'voterai toujours pour vous », lui annonçait-on quand il passait dans les rues d'Argentières, mais il n'était plus très sûr de ceux qui lui seraient vraiment fidèles. Derrière les masques serviles, il anticipait toutes les traîtrises. Ceux qui suivaient Tellier n'osaient s'afficher publiquement et continuaient à se montrer déférents envers André. C'étaient ceux qui avaient été reçus le plus souvent à Argentières, pour l'apéritif, pour dîner même, ceux qui avaient toujours assuré André de leur admiration et de leur respect, mais qui étaient prêts à lui donner l'estocade finale après l'avoir étourdi de séductions. André n'était pas assez sûr de lui-même pour n'en être pas lucide. Il n'était même pas certain que Frèrelouis – qu'il surprenait souvent en train de chuchoter à l'oreille des gens, comme un diablotin derrière le mauvais larron des crucifixions médiévales, et qui s'interrompait dès qu'il le voyait – le suivrait.

« Ce Tellier ne peut rien contre vous », lui répétait chaque jour Jeanne qui mit fin aux dons qu'elle faisait en faveur de l'Association pour la restauration du patrimoine que présidait le traître. « Les gens vous aiment, martelait-elle. – Les gens nous aimaient, en 1788, répondait André, lugubre. Cela ne les a pas empêchés, un an après, de nous envoyer tous place de la Révolution. » Jeanne haussait les épaules en soupirant.

André était devenu paranoïaque. Il épiait les conversations, reconstituait, à partir de bribes de phrases qu'il saisissait, d'improbables complots qu'il ruminait ensuite dans son esprit. Il s'imaginait suivi, menacé, haï, épousant le destin de ses ancêtres victimes d'un peuple ingrat et sanguinaire. Il sursautait quand on lui adressait la parole, errait d'un pas de condamné. Mais le peuple « ingrat et sanguinaire » d'Argentières ne vota pas pour Tellier, pour la bonne raison que, comme Jeanne l'avait deviné, l'on continuait d'aimer André avec bienveillance, que l'on ne souhaitait pas voir finir le temps des kermesses et des fantasias, et que l'on était plutôt fier du stade, des néons blancs et des fleurettes qui avaient fait la réputation du village dans la région.

André ne recouvra pourtant pas une pleine tranquillité d'esprit. Il n'invita plus qu'une poignée de gens à Argentières. Parmi eux, il y avait Lefranc et Frèrelouis, dont il sut qu'ils avaient voté pour lui parce qu'ils avaient ostensiblement glissé leur bulletin dans l'enveloppe à la sortie de l'isoloir, illégalement. La secrétaire de mairie, plus dévouée qu'un chien à son maître, lui avait immédiatement rapporté cette nouvelle qui avait éclairé l'horizon obscur des pensées d'André. Mais il commença de vivre en ermite, enfermé dans son bureau. Il parcourait les bois et les chemins avec un coupe-coupe et une canne, et l'on murmura que monsieur le marquis avait perdu sa belle joie de vivre.

Les moines de l'ordre du Paraclet, dont frère Antoine était le supérieur, décidèrent, un hiver particulièrement froid, de ne pas chauffer le château, rebaptisé « prieuré de Hauteville ». « Pour la mortification de la chair », dirent-ils à Rosine. En réalité, c'était pour compenser la gestion catastrophique de la propriété dont ils avaient pris la charge deux ans après leur installation. Quand Rosine tomba malade, ils multiplièrent les prières et les messes votives dans la chapelle, auxquelles quatre ou cinq vieux du village assistaient, mais pas un seul n'appela un médecin ni ne proposa ses services à la malade. Eugénie avait depuis longtemps quitté Hauteville pour retourner au village. « Ils sont trop fous », avait-elle déclaré. Rosine passait seule les journées et les nuits à délirer de fièvre sans que personne lui apporte même à boire. « Que la volonté de Dieu soit faite », répétait frère Antoine en fermant les yeux quand on lui demandait des nouvelles de Rosine. « La volonté de Dieu a été faite », disait-il deux semaines plus tard, les yeux bien ouverts sur l'assemblée attristée, dans l'homélie qu'il prononçait pour ses obsèques. Le diagnostic du médecin, qui avait repris le cabinet du docteur Pirou, fut aussi formel. « Une pneumonie non soignée », déclara-t-il après avoir constaté le décès. « La famille pourrait vous poursuivre pour non-assistance à personne en danger », murmura-t-il au frère Antoine, qui prétendit, par un regard lointain, ne pas comprendre. Rosine laissait tous ses biens à la communauté. Jeanne hésita à se rendre à Hauteville pour arranger ses affaires avec son nouveau partenaire, elle y renonça finalement. Elle revoyait les yeux vitreux du frère Antoine, elle sentait sa main molle dans la sienne, elle éprouvait une volupté étrange, elle frissonnait. « Jamais, jamais je ne retournerai là-bas », pensa-t-elle.

L'été de cette même année 1984, Tancrède et Victoire, Chantal et Charles, ainsi qu'Odile, passèrent les vacances à Argentières. C'était la première fois qu'ils se retrouvaient ensemble depuis leur enfance. Tancrède et Victoire, après avoir vécu en Italie, en Allemagne et dans le sud de la France, étaient rentrés à Paris, où Tancrède avait été nommé conservateur du musée d'Art moderne. Odile vivait toujours à la Villa. On voyait souvent passer entre les portes l'ombre de Robert, ignorée de tous, qui se glissait le soir à la nuit tombée et repartait le matin à l'aube. Chantal essaya bien un jour d'en parler à sa mère. Elle trouvait choquante cette cohabitation subie avec un étranger. Mais Jeanne l'interrompit aussitôt : « Je ne vois pas de quoi tu parles. »

Le premier jour, Charles se leva à sept heures et arpenta le parc avant le petit déjeuner que Jeanne préparait sur la toile cirée de la cuisine, car elle avait refusé, cette année-là, de faire venir Félicité pour l'aider au ménage. Elle avait décrété que l'on prendrait les repas dans la petite salle à manger du pavillon pour ne pas ouvrir les grandes pièces de la terrasse. Toutes les autres pièces furent closes et personne n'eut l'autorisation d'y pénétrer.

À l'heure où sa mère posait les tranches de pain blanc dans le grille-pain dont elle avait fait l'acquisition pour l'occasion, Chantal se rendormait après un bref réveil dans la douceur empesée des draps en lin brodés au chiffre des Argentières. Elle ne mesurait pas la répugnance que lui inspirait son mari quand il se couchait près d'elle, nu, sa peau dégageant une odeur âcre de transpiration, une vague odeur féminine, et qu'elle devait céder à ses impatiences d'ordre sexuel, sauf quand elle goûtait de nouveau au bonheur de s'envelopper dans ces draps, de frotter ses jambes l'une contre l'autre, de sentir sous sa joue les lignes épaisses des lettres enlacées, seuls instants de sensualité que la vie lui accordait. Au même moment, Victoire, dans les bras de Tancrède qui ronflait légèrement, comme un petit moteur au large d'une côte sans bruit, dormait profondément.

Ces quelques minutes de bonheur avaient suffi à Jeanne pour constater que ses deux petits-fils, Jean et Gabriel, n'étaient toujours pas levés. Chaque matin, Jeanne passait dans les chambres des enfants. Elle vérifiait qu'elles étaient rangées, que le lit était bien fait, sans un pli aux draps, sans plus de traces du sommeil. Les vêtements devaient être dans les tiroirs des commodes et les livres classés dans la bibliothèque par ordre alphabétique.

Jeanne alluma immédiatement la lumière dans les chambres des garçons. « Debout ! » ordonna-t-elle en secouant les couvertures sous lesquelles les dormeurs s'étiraient, le visage ébahi, et se frottaient les yeux. « Il est tard, paresseux ! » En voyant leur grand-mère, les deux garçons sautèrent brusquement de leur lit et se mirent à courir de droite à gauche pour ranger les affaires qui traînaient dans la chambre, attraper un pantalon, fourrer des chaussettes sous un fauteuil. « Pas de goûter aujourd'hui », déclara Jeanne en quittant les chambres, et les garçons, abattus, terminèrent leur tâche car Jeanne avait menacé de revenir une heure plus tard.

Les deux cousins, Jean et Gabriel, étaient âgés de neuf et dix ans, et n'avaient pas encore eu le loisir de faire vraiment connaissance. Ils étaient timides, bien que leurs natures fussent assez dissemblables. Jean était en fait plus réservé que timide, et se livrait facilement lorsqu'il se sentait en confiance, avec une gaieté et une naïveté que l'on aurait pu qualifier de charmantes, d'autant qu'il était déjà intellectuellement vif pour son âge, parlant plusieurs langues, ce que les adultes trouvaient « très divertissant ». Gabriel était renfermé, perpétuellement insatisfait du monde et des autres dont il se protégeait en s'assurant de sa propre supériorité. Son visage était parcouru de tics, il manifestait des tendances obsessionnelles qui inquiétaient sa mère. « Il ne cesse d'aller vérifier que les portes sont bien fermées, que le gaz ne fuit pas, qu'il n'y a pas de bougie allumée dans l'appartement avant d'aller se coucher. Et pas seulement une fois ! Il l'a fait un soir huit fois, j'ai compté, huit fois ! » se plaignait-elle en s'exclamant, mais elle n'avait jamais pensé aller voir un médecin. Elle n'aurait pas su dire ce qu'était un psychiatre. Tout ce qui relevait de la psyché était d'ailleurs une *terra incognita* à Argentières. On n'y connaissait que des terres conquises ou perdues, jamais inconnues.

Gabriel et Jean, une fois remis de leur réveil hâtif, s'efforcèrent de jouer ensemble au Monopoly et au tennis. Gabriel ayant successivement renversé le carton du jeu et jeté les billets par la fenêtre de la salle aménagée pour eux dans le pavillon, cassé sa raquette de tennis en la jetant de rage sur le quick rouge, Jean déclara forfait et alla lire sous les arbres. Gabriel s'enferma dans sa chambre, où il élaborait toutes sortes de fantasmagories, qu'il gribouillait sur des feuilles de bloc, de dessins à caractère nettement érotique que sa mère, quand elle visitait sa chambre, jetait aussitôt dans la poubelle avec effroi.

Charles rentra et s'entretint toute la matinée avec André dans le salon dont les portes avaient été fermées. Jeanne continua son inspection en passant d'une pièce à l'autre, elle tournicotait, mue par un ennui mélancolique, fouillant les tiroirs, fouinant dans les greniers, remarquant le moindre objet ou le moindre meuble déplacé par Thérèse, jusqu'à l'heure du déjeuner. Chantal, qui s'était finalement levée, fit des broderies, assise sur les marches du perron, puis elle se rendit à la messe à Angers. Depuis la naissance de Gabriel, elle était devenue dévote au point d'y aller chaque matin, la tête couverte d'une mantille. Tancrède et Victoire se levèrent vers onze heures et allèrent acheter fromages de chèvre et bouteilles de vin.

On se mit à table plus tôt que d'habitude car l'après-midi, Jeanne, Chantal et Odile partaient en visite. Les « visites » étaient de courts passages dans les maisons des malades ou des vieillards de la commune, à qui l'on apportait en guise de sacrement un peu de consolation et de paroles réconfortantes, en espérant en son for intérieur qu'ils mourraient rapidement. Les conversations étaient assez monotones et similaires. « Je vais mourir, je ne vais pas bien, murmurait le malade. – Mais non, vous allez bien, et vous allez bientôt guérir », répondait la visiteuse, assez dédaigneuse du principe de réalité. « Elles sont bien gentilles », disait-on dans le village au sujet des pleureuses.

Avant de s'asseoir, Chantal demanda d'un signe de tête impérieux que l'on prononçât un bénédicité. Tancrède était déjà assis. Devant les mines absorbées et les mains jointes qui l'entouraient, il se releva, confus, et s'appuya au dossier de sa chaise. Chantal fit un signe de croix et prononça quelques pieuses paroles sur le pain quotidien, implora que Dieu fasse quelque chose pour ceux qui n'en avaient pas, refit un signe de croix, les yeux clos, et s'assit. « Amen », dirent les convives avant de s'asseoir à leur tour. Le silence était parfois interrompu par des considérations sur les plats servis. Chantal vantait la rapidité de leur confection, Jeanne surveillait que les enfants ne se servent pas trop, Odile faisait de petites boulettes de pain entre ses doigts, qu'elle poussait contre son assiette, et se reservait de grandes platées, arrosées de vin rouge qu'elle versait elle-même dans son verre, sans attendre que ses voisins, Charles et Tancrède, s'en chargent.

Jean observait son père et sa mère qui mangeaient sans rien dire. Charles et André eurent une discussion sur les informations qu'ils avaient regardées ensemble à la télévision, les mains dans les poches, répétant d'un ton sentencieux les formules des journalistes comme si elles étaient sorties à l'instant même de leur cerveau, mal accommodées de leur ignorance. On mangea la salade de tomates et d'œufs durs, un rôti de bœuf froid mayonnaise, des haricots verts, des portions de fromage, des fruits. Gabriel, l'air sombre, roulait ses yeux sur les convives, la bouche entrouverte. Il mangeait à peine, du bout de sa fourchette, comme si la nourriture qui lui était servie pouvait être empoisonnée ou infectée de microbes.

« C'est la dernière sortie de la Vierge rouge aujourd'hui, dit Jeanne en poussant le compotier vers l'autre côté de la table, après s'être servie. Le père Calas a quatre-vingts ans, il mérite bien sa retraite. Il n'est pas prévu que quelqu'un le remplace. Les curés sont âgés dans la région, il n'y a pas de jeune pour prendre la relève. L'évêché a décidé de rassembler les clochers… Argentières doit être alliée aux villages environnants, dans un périmètre de vingt kilomètres. Un seul curé prendra la tâche de dix-neuf paroisses. On ne connaît toujours pas le nom du remplaçant. »

« Tant que ce n'est pas un Noir », disaient les paroissiennes dans le village pour se donner des frissons.

453

Elles n'en avaient jamais vu de leur vie. Alors un curé noir... mais ça se faisait, elles l'avaient vu à la télévision. Jeanne aussi imaginait mal un Noir à Argentières. « Et pourtant... Nous avons toujours reçu les prêtres, ici », pensait-elle. Elle préférait ne pas avoir à résoudre ce dilemme.

« Nous ne pourrons pas y aller, car nous avons les visites, continua Jeanne à propos de la Vierge rouge. – J'irai, moi », déclara Tancrède d'une voix assurée, comme s'il compensait le mutisme auquel il s'était tenu pendant le repas. « Eh bien, voilà. C'est à l'héritier d'y aller », commenta Odile en jetant un regard en coin à Chantal qui fit mine de ne pas le surprendre. « Bien. Dieu sait quand nous reprendrons nos processions... », dit Jeanne en attrapant avec sa cuillère des petits morceaux de fruit, et son front se plissa. Le repas terminé, les femmes s'installèrent au salon et reprirent leurs travaux de broderie tandis que les hommes étaient encore attablés.

Cet après-midi-là, les femmes rendirent visite à une vieille fermière du nom de Joséphine dans sa maison de la place de l'Église. Elles obligèrent les deux garçons à les accompagner, car les enfants avaient toujours eu beaucoup de succès auprès des mal portants. Joséphine sortait d'une grave pneumonie. Le médecin avait cru qu'elle ne passerait pas l'hiver, mais elle y était parvenue malgré tout. Elle restait allongée dans son lit toute la journée, servie par sa belle-fille qui habitait la maison voisine et s'était mise à sa disposition. Jeanne apporta des confitures du jardin et des fleurs dans un panier en osier.

Gabriel s'arrêta dans la cour de la maison, encombrée de seaux, de bêches, de vieux bouts de plastique et de bidons, et il demeurait là, planté, à regarder autour de lui. Chantal ressortit quand elle remarqua son absence. « Ne reste pas dans ces horreurs », s'écria-t-elle en l'attrapant vigoureusement par le bras. Ils traversèrent la cuisine, pris par une odeur de légumes bouillis et d'animaux, et ils entrèrent dans une chambre obscure.

La vieille Joséphine était assise dans son lit. Elle portait un long gilet bleu marine, et ses cheveux blancs lui faisaient une auréole. Elle tendit vers Gabriel une main noueuse aux ongles longs en lui faisant signe d'approcher. « Vas-y donc ! » encouragea Odile en le poussant vers le lit. Gabriel s'approcha lentement et se tint à quelques centimètres de la main qui continuait à lui faire signe. « Embrasse-la, lui ordonna Chantal.

— Non, murmura Gabriel en cachant ses mains derrière son dos.

— Que dit-il ? demanda Joséphine d'une voix chevrotante.

— Jean l'a embrassée déjà, vas-y donc, ne fais pas ton timide », raillait Odile. Jean, dans un coin de la pièce, observait son cousin d'un air inquiet.

« Voici Gabriel, Joséphine », dit Chantal en se levant et en poussant son fils vers le lit. Il était maintenant tout près de la vieille femme, il sentait son odeur de chèvre et de fond de poulailler.

« Embrasse-moi », demanda la malade en se penchant vers lui. Gabriel voyait maintenant les poils blancs de son menton, longs et soyeux. Il recula dans l'ombre de la porte. « Comme il est mignon », dit Joséphine, qui dans sa demi-conscience, devait croire qu'elle avait bien été embrassée. Elle se rassit dans ses coussins et toussa.

Gabriel, du recoin de la pièce où il s'était blotti, ne cessait de regarder la vieille femme. Par moments, il frottait ses lèvres du bout de ses doigts, puis ses doigts contre sa chemise. Il sortit brusquement. On le retrouva dans la cour, pris d'un hoquet qui l'empêcha de parler jusqu'au retour à Argentières.

En descendant de sa chambre, après le déjeuner et le départ des femmes pour leurs visites, Tancrède entendit les voix de son père et de Charles dans le vestibule. De l'escalier il pouvait voir leurs pieds chaussés de bottes crottées, ils rentraient probablement du parc. Il les entendait distinctement. « Vous me ferez un rapport sur les bois et un plan de gestion. Voyez cela avec Lefranc, vous me donnerez les comptes des dix dernières années », ordonna Charles.

André hésita. « Est-ce si indispensable ? » répliqua-t-il d'un ton hésitant, mais Charles l'interrompit d'une voix sèche. « Vous vous souvenez. Pas de secret avec moi.

– Bien sûr, mon cher Charles. Il n'est pas question de cela... Je vous laisserai tout dans le tiroir de mon bureau. Vous en avez la clé maintenant, disons que c'est notre bureau. » Tancrède entendit nettement la claque souple, sans vigueur, qu'André administra au dos de Charles, pâle duplique des claques vigoureuses qu'il savait autrefois administrer en signe de paternelle camaraderie.

Quand Tancrède entra dans le vestibule, son père s'y trouvait seul et enlevait ses bottes près du portemanteau.

« Il vous a prêté de l'argent, c'est cela ? Vous êtes son débiteur, il vous demande en échange lá mainmise sur vos affaires... C'est cela, n'est-ce pas ? » demanda Tancrède avec un calme dont quelques secondes auparavant, il ne se serait pas cru capable.

« Mêle-toi de ce qui te regarde, Tancrède, dit André sans cesser de retirer ses bottes, depuis quand t'intéresses-tu à Argentières ? Charles est mon gendre, il vient ici chaque semaine avec moi, il connaît tout le monde, il est apprécié. Il s'occupera de suivre le bon déroulement des travaux.

– Des travaux… Quels travaux ?

– Nous allons repeindre les salles de bains, refaire la plomberie et l'électricité, construire un petit kiosque devant la maison. Nous allons même retaper l'orangerie et les vieilles voitures à cheval… Mon rêve, répondit André en se redressant, un peu essoufflé. Serais-tu capable de cela, toi, avec ton salaire d'amateur d'art ? »

Tancrède regardait son père et les plis hautains de son front. « Il me méprise », pensa-t-il.

« Ne t'occupe donc de rien, Tancrède, cela ne te regarde pas », conclut André.

À quatre heures, Tancrède descendit au village pour assister à la dernière sortie de la Vierge rouge. Une dizaine de vieilles personnes étaient présentes, qu'il connaissait depuis son enfance. Le père Calas engagea la procession, au côté de la Vierge portée par quatre jeunes gens aux jambes courtes et costaudes, probablement les petits-fils des fidèles. On tourna autour de l'église derrière la statue, on marcha le long du canal dont l'eau croupissante empestait, tout en psalmodiant d'une voix ralentie par l'accent incliné du pays, jusqu'au cimetière devant lequel la statue s'arrêta, comme si se limitait là son pouvoir, laissant les ombres à leur vie esseulée. Elle y resta un temps indéterminé, raide, les yeux ouverts sur l'éternité, et les chants cessèrent quelques secondes. On n'entendait plus que le son criard des grenouilles qui peuplaient la mare de la ferme voisine. C'était la « petite ferme » de Tellier, comme on l'appelait, une belle bâtisse de taille moyenne, plus grande que ne l'annonçait son surnom, qu'il avait achetée en même temps que son château et qu'il louait à un couple d'agriculteurs. « Je suis un libre-penseur », disait Tellier à qui voulait l'entendre, en frappant sa poitrine de son poing serré.

La statue oscilla. Elle tourna son œil de verre vers le bas du chemin où se lovait l'église, cahotante malgré la force des garçons qui la portaient et qui s'étonnaient eux-mêmes de son poids, haute, un peu plus digne et dérisoire. Elle descendit paisiblement la côte, pendant que les voix grêles et sages entonnaient un vieux refrain en patois pour protéger la Dame des soucis terrestres et d'eux-mêmes, qui péchaient et oubliaient, sans que jamais son amour les délaisse.

Les jours qui suivirent furent assez semblables au premier. On mangea beaucoup de tomates et de roast-beef, on parla beaucoup du temps, des horaires de messe et des accidents que charriait chaque jour la télévision à midi et à vingt heures, on s'entretint à part soi du comportement étrange de Gabriel et de l'indépendance d'esprit de Jean.

Tancrède partit plus tôt que prévu. Il avait une exposition à préparer qui s'avérait plus compliquée qu'il ne l'avait d'abord imaginé. Victoire parcourait le pays avec Jean, dans la deux-chevaux familiale, elle rapportait des poteries, des fromages et des bouteilles qu'elle gardait au fond de son coffre. Ils rentraient, rieurs et ébouriffés, à temps pour le déjeuner ou le dîner.

Charles marchait à grands pas dans le parc, souvent seul, parfois accompagné d'André qu'il considérait avec désinvolture, parfois même avec insolence, sans que jamais le vieil homme en prenne apparemment ombrage.

Les jours rafraîchirent, raccourcirent. Ce fut bientôt l'heure du départ, et l'on se sépara sans regrets.

9

Après que les quatre garçons eurent quitté l'appartement, Jacqueline s'ennuya. Les victoires de 1967 et de 1974 pour la cause féminine, auxquelles elle avait participé autant qu'elle avait pu en rédigeant courriers et articles, l'avaient laissée amère. Elle avait réduit ses activités. Elle restait chez elle à lire des journaux et des livres, des romans qu'elle n'avait plus ouverts depuis l'adolescence. Les activités de Georges, à présent, lui étaient indifférentes. Parfois même elle se moquait de lui, avec une pointe de méchanceté qui ne lui avait pas échappé. « Mais pourquoi m'en veux-tu ? » lui demanda-t-il un soir. Elle le regarda avec des yeux farouches et francs : « Mais pour rien. » De toute évidence, se dit Georges, quelque chose n'allait pas.

Avec une amie du Planning, elle avait donné des leçons de français en banlieue parisienne, dans une cité qui s'appelait Les Peupliers. Il y avait autant de peupliers sur le bitume que de fonds publics pour aider les jeunes gens à quitter la cité. Elle découvrit les premiers ravages du chômage. Elle ne parla pas à Georges de sa nouvelle activité parce qu'elle pensait qu'il ne comprendrait pas. « L'humanitaire, comme on dit, c'est une parade à la culpabilité. C'est de la pitié. Et la pitié n'a jamais sauvé personne, au contraire. Ce qui sauve les gens, ce sont des politiques publiques bien orchestrées », affirmait-il dans les dîners où ils continuaient à se rendre. La famine décimait l'Éthiopie.

« Mais que fait-on alors ? On ne peut pas rester là à ne rien faire, à mener notre petite vie bourgeoise, dit-elle un soir alors qu'ils rentraient ensemble. – Notre petite vie bourgeoise ? » répéta-t-il en s'arrêtant au bord du trottoir du boulevard Saint-Michel. Elle continua à marcher, il la rattrapa par le bras : « Notre petite vie bourgeoise ? » Les yeux de Jacqueline se dérobaient, comme ce soir, il y avait longtemps, où il lui avait dit qu'elle ressemblait à Simone Weil. Elle se laissa faire, la nuque courbée, comme une petite fille. Il ne lui demanda pas si elle voulait vraiment dire ce qu'elle avait dit, car il pensait qu'il n'y avait pas plus de vérité que dans les mouvements spontanés, les morceaux de discours arrachés à la pudeur ou au calme. Elle savait pourtant que ce qu'elle voulait dire était plus violent encore. Elle avait appris, avec le temps, à atténuer le feu de tout ce qu'elle disait. « J'ai raté ma vie », lâcha-t-elle, son bras pendant dans la main de Georges, sans lever les yeux vers lui, et aussitôt qu'elle le dit, elle sentit qu'elle avait trahi, dans un cliché inconsistant, la vive douleur qui la portait, quand elle était seule, au bord des larmes. Georges abandonna son bras et reprit sa marche ralentie, elle le suivit de quelques pas.

Cette douleur, Jacqueline savait d'où elle venait. « Je n'ai pas tenu la promesse que j'ai faite à Hans », pensait-elle souvent. Elle se rappelait le jour où ils marchaient dans une rue de Grenoble, de chaque côté de la chaussée pour qu'on ne les devine pas ensemble. Il y avait eu du ravitaillement et les ménagères, leur sac efflanqué au bras, faisaient une queue de plusieurs mètres jusque sur les pavés. Ils les avaient contournées sans se regarder, sans échanger un mot. Ils voulaient gagner le nord, cette plaine perdue à quelques encablures de la forêt de

Grûnes d'où les Lysander décollaient la nuit vers trois heures. Hans en avait eu assez des tracts, de l'« intellectualisme » comme il disait avec sa diction exaltée. Il voulait agir, porter les armes, saboter. Elle voulait le suivre. Mais ils avaient été imprudents. Comment ne l'auraient-ils pas été ? Comment auraient-ils pu croire, voire imaginer, qu'ils auraient pu en mourir ? Ils ne connaissaient pas même la peur. À deux reprises pourtant, elle avait eu un vague sentiment du danger. Elle avait évoqué leur possible séparation comme un déchirement qu'elle jouissait d'énoncer. Elle lui avait dit que si elle était « prise » – elle n'avait jamais employé d'autre mot –, elle souhaitait qu'il continue la lutte sans plus penser à elle, qu'il se batte pour la liberté et le peuple jusqu'à en mourir. Elle lui avait fait promettre qu'il souhaitait la même chose pour elle. Elle avait à son tour promis. Aujourd'hui, après tant d'années sans qu'elle eût pensé à Hans, elle sentait qu'elle n'était pas déliée de cette promesse. Cela, Georges l'ignorait, car elle ne lui avait jamais parlé de Hans qu'en des termes vagues.

« Mais où veux-tu aller, bon Dieu ? » lui demanda Georges en marchant de long en large dans le salon, le jour où elle lui annonça son prochain départ. Elle ne le savait pas. Elle était seulement sûre qu'elle partirait. « J'irai là où on aura besoin de moi », lui répondit-elle. Le visage de Georges, d'habitude composé et urbain, n'était plus qu'incompréhension. Il se demanda longuement, après qu'elle fut partie, comment il l'avait perdue, puis comment il avait oublié la jeune fille décoiffée qu'il avait rencontrée. Elle avait toujours été là, sans doute. « Je t'aime », lui dit-elle avant de passer la ligne de l'embarquement, chaussée de ses Pataugas sur lesquels tombaient des pantalons beiges en tissu synthétique. Il ne doutait pas qu'elle l'aimât, mais qu'allait-il faire, lui, sans elle ?

Elle alla d'abord au Congo, où elle aida les femmes à accoucher, à respecter les premières règles d'hygiène, à cocher sur des feuilles gondolées les dates de leurs règles et à lire leurs périodes de fertilité. Elle apprit aux jeunes filles à utiliser des préservatifs, d'abord pour ne pas être enceintes, et puis pour ne pas mourir comme ces hommes et ces femmes qui se contorsionnaient de fièvre sur la terre battue de leur maison. Quand il n'y avait pas d'urgence, elle passait la soirée avec le médecin qui avait en charge les trente villages voisins. C'est un type formidable, écrivit-elle à Georges. Il avait abandonné son cabinet parisien pour venir dans cette jungle s'épuiser à soigner ce qui ne pouvait plus l'être. Quand le médecin ne passait pas le soir au village, elle étudiait, à la lumière d'un bout de chandelle, dans la chaleur moite de sa maison, les manuels qu'elle avait achetés avant le départ pour préparer le diplôme d'infirmière. « Tu ne lis donc plus de littérature ? » lui écrivit Georges. Il lui envoya une caisse de livres, des classiques et les nouveautés de la rentrée qu'il avait choisies pour elle avec soin après les avoir lues. Depuis qu'il vivait seul, Georges menait une vie dont les distractions étaient la lecture et les visites de ses fils. Il était retourné à l'Inspection des finances où on n'attendait plus grand-chose de lui, car on le considérait comme un original fatigué.

Jacqueline revint trois mois plus tard passer ses examens. Georges alla la chercher à Roissy. Elle l'embrassa sur la joue, en serrant ses épaules, puis ses bras. Elle portait les mêmes Patsaugas, les mêmes pantalons beiges, du moins tel avait été son souvenir. « Tu es belle », lui dit-il en la voyant. Ses joues s'étaient affaissées, mais son regard rayonnait, bien qu'il sût qu'il ne lui était pas spécialement destiné. Il aurait voulu croire que c'était l'effet des retrouvailles qui rompaient heureusement la monotonie de ses derniers mois. Mais c'était elle qui avait changé loin de lui, qui avait reçu une nourriture dont son corps et son âme avaient eu besoin. Ils traversèrent de longs couloirs jusqu'au parking de l'aéroport.

Il la laissa rue des Écoles avant d'aller au bureau. Il rentra déjeuner avec elle. Il la trouva à sa table de travail. Elle étudiait ses manuels, ses lunettes de presbyte au bout du nez. Elle avait changé de vêtements. Elle portait une longue jupe noire qui tenait avec un bout de ficelle coulissante et un chemisier à manches courtes. « Tu t'habilles en bonne sœur ? » lui demanda-t-il en approchant derrière elle. Elle sursauta.

Ils déjeunèrent sur un coin de table de la salle à manger, car une partie était envahie de papiers, de factures et de notes de Georges. La vive lumière du matin de septembre s'était dissipée. Une fine grisaille pesait maintenant dans la pièce, et Georges sentit des courants d'air passer entre ses épaules. Il s'inquiéta de l'état général de l'appartement, de la peinture à refaire, de la tuyauterie qu'il soupçonnait de dégager du plomb. Jacqueline l'écouta sans rien dire. Il se tut. Il hésita à l'interroger sur son voyage, puis il renonça.

« Je vais partir », lui dit-elle en le regardant. Il ne répondit rien. « Je vais m'installer en Afrique », ajouta-t-elle. Georges posa ses couverts près de son assiette, avec précaution, comme s'ils étaient vivants. Il s'essuya la bouche à deux reprises du coin de sa serviette. Bien qu'il la tînt serrée entre ses doigts, Jacqueline vit que sa main tremblait. Elle continuait à parler, très vite. Elle s'engouffrait dans la catastrophe. « Je ne rentrerai plus en France. Ma vie est là-bas à présent…

– Tu ne m'aimes plus ? » demanda-t-il seulement. Elle ne soutint pas son regard. « Tu ne m'aimes plus », confirma-t-il d'une voix neutre, en posant sa serviette parallèlement à la fourchette. Elle eut soudain envie de le retenir, de le prendre contre elle, de lui dire que rien de cela n'était la vérité. Mais elle resta assise devant son assiette, à grignoter pensivement des noix qu'elle avait auparavant cassées dans sa paume, d'un geste sûr.

Elle continua à lui écrire régulièrement. Même si le nom de José revenait avec moins de réserve au cours des lettres, Georges n'y vit jamais qu'un événement secondaire. Il n'était pas jaloux du médecin, celui-ci n'était qu'un épiphénomène. Il était jaloux, oui, de la terre qui portait les pas de sa femme, du soleil qui la chauffait, de l'eau qu'elle buvait, des êtres à qui elle faisait du bien. Il ne voulait pas croire qu'il y eût dans le drame qu'il vivait quelque chose qui pût l'apparenter aux amours adultères, aux tromperies de boulevard et aux médiocrités conjugales. Il ne croyait pas que sa femme en fût capable. Il l'attendait. Chaque matin, il guettait sa sonnette virulente, le soir son pas aux dernières marches de l'escalier. Pendant la journée, il composait mille fois le numéro de l'appartement. Il attendait qu'elle décroche comme elle avait l'habitude de le faire aux heures où elle savait que c'était lui qui appelait, même lorsqu'elle travaillait. Il restait souvent ainsi, l'oreille au bord du gouffre dans lequel gouttaient les sonneries, avant de raccrocher.

« Ne m'envoie plus de livres, lui écrivit-elle un jour. Je n'ai pas le temps de les lire. Il y a tant de travail ici. Comment lire quand des enfants meurent par brassées ? Je donne tout à la bibliothèque. Envoie tes colis directement à l'association, qui les acheminera elle-même. C'est effrayant ce que l'on voit ici », avait-elle ajouté au crayon, en quelques mots comprimés au-dessus de la signature.

« Certains parlent de sauterelles, de fléau, de damnation divine, d'enfer. Il s'agit seulement d'une épidémie.

464

Elle fait plus de morts que la tuberculose, se propage plus loin que la peste. Elle a touché d'abord les homosexuels, mais pourrait toucher bientôt beaucoup de femmes, ainsi que les drogués et les transfusés. Elle frappe le caractère non reproductif de la sexualité, son plaisir, son caprice. Après dix ans seulement de liberté. Une épidémie que l'on ne soigne pas, dont on meurt dans des souffrances qui approchent celles des pires cancers, qui pourrait toucher vos proches, vos familles, vos collègues, à laquelle les bonnes volontés, toutes pures qu'elles sont, ne sauraient remédier sans un appui ferme et généreux de l'État. » Debout devant une table ronde où trente députés étaient assis, Georges commença en ces termes, de sa voix posée et légèrement voilée, son plaidoyer pour le plan de financement « Prévention et Recherche VIH ». Il avait été sollicité peu de jours après le dernier départ de Jacqueline par trois éminents médecins.

Il avait travaillé pendant des semaines. Il n'avait plus pensé au soleil brûlant de l'Afrique. Il n'en avait même plus rêvé. « Faites-en ce que vous voulez, mais faites-en quelque chose », dit-il en remettant son travail, à l'issue des réunions avec les élus. Le projet fut entièrement voté par l'Assemblée. Il avait été mis à l'ordre du jour dans l'urgence, après la parution des premiers chiffres des victimes du sida et des contaminés. À la suite de ce succès, Georges renonça au retour de Jacqueline. « Elle aime un autre homme », répondait-il lorsqu'on lui demandait de ses nouvelles. Les protestations apitoyées l'agaçaient. « Voyons, elle est intelligente. Pensez-vous vraiment qu'elle m'aurait quitté pour sauver le monde ? » rétorquait-il en repoussant ses lunettes contre ses sourcils. Et cette idée, semblait-il à ses proches, l'apaisait.

10

La Loire coula calmement ses jours le temps que les travaux d'Argentières se terminent. Il n'y eut ni crue ni accident. Le ciel fut dégagé des orages et des averses de l'été, et s'en tint à des pluies tempérées quand un soleil d'hiver, froid et blanc, n'envahissait pas la campagne.

Jamais Argentières n'avait été aussi beau. Le petit kiosque à côté du pavillon, où l'on pouvait s'asseoir, et converser charmait tous les visiteurs. On se lavait dans des salles de bains et des cabinets de toilette aux couleurs accordées à celles des chambres, à la robinetterie moderne, aux rideaux neufs et épais. La petite cuisine avait été repeinte en blanc et paraissait plus grande. L'électricité avait été remise à neuf, les interrupteurs avaient été changés, et l'on ne voyait plus un seul néon au-dessus des portes et des fenêtres.

« Ce ne sont que de modestes travaux, disait Charles à ceux qui l'en félicitaient. Il nous faudra l'accord des Monuments historiques pour continuer. » Il se tournait vers son beau-père, et André hochait la tête d'un air convaincu.

Charles venait maintenant à Argentières quatre jours par semaine. Il rencontrait le garde-chasse, le forestier, le pépiniériste, Lefranc avec lequel il restait de longues heures penché sur des écritures minuscules. Il rendait aussi visite aux voisins : La Vrillière, Tellier, dont il appréciait la compagnie et dont il se moquait bien que dans sa belle-famille on le considérât comme un traître, et d'autres notables de la région qu'il fréquentait autant parce qu'il aimait avoir de la compagnie que parce qu'il savait qu'il pourrait en avoir besoin.

Un matin où il s'était levé plus tard que d'habitude car il n'avait pas de rendez-vous avant neuf heures, Charles, alors qu'il se rasait, entendit le ronflement d'une voiture sur les graviers de la cour. Par la fenêtre du cabinet de toilette, il la vit se garer aux pieds du perron sans qu'elle paraisse un instant indécise. « Tiens, une Alfa », pensa-t-il avec satisfaction. Il descendit sans cesser de passer la main sur son visage glabre et parfumé.

Un homme d'environ soixante-dix ans attendait devant la voiture. Il était élégant sans exagération, et paraissait à son aise en examinant la façade de pierres bleutées de la maison. Seule la voussure de ses épaules désignait son âge. Il salua avec un dynamisme peu commun, presque nerveux. Charles se demanda s'il l'avait déjà vu, hésita à jouer la familiarité. Il lui semblait que quelque chose dans la moue de l'homme et dans sa mine altière ne lui était pas étranger.

« Non, je ne vois pas qui cela peut être », se dit-il en serrant chaleureusement la main du visiteur. « Que puis-je pour vous, monsieur… ? s'enquit-il aussitôt.

– Monsieur de Littry, répondit le visiteur. Nous nous sommes déjà croisés au British Club, mais nous n'avons jamais été présentés. »

« Voilà où je l'ai vu, sans doute au bar, ou au fumoir », songea Charles, mais il n'arrivait pas à retrouver le souvenir précis de leurs rencontres, même fugaces.

« Pardonnez-moi mon intrusion, mais je rentrais d'une visite à Poitiers chez l'une de mes tantes, et cela faisait longtemps que… Je vois souvent annoncée sur les panneaux de la route la proximité de votre propriété et j'en étais, je dois l'avouer, très curieux. » Charles sourit aimablement. « Alors je me suis dit, pourquoi pas cette fois ? De plus, j'ai appris que vous aviez fait des travaux et que vous aviez eu recours à un excellent décorateur. J'espère que je ne vous dérange pas, si c'est le cas, renvoyez-moi dans mes pénates ! »

L'homme eut de la main un geste vif, presque brutal, qui un instant attira l'attention de Charles. Mais il était flatté. Il ne prit plus garde à l'apparente émotivité de son hôte. « Je vous en prie, vous tombez bien, c'est même extraordinaire, je n'ai pas de rendez-vous ce matin. Je suis tout à vous, du moins pour deux heures », répondit-il aimablement.

Les deux hommes entrèrent dans le vestibule. Charles fit les honneurs des intérieurs à son hôte. L'homme observait sans rien dire, en poussant seulement des « ah » et des « hum » admiratifs, en tout cas ils parurent tels à Charles. « Évidemment tout ici est à refaire, dit-il avec enthousiasme. L'ensemble date d'au moins un siècle. Et je dois dire que ce style XIXᵉ ne me convient pas du tout.

– Beaucoup de choses, je vois, ne sont pas du XIXᵉ, vous avez ici un magnifique mobilier XVIIIᵉ, et ces tableaux sont, me semble-t-il, de l'école française du XVIIᵉ », remarqua Monsieur de Littry en examinant deux tableaux représentant de généreuses coupes de fruits au-dessus des portes latérales.

Charles haussa les épaules : « Peut-être. Je vais vous montrer les salles de bains à l'étage. Mais promettez-moi de ne pas porter trop d'attention aux chambres, qui sont encore vieillottes. » L'homme sourit : « Peut-être pourriez-vous d'abord me faire visiter la bibliothèque ?

Elle se trouve dans l'aile gauche de la maison, n'est-ce pas ? J'en ai beaucoup entendu parler. »

Charles parut surpris, mais se reprit aussitôt : « Bien sûr, je pensais y aller après la visite des chambres, mais si vous voulez… » Ses mots étaient confus. Il n'était pas à l'aise face à cet inconnu qui prétendait le connaître, puisque lui ne le reconnaissait décidément pas. « Et si c'était un cambrioleur ? » se demanda Charles en entrant dans la pièce sombre et silencieuse. Il entendait la respiration du visiteur dans son dos, légèrement contrainte.

La bibliothèque avait la particularité de s'étendre sur deux étages qui communiquaient par un étroit escalier. En la découvrant, on était d'abord surpris par la hauteur du plafond et l'abondance des rayonnages qui donnaient une atmosphère intimiste au lieu pourtant spacieux. Les yeux de Monsieur de Littry erraient avec un apparent bonheur sur les tranches des ouvrages, sur les courtes échelles de bois adossées aux rayons, sur les boiseries sculptées représentant les muses, qui longeaient le plafond.

« Il n'y a pas moins de dix mille ouvrages répertoriés ici. Et ce n'est pas tout… Moi-même je collectionne », ajouta Charles d'un ton pédant. Il avait déjà oublié ses doutes.

« Ah oui ?

– Je prends la suite des Argentières, vous savez sans doute qu'ils ont été une des plus grandes familles de bibliophiles !

– Certainement.

– Connaissez-vous William Blake ? » demanda Charles d'un ton vif, la tête inclinée sur l'épaule, comme s'il lui tendait un piège. Surpris, Littry répondit qu'il connaissait en effet le grand poète anglais.

« Ah, soupira Charles dépité, eh bien, ma femme vient d'en acheter les œuvres complètes dans une reliure somptueuse. Je dois dire que c'est plutôt pour la reliure que j'ai accepté. Parce que je ne connaissais ce Blake ni d'Ève ni d'Adam ! D'ailleurs, j'en ai parcouru les pages, c'est assez illisible, non ? »

Littry hochait la tête sans cesser d'examiner les livres.

« Monsieur Schlecher, je crois que vous connaissez ma belle-fille.

— Pardon ? demanda Charles en se retournant vivement.

— Vous connaissez ma belle-fille, Monsieur Schlecher », répéta l'homme, et cette fois Charles vit la bouche sèche de l'homme articuler chaque mot avec une détermination presque menaçante.

« Je ne crois pas, monsieur. Non, vraiment », dit Charles, étonné.

L'homme ne bougeait plus et le regardait. « Mademoiselle de Saint-Éloi », annonça-t-il.

Charles blêmit et son cœur se mit à battre à grandes cognées dans sa poitrine. Sa tête branlait infimement, comme cela lui arrivait chaque fois qu'il était dans une situation difficile.

« Que me voulez-vous ?

— Rien, monsieur, rassurez-vous. Mais votre fils va bientôt avoir quinze ans, et il souhaiterait rencontrer un jour son père.

— Sait-il mon nom ? s'enquit Charles rapidement, à mots hachés.

— Non, ma belle-fille a parfaitement respecté votre… pacte. » L'homme avait détaché ce dernier mot. « Il voudrait seulement vous connaître, vous rencontrer. C'est un jeune homme sans problème. »

Charles tremblait toujours, moins du fait de l'élocution sévère et soignée de l'homme que de cette proposition qu'il lui faisait, venue d'il ne savait quel pays

470

des ombres où juges et censeurs fourbissent leurs armes pour empêcher les vivants de vivre.

« Il ne veut ni argent ni reconnaissance juridique », entendait-il l'homme continuer d'une voix plaintive. Il ajouta d'autres choses du même genre, mais Charles n'écoutait plus. Son inquiétude, sa culpabilité premières s'étaient mues en une colère qui montait en lui jusqu'à ses oreilles bourdonnantes.

« Foutez-moi le camp ! Foutez-moi le camp ! » Il se précipita vers la porte, l'ouvrit sans cesser de hurler. « Comment osez-vous venir chez moi ! » vociférait-il.

Monsieur de Littry sortit de la bibliothèque lentement, d'un pas large, et traversa seul toutes les pièces de la maison jusqu'au vestibule. Charles entendit la voiture démarrer dans la cour, et le bruit du moteur s'éloigner progressivement.

Violaine de Saint-Éloi, avec qui il avait « flirté », comme les mères de famille le disaient à l'époque, avant de rencontrer Chantal, avait été la secrétaire du British Club. Son père avait démissionné de son poste à l'Assemblée et au Sénat en raison des affaires douteuses auxquelles il avait été mêlé, mais il était resté le président du Club. Les membres lui vouaient une sollicitude et un respect permanents bien qu'il fût un bandit : c'était sans doute affaire de prestance. Toujours est-il que sa fille, Violaine, était devenue la secrétaire du Club.

Du temps où elle frayait dans les rallyes, Violaine de Saint-Éloi avait tout d'une allumeuse, qui s'amusait à dire, une fois les jeunes garçons en smoking appâtés : « J'ai tous les vices, mais je n'en pratique aucun. » Charles avait lui-même constaté qu'elle était sexuellement peu pratiquante. Il avait trouvé en Chantal, malgré son apparence moins belle et moins amusante, beaucoup plus d'entrain. Bien sûr, cela n'avait pas été l'unique raison de son choix. La réputation de Violaine avait été achevée par la ruine de son père et le divorce de ses parents. Mais Charles ignorait, ou avait préféré ignorer, que Violaine avait été amoureuse de lui. Elle avait été humiliée de son mariage avec Chantal.

Sa volupté un peu niaise, ses manières provocantes s'étaient taries avec le temps. Quand Charles la revit au Club, deux ans après son propre mariage, il la trouva plus belle et moins sexuellement agressive. Il pensa qu'elle l'avait oublié, car d'abord elle lui battit froid. Il remarqua ses jambes fines, son nez et sa bouche allongés, sa peau mate et chaude. Ses yeux maquillés, ses lèvres toujours revêtues d'un rouge carmin lui donnaient la mine d'une marionnette battue par le bâton blanc du policier. Elle lui avait de nouveau plu.

Il essaya de lui parler, de l'approcher, par jeu. Elle finit par daigner lui accorder quelques minutes de conversation. Il se demanda si elle n'avait pas renoncé à son abnégation sexuelle, tant elle paraissait sûre d'elle-même et naturellement séduisante, sans être aguicheuse. « Ses vices ont dû fleurir », pensa Charles. Il l'invita à dîner et elle accepta avec un certain dédain.

Il l'emmena à l'Alma manger des fruits de mer. Avec la même froideur, elle se laissa embrasser à la fin du dîner, un baiser qui lui plut, un baiser sans pudeur et sans possession. Il n'osa pas lui proposer de prolonger la soirée. Ils allèrent dîner de nouveau, dans des restaurants chers, et chaque fois il dut inventer une excuse pour Chantal, une réunion, un repas d'associés ou d'anciens amis de collège. Violaine ne le remerciait jamais. La troisième fois, avec une certaine impatience, après l'avoir embrassée, il lui dit qu'il la désirait, qu'il voulait lui faire l'amour, il se souvenait très bien de s'être exprimé en ces termes banals mais qui lui semblaient, à lui, extraordinaires devant sa figure

472

peinte. À son étonnement, elle acquiesça avec une expression de fatalité. Ils firent l'amour plusieurs fois à l'hôtel Scribe. Charles n'aurait su dire si pour elle c'était la première fois. Elle ne montra ni honte ni inquiétude, elle ferma les yeux et se laissa faire. Elle ne jouit que la troisième fois, avec retenue, contre son épaule, en contractant ses fesses contre son bassin, jusqu'à se laisser tomber sur le lit, le front envahi d'une rougeur inhabituelle.

Il finit par se lasser de cette apparente sérénité, de cette facilité dans le plaisir qui à ses yeux l'affadissait. Il ne voulait pas prendre le risque d'être découvert par Chantal pour une femme qui n'était pas attachée à lui, bien qu'elle ne se refusât jamais. Il prit congé d'elle devant une coupe de champagne, avec des mots assez lâches, mais elle sourit en lui disant que bien sûr, c'était une affaire passée, presque oubliée.

Jamais il n'aurait imaginé qu'un mois plus tard, elle lui annoncerait qu'elle était enceinte de lui. C'était au Meurice où elle avait insisté pour l'inviter. Il crut qu'elle voulait lui faire des avances, qu'il lui manquait. Elle était aussi sereine et calme que lorsqu'elle avait été sous lui, nue. Ainsi, pensa-t-il dans sa panique, il avait réussi, dans ses assauts frustrés contre son corps passif, dans ses poussées nerveuses, à la mettre enceinte. Il se sentait violé, comme si dans ce moment où il avait cru jouir d'elle en dépit d'elle, malgré elle, elle l'avait possédé plus que n'importe quelle autre femme. « Elle me le paiera », se répétait-il, ce qu'il savait être complètement absurde, car c'était lui, à présent, qui allait payer. Pourtant, elle lui dit tout de suite qu'elle ne souhaitait pas qu'il reconnaisse l'enfant. Elle savait qu'il avait une femme, une vie respectable de famille. Il était surtout visible qu'elle ne l'aimait pas. Elle lui demanda seulement de l'aider financièrement. Il accepta avec soulagement.

Il reçut ensuite deux lettres d'elle, plutôt affectueuses, ni empruntées ni procédurières. Elle lui demandait de s'entendre avec sa mère, dont le divorce avait été prononcé pas même un an auparavant. Ils décidèrent ensemble de la somme qu'il lui verserait chaque mois. En échange, Violaine signa un document dans lequel elle s'engageait à ne jamais révéler qu'il en était le père, et à ne jamais dire son nom à l'enfant. Il ne revit jamais Violaine, qui avait déjà démissionné du Club. Tout juste fut-il informé de la naissance, de manière brève et efficace, par un télégramme. Il avait su qu'il s'agissait d'un garçon, par la rumeur du Club qui avait fait de cette grossesse de fille-mère son aliment pour plusieurs mois, frappant la malheureuse Violaine de son oukase.

Il avait d'abord eu très peur que la nouvelle se sache, que le secret fût dévoilé. Il échafaudait des parades au cas où l'on viendrait l'accuser. Mais personne ne l'accusa. Chantal était la même. Elle lui reprochait de passer ses soirées au Club, de rentrer tard, mais il ne sentait aucune insinuation dans ses propos. Sa crainte le rapprocha d'ailleurs de sa femme. Il se montra plus tendre envers elle. Pendant quelque temps, il ne chercha plus à coucher avec d'autres, il en était incapable. Mais, les mois passants, il baissa la garde. Il fréquenta des femmes, des épouses de membres assez blondes. Il se libéra définitivement de toute inquiétude avec une jeune Russe dont les prouesses charnelles l'épuisaient tous les mardis après-midi, dans une chambre de ce même Meurice où il avait appris sa future paternité, et il en fit une forme de vengeance.

À la naissance de Gabriel, il éprouva une forte angoisse que Violaine, devant le triomphe de la maternité de Chantal que l'on étalait dans la presse mondaine et les bulletins d'associations, n'en ressente de l'amertume et ne fasse des révélations au sujet de son enfant. Mais rien ne se passa, et la vie reprit son cours, monotone et harmonieux.

« Il aimerait rencontrer son père, il ne vous demandera rien. » Les paroles de Monsieur de Littry résonnaient encore à ses oreilles. On lui demandait l'impossible, et « à l'impossible, nul n'est tenu », se dit Charles en fermant la porte du vestibule. Il souhaita profondément que personne n'eût l'idée intempestive de lui rendre visite dans la journée, tant ce début de matinée l'avait agité.

11

Le comportement de Gabriel était devenu de plus en plus inquiétant au cours de l'adolescence. Ses accès de mélancolie s'étaient mus en une misanthropie qui le tenait à l'écart d'une vie sociale normale. Sa santé, fragilisée par ses bronchites et ses otites fréquentes, le retenait souvent au lit. Dès que la télévision avait diffusé à l'heure du journal les premières informations sur le sida et engagé des campagnes de prévention pour le préservatif, il manifesta une fascination morbide. Chantal éteignait la télévision aussitôt que la question y était évoquée. C'était un sujet qui la gênait. Elle n'aimait pas en parler, encore moins en entendre parler. « Le sida est une punition de Dieu », prêchaient certaines âmes. Les sodomites. Chantal se souvenait des représentations de l'enfer dans un livre de catéchisme qu'elle avait eu enfant. On y voyait les corps nus fuyant éternellement une pluie de feu. L'enfer existait, et les maux physiques de l'enfer pouvaient, en des temps de grand péché, se manifester sur terre. C'était le *dies irae*, avait conclu le curé. Il avait bien parlé.

Mais Gabriel était persuadé d'être contaminé. « J'ai le sida, affirmait-il à sa mère, je le sais. » Puis, quand il avait été plus informé du vocabulaire : « Je suis séropositif, je vais bientôt mourir. »

Chantal n'osait pas contredire son fils en lui exposant le mode de transmission de la maladie, car elle en aurait péri de honte. Elle se contentait de hausser les épaules. « C'est impossible, répondait-elle, livide, et ne parle pas de ces choses-là.

– Le sida s'attrape par le sang. Une brosse à dents, un moustique peuvent infester ! » criait Gabriel.

Ses tendances obsessionnelles furent bientôt des accès de violence que Chantal avait le plus grand mal à apaiser, et dont souvent elle était la victime. Il se réveillait brusquement la nuit et hurlait des morceaux incompréhensibles de phrases qui restaient au bord de sa bouche comme des bribes oraculaires. Chantal se levait avec la précision d'un automate, elle s'asseyait sur le lit, lui caressait le front, les paupières, jusqu'au petit matin, comme pour ne plus voir ses yeux égarés par l'angoisse. Il la frappa à plusieurs reprises avec la force d'un garçon de seize ans, elle qui pensait qu'il en avait toujours huit. Mais malgré les bleus et parfois les plaies, elle ne voulut jamais en parler ni à un médecin ni à son mari. Elle se contentait de ses messes quoti-diennes, des rencontres fréquentes avec son confesseur qui lui prescrivait des prières et des génuflexions qu'elle s'imposait avec soin.

Charles, aux premiers symptômes aggravés des désordres de son fils, commença à fuir le foyer fami-lial. Après la visite de Monsieur de Littry, il se sentit traqué par une puissance vengeresse, rattrapé par le destin. Il n'avait pourtant jamais été superstitieux. Il se persuada que Monsieur de Littry était venu, tel un émissaire du Jugement dernier, lui signifier qu'à pré-sent il était temps de régler ses comptes, et que les troubles de son fils étaient le fruit d'une punition, la vengeance de Violaine de Saint-Éloi, de Chantal et de toutes les femmes qu'il avait trompées ou trahies, des êtres qu'il avait manipulés. Quand il n'était pas à Argentières, il passait ses nuits dans des endroits douteux, entraîné par des rencontres de hasard dans des bars d'hôtel, où il jouait au billard et buvait.

Toutes les écoles, l'une après l'autre, renvoyèrent Gabriel. Il était incapable de se soumettre à une discipline, frappait les élèves, parfois les enseignants. Chantal engagea des professeurs particuliers pour qu'il continue ses études, mais, malgré leur bonne volonté et leurs émoluments généreux, ils ne restaient pas longtemps. Le médecin de famille qui ne s'était pas alarmé outre mesure donnait à Chantal, de la main à la main, des calmants en cas de crise. Le médicament eut une efficacité suffisante pour que le jeune homme puisse désormais sortir seul sans que sa mère s'en inquiète.

Un soir, pourtant, elle le vit revenir à la Villa encadré de deux policiers. Il portait des marques de blessure au visage et sur les bras. Exceptionnellement, ce soir-là, Charles était resté dîner avec Chantal. Les policiers racontèrent que Gabriel était monté sur la scène du théâtre de la Pépinière, où il assistait à un spectacle. « *1989*, ça s'appelait », expliqua le plus âgé. C'était aussi une sorte de happening, « sur le mur de Berlin », précisa le plus jeune en regardant son chef. Un acteur, au milieu de la pièce, avait demandé à une femme de monter sur scène pour se faire raser la tête. Les policiers parlaient avec une pointe de mépris, tout en demeurant très professionnels. Il n'y avait pas eu tout de suite de volontaire et Gabriel, qui était au premier rang, avait bondi devant l'acteur avec l'agilité d'un chat, en réclamant qu'on lui rase la tête. L'acteur lui avait expliqué gentiment que l'on avait demandé une femme, d'ailleurs une s'était levée. Il avait incité Gabriel à calmement aller s'asseoir à sa place. Les spectateurs avaient un peu murmuré : « Qu'il descende ! », mais Gabriel était resté planté devant l'acteur, ses yeux fous balayant la scène en tous sens. Et, lorsque deux bras costauds s'étaient emparés de lui pour le faire bouger de manière plus autoritaire, il s'était mis à hurler, à se débattre en renversant le mobilier du décor avec une telle force que le vigile l'avait lâché, les spectateurs avaient paniqué, il avait jeté une chaise sur une actrice qui l'avait reçue sur l'épaule, en criant : « Je veux, moi, je veux me faire raser la tête ! »

Il avait fallu appeler la police pour le maîtriser avec quelques coups – le policier le regrettait en montrant la face bleuie de Gabriel – et on l'avait emmené. Le directeur du théâtre, ajouta-t-il, avait consenti à ne pas porter plainte parce qu'il animait des ateliers en prison, et que cela ne ferait pas très bon genre de coffrer un fou qui, dans le fond, n'avait pas fait de mal, à part une petite ecchymose à l'épaule de l'actrice et du mobilier cassé. « Vous avez de la chance, sauf que demain il faudra que vous le présentiez à l'hôpital. Normalement c'est ce que nous aurions dû faire, mais il nous a émus, le gosse, dans la voiture, à pleurnicher "maman, maman !" pendant tout le trajet », conclut le chef.

Chantal remercia les policiers et leur proposa un café qu'ils refusèrent. « C'est beau chez vous », dit le plus jeune en fixant le plafond noirci de l'escalier avec admiration, malgré les lambeaux de peinture qui dénudaient les murs, et les araignées qui tissaient leurs toiles dans les coins. « Oui », soupira Chantal, et elle ferma la porte derrière eux. Gabriel s'assit dans un fauteuil en face de son père. Sa bouche saignait encore. Son œil blessé lui faisait mal, il y portait spontanément la main et palpait le pansement que lui avaient mis les policiers. Charles le regardait en pétrissant ses paumes.

« Tu n'as pas pris tes cachets, Gabriel », remarqua Chantal avec douceur en s'asseyant à côté de lui. Gabriel hochait la tête, une larme irriguait son œil valide sans choir. « Te sens-tu mieux ? » demanda-t-elle. De la tête, Gabriel fit un signe qui paraissait affirmatif. Seule une lampe était allumée dans le salon. L'horloge grinçait et donnait l'impression désagréable d'être à contretemps. « Il est l'heure que j'aille me coucher, dit Gabriel en se levant. Bonsoir maman, bonsoir papa. » Charles se leva d'un seul coup, comme s'il s'éveillait d'une songerie, et pressa l'épaule de son fils : « Dors bien, Gabriel. » Ils restèrent quelques secondes ainsi face à face, contre la cognée de la vieille horloge, jusqu'à ce que Charles lâche sa prise. « Va », lui dit-il d'un geste de lassitude, et Gabriel sortit sans un mot.

Le lendemain, Chantal ne l'emmena pas à l'hôpital. Elle demanda de nouvelles boîtes de calmants au médecin qui les apporta lui-même, car son cabinet était à quelques mètres. « Cela va passer, c'est l'âge ingrat », rassura-t-il en tapotant le bras de Chantal. Le soir, Charles ne rentra pas, ni même la nuit. Chantal le revit seulement deux jours après l'incident, elle pensa qu'il était allé à Argentières, elle n'avait pas cherché à en savoir plus, comme d'habitude.

12

Le 10 novembre 1990, la première rétrospective parisienne de l'œuvre d'Antoinette d'Argentières eut lieu au Petit Palais, à l'initiative du petit-neveu de l'artiste. Les toiles furent prêtées par le musée de Marseille et quelques collectionneurs particuliers, notamment Salomon Stein qui avait envoyé toutes ses œuvres. « On redécouvre, informaient les journaux, l'œuvre de cette peintre étonnante, morte tragiquement dans les mêmes circonstances qu'Isadora Duncan, son amie, dont elle avait le même sens de la virtuosité et du suspens. Antoinette d'Argentières est incontestablement une figure maîtresse de la peinture française du XXᵉ siècle, au même titre que ses glorieux contemporains. Il est à déplorer que son nom ait été si longtemps abandonné aux débris de l'Histoire. » Les articles reprenaient l'introduction du livre de Tancrède sur Antoinette, dont la couverture représentait le danseur rouge et ambigu, aux écharpes de vide tournoyant, du nom de « Nijinsky ».

C'était l'événement de la saison. Il y eut beaucoup de monde au vernissage. Des historiens, des fonctionnaires de la culture, des collectionneurs, des artistes et des journalistes, des pique-assiettes et des mondains. Tancrède, la main dans la poche, accueillait ceux qui venaient lui parler. Victoire, près de lui, participait aux conversations, tour à tour gaies, légères, absorbées ou courtoises. Jean bavardait avec des jeunes gens qui semblaient être ses amis. Il avait des cheveux bouclés en masse sur la tête et portait une veste sur un jean qui tombait en fils défaits sur ses baskets. Christiane et Ludivine étaient venues de Londres pour rencontrer le directeur du musée de Marseille. Elles préparaient une exposition sur Antoinette dans leur galerie, qui devait avoir lieu six mois plus tard.

Au-delà des visages qui le saluaient ou l'embrassaient, le regard de Tancrède allait souvent vers les toiles d'Antoinette accrochées aux murs et éclairées selon une géométrie de projecteurs qu'il avait mis une semaine à installer avec l'iconographe du musée. Les formes des personnages, les couleurs pastel à la violence contenue erraient dans ses yeux pendant qu'il remerciait, expliquait et écoutait ; il savait se montrer concentré et disponible à son interlocuteur tout en étant ailleurs, dans l'herbe des pique-niques et la mer des noyades inélucidées.

André, sur l'ordre de Jeanne qui le trouvait fatigué, était resté à la Villa, mais il avait eu la visite de Paul qui avait spécialement fait le voyage de Buenos Aires avec Joy pour l'exposition. Maintenant, à peine appuyé sur une canne, Paul allait d'un pas large de tableau en tableau en lançant : « Je le reconnais ! », « Mais où était-il donc, celui-là ? » ou « Regarde ça, Joy ! » À la Villa, quelques heures plus tôt, Paul n'avait pas montré moins d'allant. Il avait vu l'œil d'André devenir transparent, iridescent aux bords, et il avait prévenu l'émotion de son ami en faisant des plaisanteries sur les hôtesses de l'air qui l'avaient nourri dans l'avion. « Mais tu es en pleine forme, mon vieux ! Qu'est-ce que c'est que cette histoire ! L'exposition de ta sœur ! » avait-il conclu d'un air fâché, debout devant André qui, recroquevillé dans son fauteuil malgré l'élégance de sa pose, les jambes croisées, un pied balancé dans le vide, cherchait du bout des doigts la commande de la télévision qu'il avait égarée sous sa cuisse. Mais André ne disait plus rien. Il avait souri piteusement à son ami, avait demandé le temps qu'il avait fallu à l'avion pour traverser l'Atlantique et les températures maximales en cette saison dans la capitale argentine, il n'avait pas même sorti son agenda pour consulter la mappemonde afin de visualiser, comme il le faisait d'habitude, les flots sans horizon que Paul avait dû traverser pour venir jusque dans son salon. « Il a bien vieilli, ce pauvre vieux », avait dit André après le départ de son ami, mais la mauvaise foi n'avait pu prévenir les trois larmes qui coulèrent dans les rigoles de ses joues, et qu'il n'essuya pas.

13

Depuis que Charles avait pris en main la gestion
d'Argentières et y vivait la moitié de son temps, André
n'eut plus son mot à dire. Quant à Jeanne, elle refusa
d'y retourner. Elle n'aima pas le confort moderne des
pièces qui lui semblait d'un luxe déplacé, ni le petit
kiosque, ni les couleurs pastel de la cuisine et de la
salle de bains. Elle était dépossédée de son lieu. Elle
préférait les plomberies bruyantes de la Villa, les murs
qui noircissaient en larges plaies, les rideaux troués
qui flétrissaient, les salles de bains aux odeurs de
fosses septiques, les espaces vides des Ruysdael volés
sous lesquels elle recevait encore quelques amies ou
dévotes.

André allait donc seul à Argentières. Il se promenait
dans le parc en culottes jodhpurs, la canne à la main,
son chapeau en tweed bordeaux sur la tête. Depuis la
mort de Maurice, il ressentait le besoin de se rendre de
nouveau chez ses voisins. Maurice était mort à cent un
ans, d'un seul coup, en bêchant la terre de son potager,
sans avoir la politesse d'attendre que les pleureuses lui
rendent visite. André en revanche pleura longtemps,
assis sur la lunette des toilettes. Il se souvenait des
yeux fiers du vieux domestique qui l'écoutait, et du
reflet qu'il y avait admiré, l'espace d'une seconde, le
jour du mariage de Chantal, suffisant pour le rendre à
la vie. Il cherchait à retrouver ce reflet. Il s'asseyait à la

table des fermiers en devisant des nouvelles locales, fomentait projets et promesses en buvant coup sur coup. Mais cette fois personne ne l'accompagnait, bien qu'il promenât la bouteille autour de la table pour encourager les convives à la boisson. On l'écoutait en silence, on le remerciait de sa visite et on le laissait repartir en secouant la tête. Puis il allait voir Lefranc et, avec la même assurance, donnait des ordres, indiquait des espaces à dégager dans le parc, signalait les arbres malades ou morts. Lefranc l'écoutait, concentré comme s'il mémorisait méthodiquement les informations, mais lorsque André repartait, à son tour il secouait la tête d'un air ennuyé. À la mairie, André passait deux fois par semaine et s'enquérait auprès de ses adjoints de la bonne gestion des décisions du conseil municipal. Il y parti-cipait encore sans rien en suivre, le regard perdu au-dessus de sa tasse de café dans laquelle il trempait une cuillère lente, interminablement. Il feuilletait les dos-siers, demandait des explications, se fâchait sans raison ou manifestait un contentement tout aussi immotivé, et les adjoints, en le voyant repartir, échangeaient un regard navré.

Il était difficile de savoir dans quelle mesure André était dupe de la mascarade qu'il orchestrait lui-même et que protégeait son proche entourage. Parfois son regard laissait transparaître une infinie tristesse, il sou-riait en regardant son interlocuteur, serrait plus fort le pommeau de sa canne dont il frappait le sol. Ses yeux se remplissaient de larmes, on y voyait une émotivité de vieillard. Charles avait transformé le pavillon en chambres d'hôtes que tenait un couple à la retraite. La petite salle à manger était devenue une pièce sans charme où l'on prenait les repas. Les hôtes qui payaient cher leurs nuitées de châtelains étaient souvent des couples en voyage de noces ou qui fêtaient un anniver-saire.

André avait été dans l'obligation de déménager une partie de ses appartements. Jeanne ne venant plus, Charles avait décidé que son beau-père se contenterait de la chambre russe. Elle n'avait pas été occupée depuis que Jean-André l'avait quittée dans son cercueil, il y avait cinquante ans. Elle était envahie par les mouches et les punaises dont l'odeur s'exhalait sans qu'aucun produit d'entretien en vienne à bout. Les matriochkas au visage rond du papier peint étaient déchirées par endroits et retombaient en grands lambeaux jaunis. André avait déposé quelques vêtements dans le placard et ses affaires de toilette sur le bord du lavabo taché de coulées ocre. Il avait apporté lui-même, avec peine, son vieux gramophone. Le soir, il écoutait Marlène Dietrich chanter *Lili Marlene* et *Sag mir wo die Blumen sind*, un coude posé sur la table, la joue contre la main, l'autre tremblant sur sa maigre cuisse, ses doigts plissant le tissu épais de son pantalon.

Quand il se couchait, il n'éteignait jamais la lumière avant d'être sur le point de s'endormir. La figure de son père lui apparaissait dans le halo de l'ampoule qui venait de s'éteindre, froide et cireuse, les yeux clos. Il tardait toujours à trouver le sommeil. Il évitait de passer devant la maison ou à proximité du pavillon pour ne pas risquer de croiser les hôtes, et lorsqu'il en rencontrait, il les saluait en soulevant son chapeau d'une main peu sûre, il vacillait sur sa canne en complimentant les dames et en amusant les enfants.

Un matin, à la Villa, André se réveilla avec la sensation qu'il portait un masque. Il se leva et constata dans le miroir de la salle de bains que la moitié gauche de son visage, malgré tous les efforts qu'il déployait pour relever le coin des lèvres, gonfler la joue ou soulever un sourcil, restait immobile. La moitié droite semblait bouger sans difficulté. Le médecin diagnostiqua une petite attaque. « Une petite attaque, je vais mourir, enfin », marmonna André à sa femme, à la table du déjeuner. Elle comprit mal ce qu'il disait car sa bouche crispée empêchait son élocution. « Mais non, voyons, dit Jeanne, vous serez vite rétabli. » André se tut, mais il toucha à peine à son assiette. À quatre heures, il fut pris d'une forte fièvre et s'alita. Le médecin diagnostiqua une petite poussée de fièvre. « Une petite poussée de fièvre », murmura Jeanne à André dont la tête berçait d'un côté et de l'autre sur l'oreiller. Rien ne manifesta qu'il l'eût entendue.

Il y eut un léger mieux le soir. André put s'asseoir dans son lit contre le traversin. La fièvre était retombée, il avait moins de difficulté à s'exprimer. « Je dois mourir, maintenant, affirma-t-il à Chantal et Odile venues le voir.

– Mais pas du tout, papa, vous allez très bien », assurèrent-elles, avec la même conviction qu'elles mettaient à contredire leurs malades d'Argentières. Elles se tortillaient sur leur chaise. « Reprenez donc un peu de bouillon », dit Chantal en approchant un bol tiédi de la bouche du malade, d'un geste impératif. Mais André détourna la tête. « Aide-moi donc, Odile. Quelle idiote tu fais », ajouta-t-elle en se retournant vers sa sœur.

Mais Odile ne faisait rien. Elle regardait à la dérobée le visage amaigri de son père, qui, en quelques heures, était devenu celui d'un vieillard, à la peau si fine que l'on voyait le sang dans ses veines. « Allez, papa, cela vous fera du bien. » Chantal approcha de nouveau le bol des lèvres serrées d'André. Il tourna les yeux vers elle, implorants. « Oui », dit-il en prenant la main de sa fille. Il ouvrit la bouche comme un animal gavé. Chantal laissa glisser le liquide sur sa langue.

Il vomit toute la nuit. Le lendemain, il dormit jusqu'au soir, le visage déformé noyé dans les draps, la bouche ouverte. Sa respiration était bruyante. Jeanne accourait dès qu'elle devenait rauque ou semblait s'interrompre, mais elle reprenait son cours lent et encombré. Le soir seulement, il ouvrit les yeux et sourit à sa femme et à ses filles assises près de lui. Il semblait avoir repris des forces. Il laissa Chantal enfourner dans sa bouche des lampées de liquide tiède et citronné, et Odile un morceau de pain d'épices dont elle assurait qu'il serait très « reconstituant ». Le lien magique de la nourriture leur donnait la croyance qu'il ne mourrait pas puisqu'il était encore lié à elles, dépendant d'elles et de leur tâche nourricière. « Un autre morceau », dit Odile après qu'André eut avalé la première bouchée, mais cette fois il hocha la tête en articulant « non, merci » avec une courtoisie décalée.

La nuit fut plus calme que la précédente. André se réveilla le lendemain sous l'œil goguenard du docteur. « Alors, on ne se nourrit plus ? » demanda-t-il. André tenta de lever la main vers lui, mais il ne put même pas la bouger. Tout le côté gauche de son corps était paralysé. « C'est une forte attaque », déclara le médecin en se lavant les mains après avoir ausculté le corps d'André. « Une forte attaque », répétait le regard d'André qui ne faisait plus l'effort de parler. Seuls ses yeux humides et transparents semblaient exprimer une infinie douceur. Il laissa Jeanne lui faire boire un café qui le brûla aussitôt, et qu'il recracha en petites gouttes noires. « Il faut boire », lui conseillait Jeanne en lui soutenant la tête. André tendait ses lèvres docilement vers la tasse en plastique et fermait les yeux. Le liquide glissait à nouveau sur ses dents et sa langue, il l'avala, jusqu'à ce que Jeanne le lui retire. « C'est bien », lui dit-elle en posant sa main sur son front. Il dormit une partie de la journée.

Le soir, Tancrède rejoignit ses sœurs et Jeanne auprès de leur père. Les trois femmes faisaient la conversation autour de lui comme si de rien n'était. « N'est-ce pas, papa ? criait Odile au corps inerte. Nous irons au théâtre quand vous serez rétabli ! » Elle riait en gloussant tristement. Elles continuaient à parler en feignant la vie et la santé, persuadées que l'on pourrait faire croire à André qu'il n'allait pas mourir, qu'il ne pouvait pas mourir, et pour leur faire plaisir, il participait à force de rictus à leur comédie, jusqu'à ce que la fatigue et la peur inondent son visage. Alors il fermait les yeux.

« J'ai apporté du champagne, papa, dit Odile en sortant une bouteille de son sac, d'un geste qui imitait le magicien, il faut fêter votre rétablissement. » Chantal sortit quatre verres. André regarda la bouteille avec anxiété. « Ah », murmura-t-il. Odile versa le champagne et approcha une coupe des lèvres de son père : « Allez, papa, ça ne vous fera pas de mal ! Le gaz est bon pour la digestion. » André entrouvrit les lèvres. « Il est trop bas, aide-moi à le remonter », demanda Chantal à Tancrède, qui se leva et lui parla à l'oreille. « Mais bien sûr qu'il peut boire du champagne », s'exclama-t-elle en se retournant vers le lit d'André qui fixait de nouveau le plafond. « C'est bon pour lui, le gaz. » Tancrède se rassit sur le bras du fauteuil. Quand Chantal empoigna André par les épaules pour le remonter sur les oreillers, il se précipita de nouveau. André se mit à gémir. Tancrède le saisit et l'aida à reposer sa tête sur un coussin qu'il avait glissé sous sa nuque. Chantal s'approcha encore une fois de lui avec la coupe : « C'est bon, c'est du champagne. Il faut boire, papa, vous allez vous déshydrater. » André fit un mouvement infinitésimal de la tête. Il but quelques gorgées en déglutissant bruyamment. Chantal, satisfaite, reposa le verre sur la table de nuit, s'assit et but à son tour le champagne. André avait de nouveau fermé les yeux. Ses lèvres bougeaient à peine, comme s'il avait été en train de parler. Soudain son visage blêmit, sa respiration se fit plus rapide. Pour la troisième fois Tancrède se leva d'un bond et fut près du visage de son père qui, ouvrant soudain les yeux, se raidit. Il ne respira plus.

Gabriel et Jean vinrent voir le corps de leur grand-père que l'on avait laissé sur le lit de sa chambre. Ses doigts étaient fermés sur un chapelet aux perles de nacre. On lui avait mis son costume d'enterrement sombre, comme si lui-même avait dû s'habiller pour l'occasion. Les sœurs du couvent de Saint-Roch avaient animé la veillée de prières. En sortant, Gabriel fut pris d'une crise. « C'est immonde, c'est immonde », répéta-t-il en se frottant le corps, comme s'il devait en retirer une couche de poison ou de saleté. Le médecin accourut à l'appel de Chantal. « J'étais à dix mètres, même à deux mètres du corps, docteur. Ma mère m'a dit d'approcher, vous comprenez, croyez-vous qu'il y ait un risque ? Je ne me sens pas bien, là au ventre, et j'ai l'impression d'avoir la peau couverte de croûtes sur les jambes. Croyez-vous que le macchabée m'aura refilé quelque chose ? » Il avait retroussé le bas de son pantalon sur une peau blanche d'enfant. Le médecin sourit en regardant Gabriel replié sur ses chaussettes. « Ce n'est rien, jeune homme, ce n'est rien. Je ne vois rien, affirmait-il de toute sa hauteur. Prenez donc un calmant et cela ira mieux. L'âge ingrat, que voulez-vous, l'âge ingrat, plaisanta-t-il en se retournant vers Chantal. Toutes mes condoléances, ajouta-t-il soudain sérieux, comme si d'un coup les circonstances se rappelaient à lui. Et à votre mère. »

Le lendemain matin, les promeneurs et les sportifs qui couraient autour du parc Monceau dès sept heures, en crachotant, virent au milieu de l'allée centrale, à quelques mètres du manège où les enfants, après l'école, viennent faire quelques tours sur un cheval enturbanné ou au volant d'un car de police bleu et blanc, un jeune homme qui frappait convulsivement la terre, des feuilles dispersées autour de lui comme s'il les avait arrachées l'une après l'autre d'un cahier et les avait jetées. Il hurlait, les jambes tremblantes, les pieds blancs de froid, jusqu'à ce qu'un bataillon de policiers, formant un cordon de sécurité pour protéger le périmètre autour de l'individu, venus dans un camion au gyrophare criard, le plaquent au sol et le couvrent d'une couverture métallique qui lançait des reflets jaunes sur les animaux grimaçants du manège. Les curieux qui s'arrêtèrent, en short et tennis, bedonnants et haletants, plongèrent un instant leur regard dans celui du visage défait et humide de bave du fou, et repartirent plus vite, plus énergiquement, dans leur propre folie giratoire. Cette fois, le camion de police alla directement à l'hôpital, sans passer par la Villa.

14

À la lecture du testament chez Maître Deniau, on découvrit qu'André, en plus de laisser des dettes importantes, avait englouti le portefeuille de Jeanne. Elle décida de renvoyer Félicité et Thérèse. « Qu'avons-nous encore besoin de domestiques… Et puis, j'ai mes filles », déclara-t-elle. Félicité et Thérèse avaient encore des neveux dans leur village natal mais ne voulurent pas y retourner. « Nous ne les connaissons plus. Au village aussi, nous ne connaissons personne… Que feront-ils de nous ? » demandèrent-elles en levant les yeux au ciel, avec fatalisme. Les neveux, à qui l'on fit part de la situation de leurs grands-tantes, refusèrent de les accueillir. « Elles n'ont que soixante-dix ans, elles peuvent vivre seules », répondirent-ils à Jeanne, bien qu'entre eux il leur arrivât d'estimer impatiemment l'héritage qu'ils attendaient d'elles.

Chantal s'enquit d'une résidence qui accueillerait les deux femmes. Un matin, elles attendirent le taxi sur le trottoir de la rue du Mont-Thabor, emmitouflées dans de vastes manteaux qu'elles avaient achetés en 1952 pour faire les courses au marché. En passant, un jeune homme pressé en costume, des écouteurs sur les oreilles, les bouscula. Elles vacillèrent comme des petites flammes, étourdies. Dans le paysage banal de la rue où elles attendaient, dans ces vêtements de ville désuets, elles paraissaient tout autres que dans la Villa, deux vieillardes au pas incertain, le dos voûté, le visage défait. Personne n'aurait imaginé que, encore quelques jours auparavant, elles se levaient à cinq heures, se frottaient à l'eau froide dans une bassine de porcelaine, s'affairaient à la cuisine ou à la buanderie, gambadaient dans l'escalier de service, cuisinaient à tour de bras sur des fourneaux plus hauts qu'elles, et s'endormaient à onze heures devant leur télévision en devisant sévèrement des avantages des présentateurs.

Argentières se révéla si endetté que Tancrède, l'héritier légitime, fut contraint de vendre. André avait demandé dans son testament que la propriété fût cédée à Charles Schlecher. La vente fut prévue pour le trimestre suivant, le temps que l'on passât le deuil d'André et que toute la propriété fût estimée. Tancrède proposa alors à Charles un prix que celui-ci accepta aussitôt, tant il était modeste.

Jeanne ne voulut rien savoir de ce qui se passait entre son fils et son gendre. Pour la première fois de sa vie elle se sentait calme et sereine. Elle semblait avoir été soustraite à un charme tenace. Elle commandait des fleurs dont elle faisait d'immenses bouquets, tige à tige, qu'elle plaçait ensuite dans les pièces de la maison avec un soin qu'on ne lui avait jamais connu. Elle souriait. Il lui arrivait de se tenir quelques instants devant la fenêtre de sa chambre pour goûter sur son visage les rayons du soleil automnal qui la brûlaient quand elle y restait trop longtemps. Elle regardait Jules qui s'agitait au garage ou arrachait les mauvaises herbes, plié par l'arthrose. Elle croyait voir, dans l'ombre des buis, une petite forme sombre qui bougeait et que son imagination transformait en celle d'une fillette de quatre ans, au court manteau bleu à collerette, au petit chapeau à ruban. « Ma petite fille », murmurait-elle, et elle contemplait la forme imaginaire avec une joie qui la débordait. Même lorsque Odile se précipita chez elle, furieuse d'apprendre la vente prochaine d'Argentières, et hurla : « Et moi donc, qu'est-ce que j'aurai, qu'est-ce que j'aurai, dites-moi ! », d'une voix qui s'étranglait comme celle d'une enfant à l'acmé de sa colère et de sa désolation, elle se contenta de hausser les épaules et de répondre, en pointant du doigt l'immense bouquet qui se reflétait dans le miroir, sous le mur écaillé : « Regarde ! Des camélias normands. »

Trois mois plus tard, Jeanne mourut dans son sommeil d'un simple arrêt du cœur, comme si elle s'était autorisée à s'absenter puisque la durée et ses exigences s'étaient évanouies avec son mari et l'avaient enfin laissée libre, même de mourir.

Après la mort de sa mère, Odile fut chaque jour plus furieuse et hostile envers ses frère et sœur. « Et moi donc, et moi... qu'est-ce que j'aurai ? Qu'est-ce que vous daignerez me laisser ? réclama-t-elle encore auprès d'eux quelques jours avant la vente d'Argentières.

– Tu auras la Villa avec Chantal, et trente hectares de bois d'Argentières, répondit calmement Tancrède.

– Pourquoi je partagerais avec elle ? lança-t-elle aussitôt en agitant une main vengeresse vers sa sœur. Elle a déjà tout !

– C'est la volonté de papa, assena sèchement Tancrède.

– C'est injuste ! Vous n'êtes que des bourgeois capitalistes, des avares ! hurla-t-elle enfin, vous me mettriez dehors, vous me feriez assassiner ! Je prendrai un avocat ! D'ailleurs vous ne m'avez jamais aimée, ni considérée », ajouta-t-elle en sanglotant, et ses larmes étaient si sincères que ni Tancrède ni Chantal n'eurent le cœur de lui répondre durement.

Chantal la fuyait et prolongeait ses journées à la clinique où Gabriel était interné, dans le Val-de-Marne.

Au même moment, le bruit courut que Charles Schle-cher était le père du fils de Violaine de Saint-Éloi, avec assez d'insistance pour que Chantal en fût informée. Elle ne fut pas étonnée de cette nouvelle. Ils vivaient à présent presque séparés. Charles vivait entre Argen-tières et Paris. Elle ignorait tout de la vie qu'il y menait. Elle se rappela les émanations capiteuses que déga-geaient les chemises de Charles quand il rentrait tard. « Je ne pensais pas que Violaine était son genre », se dit-elle seulement, avec une lucidité apathique. Et puis elle s'aperçut qu'elle ne savait pas quel était le genre de son mari.

Malgré les conseils de ses amis, Charles n'osa rien répondre à ces accusations. Mais le jour prévu pour la vente chez Maître Deniau, il ne se présenta pas. On ne le vit ni le lendemain ni le surlendemain. Chantal paraissait calme. « Je ne m'en fais pas, disait-elle seulement, cela lui arrive. » Charles ne reprit contact ni avec le notaire ni avec Tancrède. Il continuait pourtant à se rendre à Argentières quatre jours par semaine. Le reste du temps, il était introuvable. Tancrède attendit quelques mois. Puis, un jour, il alla lui-même à Argentières. Dans la bibliothèque, il trouva Charles, qui ne se leva même pas pour le saluer. « Je n'ai pas un sou à vous donner, lui répondit-il, j'ai mis mon argent dans cet endroit, et vous, qu'avez-vous fait pour le mériter ? Vous, les Argen-tières, si nobles ! déclama-t-il en agitant son bras en l'air. Les Argentières… Vous avez rendu mon fils malade. » Il reprit son souffle. « Pourquoi paierais-je pour un bien auquel j'ai donné toute sa valeur ? » articula-t-il lente-ment. « Il boit », avait seulement pensé Tancrède en s'approchant de Charles pour confirmer l'odeur âcre qui émanait de lui.

Les notaires ne l'entendirent pas ainsi. Tancrède prit un avocat qui menaça Charles de poursuites pour spoliation de propriété. Le prix d'Argentières baissa à la demande de Tancrède et Charles exigea que sa belle-famille retirât toutes ses affaires de la maison et n'y remît jamais les pieds. Odile et Tancrède rassemblèrent les objets qui leur restaient. Cela ne faisait pas grand-chose car Jeanne n'avait jamais voulu qu'on laissât dans la maison des traces trop personnelles de présence, ce qui avait toujours donné au château l'allure d'un vaisseau désaffecté.

La vente eut finalement lieu chez Deniau. « Bien », soupira seulement Tancrède en quittant l'officine et en saluant le notaire d'une main lasse. Le lendemain, en sortant ivre de chez Castel, Charles fut renversé par une voiture à trois heures du matin au carrefour de l'Odéon. On l'enterra dans le caveau du cimetière d'Argentières, aux côtés d'André et Jeanne.

« Papa, papa me dit qu'il faut restaurer les écuries… Et les communs… Refaire les chambres… », répétait Gabriel à sa mère dans l'un de ces discours psychotiques où apparaissaient souvent les fantômes d'André et de Charles. Du moins tels apparaissaient-ils aux consciences saines, car le malade ne semblait pas faire de différence entre la vie et la mort. Le conseil régional des Pays de la Loire fit une proposition à Chantal pour toute la propriété, qu'elle ne mit pas longtemps à accepter. Mais elle n'eut pas le courage de l'annoncer à son fils, et continua à acquiescer avec un misérable sourire quand il lui exposait ses projets fastueux pour les écuries et les communs d'Argentières, longtemps après que le château fût devenu l'un des plus précieux biens de la Région.

Épilogue

L'air était vif, saisissait les pores du visage qui se rétractaient comme des pupilles, éprouvait la résistance de l'organisme et du caractère. La forte luminosité du soleil avait dissous les nuages, les aspérités et les ombres du ciel pour ne laisser qu'une parfaite étendue bleue qui régnait sur le parc, la maison et les communs au loin derrière la grille. Tancrède s'arrêta près de Diane chasseresse, recouverte d'un plastique bleu scotché en larges bandes marron. Quelques promeneurs avaient défié le froid glacial qui s'était abattu pendant la nuit dominicale, figeant le sol et les herbes dans une immobilité scintillante, et parcouraient les allées du parc. Ils soufflaient de temps en temps dans leurs mains gantées pour se réchauffer ou secouaient leurs manteaux figés en soulevant leurs épaules.

La dame qui s'occupait de la caisse, à la grille d'Argentières, n'avait pas reconnu Tancrède. Il s'était pourtant présenté à elle lorsqu'il était venu, accompagné des membres du conseil régional, décider du lieu où l'on exposerait les œuvres d'Antoinette d'Argentières. Elle avait alors été aimable, sans réagir à son nom, plus impressionnée de se trouver devant les élus en chair et en os, et il avait bénéficié de l'aura de la République. Même lorsqu'il avait présenté le projet de l'exposition devant le personnel du « château », comme on l'appelait à présent, personne n'avait vraiment réagi ni demandé s'il y avait un rapport quelconque avec l'esprit du lieu. Non, c'était comme si Argentières avait été un nom d'usage courant. Tancrède n'avait donc pas essayé de faire une courte biographie d'Antoinette ni d'amuser son auditoire avec quelques anecdotes familiales. Il avait expliqué que l'exposition serait le premier grand événement au château d'Argentières depuis dix ans qu'il était ouvert au public. On attendait beaucoup de monde. Il avait remercié le conseil régional de son choix audacieux en des temps où l'État, à la suite de la crise financière qui avait frappé le monde, réduisait les demeures historiques à la famine. Les gens avaient eu l'air content.

Tancrède descendit jusqu'à l'étang des Frèrelouis. Il savait qu'il n'y rencontrerait personne. Les Frèrelouis avaient quitté Argentière depuis longtemps. Partis avec leurs troupeaux et leurs volailles, ils avaient trouvé une très belle ferme près de Moulins où leurs affaires étaient florissantes.

« Qu'as-tu fait de ton frère ? » Cette phrase adressée par Dieu à Caïn, devenue la remontrance que le père Calas avait coutume de répéter en séparant les gamins qui se disputaient sur la place de l'église, lui revenait soudain. Tancrède donna un coup de pied dans une motte de terre. Pourquoi fallait-il un coupable à tout cela ? Il avait compris depuis longtemps que l'œil dans la tombe était crevé.

Il s'agenouilla près de l'eau gelée sur laquelle de hautes herbes violettes se penchaient, hypnotisées par la lumière éblouissante du soleil. Il jetait parfois des coups d'œil autour de lui, il lui semblait entendre les clarines des vaches ou le bruissement d'un animal près de lui. Mais tout était silencieux et sans écho. Il avait mal à la tête, un mal de tête lancinant qui le prenait dès que la réverbération était trop forte. Il serra ses tempes entre ses doigts et comprima sa tête à plusieurs reprises, jusqu'à ce que le mal se dissipe. Un vent léger fit remuer les peupliers frêles à la lisière du bois. « Bien, il est temps de rentrer », dit-il à haute voix. Cette phrase rituelle, avec laquelle son père concluait toujours ses promenades, le fit sourire. Il huma l'air froid et se releva en faisant craquer la terre et la mousse blanche sous ses pieds.

COMPOSITION : NORD COMPO MULTIMÉDIA
7 RUE DE FIVES - 59650 VILLENEUVE-D'ASCQ

Cet ouvrage a été imprimé en France par
CPI Bussière
à Saint-Amand-Montrond (Cher)
en août 2010.
N° d'édition : 102295. - N° d'impression : 101130.
Dépôt légal : septembre 2010.

Collection Points